Elfenblick

Katrin Lankers

elfenblick

arsEdition

Bibliografische Information Der Deutschen Nationalbibliothek
Die Deutsche Nationalbibliothek verzeichnet diese Publikation
in der Deutschen Nationalbibliografie;
detaillierte bibliografische Daten sind im Internet über
http://dnb.d-nb.de abrufbar.

5 4 3 2 1 15 14 13 12

Text: Katrin Lankers
Umschlaggestaltung: Romy Pohl unter Verwendung von Bildmaterial
von © iStockphoto und © Hemera – thinkstockphotos.com
Lektorat: Ulrike Hübner

ISBN 978-3-7607-7980-5

www.arsedition.de

Für Daniel

Mit der Liebe leichten Flügeln bin ich über diese Mauern geflogen. Denn steinerne Grenzen können Liebe nicht fernhalten, und was Liebe kann, das wagt Liebe zu versuchen.

Aus »Romeo & Julia«, William Shakespeare (1564–1616)

prolog

»Das Kind ist da.«

Damorian verbeugte sich tief vor der Gestalt im Schatten. Mit gekrümmtem Rücken wartete er auf eine Antwort. Doch außer einem verächtlichen Schnaufen gab sein Meister keinen Laut von sich. Zögernd richtete der Diener sich wieder auf und griff unruhig nach dem Heft seines Schwertes, das an seiner Seite in einer Scheide aus schwarzem Leder herabhing. Damorian trug ausschließlich Schwarz, auch seine Kleider waren schwarz, darin eiferte er wie in so vielem seinem Meister nach.

»Es ist alles so gekommen, wie die Alte es vorausgesagt hat«, fuhr Damorian schließlich fort, als der Meister sich noch immer nicht rührte. »Der Tag, die Stunde, alles genau, wie sie es gesehen hat.«

Wieder ein Schnauben.

»Die Königin ist sehr schwach. Der König hat die Heiler kommen lassen. Es herrscht ein großes Kommen und Gehen im Palast. Es wäre

ein Leichtes, das Kind jetzt zu töten und das …«, Damorian suchte nach dem richtigen Wort, »… das Dilemma ein für alle Mal aus der Welt zu schaffen.«

»Nein!« Der Meister hatte seine Stimme zu kaum mehr als einem Flüstern erhoben. Doch sie klang so schneidend, dass Damorian wie von einer Klinge getroffen zurückzuckte. »Nein«, wiederholte der Mann im Schatten. »Du kennst das Orakel. Nicht, dass ich dem Geschwätz viel Glauben schenken würde. Aber es wäre töricht, mit einer unbedachten Handlung alles aufs Spiel zu setzen, was ich bereits erreicht habe.« Der Sprecher lehnte sich in seinem hölzernen Armstuhl vor, sodass ein Strahl des trüben Lichts auf seine maskenhaften Züge fiel. Damorian hatte den Eindruck, dass ein kaltes Lächeln seine Mundwinkel umspielte.

»Wir haben alles für diesen Moment vorbereitet. Es ist ein guter Plan, ein sicherer Plan. Und ich will, dass meine Anweisungen aufs Genaueste befolgt werden.« Der Meister sprach zu Damorian wie zu einem ungehorsamen Schüler. »Verschwinde jetzt und verfahre mit diesem verfluchten Kind, wie ich es dir befohlen habe.«

Kapitel 1

»Margarethe-Elisabeth, würdest du die Güte besitzen, dich aus deinem Bett zu erheben und unseren Frühstückstisch mit deiner Anwesenheit zu beehren? Und zwar F, L, O, Doppel-T!«

Die Stimme ihrer Mutter schrillte die Treppe herunter und drang nur unzureichend gedämpft durch die Zimmertür. Mageli wälzte sich von der linken auf die rechte Seite und zog sich die Decke über den Kopf. Darunter war es wunderbar warm und roch ein wenig muffig nach Schlaf. Sie atmete tief ein, hielt die Luft einen kurzen Augenblick an und stieß sie dann wieder aus. Das Geräusch kam einem Seufzen verdächtig nahe. Mageli kniff die Augen fest zusammen und versuchte vergeblich, einen Zipfel von dem Traum zu erhaschen, aus dem die Stimme ihrer Mutter sie herausgerissen hatte.

Es musste ein schöner Traum gewesen sein, denn Mageli war mit einem angenehmen Gefühl aufgewacht. Leider war dieses

Gefühl genauso schnell verschwunden wie die Erinnerung an den Traum.

»Raus aus den Federn!«, forderte Linda vom Treppenabsatz. Es klang so laut, als stünde sie direkt neben dem Bett. Mageli war völlig schleierhaft, wo ihre Mutter so früh am Morgen die Energie hernahm, so energisch zu schreien.

Vorsichtig blinzelte Mageli unter der Decke hervor, um einen Blick auf ihren Wecker zu werfen. Schon nach sieben. Mist! Sie hatte das Klingeln mal wieder überhört. Jetzt war es definitiv zu spät, um sich noch einmal umzudrehen. Sonst war ihr nicht nur der Zorn ihrer Mutter sicher, sondern auch ein Eintrag im Klassenbuch, weil sie schon wieder zu spät kam.

Kräftig strampelte Mageli die Decke weg und setzte sich auf die Bettkante. Sie langte zum Nachttisch und knipste die kleine Lampe an. Obwohl es Hochsommer war, drang um diese Tageszeit kaum Licht durch die schmalen Fenster knapp unterhalb der Zimmerdecke. Das war einer der Nachteile, wenn man ein Zimmer im Keller bewohnte.

Mit den Füßen angelte sie unter dem Bett nach ihren Socken, die Shakespeare abends dort versteckt hatte. Die Klamotten, die sie gestern getragen hatte, lagen in einem Haufen auf dem Boden. Mageli schnappte sich ihre dunkelblaue Lieblingsjeans und schnupperte daran. Gut, die ging noch. Das T-Shirt hingegen konnte sie eindeutig nicht mehr anziehen, es hatte Flecken. Ohne genau hinzugucken, griff Mageli ein frisches Shirt aus dem Schrank und stellte erst beim Blick in den Spiegel fest, dass sie ein knallrotes erwischt hatte. Darin sah sie noch blasser aus, als sie ohnehin schon war. Na, egal! Mit gespreizten Fingern kämmte sie durch ihre weißblonden Haare, die ihr bis zur

Taille fielen, und zog zwei dicke Strähnen über die Schultern nach vorn, sodass sie die Ohren und einen Teil ihres Gesichts verdeckten.

Mageli schnappte sich ihren Rucksack vom Schreibtischstuhl und warf ein paar Schulbücher, Hefte und ihr Mäppchen hinein. Schnell riss sie noch ein Blatt von dem Kalender über ihrem Schreibtisch. *Das ist heute nicht dein Tag,* verkündete ein Cartoonmännchen mit breitem Grinsen. Mageli konnte darüber nur müde lächeln. Es war jeden Tag das gleiche Männchen und jeden Tag der gleiche Spruch. Als Rosann ihr den Kalender im vergangenen Jahr zu Weihnachten geschenkt hatte, fand Mageli ihn noch irre witzig. Doch mittlerweile hatte sie festgestellt, dass er zu sehr der Wahrheit entsprach.

Sie knüllte das Kalenderblatt zusammen und warf es aus dem Handgelenk in Richtung Papierkorb. Es verfehlte das Ziel um mindestens zwanzig Zentimeter und landete auf dem Teppichboden. Das war ein echt schlechter Tag, wenn ihr nicht mal eine so lächerliche Übung gelang. Mageli zuckte mit den Schultern, verzog den Mund und wandte sich zur Tür.

Eigentlich wollte sie sich in der Küche nur schnell eine Banane nehmen und verschwinden, doch ihre Mutter machte den Plan zunichte.

»Setz dich ordentlich an den Tisch und iss ein vernünftiges Frühstück wie deine Brüder auch«, sagte Linda. Mageli verdrehte die Augen, hockte sich aber an den großen runden Holztisch, zog eine Schale heran und füllte sie mit Cornflakes. Sie goss Milch aus dem blauen Krug mit den weißen Blümchen darüber und schob schnell den ersten Löffel in den Mund. Es hatte einfach keinen Sinn, sich schon morgens mit ihrer Mutter anzulegen. Der Tag war dafür noch lang genug!

»Du könntest zumindest ›Guten Morgen‹ sagen.«

»Guten Morgen, Linda.« Mageli betonte jedes Wort, vor allem das letzte. Ihre Mutter zuckte zusammen. Seit etwa einem Jahr nannte Mageli sie beim Vornamen, anstatt »Mutti« zu ihr zu sagen. Mageli fand, Mutti klang steif und außerdem kindisch. Linda war anderer Meinung – wie so oft: Dass Kinder ihre Eltern mit dem Vornamen anredeten, gehörte sich einfach nicht. Ihren Paps nannte Mageli ja auch weiterhin Paps!

Am Frühstückstisch verbreiteten ihre drei kleinen Brüder wie meistens Chaos. Junior und Paul stritten um die Cornflakes-Packung. Beschimpfungen flogen wie Pingpong-Bälle hin und her. Unbeeindruckt von dem Streit, verspeiste Theo, der Jüngste, seine Cornflakes mit den Fingern, wobei ein Großteil der Milch auf den Fußboden tropfte. Mageli hatte das Gefühl, in einer dieser grässlichen Fernsehsendungen gelandet zu sein, bei denen gleich eine Supernanny um die Ecke kommen und Linda Erziehungstipps erteilen würde. Nur dass Linda bei so etwas natürlich nie mitmachen würde. Das hatte sie nicht nötig. Mageli beobachtete die chaotische Szene amüsiert und hatte wie so oft den Eindruck, nicht dazuzugehören.

»Na, na, nicht so wild, ihr zwei.« Mit beiden Händen wuschelte Linda den Jungs durch ihre braunen Strubbelhaare. Dann nahm sie sich ein Tuch von der Spüle und wischte die Milchpfütze unter Theos Stuhl auf, bevor Shakespeare sich sein zweites Frühstück vom Fußboden lecken konnte.

»Weg, Felix, geh«, verscheuchte sie den Kater und wedelte dazu wild mit dem Lappen. Der Name passte zu dem bunt gescheckten Riesentier mit dem struppigen Fell so schlecht wie Miezi zu einem Löwen, fand Mageli. Jost hatte das Tier vor etwas über einem Jahr bei einer seiner langen Autotouren auf der Straße aufgelesen. Mageli wusste gleich, als ihr Vater den Kater zur Tür hereinbrachte, wie sie ihn nennen wollte: Shakespeare. Der alte Engländer war schon damals ihr absoluter Lieblingsschriftsteller gewesen. Am meisten mochte sie sein Stück *Romeo und Julia*. Das war so herrlich tragisch! Shakespeare war der perfekte Name für diesen Charakterkater. Mageli war die Einzige in der Familie, die ihn so rief. Und sie war auch die Einzige, auf die er gelegentlich hörte.

Mageli hatte nur ganz kurz nach Shakespeare Ausschau gehalten – der sich wohlweislich vom morgendlichen Frühstückschaos fernhielt –, und schon hätte sie beinahe das große Finale im Streit ihrer Brüder verpasst. Sie sah gerade noch, wie Junior Paul mit beiden Händen am Arm zog, worauf dieser in einer eleganten Kurve vom Stuhl segelte. Der Stuhl flog polternd zu Boden, daneben zerschellte Pauls Müslischüssel, und Cornflakes und Milch spritzten quer durch die Küche. Vergeblich versuchte Mageli, ihr Lachen als Husten zu tarnen.

»Dass du das komisch findest, war klar«, fauchte ihre Mutter. »Hilf mir lieber, die Sauerei wegzuwischen.«

Mageli seufzte. Sie hatte keine Lust, schon vor der Schule die Putzfrau zu spielen. Außerdem fand sie es unfair, dass sie für ihre Brüder den Dreck wegmachen sollte. Aber sich zu weigern, das wusste sie aus sechzehn Jahren Erfahrung, führte nur zu mehr Stress.

»Ich muss los«, stieß sie hervor, sprang von ihrem Stuhl und beeilte sich, aus der Küche zu kommen. Hinter sich hörte sie

Linda noch irgendetwas von wegen »pünktlich zurück und beim Fensterputzen helfen« rufen, dann war sie aus der Haustür hinaus.

Sie holte ihr klappriges grünes Herrenrad aus der Garage, warf den Rucksack ins Körbchen und schwang sich in den Sattel. Shakespeare hatte es sich in einem frühen Sonnenstrahl auf der Vordertreppe gemütlich gemacht und sie winkte ihm zu. Komischer Kater! Es war viel zu kühl für diese Jahreszeit, ein Sonnenbad – vor allem so früh am Morgen – war sehr ungewöhnlich. Als sie aus der gekiesten Einfahrt in die schmale Straße einbog und fest in die Pedale trat, hatte sie den Eindruck, der Kater hätte ihr schelmisch zugezwinkert.

Dann fiel ihr ein, dass sie ihr Sportzeug vergessen hatte.

Mageli sah Rosann schon von Weitem an den Fahrradständern lehnen. Ihre feuerroten Haare hatte sie auf dem Kopf zu einer wilden Frisur aufgetürmt, und wie immer trug sie schwarze Klamotten und stach aus dem Gewusel der Schüler heraus, die ihre Fahrräder kreuz und quer an den gebogenen Stangen festschlossen.

Rosann hatte noch nicht bemerkt, dass Mageli über den Schulhof auf sie zugefahren kam. Abwesend starrte sie Löcher in die Luft und spielte mit ihren Schneidezähnen an dem Piercing in ihrer Unterlippe; das Durcheinander um sie herum schien sie nicht wahrzunehmen. Welchen verworrenen Gedankengängen Rosann wohl wieder nachhing? Es konnte sich ebenso gut um eine komplizierte mathematische Gleichung wie um ein tief greifendes philosophisches Problem handeln. Schwer verdauliches Zeug auf jeden Fall! Mageli schwang ein Bein über den

Gepäckträger und ließ das Rad mit nur einem Fuß auf dem Pedal vor Rosann ausrollen.

»Hallo, jemand zu Hause?«, begrüßte sie ihre Freundin.

Von einer Sekunde auf die andere wich der abwesende Ausdruck von Rosanns Gesicht und sie strahlte Mageli an. Wie immer war Mageli ein bisschen neidisch auf die tiefen Grübchen, die sich in Rosanns Wangen bohrten. Die Grübchen seien das Einzige, was ihre Eltern an ihr hinbekommen hätten, betonte Rosann und dass sich Mageli mit ihrem perfekten Gesicht nicht über ein paar fehlende Grübchen beschweren dürfte. Aber Mageli fand, dass diese Grübchen Rosanns eher durchschnittliches Gesicht mit der etwas zu großen Nase zu etwas ganz Besonderem machten. Und sie hätte viel darum gegeben, auch solche Grübchen in ihrem schmalen Gesicht mit den hohen Wangenknochen zu haben. Mal ganz davon abgesehen, dass sie sich selbst nicht hübsch fand!

»Ich habe eine schlechte und eine sehr schlechte Nachricht«, verkündete Rosann, ohne sich mit einer Begrüßung aufzuhalten. »Welche möchtest du zuerst hören?«

»Ich denke, die schlechte. Dann habe ich ein bisschen Zeit, mich auf das Schlimmste einzustellen.«

»Sport fällt aus.« Rosann seufzte theatralisch. »Kalle hat sich beim Training den Fuß verstaucht oder so. Jedenfalls sitzt er sich jetzt seinen knackigen Allerwertesten auf seinem staubigen Sofa wund und kann heute definitiv und nächste Woche wahrscheinlich auch nicht unterrichten.«

Mageli gestattete sich ein ironisches Grinsen. Das war keine schlechte Nachricht. Das war sogar eine ausgesprochen gute Nachricht! Sie musste sich keine Gedanken mehr über das vergessene Sportzeug machen. Und auch nicht darüber, dass sie immer als Letztes in die Mannschaft gewählt wurde, obwohl sie eine der besten Sportlerinnen der Klasse war. Auch Rosann war eigentlich kein Fan von körperlicher Betätigung in der Gruppe. Ihre Begeisterung beschränkte sich ausschließlich auf den Sportlehrer Karlheinz Pelzer, genannt Kalle.

»Oje, das muss ein schwerer Schlag für dich sein«, zog Mageli die Freundin auf. »Aber sieh es mal so: zwei Freistunden am Ende des Vormittags. Da können wir uns noch ein großes Eis gönnen, bevor wir nach Hause radeln.«

»Von wegen.« Rosann zog ein Gesicht. »Angesichts des bevorstehenden Konzerts hat Jodel-Ursel unsere Frau Direktor überzeugt, ihr die Sportlücke als Zusatzprobe zu überlassen. Halt dich fest: zwei Stunden Musikunterricht!«

Magelis Laune, die gerade erst angefangen hatte, sich aufzuhellen, war auf einen Schlag wieder düster. *Das* war eine schlechte Nachricht! Jodel-Ursel, eigentlich Frau Ursulin, war eine gescheiterte Opernsängerin, die ihrer verpatzten Karriere nachtrauerte. Zum Ausgleich versuchte sie, mit ihrer Klasse Opern einzustudieren, und gelegentlich verfiel sie auf den Gedanken, man müsse das Erlernte öffentlich vorführen. Immerhin wollte sie sich für den Auftritt im Altenheim auf zwei einfache Volkslieder beschränken und nicht wieder selbst Arien schmettern. Mit Grauen dachte Mageli an das letzte Konzert zurück, als Frau Ursulin auf der Bühne die Kameliendame gegeben hatte. Sie hatte nicht nur jeden hohen Ton haarscharf verfehlt, sondern beim Abgang auch die Treppenstufen – und war Mageli direkt in die Arme gestürzt. Drei Wochen lang hatte Mageli hinterher noch blaue Flecken gehabt.

Mageli würde ohnehin nicht mitsingen. Frau Ursulin hatte sie von den Chorproben ausgeschlossen. Angeblich, weil sie sich auf ihr Flötenspiel konzentrieren sollte, vielleicht lag es aber auch daran, dass Magelis hoher Sopran glasklar aus den anderen Stimmen herausstach.

Gedankenverloren schloss Mageli ihr Fahrrad mit einer dicken Kette an einer freien Stange fest. Ihre Querflöte hatte sie jetzt natürlich auch nicht dabei. Na, dann würde sie eben zwei Stunden lang herumsitzen und zuhören.

Gebt mir eine überdimensionale Fliegenklatsche und ich schlage ein bisschen die Zeit tot!

»Alltag ist nur durch Wunder erträglich«, sagte Rosann, als hätte sie Magelis Gedanken gelesen.

»Aha. Und von wem stammt das Zitat des Tages?«

»Max Frisch.«

»Kenn ich. Deutscher Schriftsteller.«

»Schweizer«, korrigierte Rosann prompt.

»Klugscheißerin.«

»Jetzt fang du nicht auch noch an.«

Sie lachten beide. Mit Rosann war es immer so einfach, gut drauf zu sein, dachte Mageli. Bei den meisten anderen Menschen fiel es ihr viel schwerer, den Mund aufzumachen, aber Rosann hatte ihr, gleich als sie sich kennengelernt hatten, in ihrer unnachahmlichen Art erklärt, wie die Sache aussah: »Du bist anders, ich bin anders, ich schätze, wir sollten einen Club gründen.« Seither waren sie Freundinnen. Und eine bessere Freundin konnte man sich wirklich nicht wünschen, fand Mageli.

Die Schulglocke klingelte zum dritten Mal.

»Was haben wir?« Mageli konnte sich den Stundenplan einfach nicht merken. Selbst jetzt am Ende des Schuljahres musste sie noch vor jeder Stunde nachfragen.

»Englisch. Das Englische ist eine einfache, aber schwere Sprache. Es besteht aus lauter Fremdwörtern, die falsch ausgesprochen werden. Kurt Tucholsky. Der war übrigens Deutscher.«

»Jetzt geht das schon wieder los.«

Mageli warf sich ihren Rucksack über die rechte Schulter und Rosann stieß sich von dem Fahrradständer ab. Sie war einen Kopf kleiner als Mageli, aber das war nicht ungewöhnlich. Mageli überragte jedes Mädchen in ihrer Klasse um wenigstens zehn Zentimeter. Gemeinsam gingen sie Richtung Schulgebäude. Mit bunten Wandgemälden hatten zahlreiche Abschlussklassen vergeblich versucht, den grauen Kasten etwas ansehnlicher zu gestalten. Die Freundinnen schoben sich durch das Gedränge im Flur zu ihrem Klassenraum und Mageli atmete tief durch. Dann drückte sie die Tür auf und trat ein.

»Hallo, da sind ja die Damen Hochnäsig und Besserwisser!« Marc lehnte lässig an seinem Tisch. Um ihn herum saß seine Clique auf Stühlen und Tischkanten. Jetzt brachen alle in hämisches Gelächter aus. Marc klopfte sich mit der flachen Hand auf den Oberschenkel und lachte, als hätte er etwas echt Witziges gesagt. Es war ein Ritual, die übliche Begrüßung für Mageli und Rosann, seit Marc vor zwei Jahren in ihre Klasse gekommen war. Trotzdem versuchte Mageli mal wieder vergeblich, den Kloß runterzuschlucken, der plötzlich ihren Hals verstopfte. Rosann hingegen war schlagfertig wie immer.

»Hi, Marc, hat deine Mom dir die Haare heute morgen mit brauner Schuhcreme gestriegelt?«, fragte sie spitz.

Marc schnaufte. Er warf den Kopf herum, wobei sich nicht eine einzige seiner festgegelten braunen Locken auch nur einen Millimeter bewegte.

»Du hast ja keine Ahnung, Vogelnest, wie schön es sein kann, überhaupt eine Frisur zu haben.«

Rosann pustete nur genervt Luft durch die Nase. Dann zog sie Mageli zu ihrem Tisch in der vordersten Reihe. Mageli ließ sich auf den Stuhl fallen und schob nervös mit der rechten Hand ihre Haare hinters Ohr, strich sie aber sogleich wieder davor.

Anfangs, als Marc in die Klasse gekommen war, hatte er sie Rapunzel genannt. »Rapunzel, Rapunzel, lass dein güldenes Haar herab.« Er fand das wahnsinnig witzig, aber Mageli war es furchtbar peinlich. Nach ein paar Wochen nahm Ben Marc in der Pause zu einem Männergespräch zur Seite. »Die interessiert sich nicht für die Jungs in unserer Klasse, musst du wissen. Die hält sich für was Besseres.«

Mageli konnte sich noch genau daran erinnern. Sie stand nicht besonders weit entfernt und konnte hören, was Ben sagte. Ob dem das egal war oder ob er Mageli nicht bemerkt hatte, wusste sie nicht. Marc hatte sie auf jeden Fall entdeckt, und sie konnte sich noch gut an den Blick erinnern, den er ihr zugeworfen hatte: wütend und irgendwie enttäuscht.

»Good morning, good morning! Let's have some fun with good old Shakespeare!« Frau Bennings betrat den Klassenraum und verbreitete sofort ihre anstrengend gute Laune. Mageli kramte in ihrem Rucksack nach dem Textheftchen, das sie in den letzten Englischstunden bereits mit Blättermustern vollgekritzelt hatte.

»Ist dies schon Tollheit, hat es doch Methode«, zitierte Rosann mit gesenkter Stimme.

»Shakespeare?«

»Natürlich.«

»Nun, dann wollen wir mal«, trompetete Frau Bennings.

Mageli senkte den Kopf, bis ihre Haare ihr Gesicht verdeckten, und schaltete ihr Hirn auf Energiesparmodus.

Das Schulzentrum war in den Siebzigerjahren auf dem platten Land hochgezogen worden. Mageli fand, dass besonders der Musiksaal noch immer den besonderen Charme dieses Jahrzehnts versprühte. Die Wände waren in einem Orangeton gestrichen, der Zahnschmerzen verursachte, an der Stirnseite hing eine dunkelgrüne Tafel mit dicken Notenlinien, und die Pulte aus dunklem Holz hatten Fächer unter der Tischplatte, an denen man sich beim Kippeln mit den Füßen abstützen konnte, die aber ansonsten höchstens gut dafür waren, sich die Knie daran zu stoßen. Frau Ursulin passte perfekt in dieses Ambiente, auch ihre graue Dauerwelle wirkte, als sei sie zuletzt in den Siebzigern aufgefrischt worden.

Vor Jodel-Ursel lag ein schiefer Stapel Blätter auf dem Lehrertisch, von dem sie hektisch einzelne Zettel herunterzog und mit einem Rotstift bearbeitete. Es hatte längst geschellt, doch Jodel-Ursel ließ sich nicht beirren. Der Lärmpegel in der Klasse war enorm, Papierkügelchen, Flieger und gelegentlich Bleistifte flogen durch die Luft.

»Schön, schön«, unterbrach Frau Ursulin schließlich das Chaos und rückte ihre dicke Kunststoffbrille mit dem Daumen auf der Nase nach oben.

»Ich habe hier eure Kompositionsaufgabe. Ich muss sagen, ich bin nicht begeistert. Aber gut, was soll man erwarten?« Sie schob sich durch die Reihen, verteilte die Notenblätter und gab mal mehr, mal weniger zufriedene Kommentare von sich. Vor Mageli blieb sie stehen und schüttelte betrübt den Kopf. »Was soll ich davon halten?«, seufzte sie. »Du könntest zumindest versuchen, dich an gewisse Regeln der Notation zu halten.« Mit einem weiteren Seufzer ließ sie das Blatt vor Mageli auf den Tisch segeln. Rot, wohin man guckte.

Mageli spürte, wie sich auch ihr Gesicht rot färbte. Sicher sah sie schon wieder aus wie eine Tomate. Verfluchte helle Haut! Sie schob ein paar Strähnen hinter die Ohren und strich sie schnell wieder ins Gesicht. Unter dem Haarschleier schaute sie auf das Blatt. Sie musste zugeben, dass die Kreise und Striche, die sie notiert hatte, für jemand anderen kaum nachvollziehbar waren.

»Aber es klingt großartig.« Sie flüsterte fast. Warum sollte man Musik, die sich toll anhörte, mit Noten an Linien fesseln? Sie konnte das nicht. Hätte sie ihre Flöte dabeigehabt, hätte sie der Ursulin schon gezeigt, wie schön die Melodie war, die ihr zu Hause durch den Kopf gegangen war.

»Mach dir nichts draus«, raunte Rosann ihr zu. »Die Ursulin hat etwa so viel Ahnung von Musik wie ein Esel vom Eierlegen.«

Mageli musste grinsen. Durch ihren Haarschleier warf sie Rosann einen Blick zu und zog die Augenbrauen hoch. »Du mit deinen Sprüchen.« Aber sie fühlte sich sofort ein bisschen besser.

»Dann wollen wir uns mal einsingen.« Jodel-Ursel war mit dem Verteilen fertig und klatschte voller Elan in die Hände. »Wenn ihr euch bitte alle erheben wollt.«

Die Probe zog an Mageli vorüber, ohne dass sie dem Ganzen viel Aufmerksamkeit schenkte. Sie starrte auf die orange Wand gegenüber. Wenn sie die Augen zu schmalen Schlitzen schloss, konnte sie Muster auf der Tapete erkennen, die überhaupt nicht da waren. Sie kniff die Lider noch fester zusammen und öffnete sie wieder. Jetzt gaukelten auch noch kleine Sterne über die Wand.

Durch Magelis Kopf tanzte die Melodie, die sich nicht auf Papier hatte festhalten lassen. Es waren Klänge, die Mageli zugleich vertraut und fremd vorkamen. Vertraut, weil sie solche Melodien schon immer gekannt und gespielt hatte. Aber auch fremd, weil sie nicht den Liedern oder Musikstücken entsprachen, die ihr hier im Musiksaal oder anderswo je begegnet waren. Sie klopfte den Rhythmus mit ihren Fingerknöcheln von unten gegen die Tischplatte. Bah, da klebte ein Kaugummi.

Mageli ließ die Hand auf ihren Oberschenkel sinken und streifte dabei mit den Fingerspitzen ein dünnes Blatt Papier. Sie zog es hervor: eine Zeitungsseite von vorgestern. Sie war wohl nicht die Einzige, die sich im Musikunterricht langweilte. In der linken oberen Ecke der Seite strahlten sie ein blonder Hollywoodschönling und seine schönheitsoperierte Gattin an. »Schauspielerpaar adoptiert zehntes Kind«, stand darunter. Mageli ließ ihren Blick ziellos über die Seite wandern: »Erdbeben zerstört Schule in China.« »Fünf Touristen in Ägypten entführt.« An einer kleineren Überschrift blieben ihre Augen hängen: »Babys nach Geburt vertauscht.« Die Meldung war nicht lang.

Zwei Paaren in Süddeutschland ist passiert, wovor sich alle Eltern fürchten: Direkt nach der Geburt wurden ihre Kinder im Krankenhaus vertauscht. Erst nach mehreren Monaten deckten jetzt Gentests den Fehler auf. Zweifel waren dem Vater des einen Mädchens gekommen, als dieses auffallend blonde Haare bekam; die Eltern sind beide dunkelhaarig. Er unterzog sich heimlich einem Gentest, dieser bestätigte seinen Verdacht. Fast hätte dies die Ehe des jungen Paares zerstört, denn zunächst unterstellte der Mann seiner Ehefrau, ihm untreu gewesen zu sein. Die Mutter beteuerte ihre Treue und ließ ebenfalls einen Gentest durchführen. Das schockierende Ergebnis: Das kleine Mädchen ist auch nicht ihre Tochter. Das Krankenhaus bot daraufhin den fünf Familien, deren Kinder zur selben Zeit in derselben Klinik geboren worden waren, Gentests an. Diese ergaben: Zwei der Mädchen waren tatsächlich vertauscht worden. »Es ist uns ein Rätsel, wie es zu der Verwechslung kommen konnte«, erklärte ein Krankenhaussprecher. Im Namen des Krankenhauses entschuldigte er sich bei den betroffenen Familien.

»Was hast du denn da?« Rosann ließ sich neben Mageli auf ihren Stuhl fallen und wollte die Zeitung zu sich rüberziehen.

»Och, nichts.« Schnell faltete Mageli die Seite zusammen und steckte sie zwischen die Hefte in ihren Rucksack.

Rosann pikste sie mit dem Zeigefinger in die Taille. »Hast dich mal wieder über die Affären der Stars und Sternchen schlaugemacht, was?«

»Nee, ich hab Kontaktanzeigen gewälzt. Ich dachte, vielleicht finde ich meinen Traumprinzen ja per Inserat.«

»Als ob du das nötig hättest.« Rosann lachte. »Mach doch mal die Augen auf, hier gibt's jede Menge Kerle, die nur darauf warten, dass du endlich dein Keuschheitsgelübde brichst.«

»Ich wusste gar nicht, dass du unter Halluzinationen leidest.«

Rosann verdrehte nur die Augen.

»Du hättest lieber mal in den Stellenanzeigen nach einer neuen Herausforderung für Madam Goldkehlchen suchen sollen.

Vielleicht als Gefängnisaufseherin? Dann könnte sie mit den Häftlingen den Gefangenenchor aus ›Nabucco‹ einstudieren.«

Erschrocken schaute Mageli hoch. Frau Ursulin hatte sie total vergessen. Aber die war am Klavier damit beschäftigt, die Noten zu einem unordentlichen Stapel zusammenzuschieben. Ansonsten war der Klassenraum leer.

»Wo sind denn alle hin?«, fragte Mageli erstaunt.

»Wow, du musst mir unbedingt verraten, wo sie dieses Mittel verkaufen. Wie abwesend kann man eigentlich noch sein?« Rosann schaute Mageli kopfschüttelnd an. »Jodel-Ursel hat uns früher aus ihren Klauen entlassen. Vielleicht hat sie ja noch ein Rendezvous und will es wild mit dem Hausmeister auf dem Flügel treiben.«

Schnell packte Mageli ihren Rucksack und folgte Rosann, die vor sich hin lachte, zur Tür. »Vergesst nicht das Konzert am Freitag. Seid pünktlich. Und, Mageli, spiel bitte nur, was wir abgesprochen haben, ich habe keine Lust auf deine Extratouren«, rief ihnen Frau Ursulin nach.

Und ich habe keine Lust auf Ihren langweiligen Klassikkram. Die Bemerkung lag Mageli auf der Zunge, aber sie schluckte sie herunter. Zweimal Stress mit Frau Ursulin an einem einzigen Tag hätte ihre Statistik zu sehr verschlechtert.

Kapitel 2

»Kein Eis?« Rosann klang enttäuscht.

»Ich muss echt nach Hause. Meine Mutter hat mich fürs Fensterputzen eingeteilt.«

»Schon wieder? Wie oft putzt ihr eigentlich eure Fenster? So viel Spannendes gibt es in diesem Kaff doch gar nicht zu sehen.«

Mageli zuckte mit den Schultern. Dass sie noch einen weiteren, viel wichtigeren Grund hatte, schnell nach Hause zu kommen, wollte sie Rosann lieber nicht erzählen. Eigentlich hatten sie und Rosann keine Geheimnisse voreinander, aber es gab eine Ausnahme von dieser Regel. Denn wenn Mageli der Freundin von ihren Vermutungen erzählte, Linda und Jost könnten nicht ihre richtigen Eltern sein, dann tat Rosann das als Spinnerei ab. »Deine Fantasie geht mit dir durch!« Den Satz hatte Mageli nicht erst einmal aus dem Mund ihrer besten Freundin gehört.

Deshalb war es ihr lieber, Rosann erfuhr erst mal nichts von ihrer neuesten Spur.

»Na dann, meine Süße, viel Spaß beim Putzen!« Rosann drückte Mageli einen Kuss auf den Mund, schwang sich aufs Fahrrad und wackelte beim Wegfahren mit dem Hintern.

Mageli verdrehte die Augen und lachte in sich hinein. Dann trat sie in die Pedale und steuerte ihr Rad in die entgegengesetzte Richtung. Ihre Wege trennten sich immer an der Kreuzung im Wald, von der aus ein breiter, asphaltierter Weg Richtung Oberbachem und ein kleinerer, holpriger nach Niederbachem führte. Obwohl nur wenige Kilometer zwischen den beiden Ortschaften lagen, kannten sich Mageli und Rosann erst, seit Rosann vor drei Jahren eine Klasse übersprungen hatte und in Magelis Klasse gekommen war. Vermutlich lag das daran, dass Rosanns Mutter nicht die Art Frau war, mit der Magelis Mutter gesellschaftlichen Umgang pflegte.

Susanne Vogt – Susa – hatte jahrelang in einer Wohngemeinschaft mit einer Gruppe Späthippies gelebt. »Freie Liebe« hatte Mageli ihre Mutter einmal schockiert flüstern gehört, als die Nachbarinnen zu ihrem wöchentlichen Kaffeekränzchen bei Meyers im Wohnzimmer saßen. Dazu hatte sie bedeutungsvoll die Augenbrauen hochgezogen und die anderen Frauen hatten aufgeregt mit den Löffeln in den Kaffeetassen geklappert und sich fast an dem trockenen Gebäck verschluckt.

Als Susa merkte, dass sie schwanger war, war sie bei den Hippies ausgezogen. »Ein Blumenkind in der Familie reicht«, hatte sie Mageli einmal erklärt. Damals war Susa gerade achtzehn geworden. Und weil sie keine Ahnung hatte, wo sie sonst hingehen sollte, war sie zurück nach Oberbachem zu ihren Eltern gezogen. Die lebten inzwischen beide nicht mehr, und Susa hatte nicht nur das große, alte Haus, sondern auch den Blumenladen der beiden geerbt. »Wie passend!«, sagte sie von Zeit zu Zeit selbstironisch. Aber die Arbeit mit den bunten Blumen, den Kränzen und Gestecken bereitete ihr große Freude. Rosann hatte allerdings die Vorliebe ihrer Mutter für Farbenfrohes nicht geerbt. »Mir reichen meine Haare«, betonte sie.

Am Waldrand mündete der Kiesweg in eine asphaltierte Straße. *Waldweg, wie fantasievoll!,* dachte Mageli zum wiederholten Male. So typisch der Name für eine Neubaugegend war, so typisch waren auch die verklinkerten Reihenhäuser, die sich brav Seite an Seite entlang der Straße aufreihten. Hüfthohe Jägerzäune wiesen die handtuchgroßen Vorgärten in die von der Bauordnung vorgeschriebenen Grenzen und der Rasen sah aus wie mit der Nagelschere gestutzt.

Mageli trat nicht mehr in die Pedale, sondern ließ ihr Fahrrad langsamer rollen. Die Sonne schien, aber richtig warm wollte es nicht werden. Kurz schloss Mageli die Augen und streckte ihr Gesicht Richtung Himmel. Hinter ihren Lidern wurde alles ganz orange. Sommerorange.

Ein Kläffen ließ Mageli die Augen aufreißen. In Nummer sieben lehnte wie immer Waldemar im Fenster, der Dackel von Herrn Hünckel. Herr Hünckel war Frührentner und hatte jede Menge Zeit. Jeden Morgen gegen neun, sonntags um zehn, legte er zwei Kissen ins Fenster, eins für sich und eins für Waldemar. Dann stützte Herr Hünckel, der über eine beeindruckende Glatze verfügte, seine beiden Ellenbogen auf dem Kissen ab, verschränkte die Arme und blieb für den restlichen Tag auf seinem

Beobachtungsposten. Waldemar legte seine Schnauze auf das Kissen daneben und beobachtete ebenfalls.

Als Mageli vorbeifuhr, starrten Herr und Hund angestrengt auf das gegenüberliegende Haus von Familie Römer. Dabei waren die Römers gar nicht zu Hause, zumindest stand kein Auto in der Auffahrt. Mageli wusste genau, warum Herr Hünckel gebannt auf das leere Haus schaute. Er mochte Mageli so wenig leiden, dass er sich lieber die Zunge abgebissen hätte, als sie zu grüßen. Mageli konnte den alten Mann und seinen Köter auch nicht ausstehen.

Ihre gegenseitige Abneigung rührte wahrscheinlich daher, dass Herr Hünckel Waldemar immer auf den Gehweg kacken ließ. Mageli war schon häufiger in einen Haufen getreten. Kam sie zufällig vorbei, während Waldemar gerade sein Geschäft erledigte, funkelte sie Herrn Hünckel immer wütend an und verfluchte ihn in Gedanken. Und obwohl sie sich noch nie getraut hatte, ihm offen ihre Meinung zu sagen, packte Herr Hünckel dann immer schnaubend ein Plastiktütchen aus und räumte Waldemars Hinterlassenschaften weg.

Mageli verstand nicht, warum er sich von ihren unausgesprochenen Beschimpfungen derart beeindrucken ließ, aber sie konnte sich schon vorstellen, dass Herr Hünckel sie nicht besonders mochte, wenn er sich von ihr genötigt fühlte, Hundehaufen zu beseitigen.

Als Mageli sich Nummer elf näherte, stellte sie entsetzt fest, dass Frau Matuschek im Garten stand. Die »bekloppte Matuschek« war eine der wenigen in der Straße, die mit Mageli redeten. Allerdings redete die Matuschek gerne und vor allem ausführlich mit jedem, der nicht rechtzeitig in Deckung ging. Der

Briefträger weigerte sich mittlerweile, Pakete bei ihr abzuliefern, und brachte sie stets zu den Meyers. Und selbst der Bofrost-Mann fuhr einen weiten Bogen um Nummer elf, wenn er seine Tour durch den Waldweg machte.

»Hallo«, rief Frau Matuschek, als Mageli das Rad in der Auffahrt zu Nummer dreizehn ausrollen ließ. Sie stützte sich schwer auf ihrem Rollator ab und war mit dem gefütterten Mantel und dem Pelzkragen viel zu warm angezogen.

»Hallo, Frau Matuschek«, antwortete Mageli und versuchte den Eindruck zu erwecken, es sehr eilig zu haben.

»Sie waren wieder da«, rief Frau Matuschek.

»Ach, wirklich, und was wollten sie dieses Mal?« Mageli versuchte vergeblich, ihre Antwort nicht ironisch klingen zu lassen. Frau Matuschek erhielt seit Jahren Besuch von Unbekannten, die außer ihr niemand sehen konnte.

»Sie haben nach dir gefragt.«

»Was wollten sie denn wissen?« Mageli wäre es lieber gewesen, Frau Matuscheks Hirngespinste hätten kein Interesse an ihr gezeigt. Aber es war nicht das erste Mal, dass die alte Frau ihr berichtete, ihr geheimnisvoller Besuch habe etwas über Mageli wissen wollen. Mageli hatte den Verdacht, dass die Alte sie damit neugierig machen wollte, um das Gespräch mit ihr ein wenig zu verlängern.

»Oh, wie immer. Sie wollten wissen, ob mir in letzter Zeit etwas Besonderes an dir aufgefallen ist. Ob du dich irgendwie verändert hast. Hast du, Mädchen?«

»Wohl kaum. Wäre ja auch zu schön«, antwortete Mageli. Und dann fügte sie schnell hinzu: »Ich muss jetzt leider weiter. Meine Mutter wartet bestimmt schon auf mich.«

»Aber die ist doch gar nicht da«, entgegnete Frau Matuschek. »Sie ist vorhin weggefahren und hat die drei Jungen mitgenommen. Zum Einkaufen, glaube ich. So was in der Art hat sie gesagt. Ja, ja, bestimmt. Sie hat noch gefragt, ob sie mir etwas mitbringen soll. Aber das muss sie ja nicht. Dafür kommt ja zweimal die Woche der Niko. Der kauft auch für mich ein, wenn ich etwas brauche. Der ist kräftig, der kann schwere Einkäufe gut tragen. Das muss ja nun nicht deine Mutter erledigen, wo doch der Niko morgen kommt. Deine Mutter ist so eine nette Frau, immer zu einem Pläuschchen aufgelegt.«

Das kommt davon, wenn man zu viel Zeit hat, dachte Mageli, aber sie sagte es nicht laut. Stattdessen suchte sie nach einer anderen Ausrede. »Ich muss aber mal dringend zur Toilette«, war das Beste, was ihr einfiel. Nicht besonders geistreich, aber gut genug für Frau Matuschek. Dass ihre Mutter nicht zu Hause war, verstärkte nur ihren Wunsch, so schnell wie möglich heimzukommen.

Sie parkte das Rad in der Garage und ging durch die Verbindungstür, die immer offen stand, ins Haus. Zielstrebig steuerte sie in die Küche. Am Kühlschrank klebte ein Zettel: »Finger weg von den Würstchen.«

Würstchen, super!, dachte Mageli. Sie nahm den Teller mit den zehn Würstchen – für jeden zwei – und eine Tube Mayo aus dem Kühlschrank. Aus dem Brotkorb holte sie einen Stapel Toastscheiben und deponierte alles auf der Arbeitsplatte. Sie ordnete drei Würstchen auf einer Scheibe Toast an, drückte dick Mayo darüber und legte eine zweite Scheibe Toast darauf. Auf die gleiche Art bereitete sie noch zwei weitere Sandwichs zu, nahm eins davon in beide Hände und schob es so weit wie möglich in den

Mund. Weiches Brot, knackige Würstchen, matschige Mayo, perfekt.

»Meine kleine Raupe Nimmersatt«, nannte ihr Vater sie liebevoll schon seit ihrer Kindheit. Bei jeder passenden und unpassenden Gelegenheit erzählte Jost, dass Mageli schon damals ständig gegessen habe. Seine Lieblingsanekdote ging so: »An deinem fünften Geburtstag hat deine Mutter ein ganzes Blech voll Muffins gebacken. Wir hatten fünf Kinder und ihre Mütter eingeladen. Deine Mutter hat die Muffins in der Küche auf dem Kuchengitter zum Abkühlen stehen lassen. Dann ging sie ins Esszimmer, um den Tisch zu decken. Als sie wieder in die Küche kam, hast du auf dem Boden gesessen.« An dieser Stelle legte er immer eine kleine Kunstpause ein. »Du hattest das Kuchengitter heruntergezogen und alle Muffins bis auf den letzten Krümel vertilgt.« Der letzte Satz ging stets in Josts glucksendem Lachen unter.

Mageli fand die Geschichte nicht witzig. Sie erinnerte sich gut an das folgende Jahr, als ihre Mutter beschlossen hatte, Mageli sei zu groß für Kindergeburtstage. Mit sechs Jahren! Seither hatte es für sie keine Geburtstagsfeier mit Kuchen und Gästen mehr gegeben.

Shakespeare strich um Magelis Beine und maunzte fordernd. In ihrem Kopf sah sie plötzlich ein Bild von Shakespeare, dem ein halbes Würstchen aus der Schnauze baumelte.

»Willst du auch eins?«, fragte sie den Kater und gab sich selbst die Antwort: »Na klar, was für eine Frage.«

Sie nahm die letzte Wurst vom Teller und hielt sie dem Kater vor die Nase. Shakespeare schnappte schnell zu und verzog sich mit seiner Beute unter die Eckbank. Mageli verschlang das zweite Sandwich im Eiltempo, das dritte nahm sie für den Weg mit. Den leeren Teller und die Tube Mayo ließ sie auf der Arbeitsplatte stehen.

Mageli sprang die Treppe ins Obergeschoss hoch, immer zwei Stufen auf einmal. Am Treppenabsatz schaute sie sich schnell um. Die Türen zu den Zimmern ihrer Brüder standen offen. Das kleinere bewohnte Jost Junior. Es war ordentlich aufgeräumt, das Spielzeug in Kisten verstaut, die Bücher in den Regalen und auf dem Schreibtisch, das Bett gemacht. Dort hatte Linda morgens gewirbelt. Das größere Zimmer teilten sich Theo und Paul, bis hierhin hatte ihre Mutter es wohl nicht mehr geschafft. Der Boden war übersät mit Legosteinen und Modellautos, an den Wänden hingen Poster mit den Spielern ihrer Lieblingsfußballteams.

Bis zur Geburt der Jungen hatte das Zimmer Mageli gehört. Sie erinnerte sich noch an eine rosafarbene Tapete und ein Regal voller Puppen. Wo waren eigentlich all die Puppen abgeblieben, als Mageli in das Zimmer im Keller umgezogen war?

Die einzige geschlossene Tür führte zum Schlafzimmer ihrer Eltern. Mageli zögerte, doch dann ging sie hinein. Ihre Füße versanken sofort in dem weichen Teppich. Ups! Sie hatte vergessen, ihre Schuhe im Flur auszuziehen, und die Sohlen hinterließen staubige Abdrücke in dem hellen Teppichboden. Egal. Durch das Fenster fiel die Sommersonne hell ins Zimmer, und einzelne Staubflocken tanzten in den Strahlen. Wenn Linda das sehen könnte, würde sie sofort einen Staublappen holen! Die Decken auf dem breiten Ehebett waren glatt gezogen, die Kissen aufgestellt und mit einem Handkantenschlag in Form gebracht.

Das Schlafzimmer wirkte so aufgeräumt, als wollte Linda sogar in diesem Raum für einen überraschenden Besuch gewappnet sein. Mageli grinste. Kaum vorstellbar, dass ihre Mutter die Wochen oder Monate, in denen Jost für einen Auftrag in einer anderen Stadt unterwegs war, nutzte, um hier einen Liebhaber zu empfangen.

Der Schrank wäre jedenfalls groß genug, um einen Lover zu verstecken, wenn Paps überraschend nach Hause käme, dachte Mageli und kicherte nervös. In diesem Schrank bewahrte ihre Mutter alle wichtigen Unterlagen auf. Mageli öffnete die rechte Schranktür, und der Geruch von Mottenkugeln schlug ihr entgegen. In Reih und Glied hingen dort Josts Anzüge, die er so gut wie nie trug. Daneben reihten sich Winterjacken und Mäntel an der Stange auf und warteten auf die kalte Jahreszeit. Mageli ging in die Hocke und zog eine durchsichtige Plastikkiste aus dem Schrank. Sie griff noch einmal in den Schrank und erwischte zwei Aktenordner. Mit dem ausgestreckten Arm tastete sie in den hinteren Ecken, fand aber nichts weiter. Sie hockte sich auf den Boden und öffnete die Kiste.

Zuoberst lagen Zeugnisse, ihre eigenen und die ihrer Brüder. Mageli überflog sie nur. Sie kannte ihre eigenen durchschnittlichen Noten zur Genüge, die ihrer Brüder interessierten sie nicht. Sie legte die Blätter, die alle einzeln in Klarsichthüllen gepackt waren, zur Seite. Darunter fand sie eine Schicht Briefe und Karten. Nichts Spannendes, die üblichen Glückwünsche zum Geburtstag und Grüße zu Weihnachten. Warum hob ihre Mutter so etwas bloß auf? Mageli schob die Umschläge mit beiden Händen zusammen und legte den Stapel zu den Zeugnissen. Es folgten zwei Fotoalben, die Mageli rasch durchblätterte. Babybilder von allen vier Kindern. Mageli konnte sofort erkennen, auf welchem der Bilder sie zu sehen war. Nicht nur, dass sie bereits als Baby weißblonde Haare gehabt hatte, während ihre drei Brüder mit dunklen Locken zur Welt gekommen waren. Zudem grinsten diese drei Babys stets in die Kamera, als bekämen sie dafür einen Preis, nur das blonde schaute immer ein bisschen kritisch. *Was wollt ihr von mir?*, schien es zu fragen.

Am Boden der Kiste entdeckte sie einige gemalte Kinderbilder. Mutter, Vater, Kind, Kind, Kind und Kind. Darüber eine dicke gelbe Sonne, der der Maler einen großen lachenden Mund ins runde Gesicht platziert hatte. Ein grüner Rasen, riesige Blumen und ein Haus im Hintergrund. Das große Kind mit den langen gelben Haaren stand etwas abseits.

Genug, beschloss Mageli. Sie war auf der Suche nach etwas anderem. In umgekehrter Reihenfolge stopfte sie die Sachen wieder in die Kiste, verschloss diese und schob sie zurück in den Schrank. Blieben noch die beiden Ordner. Mit dem ersten war sie schnell durch. Die abgehefteten Zettel hatten alle ausschließlich mit dem Haus zu tun, das ihre Eltern kurz vor Magelis Geburt gekauft hatten. Im zweiten Ordner wurde sie schließlich fündig. Auf die Heiratsurkunde von Linda und Jost Meyer folgten die Geburtsurkunden ihrer Kinder: Jost Junior, Theo und Paul – vor zehn, neun und acht Jahren im Abstand von jeweils nur einem Jahr – und schließlich Margarethe-Elisabeth, sechs Jahre früher geboren als der älteste der drei.

Mageli starrte auf die Urkunde. Am liebsten hätte sie sich selbst geohrfeigt, als ihr bewusst wurde, wie enttäuscht sie war. Was hatte sie denn erwartet? Keine Geburtsurkunde zu finden? Oder einen Stapel Unterlagen über eine Adoption?

»Huhu, wir sind wieder da!« Die Stimme ihrer Mutter hallte aus dem Flur durchs ganze Haus.

Shit! Schnell öffnete Mageli die Bügel des Ordners, nahm die Urkunde heraus, die ihren eigenen Namen trug, und schob die beiden Ordner hastig zurück in den Schrank. Auf der Treppe hörte sie das Getrampel von drei Paar Füßen.

»Ich kann den höheren Turm bauen, wetten?« Das war Paul.

»Wer will denn blöde Türme bauen? Ich zeige dir mal, was cool ist. Ich bau ein Raumschiff«, tönte Theo.

Mageli presste den Zettel an ihre Brust und sich selbst gegen die Schlafzimmertür. Locker bleiben! Warum sollten die Jungs ins Schlafzimmer kommen? Aber was war mit ihrer Mutter?

»Margarethe-Elisabeth!« Die essigsaure Stimme ließ keinen Zweifel: Linda war mittlerweile in der Küche angekommen. Trotz ihrer Lage musste Mageli grinsen. Sie hätte zu gern Lindas Gesicht gesehen, als sie die Mayotube und den leeren Würstchenteller entdeckt hatte.

»Margarethe-Elisabeth, komm sofort hierher!« Die Stimme ihrer Mutter kam jetzt von unten aus dem Flur. Mageli hielt die Luft an. Als ob man eine Etage tiefer ihr Atmen hören könnte! Dann vernahm sie schnelle Schritte auf der Treppe – nach unten in den Keller. Mageli jubelte innerlich. Klar, Linda ging davon aus, dass sie sich in ihr Zimmer verdrückt hatte.

Mageli öffnete die Schlafzimmertür einen Spalt. Durch die geöffneten Zimmertüren konnte sie sehen, dass ihre Brüder mit den Rücken zu ihr saßen und mit den Legosteinen beschäftigt waren. Blitzschnell schob sie sich durch den Spalt und eilte auf Zehenspitzen die Treppe herunter. Gut, dass sie die Schuhe vorhin anbehalten hatte. Sie griff nach ihrem Rucksack, der im

Flur auf dem Boden lag, und wandte sich der Verbindungstür zur Garage zu. Flucht! Doch ausgerechnet in diesem Moment kam Linda leise fluchend die Kellertreppe wieder hinauf. Mageli stand wie versteinert.

Bitte, bitte, bitte, übersieh mich einfach!, flehte sie ihre Mutter stumm an – ohne große Hoffnung darauf, dass ihr verzweifelter Wunsch erfüllt wurde. Sie machte sich möglichst klein und wartete ergeben auf Lindas Wutausbruch.

»Ich wüsste wirklich gerne mal, wo sie nun wieder steckt. Was denkt sich dieses Kind eigentlich immer dabei?«, murmelte Linda vor sich hin. Und ohne Mageli eines Blickes zu würdigen, bog sie in die Küche ab.

Was war das denn? Mageli konnte ihr Glück kaum fassen. Es schien, als hätte sie ihre Mutter mit ihrem stillen Flehen verhext! Aber das war natürlich Blödsinn. Vermutlich war Linda einfach zu beschäftigt mit ihrem wütenden Gebrummel gewesen, um Mageli zu bemerken. Bevor sie wieder aus der Küche kam und sie doch noch entdeckte, machte sich Mageli lieber aus dem Staub.

Schnell schlüpfte sie in die Garage, schnappte sich ihr Fahrrad und warf den Rucksack und die Urkunde in den Fahrradkorb. Noch während sie das Rad aus der Garage schob, stieg sie auf und trat kräftig in die Pedale.

»Jost Meyer Orgelbau« stand in geschwungenen gravierten Buchstaben auf dem Schild neben dem Eingang zur Werkstatt. Natürlich war Jost nicht da. Er hatte einen Auftrag in irgendeiner kleinen Stadt an der Nordsee angenommen und arbeitete dort vermutlich rund um die Uhr. Am Wochenende kommt er nach Hause, dachte Mageli. Zumindest hatte ihr Vater das beim letzten Telefonat fest versprochen.

Mageli besaß seit einem Jahr einen eigenen Schlüssel zur Werkstatt. Jost wusste, dass sie manchmal einen Ort brauchte, an den sie sich zurückziehen konnte, und dass sie die Atmosphäre in seiner Werkstatt mindestens ebenso liebte wie er selbst.

Jost Meyer hatte schon vor einigen Jahren eine alte Lagerhalle gekauft, die vorher einem Antiquitätenhändler gehört hatte. Wobei der Begriff »Antiquitätenhändler« eine ziemliche Übertreibung war. Guido Finger fuhr ständig mit seinem alten Transporter herum und klapperte die Gegend nach Wohnungs- und Geschäftsauflösungen ab. Dort nahm er alles mit, was nicht mit dem Boden verschweißt war. Dann versuchte er, die Sachen auf Trödelmärkten wieder zu verscherbeln. Das Geschäft lief nur mittelmäßig, weshalb er das Gebäude verkaufen musste. Allerdings hatte er mit Jost vereinbart, dass er einen der riesigen Räume weiterhin als Lager nutzen konnte, und zahlte ihm dafür eine geringe Miete. Man musste also zunächst durch Herrn Fingers Kuriositätenkabinett, wenn man in Josts heilige Hallen gelangen wollte, und Mageli verbrachte fast ebenso viel Zeit dort wie in der Werkstatt ihres Vaters. Besonders liebte sie die lange Regalreihe, die voller Bücher stand. Es waren so viele, dass Herr Finger sie in zwei Reihen hintereinander angeordnet hatte. Krimis teilten sich die Borde mit Kochbüchern, Comics standen neben Goethe und Schiller, Historisches war neben Science-Fiction gequetscht. Normalerweise zogen die Bücher Mageli magisch an, und es verging kein Besuch in der Werkstatt, ohne dass sie nicht wenigstens ein oder zwei Bände hervorzog, sich auf den staubigen Betonboden hockte und darin schmökerte.

Heute hatte sie es jedoch eilig. Sie ließ die Bücherregale links liegen, drückte sich vorbei an mehreren Kisten mit Porzellan, das gefährlich klapperte, und wäre in ihrer Hast beinahe über ein Schaukelpferd gefallen, das mitten im Gang stand. »Du hast deine besten Zeiten aber auch hinter dir«, sagte sie zu dem Tier, von dem fast alle Farbe abgeblättert war. Sie strich ihm über die hölzerne Mähne und schob es zur Seite. Das Pferd wippte mit einem leisen Knacken vor und zurück.

Mageli entriegelte die zweite Tür, die aus schwerem Metall war, drückte sie mühsam auf und ließ sie mit einem Knallen wieder zufallen. Dann atmete sie tief ein. Ein würziger Geruch nach frischem Holz strömte in ihre Nase. Mageli knipste an dem Schalter neben der Tür die langen Neonröhren an. Ihr Vater hatte einiges von seinem Werkzeug mitgenommen, dennoch hingen überall seine Geräte. Der große Raum wirkte, als sei Jost nur mal kurz rausgegangen: Zugeschnittene Holzteile lehnten an den Wänden, in der großen Kreissäge steckte ein unbearbeitetes Brett, Sägespäne bedeckten den Boden, und auf den langen Bänken lagen einige Pfeifenrohre, die darauf warteten, gelötet zu werden.

Mageli setzte sich auf den Drehstuhl am Schreibtisch, der direkt rechts neben der Tür stand, schaltete den Computer ein, und während die alte Kiste brummend hochfuhr, zog sie die Zeitungsseite aus dem Rucksack, die sie morgens zwischen die Hefte gestopft hatte. Noch einmal las sie den Artikel durch. Das war doch total verrückt, so etwas konnte doch nicht wirklich passieren!

Mageli tippte das Passwort und wählte sich ins Internet. Sie gab »Kinder« und »vertauscht« in eine Suchmaschine ein: über hunderttausend Treffer. Das war ja unglaublich! Gut, da war auch viel Blödsinn dabei. Einer der ersten Treffer war eine Seite mit Hebammenwitzen. Zu der aktuellen Geschichte in Süddeutschland, um die es in dem Zeitungsartikel ging, gab es zahllose Treffer und offenbar handelte es sich dabei nicht um einen Einzelfall. Die Onlineausgabe einer großen Zeitung berichtete über einen ähnlichen Fall im Ruhrgebiet unter der Schlagzeile: »Mütter stillten die falschen Babys.« Auch aus Tschechien und Italien waren in letzter Zeit Meldungen über vertauschte Kinder gekommen. In verschiedenen Foren diskutierten Mütter das Thema und Politiker forderten strengere Kontrollen in den Kliniken. Dass die Verwechslungen aufgeflogen waren, war in allen Fällen purer Zufall. Nur weil die Väter der Kinder an der Treue ihr Frau gezweifelt hatten und einen Gentest machen ließen, entdeckten die Eltern, dass sie das falsche Kind mit nach Hause genommen hatten.

Jost war jedoch nicht misstrauisch, sondern eher zu gutgläubig. Magelis Vater war in der Lage, einem Vertreter an der Haustür alle Staubsauger abzukaufen, wenn der ihm von seiner schwerkranken Mutter erzählte, die dringend Geld für lebenswichtige Medikamente brauchte. Jost hätte niemals einen Test machen lassen. Mageli spürte, wie sie eine Gänsehaut auf den Armen bekam. Theoretisch war es also möglich.

Schnell tippte sie neue Begriffe in die Suchmaschine ein. »Krankenhaus« und »Neuenburg«. Sie wusste, dass sie ebenso wie ihre Brüder in dem einzigen Krankenhaus der nächsten größeren Stadt auf die Welt gekommen war. Sie klickte auf den Link zur Homepage der Klinik und weiter zur Abteilung für Geburtshilfe. »Drei Dinge sind uns aus dem Paradies geblieben:

die Sterne der Nacht, die Blumen des Tages und die Augen der Kinder.« Der Spruch stand oben auf der Seite. Mageli klickte auf »Kontakt« und schrieb sich die Adresse auf einen gelben Klebezettel, den sie auf die Zeitungsseite pappte. Dann faltete sie diese zusammen, steckte sie wieder in den Rucksack und fuhr den Rechner herunter.

Am liebsten wäre sie sofort nach Neuenburg gefahren und hätte sich in der Klinik umgeschaut. Aber erstens war es schon spät am Nachmittag, und Mageli hatte den Verdacht, dass Verwaltungsangestellte auch in einem Krankenhaus spätestens um vier Uhr den Kugelschreiber fallen ließen. Und zweitens fürchtete sie, dass der Zorn ihrer Mutter von Stunde zu Stunde wuchs. Sie hatte zwar jetzt schon keine Lust, sich Lindas Wut auszusetzen, aber sie würde ihre Situation nicht dadurch verbessern, dass sie das Abendessen verpasste. Wobei – Würstchen waren ja ohnehin keine mehr da. Mageli musste bei dem Gedanken erneut grinsen.

Hausarrest! Wenn sie nicht so sauer gewesen wäre, hätte Mageli sich schlapp gelacht. Diese Erziehungsmethode war doch völlig veraltet. Wer verdonnerte denn bitte seine sechzehnjährige Tochter zu einer Woche Hausarrest? Ihre Pläne, am Sonntag mit Rosann einen Ausflug zur Lichtung zu machen, konnte sie sich jetzt abschminken. Und ob ihre Mutter ihr erlauben würde, am Freitag bei dem Konzert mitzuspielen, war auch fraglich. Mageli schnaufte. Abwesend kraulte sie Shakespeare, der es sich neben ihr auf dem Bett bequem gemacht hatte, zwischen den Ohren.

»Du findest Hausarrest toll, was?« Shakespeare gab als Antwort ein vernehmliches Schnurren von sich. Von oben hörte Mageli die Stimmen ihrer Brüder, die sich stritten, wer von ihnen heute die Fernbedienung und damit die Herrschaft über die Auswahl des Programms hatte. Mageli stellte sich vor, wie Junior, Paul und Theo – jeder mit einer Tüte Chips in der Hand – sich auf dem schwarzen Ledersofa vor dem Fernseher lümmelten. Ihr Magen grummelte lautstark.

»Ohne Abendessen ins Bett«, hatte der zweite Teil von Lindas Strafe gelautet. Mageli ärgerte sich, dass sie nirgends in ihrem Zimmer geheime Schokoreserven versteckt hatte. Sie war einfach nicht in der Lage, Vorratshaltung zu betreiben. Essbares, das sich in ihrer Nähe befand, hielt sich selten länger als einige Stunden.

Shakespeare erhob sich von seinem Platz auf dem Bett, streckte erst die vorderen und dann die hinteren Beine in die Länge und machte einen beachtlichen Buckel. Dann sprang er in die Fensternische und maunzte.

»Hattest du auch noch kein Abendbrot?«, erkundigte sich Mageli. »Wobei Brot ja wohl kaum das ist, worauf du aus bist. Na los, geh Mäuse erschrecken.« Sie erhob sich und klappte für den Kater das Kellerfenster auf. Nachdenklich betrachtete sie die schmale Öffnung. Ob sie da wohl auch hindurchpasste? Dann ließ sie sich wieder aufs Bett fallen.

»Meister, ich mache mir Gedanken.« Damorian räusperte sich, doch die Gestalt in dem langen schwarzen Mantel drehte ihm weiter den Rücken zu. Der Meister stand über ein großes Stück Pergament gebeugt, das vor ihm auf dem Tisch ausgebreitet lag. Damorian konnte nicht erkennen, was darauf geschrieben war.

»Das kann ich mir kaum vorstellen.« Die Bemerkung klang, als würde der Meister lachen. Unsicher trat Damorian von einem Fuß auf den anderen.

»Wirklich, Herr. Die alte Nachbarin, die uns seit Jahren unwissentlich als Spionin dient, behauptet zwar, es gäbe keine Veränderungen. Aber ich sehe, was ich sehe. Und ich sehe, dass das Mädchen etwas herausgefunden hat.«

»Soso.« Nun drehte sich der große, hagere Mann zu seinem Diener um, und Damorian wünschte sich augenblicklich, er hätte nichts gesagt. Der Blick, der ihn aus den nachtschwarzen Augen traf, fuhr ihm durch die Knochen und ließ ihn einen Schritt zurückweichen.

»Was bringt dich auf diesen … Gedanken?«, fragte der Meister. Damorian war nun sicher, dass es spöttisch klang. Er nahm seinen Mut zusammen.

»Ich weiß es nicht genau. Es ist mehr ein Gefühl. Sie wirkte irgendwie so … so hoffnungsvoll heute.« Damorian merkte selbst, wie dünn sein Argument war. Ein Gefühl, wie lächerlich. Als ob er

besonders viel Ahnung von Gefühlen hatte. Dennoch war er überzeugt: Mit dem Mädchen stimmte etwas nicht! Zu seiner eigenen Überraschung zeigte der Meister sich einsichtig.

»Ich werde mich darum kümmern«, erklärte er und wollte sich wieder umdrehen.

»Aber, das kann ich doch übernehmen«, wagte Damorian schnell einzuwenden und griff nach seinem Schwert.

»Oh nein.« Der Meister wiegte den Kopf leicht hin und her. »Wir wollen es ja nicht übertreiben. Ein bisschen Angst soll sie bekommen, mehr nicht. Damit sie die Finger von allem lässt, was sie nichts angeht. Mehr nicht!«

Kapitel 3

Es war inzwischen dunkel geworden. Vermutlich war es schon nach elf. Mageli trug keine Uhr, und ihr Handy, das ihr normalerweise die Zeit anzeigte, lag zu Hause auf dem Nachttisch.

Mageli war ein wenig außer Puste. Nachdem sie sich aus ihrem schmalen Zimmerfenster gequetscht hatte und bäuchlings auf dem Rasen gelandet war, hatte sie kurz gelauscht, ob ihre Mutter etwas bemerkt hatte. Dann war sie losgerannt. Das Rad aus der Garage zu holen, traute sie sich nicht; dabei hätte Linda sie sicher gehört und ihrem nächtlichen Ausflug ein sofortiges Ende bereitet.

Sie war bis zu der Kreuzung im Wald gerannt, wo sie sich mittags von Rosann verabschiedet hatte, und blickte nun in Richtung Oberbachem. Dort, etwa zwei Kilometer entfernt, lag Rosann in ihrem Bett, schlief tief und fest und hatte keine Ahnung, dass Mageli zu Hause abgehauen und auf dem Weg zu ihr war.

Als Mageli losgelaufen war, war sie einfach nur sauer gewesen – und natürlich hungrig. Zu Rosann zu laufen, war ihr als verlockende Alternative zur Einzelhaft in ihrem Zimmer erschienen. Doch mittlerweile fragte sie sich, ob eine Nacht mit einem Loch im Bauch im weichen Bett nicht angenehmer gewesen wäre als ein langer Marsch durch den dunklen Wald.

Mageli kannte den Wald gut, sie liebte ihn. Oft verbrachte sie ganze Tage hier, nahm sich ihre Hausaufgaben mit oder ein gutes Buch, ein paar Kekse und etwas zu trinken. Dann ging sie zu ihrer Lieblingslichtung, legte sich ins Gras und vergaß die Zeit. Manchmal kam Rosann mit, und die Freundinnen hockten stundenlang im weichen Moos oder auf den dicken Steinen an dem kleinen Bach, der am Rand der Lichtung entlangfloss, und quatschten. Selbst bei Regen ließ es sich auf der Lichtung gut aushalten, denn es gab eine Höhle, die Schutz bot. Eigentlich war es keine richtige Höhle, sondern nur der Eingang dazu. Die Höhle selbst war mit dicken Steinbrocken verschüttet, aber der Überhang war breit genug, um gemütlich darunterzusitzen.

Mageli mochte es, stundenlang durch den Wald zu streifen. Dort, wo die Farne bis zu ihren Knien wuchsen, wo beim Gehen kleine Äste unter ihren Füßen knackten und niedrige Büsche ihr die Beine zerkratzten – dort, wo fast niemals ein Mensch hinkam, fühlte sie sich besonders wohl. Bei solchen Touren musste sie allerdings auf Rosanns Gesellschaft verzichten. »Ich bin wohl doch nicht so der Outdoorfreak«, hatte Rosann ihr nach ihrem ersten und einzigen gemeinsamen Ausflug mit schmerzverzerrtem Gesicht erklärt, während sie sich mehrere Mückenstiche an den Beinen blutig kratzte.

Normalerweise fühlte sich Mageli sogar im dunklen Wald

wohl, denn ihre scharfen Augen funktionierten auch in der Dunkelheit hervorragend. Normalerweise. Aber heute war es wirklich sehr finster. Mageli blickte durch das Blätterdach nach oben in den Himmel: Keine Sterne waren zu sehen und auch kein Mond. War es am Abend wolkig geworden, ohne dass sie es bemerkt hatte? Sie schaute wieder nach vorn auf den Weg und kniff die Augen zusammen. Nichts, nichts als graue Schatten.

Sei kein Angsthase, die Dunkelheit tut dir nichts!

Aber wohl fühlte sie sich nicht in ihrer Haut. Ganz und gar nicht. Noch einmal holte sie tief Luft und machte sich eilig auf den Weg Richtung Oberbachem.

Mageli war etwa fünf Minuten gegangen, als sie hinter sich Schritte zu hören glaubte.

Jetzt drehst du völlig durch!

Unwahrscheinlich, dass um diese Zeit außer ihr noch jemand im Wald unterwegs war. Sie lauschte angestrengt, während sie ihr Tempo weiter beschleunigte. Doch, da waren Schritte, ganz sicher! Nicht laut, eher vorsichtig, als wollte die Person hinter ihr nicht, dass Mageli sie bemerkte, aber in der Stille des Waldes war jegliches Geräusch nicht zu überhören. Und als Mageli schneller wurde, wurden auch die Schritte hinter ihr schneller.

Ruhig bleiben! Vielleicht ist es nur so ein bescheuerter Jogger mit Schichtdienst. Oder ein armer Pilzesammler, der sich verirrt hat und nach dem Weg fragen will.

Mageli versuchte angestrengt, nicht in Panik zu geraten. Aber da war eine zweite Stimme in ihrem Kopf. Und die klang gar nicht beruhigend.

Vergiss es, du hast dich echt in Schwierigkeiten gebracht. Und jetzt kannst du zusehen, wie du da wieder rauskommst.

Die Schritte hinter ihr wurden noch schneller. Kein Jogger. Kein Pilzesammler. Nein, bestimmt nicht. Sondern jemand, der hinter ihr her war und der sicher keine freundlichen Absichten hatte.

Magelis Herz hämmerte in ihrer Brust. Panik durchströmte ihren Körper.

Lauf, los, lauf!

Mageli fing an zu rennen. Sie war eine gute Läuferin, schnell und ausdauernd. Aber sie war bereits ein wenig erschöpft von ihrem ersten Lauf. Bis Oberbachem würde sie es wohl kaum schaffen, bevor ihr Verfolger sie einholte.

Schneller, schneller!

Ihr Atem brannte im Hals. Stoßweise stieß sie die Luft durch den Mund aus und trieb ihre müden Beine vorwärts.

Da! Eine zweite Gestalt löste sich aus den Schatten vor ihr. Zwei gegen einen! Das war nicht fair!

Weg hier, weg!

Doch wo sollte sie hin? Hinter ihr näherte sich ein Verfolger, vor ihr wartete bereits ein anderer auf sie … Sie hatte nur eine Chance: Blitzschnell bog Mageli vom Weg ab und schlug sich zwischen die Bäume. Sofort wurde es stockfinster. Egal! Mageli hetzte weiter. In diesem Teil des Waldes fand sie sich auch blind zurecht. Hier ging es zu ihrer Lichtung. Hinter sich hörte sie die gedämpften Stimmen ihrer Verfolger.

»Hier ist sie durchgelaufen.«

»Da hat es geknackt. Da ist sie!«

»Ja, da.«

Die Männer waren ihr direkt auf den Fersen. Ganz nah klangen die Stimmen. Viel zu nah!

Mageli hastete weiter, stolperte über einen dicken Ast, stützte sich im Fallen mit den Händen ab, Dornen stachen ihr in die Finger und zerkratzten ihre Arme, in letzter Sekunde unterdrückte sie einen Schmerzensschrei. Als sie einen Finger in den Mund steckte, schmeckte sie Blut.

Weiter, weiter, weiter!

Schnell rappelte sie sich auf, kam aus dem Tritt, torkelte gegen einen Baum. Ein Brennen fuhr vom Ellenbogen durch ihren Arm.

Egal, weiter!

Ein schwaches Licht schimmerte vor ihr durch die Bäume. Endlich! Das musste ihre Lichtung sein. Vielleicht konnte sie sich bei der Höhle verstecken, bis die Kerle weg waren. Mit letzter Kraft taumelte sie nach vorn und stieß einen Seufzer der Erleichterung aus, als sie aus der Dunkelheit auf die Lichtung trat. Der Mond war hinter den Wolken hervorgekommen und in dem silbrigen Licht erkannte sie auf der anderen Seite der Lichtung den Eingang zur Höhle. Sie eilte darauf zu.

Da schloss sich eine schwielige Hand um ihren Arm und hielt sie grob fest.

»Hab ich dich, Kleine«, raunte eine heisere Männerstimme ihr ins Ohr.

»Dann kann der Spaß ja losgehen«, schnaufte eine zweite Stimme.

Mageli schloss die Augen.

»He, was …?« Ein dumpfer Schlag. Der Griff um ihren Arm lockerte sich, die fremde Hand ließ sie los und Mageli fiel ins Gras.

»Ihr wolltet der jungen Dame doch nicht etwa Schaden zufügen?« Eine dritte Stimme, die jung und sehr ruhig klang. Gefährlich ruhig! Mageli war erstaunt, erleichtert, aber noch zu verängstigt, um sich umzudrehen und zu sehen, wer ihr zu Hilfe kam.

»Was soll das, Bürschchen?«, fragte einer ihrer Verfolger wütend. »Wir wollen hier ein bisschen Spaß haben, und ich glaube nicht, dass wir dich eingeladen haben.«

»Die Einladung hätte ich ohnehin ablehnen müssen. Ich gehe nicht auf Feste, zu denen nicht alle Gäste freiwillig erschienen sind.«

Wie konnte der Junge nur so unglaublich gelassen bleiben gegenüber zwei brutalen Kerlen, die ein Mädchen in ihre Gewalt gebracht hatten, vermutlich, um sie … zu vergewaltigen. Mageli wurde ganz übel bei dem Gedanken. Vorsichtig wandte sie sich um.

Etwa einen Meter von ihr entfernt lag etwas auf dem Boden. Das Etwas stöhnte. Mageli vermutete, dass es sich um ihren Verfolger handelte, der sie so grob am Arm gepackt hatte. Im Moment schien ihm allerdings die Puste ausgegangen zu sein. Dahinter erkannte Mageli zwei weitere Personen: Die eine davon war sehr groß, eher schmal gebaut und wirkte noch recht jung, die andere war sicher einen halben Kopf kleiner, hatte aber ein kräftiges Kreuz.

»Ich werde dir zeigen, was ich mit Leuten mache, die sich ungefragt in meine Angelegenheiten einmischen«, fauchte der Kerl mit den breiten Schultern und schwang seine Faust so schnell nach vorn, dass Mageli überrascht zurückzuckte. Sie war überzeugt, dieser Hieb würde den anderen zu Boden werfen. Doch der war mit einer eleganten Bewegung einfach zur Seite getreten und der Faustschlag ging ins Leere. Der Angreifer, durch das Manöver aus der Balance gebracht, schwankte, verlagerte sein Gewicht und riss die andere Faust nach oben. Wieder trat der Jüngere mit einer blitzschnellen Bewegung zur Seite. Die Faust traf nichts als die Luft. Mit einem Schnauben warf sich der Bullige auf seinen Gegner. Der parierte den Angriff mit einer Abfolge so schneller Bewegungen, dass Mageli kaum unterscheiden konnte, ob gerade Hände oder Füße zum Einsatz kamen.

Der Kampf zwischen den beiden ungleichen Gegnern wirkte wie ein modernes Tanzstück, das einer bizarren Choreografie folgte. Der Bullige legte viel Kraft in seine Bewegungen, und die meisten Gegner hätte er damit wahrscheinlich nach kurzer Zeit schwer verletzt. Doch der Schmale war so unglaublich wendig und schnell, dass die Schläge und Tritte des anderen stets ins Leere gingen. Während ihrem Angreifer langsam die Puste auszugehen schien, bewegte Magelis Retter sich mit einer Leichtigkeit, als würde ein solcher Kampf zu seinen täglichen Übungen gehören.

Nach kurzer Zeit war Mageli sicher, dass er klar im Vorteil war. Die Kontrahenten tänzelten noch eine Weile hin und her. Doch schließlich vollführte der Schmale eine Drehung, die Mageli fast an eine Pirouette erinnerte, bog dem Bulligen den Arm auf den Rücken und zog ihm gleichzeitig mit einem Bein die Füße unter dem Körper weg. Er sackte zu Boden und sein Gegner hockte sich auf ihn.

»Na, hast du jetzt Spaß?« Er lachte. »Also, ich habe eine Menge Spaß.«

Plötzlich begann sich der stöhnende Mann auf dem Boden

vor Mageli zu bewegen. Er raffte sich auf, kam auf die Beine und warf sich von hinten auf den Jungen, der ihm den Rücken zugewandt hatte. In seiner Hand sah Mageli etwas metallisch blitzen.

»Vorsicht«, stieß sie hervor. Leise zwar, aber der Schmale hatte sie trotzdem gehört. Geschickt streckte er sein Bein nach hinten aus und trat dem zweiten Angreifer mit voller Wucht gegen das Knie. Der Mann ging neben seinem Kumpel erneut zu Boden. Und plötzlich hatten beide jeweils eine blitzende Klinge vor der Nase. Mageli staunte. Wo hatte ihr Verteidiger so schnell die Messer her?

»Das macht wirklich Spaß, findet ihr nicht auch?« Seine Stimme klang jetzt sehr amüsiert.

»Verflucht, nimm das spitze Ding aus meinem Gesicht«, jammerte der eine der beiden Männer am Boden.

»Wir wollten doch gar nichts Böses«, versicherte der andere in flehendem Ton. »Nur ein bisschen Spaß haben. So wie der Meister es befohlen hat.«

»Der Meister, soso …« Der Junge zögerte. »Und wer soll das sein?«

Die beiden Männer schwiegen beharrlich. Schließlich zuckte der Junge mit den Schultern.

»Nun, dann zeigt ihm meine Botschaft und richtet ihm aus, dass er sich künftig andere Vergnügungen für euch ausdenken soll!« Blitzschnell zog er den beiden die Klingen seiner Messer über die Wangen. Die Männer schrien auf.

»Um eure hässlichen Visagen ist es wirklich nicht schade!«, spottete der Junge. »Und sollte ich euch noch einmal bei einem eurer Späße erwischen, dann setze ich mit dem Messer unterhalb der Gürtellinie an.« Mit diesen Worten sprang er hoch, und die beiden Männer fielen fast übereinander bei dem Versuch, so schnell wie möglich auf die Füße und davonzukommen.

»Alles in Ordnung?« Magelis Retter kam mit langen Schritten zu ihr herüber. Neben ihr ging er in die Hocke und musterte sie mit einem Blick, in dem Besorgnis, aber auch Neugier lag. Und noch etwas, das Mageli nicht deuten konnte.

Sie öffnete den Mund, um zu antworten, brachte aber keinen Ton heraus. Der Typ sah einfach zu gut aus! Er war etwa so alt wie Mageli. Seine Haut war blass, als hätte er in diesem Sommer noch nicht viel Sonne abbekommen. Ein Problem, das sie selbst gut kannte. Doch bei ihm wirkte die helle Haut edel und bildete einen perfekten Kontrast zu seinem kinnlangen, schwarzbraunen Haar, das ihm fransig ins Gesicht fiel. In seinem kantigen Kinn entdeckte Mageli ein tiefes Grübchen. Und seine Augen – seine Augen waren einfach unbeschreiblich: Das eine schimmerte in einem warmen Tiefbraun und das andere war blaugrau wie das Meer an einem stürmischen Tag! Gebannt schaute Mageli zwischen den verschiedenfarbigen Augen hin und her und hatte immer stärker das Gefühl, sich darin zu verlieren. *Zauberaugen*, dachte sie.

»Alles okay?« Der Junge klang jetzt sehr besorgt.

Mageli klappte den Mund wieder zu und nickte einmal mit dem Kopf. War alles okay? Sie hatte das Gefühl, ihr ganzer Körper stünde plötzlich unter Spannung. Ihre Hände und Füße kribbelten, ihr Magen fühlte sich flau an und ihr Kopf schwirrte. Das musste der Schock sein. Der setzte ja bekanntlich erst ein, wenn die Gefahr bereits vorüber war.

»Möchtest du vielleicht aufstehen?« Der Junge lächelte sie an, wobei sein einer Mundwinkel etwas weiter nach oben ging als der andere. Das Lächeln wirkte ein bisschen spöttisch, aber durchaus freundlich. Doch Mageli schüttelte heftig den Kopf. Sie war sich sicher, dass ihre Knie nachgeben würden, wenn sie jetzt versuchte aufzustehen. Wie peinlich!

»Gut, bleiben wir sitzen. Sag mal, kannst du sprechen? Dann könnten wir uns die Zeit mit einer Unterhaltung vertreiben.«

»Hmpf«, brachte Mageli heraus.

»Das ist ein Anfang.« Wieder dieses Lächeln. »Mein Name ist Erin. Und wie heißt du?«

»Mageli.« Langsam hatte sie sich wieder besser unter Kontrolle. Auch wenn sie fand, dass ihre Stimme wie ein rostiges Reibeisen klang.

»Ein schöner Name.«

»Na ja, eigentlich ist das nicht mein richtiger Name.« Mageli hatte keine Ahnung, warum sie ausgerechnet diesem Fremden erzählte, was sie sonst am liebsten verschwieg. »Meine Mutter dachte, es wäre eine tolle Idee, mich nach meinen beiden Großmüttern zu benennen. Margarethe-Elisabeth. Auch noch mit einem Bindestrich. Ziemlich gruselig. Also habe ich Mageli daraus gemacht.« Oh nein, dachte sie. Erst bringst du kein Wort heraus und dann textest du den armen Kerl mit deiner langweiligen Lebensgeschichte zu. Aber Erin schaute interessiert.

»Hast du vielleicht Lust, mir zu verraten, was du mitten in der Nacht allein im Wald machst, Mageli?«

»Ich war unterwegs zu meiner Freundin«, erklärte Mageli und kam sich ziemlich blöd dabei vor. »Eigentlich wollte ich das Rad nehmen, aber das hätte meine Mutter garantiert geweckt. Und weil ich die Würstchen gegessen habe, ist die gar nicht gut auf mich zu sprechen.« Ihr Erklärungsversuch musste für Erin ziemlich wirr klingen. Mageli zuckte mit den Schultern. »War wohl 'ne dumme Idee, schätze ich.«

Erins Mundwinkel hatten bei ihrem Geständnis gezuckt, jetzt schaute er wieder ernst. Mageli musterte ihn noch einmal genauer. Er hatte weite dunkle Hosen an, die in Stiefeln aus braunem, schuppigem Leder steckten, um die Unterarme lagen Stulpen aus dem gleichen Material. Über der Hose hing locker ein weites Hemd, das in der Taille mit einem breiten Ledergürtel zusammengebunden war, dessen glänzende Schnalle mit filigranen Mustern verziert war. Um Erins Hals lag ein schmaler silberner Reif, in den eine Vielzahl farbloser glitzernder Steine eingelassen war – waren das etwa Diamanten?

Im Vergleich zu ihrem Angreifer hatte er schmal auf Mageli gewirkt, doch unter dem weichen Stoff seines Hemdes zeichneten sich deutlich seine Muskeln ab. Mageli kannte niemanden, der in solchen Klamotten herumlief, und sie konnte sich gut vorstellen, welche fiesen Bemerkungen die Idioten in ihrer Klasse machen würden, wenn Erin so in der Schule auftauchte.

»Wohnst du hier in der Nähe?«, fragte sie.

»Nein.«

»Wo kommst du her?«

»Das ist schwer zu erklären.«

»Und was machst *du* eigentlich um diese Zeit im Wald?«

»Das ist noch schwerer zu erklären.«

Mageli spürte, wie sie ungeduldig wurde. Erin wollte ihr wohl nichts von sich erzählen.

»Ich finde Rätsel blöd«, maulte sie.

»Es tut mir leid.« Erin wirkte betreten. »Ich würde dir deine Fragen gern beantworten. Aber ich weiß wirklich nicht, wie ich hier gelandet bin. Ich weiß noch nicht einmal, wo ich mich hier befinde. Ich weiß nur, dass ich froh bin, dass ich rechtzeitig hier war, bevor dir etwas geschehen konnte.«

Mageli zitterte. Eine Gänsehaut bildete sich auf ihren Armen bei dem Gedanken daran, was alles hätte passieren können, wenn Erin nicht zur richtigen Zeit am richtigen Ort gewesen wäre. Er schaute sie mit seinen Zauberaugen an – und plötzlich begriff sie, was noch darin lag und was sie im ersten Moment nicht erkannt hatte: eine tiefe, sorgsam verborgene Traurigkeit, die sie sich nicht erklären konnte.

»Danke«, flüsterte sie. »Das war wirklich mutig von dir!« Nervös schob sie eine Strähne hinters Ohr und strich sie sofort wieder nach vorn.

»Es war mir ein Vergnügen.«

Mageli fiel nichts ein, was sie darauf entgegnen sollte. Sie lag noch immer auf den rechten Ellenbogen gestützt am Boden, und plötzlich wurde ihr bewusst, wie unbequem diese Position war. Sie versuchte, sich mit der linken Hand abzustützen, um sich aufzusetzen. Doch sofort schoss wieder der Schmerz durch ihren Arm, sodass sie das Gesicht verzog und zurück auf ihren Rücken sackte.

»Bist du verletzt?« Erin klang schon wieder besorgt.

»Nein, ich glaube nicht. Zumindest glaube ich nicht, dass es etwas Schlimmes ist. Ich hatte vorhin nur eine kleine Auseinandersetzung mit einem Baum. Und ich schätze, der Baum hat gewonnen.« Mageli versuchte, beruhigend zu lächeln, was aber gründlich misslang.

»Beweg dich nicht«, ordnete Erin an. »Ich schaue mir das erst mal an.« Er setzte sich neben Mageli auf den Boden und nahm behutsam ihren zerkratzten Arm in seine beiden Hände. Magelis Arm fing so heftig an zu kribbeln, dass sie den Schmerz – wenn er noch da war – überhaupt nicht spürte.

»Tut das weh?«

»Hm, nicht besonders.«

»Und das?« Erin drehte ihren Arm leicht hin und her. Das Kribbeln wurde stärker.

»Nicht sehr.«

»Gut. Dann scheint zum Glück nichts gebrochen zu sein. Komm, ich helfe dir hoch«, bot Erin an und streckte Mageli seine Hand hin. Als sie danach griff, zog er sie kraftvoll, aber sanft nach oben. Er behielt ihre Hand noch eine Sekunde in seiner, dann ließ er sie los.

»Du solltest jetzt besser nach Hause gehen.«

Die Idee gefiel Mageli gar nicht. Sie wollte nicht zurück nach Hause, wo Linda und der Hausarrest auf sie warteten. Sie wollte nicht wieder allein durch den Wald gehen. Und am wenigsten wollte sie sich schon von Erin verabschieden.

»Und ich werde dich besser begleiten«, sagte er in diesem Moment. »Wer weiß, wo die beiden Kerle abgeblieben sind.« Er schaute sie erwartungsvoll an. Und plötzlich klang nach Hause gehen für Mageli doch recht verlockend.

»Margarethe-Elisabeth, aufstehen!« Linda stand oben im Flur und brüllte in voller Lautstärke.

Nur noch fünf Minuten! Mageli wollte sich umdrehen und die Decke über den Kopf ziehen. Aber da war keine Decke. Und ihr

Bett kam ihr ziemlich unbequem vor. Viel zu hart. Als sie die Augen öffnete, wurde ihr klar, warum: Sie lag auf dem Fußboden vor ihrem Bett. Außerdem war sie noch komplett angezogen. Eine schnelle Bestandsaufnahme ihres Körpers ergab: Ihre Augen brannten und hinter ihrer Stirn spürte sie ein dumpfes Pochen. Die rechte Seite, auf der sie gelegen hatte, schmerzte. Der Arm war eingeschlafen und fing gerade an, unangenehm zu kribbeln. Ansonsten war alles in Ordnung. Das irritierte sie. Irgendetwas fehlte.

In Gedanken ging sie noch einmal alle Körperteile einzeln durch. Dann fiel es ihr plötzlich ein. Ihr linker Arm! Der müsste doch eigentlich höllisch wehtun! Probehalber winkelte sie den Ellenbogen an. Nichts. Sie drehte sich auf die linke Seite. Stützte sich auf. Nichts. Sie nahm ihre beiden Arme hoch und betrachtete sie aufmerksam. Nichts. Keine Schrammen, keine Kratzer, kein verkrustetes Blut. Was hatte das zu bedeuten?

»Margarethe-Elisabeth!«

Mageli zog sich am Rand ihres Bettes vom Boden hoch. Automatisch warf sie einen Blick auf den Wecker. Sieben Uhr fünfzehn. Mist! Schon wieder verschlafen. Sie drehte sich um und schaute in den Spiegel, der auf der anderen Seite des Zimmers an der Wand hing. Doppelter Mist! So konnte sie unmöglich aus dem Haus gehen. Ihre Klamotten waren zerknittert. Ihr Gesicht sah nicht viel besser aus als ihr T-Shirt. Aber am schlimmsten hatte es ihre Haare getroffen. Die waren von oben bis unten verknotet und standen wie toupiert vom Kopf ab. Vermutlich hatte der Teppichboden diese Verwüstung angerichtet. Wenn sie auch nur halbwegs menschlich aussehen wollte, kam sie um eine Dusche nicht herum.

Na gut! Ihrer Mutter würde sie einfach erzählen, die erste Stunde fiele aus, und in der Schule konnte sie sagen, sie sei beim Arzt gewesen. Sie sah auf jeden Fall so erledigt aus, dass ihre Lehrer ihr die Geschichte glauben würden. Mageli holte ein T-Shirt aus dem Schrank, das zur Farbe ihrer meergrünen Augen passte und von dem sie hoffte, dass es ihre Blässe ein wenig abmilderte. Dann schlich sie ins Bad.

Das Bad war einer der wenigen Vorteile ihres Kellerzimmers, dachte Mageli, als sie kurz darauf unter der heißen Dusche stand. Eigentlich war es kein richtiges Badezimmer, sondern eine Dusche, die in die Waschküche eingebaut war. Es gab keine Duschkabine, das Wasser floss einfach in einen Metallrost im Boden. Aber Mageli war die Einzige, die diese Dusche benutzte, während alle anderen sich in dem komfortableren Bad im ersten Stock fertig machten. Es war also quasi ihr persönliches Badezimmer.

Mageli drehte das warme Wasser noch ein Stückchen weiter auf, bis die festen Strahlen, die auf ihre Schultern prasselten, fast unangenehm heiß wurden. Dann schloss sie die Augen und hielt ihr Gesicht in den Wasserstrahl. Sie spürte die Tropfen auf ihrer Stirn und ihren Wangen und dachte an das Kribbeln in ihrem Körper, als Erin ihre Hand genommen hatte.

Wieder betrachtete sie ihre Hände und Arme. Mit einer solchen Energie starrte sie darauf, als könnte sie sich durch ihren bloßen Willen die Kratzer zufügen, die dort hätten sein müssen. Sie hatte das Gefühl, Erins Hand noch immer in ihrer zu spüren. Sie suchte nach einer Erklärung. Ohne Erfolg! War das alles nur ein Albtraum gewesen? Ein Albtraum mit Happy End? Aber dafür war es viel zu real gewesen!

Schließlich gab Mageli auf und schüttelte den Kopf, dass die Tropfen flogen. Sie nahm ein Handtuch und rubbelte sich so lange kräftig ab, bis ihre Haut zu prickeln anfing.

»Wow, was hast du denn letzte Nacht angestellt? Du siehst ja aus wie Tod auf Urlaub.« Rosanns Begrüßung, als Mageli ihr kurz vor der zweiten Stunde im Flur über den Weg lief, fiel nicht gerade ermutigend aus. Dabei hatte sie sich ganz gegen ihre sonstige Gewohnheit sogar ein bisschen geschminkt. Aber gegen die dunklen Ringe unter ihren Augen half vermutlich nicht einmal eine ganze Kosmetikabteilung.

»Ich habe jemanden kennengelernt.« Mageli war die Antwort herausgerutscht, bevor sie überhaupt darüber nachgedacht hatte.

»Wie bitte?« Rosann tat, als hätte sie nicht richtig gehört. »Kannst du das bitte noch mal wiederholen? Ich glaube, ich habe heute Morgen vergessen, mir die Ohren zu waschen!«

»Ich habe jemanden kennengelernt.«

»Wow!« Rosann riss die Augen auf. »Ich will alles wissen! *Wen* hast du kennengelernt?«

»Einen Jungen.«

»Tatatataaa!«, jubelte Rosann so laut, dass sich einige Fünftklässler, die vor ihrem Klassenraum auf den Lehrer warteten, überrascht zu ihnen umdrehten. »Die eiserne Jungfrau hat endlich einen Kerl aufgelesen. Hören Sie mal, Miss Sprich-mich-nicht-an-ich-bin-überzeugter-Single, ich will jedes schmutzige Detail hören! Und zwar sofort.«

Mageli spürte, wie ihr das Blut ins Gesicht schoss. »Keine schmutzigen Details.«

Sie waren vor dem Klassenzimmer angelangt und Rosann stieß mit einem kräftigen Fußtritt die Tür auf.

»Hallo, da sind ja …«, startete Marc seine übliche Begrüßung. Weiter kam er nicht.

»Ach, halt doch die Klappe«, herrschte Rosann ihn an und wandte sich wieder Mageli zu. Marc war so perplex über den herrischen Ton, dass er tatsächlich den Mund zuklappte. Mageli grinste. So einfach ging das also, das musste sie sich merken.

»Jetzt komm schon«, drängte Rosann, während sie sich auf ihre Plätze setzten. »Mir kannst du es ja wohl erzählen.«

»Es gibt nichts zu berichten, was deine perverse Fantasie befriedigen würde«, betonte Mageli. »Er sieht einfach fantastisch aus und ist wahnsinnig mutig.«

»Das ist ja wohl auch das Mindeste! Wo hast du ihn denn kennengelernt?«

»Im Wald.«

»Ein typischer Treffpunkt für superheiße Typen, schon klar. Die treiben sich da reihenweise rum«, ätzte Rosann. »Kann ich jetzt bitte mal die ganze Story haben?«

Also berichtete Mageli ihr die ganze Geschichte. Allerdings musste sie Rosann alles auf kleine Zettelchen aufschreiben, denn Herr Büttner hatte mit dem Matheunterricht angefangen und wäre von ihrer Unterhaltung vermutlich wenig begeistert gewesen.

Das klingt wie ein Traum, schrieb Rosann unter Magelis letzten Satz.

Mageli zuckte zusammen. Sofort kehrte das Durcheinander in ihrem Kopf zurück, das sie unter der Dusche versucht hatte abzuschütteln. Doch ihre verwirrenden Gedanken behielt sie lieber für sich. Sie wollte auf keinen Fall, dass Rosann alles nur als eine von Magelis Spinnereien abtat.

Wann seht ihr euch wieder?, kritzelte Rosann.

Keine Ahnung!, schrieb Mageli zurück.

Rosann zog fragend die Augenbrauen hoch.

»Mageli, könntest du diese Aufgabe bitte für uns lösen?« Herr Büttner stand direkt vor ihrem Tisch und hielt ihr mit einem breiten Haifischlächeln die Kreide hin.

»Ich, ich …«, stotterte Mageli.

»Ja genau, du.«

»Ich weiß nicht, ob ich das kann«, brachte Mageli hervor.

Herr Büttner trommelte mit den Fingern auf der Tischplatte.

»Das will ich aber für dich hoffen, Mageli. Nach der letzten Klausur hängst du nämlich an einer sehr wackeligen Vier. So kurz vor den Ferien ist eine aktivere Beteiligung im Unterricht deine letzte Chance, wenn du keine Bruchlandung auf einer Fünf hinlegen willst.«

»Darf ich, Herr Büttner?« Rosann hatte ihre schönste Unschuldsmiene aufgesetzt und lächelte den Mathelehrer entwaffnend an. Herr Büttner seufzte.

»Na gut, weil die Stunde sowieso gleich rum ist. Aber das nächste Mal, wenn ihr euch die ganze Zeit Briefchen schreiben müsst, macht es doch bitte so, dass ich es nicht bemerke.«

Von hinten aus der Klasse war lautes Lachen zu hören. Mageli strich sich mit beiden Händen die Haare ins Gesicht und starrte gebannt auf ihr aufgeschlagenes Mathebuch, während Rosann nach vorne an die Tafel ging und die Aufgabe in Windeseile löste. Gerade als sie sich wieder auf ihren Stuhl fallen ließ, klingelte es zur Pause.

»Also …«, drängte Rosann.

»Es gibt da ein kleines Problem«, gab Mageli zu.

»Nämlich?«

»Ich habe keine Ahnung, wie ich ihn erreichen kann.«

»Was? Du hast keine Telefonnummer oder E-Mail-Adresse oder irgendetwas von ihm?«, fragte Rosann entsetzt.

»Ich kenne nicht einmal seinen Nachnamen.«

»Manchmal zweifle ich an deiner Zurechnungsfähigkeit«, ächzte Rosann.

Ja, ich auch!, dachte Mageli.

Kapitel 4

Da sie nicht plante, sich an den Hausarrest zu halten, war es vielleicht am besten, gar nicht erst nach Hause zu fahren. Am Ende der sechsten Stunde ging Mageli also nicht zu den Fahrradständern, sondern reihte sich in die große Gruppe der Schüler ein, die zur Bushaltestelle drängten. Rosann hatte sie erzählt, sie wolle in die Stadtbücherei fahren, um sich neuen Lesestoff zu besorgen. So konnte sie sicher sein, dass Rosann sie nicht begleiten würde. Alles, was die Stadtbücherei an Büchern bot, rangierte weit unter Rosanns Niveau. Sie bestellte sich ihre Lektüre über das Internet: dicke Wälzer über Philosophie und Mathelehrbücher, die für Studenten an der Uni geschrieben waren.

Mageli hingegen fraß so ziemlich alle Bücher, die sie in die Finger bekam. Ihr Problem war eher, dass sie das meiste, was die kleine Stadtbücherei bereithielt, bereits gelesen hatte. Aber heute hatte sie ja ohnehin nicht vor, dorthin zu gehen.

An der Bushaltestelle wartete schon eine riesige Traube Schüler. Einige Fünft- und Sechstklässler kickten mitten im Gedränge eine leere Coladose hin und her, wobei sie ihre Ranzen als Tore benutzten. Natürlich rempelten sie ständig jemanden an, was vor allem die älteren Schüler mit wütenden Beschimpfungen quittierten. Die Fußballer ließen sich davon jedoch nicht beeindrucken. Mageli hatte fast den Eindruck, dass sie diejenigen, die besonders laut schimpften, besonders häufig anrempelten. Dazu gehörten auch Marc und Ben.

Die beiden standen mit Jessica und Melanie zusammen, die auch in Magelis Klasse gingen. Jessica zwirbelte mit den Fingern permanent in ihren platinblonden Haaren herum. Wahrscheinlich sollte das sexy wirken. Auch ihr pinkes, bauchfreies Shirt und die halsbrecherischen High Heels an ihren Füßen schrien nach männlicher Aufmerksamkeit. Mageli fand das Outfit unmöglich. Oder lag das nur daran, dass sie Jessica nicht mochte? Melanie war zwar ähnlich gekleidet, aber Mageli fand sie sonst in Ordnung. Zumindest nicht so fies wie Jessica.

Plötzlich drehte sich Marc zu einem der Jungen um, der ihn gerade zum wiederholten Mal angerempelt hatte.

»Jetzt reicht's«, schnauzte er den Kleinen an. »Wenn dir deine Eltern kein Benehmen beibringen, muss ich das halt übernehmen.«

»Ey, lass das«, brüllte der Knirps, doch da hatte Marc ihn schon im Schwitzkasten. Er grinste Ben breit an. »Wollen wir der Müllabfuhr was zu tun geben?«

»Na klar.« Ben tat, als würde er sich in die Hände spucken, und rieb sie dann aneinander. Er schnappte sich die Beine des Jungen, der wild um sich trat und lauthals schrie. Die umstehenden Schüler unterbrachen ihre Gespräche und guckten interessiert zu. Als Marc und Ben den Fünftklässler hochhoben und zur nächsten Mülltonne trugen, teilte sich vor ihnen die Menge. Unter dem Gelächter der Umstehenden steckten sie den Kleinen mit dem Hinterteil voran in den Behälter und kehrten mit zufriedenen Gesichtern zurück zu Jessica und Melanie.

»Ihr blöden, blöden … Scheißkerle!« Der Junge lispelte vor Aufregung und zappelte wild mit den Beinen, ohne sich aus seiner unbequemen Lage befreien zu können. In diesem Moment bog der Bus um die Ecke. Die Horde der wartenden Schüler drängte nach vorn, jeder wollte möglichst als Erster in den Bus steigen. Der Junge in der Mülltonne war vergessen. »Hey, ich muss doch auch nach Hause.« Seine Stimme kippte ins Klägliche.

Mageli hätte platzen können. Das war mal wieder typisch! Marc und Ben wussten einfach nicht, wann ein Spaß, und sei er noch so böse, vorbei war. Mageli wollte gerade zu dem armen Kerl gehen, um ihm aus der Klemme zu helfen, da drehte Ben sich um, um seine Tasche vom Boden aufzuheben. Dabei sah er Mageli direkt in die Augen. Sie funkelte ihn wütend an.

Hilf ihm raus!

Im Bruchteil einer Sekunde veränderte sich Bens Miene: Zuvor hatte er ziemlich gleichgültig gewirkt, ein bisschen stolz sogar, aber auf einmal sah er aus, als hätte er in eine saure Gurke gebissen.

»Wartet mal«, hörte Mageli Ben zu den anderen sagen. Dann ging er zu dem Kleinen, reichte ihm die Hand und zog ihn mit einer einzigen kräftigen Bewegung aus der Mülltonne. Mageli blieb der Mund vor Staunen offen stehen. Der kleine Junge fluchte, schnappte sich seinen Schulranzen und rannte zum Bus. Ben schüttelte den Kopf, als könnte er selbst nicht fassen, was er gerade getan hatte, und ging zurück zu den anderen.

»Was war das denn?« Marcs Stimme klang ungläubig. »Bist du jetzt bei den Pfadfindern, oder was? Jeden Tag eine gute Tat?«

»Vergiss es«, raunzte Ben ihn an und stieg in den Bus, wobei er Mageli mit einem Blick bedachte, der direkt aus dem Eisschrank zu kommen schien. Die anderen drei hatten sie anscheinend nicht bemerkt.

Als eine der Letzten kletterte auch Mageli in den Schulbus, der bereits brechend voll war. Sie quetschte sich an einer Gruppe jüngerer Mädchen vorbei, die alle wild auf ihren Handys herumtippten, und griff nach der ersten Halteschlaufe, die sich ihr bot. Ein Glück, dass sie so groß war, so musste sie sich nicht den Arm ausreißen, um sich festzuhalten. Der Bus fuhr ruckartig an und Mageli bekam die Kante eines Ranzens in den Rücken.

»Ziemlich witzig, wie der Büttner Mageli heute hat auflaufen lassen, oder?« Ben sprach sehr laut. Sehen konnte Mageli ihn allerdings nicht in dem Gedränge. Ob ihm klar war, dass sie ihn hören konnte? Vielleicht erwähnte er den Vorfall in Mathe absichtlich, um ihr heimzuzahlen, was auch immer sie gerade verbrochen hatte.

»Ja, da hat es der arroganten Tussi glatt die Sprache verschlagen«, sprang Marc sofort auf Bens Bemerkung an. Von Jessica war ein Kichern zu hören.

»Echt ätzend, wie eingebildet die ist, finde ich.« Marc setzte jetzt noch einen drauf. »Hält sich wohl für so ein bescheuertes Model oder so.«

»Dürr genug ist sie ja«, fiel Jessica ein.

Mageli ließ sich ihre langen Haare ins Gesicht fallen und starrte angestrengt auf den grauen Bodenbelag.

»Ja, aber den Büttner kriegt sie mit ihrer Ach-ich-bin-so-schön-Masche nicht um den Finger gewickelt, da muss schon das Superhirn einspringen.« Marc hatte sich jetzt richtig in Fahrt geredet. Mageli spürte, wie sich ihr Gesicht erhitzte – sicherlich war sie mal wieder rot angelaufen. Sie blickte weiter stur auf ihre Füße.

»Ach Leute, das Thema ist doch echt langsam durch«, mischte sich da Melanie mit leiserer Stimme ein. Sie klang genervt. »Verratet mir lieber, was wir mit dem Wochenende anstellen.«

Wie durch ein Wunder ließen sich die anderen drei von ihrer Lästerei abbringen und diskutierten ebenso lautstark ihre Ideen für die Wochenendgestaltung. Jessica wollte shoppen gehen und abends ins Kino, die Jungs plädierten für einen Schwimmbadbesuch, denn am Samstag sollte es endlich richtig heiß werden. Mageli schaffte es, die Stimmen auszublenden und ihren Gedanken an die vergangene Nacht nachzuhängen.

Eine halbe Stunde später hatten sie die Endhaltestelle im Zentrum von Neuenburg erreicht. Mageli stieg aus und wandte sich nach links, weg von der Fußgängerzone und den Geschäften in Richtung Krankenhaus. Sie ging die breite, stark befahrene Straße entlang. Dabei versuchte sie, nicht auf die Linien zwischen den quadratischen Steinplatten zu treten, mit denen der Bordstein gepflastert war. Das hatte sie als Kind schon immer gemacht, weil sie fest daran geglaubt hatte, dass ein Wunsch in Erfüllung ging, wenn sie es schaffte. Sie konzentrierte sich nur auf ihre Füße. Ein Schritt, eine Steinplatte, noch ein Schritt, noch eine Steinplatte.

»Vorsicht!«

Mageli riss den Kopf hoch und tänzelte erschrocken zur Seite. Fast hätte sie eine alte Dame umgerannt, die sich auf ihren Gehstock stützte. Mageli entschuldigte sich, doch die Frau lächelte sie nur freundlich an und humpelte weiter. Verwirrt blickte Mageli wieder auf den Boden und entdeckte einen Zettel, der direkt vor ihren Füßen auf dem Gehweg lag. Das Blatt war von einem der länglichen Blöcke abgerissen, die Kellner oft benutzten, um die Bestellungen zu notieren. Jemand hatte mit Kugelschreiber etwas daraufgeschrieben: *Wer mehr weiß, ist klar im Vorteil*, stand da in schnörkeliger Schrift. Mageli hatte keine Ahnung, was das bedeuten sollte. Trotzdem hob sie den Zettel auf, faltete ihn einmal und schob ihn in ihre hintere Hosentasche.

Ohne auf eine Linie zu treten, erreichte sie das Krankenhaus. Ein Wunsch frei! Mageli lächelte, als sie durch die gläserne Schiebetür in die Eingangshalle der Klinik trat. Der typische Krankenhausgeruch nach Desinfektionsmittel schlug ihr entgegen. Sie versuchte, durch den Mund zu atmen, und blickte sich auf der Suche nach einer Orientierungshilfe um.

Verwaltung, 2. Stock, Trakt A stand auf einem der Wegweiser vor den Aufzügen. Mageli nahm den Aufzug in den zweiten Stock und folgte der Beschilderung. Hinter einer breiten Glastür blieb sie vor einer grau gestrichenen Tür stehen, auf der ein Schild angebracht war: *Verwaltung, Empfang. Bitte treten Sie einzeln ein.* Da niemand zu sehen war, klopfte Mageli an und ging hinein.

Hinter einer Holztheke saß eine Frau mit knallroten Strähnchen in ihrer hochgesprayten Kurzhaarfrisur. Ihr Lippenstift passte farblich zu den Strähnen, ebenso wie die Farbe ihrer perfekt manikürten langen Fingernägel, an denen sie nichtsdestotrotz ausgiebig feilte. Auf der Theke stand ein Schildchen, das die Frau als *Erika Blumherr, Empfang und Sekretariat,* vorstellte.

»Entschuldigen Sie, bin ich hier richtig?«, fragte Mageli.

»Das kommt ganz drauf an, was du willst.« Erika Blumherr blickte auf und musterte Mageli, als hätte diese sie bei einer äußerst wichtigen Tätigkeit unterbrochen.

»Ich suche eine Akte«, erklärte Mageli.

»Eine Akte, aha. Um was für eine Akte handelt es sich denn?«

»Die von meiner Geburt.«

Erika Blumherr lachte. Es klang ein bisschen schrill.

»Wie alt bist du?«

»Sechzehn.«

»Soso, sechzehn. Tja, da kann man nichts machen, fürchte ich.«

Mageli war nicht sicher, ob sich die Bemerkung auf ihr Alter oder auf ihr Anliegen bezog.

»Wie meinen Sie das?«

»Ich meine, dass wir diese Akte nicht mehr haben. Zehn Jahre, länger müssen wir unsere Patientenakten nicht aufbewahren. Und dann: Schredder. Was glaubst du, wie das sonst in unserem Archiv aussähe. Würde ja überquellen. Mal abgesehen davon, dürfte ich dir die Akte ohnehin nicht geben. Ist ja eigentlich die von deiner Mutter. Und volljährig bist du auch noch nicht. Nee, nee, kannst du vergessen. Mal ganz davon abgesehen, dass wir sie eh nicht mehr haben.«

Mageli stand unschlüssig da. Das hatte sie sich nicht so kompliziert vorgestellt.

»Vielen Dank, tschüs«, sagte sie im Rausgehen. Aber Erika Blumherr war schon wieder eingehend mit ihren Fingernägeln beschäftigt.

Mageli war bereits an der Glastür, als ihr noch etwas einfiel. Ohne anzuklopfen, riss sie noch einmal die graue Tür auf.

Erika Blumherr blickte überrascht von ihren Nägeln hoch.

»Eine Frage noch. Wo ist denn das Archiv?«

»Im Keller, aber ich habe dir doch gesagt ...« Bevor Frau Blumherr den Satz beenden konnte, war Mageli schon auf dem Weg zum Aufzug.

Zwanzig Minuten später fuhr sie in den vierten Stock hoch. Zur Geburtsstation. In der Hand hielt sie den Zettel, den sie vorhin in die Hosentasche geschoben hatte, auf der Rückseite hatte sie drei Namen notiert. Es war ein Kinderspiel gewesen. Mageli dachte an die Linien zwischen den Gehwegplatten und grinste in sich hinein.

Das Archiv befand sich direkt neben der Pathologie. Mageli wusste aus den Krimis im Fernsehen, dass in der Pathologie die Leichen aufbewahrt wurden. Rosann hätte das sicher gefallen, Mageli fand es eher gruselig. Schnell ging sie durch den weiß gekachelten Gang.

Das Archiv wurde bewacht von Friedhelm Wächter, so stand es auf dem vergilbten Schild neben der Metalltür. Herr Wächter saß an seinem Schreibtisch, auf dem eine Leselampe brannte, in deren trübem Schein er ein Kreuzworträtsel löste. Gelangweilt blickte er hoch, doch sein Gesicht hellte sich sofort auf, als er sah, wer da vor seinem Schreibtisch stand.

»Was kann ich für dich tun, Mädchen?« Friedhelm Wächter

hustete. Es klang, als wäre die Schachtel Zigaretten, die neben ihm lag, nur die Hälfte seiner Tagesration.

»Frau Blumherr schickt mich zu Ihnen. Ich soll eine Akte für sie holen.«

»Dafür brauchst du aber 'ne offizielle Anforderung, das ist dir doch wohl klar. Ohne den grünen Schrieb geht hier gar nix.« Man konnte Friedhelm Wächter ansehen, wie leid es ihm tat, dass er Mageli nicht helfen konnte.

»Das ist aber blöd, den hat mir Frau Blumherr gar nicht gegeben. Wissen Sie, ich bin neu, erster Tag heute. Schulpraktikum. Das kommt bestimmt nicht gut an, wenn ich ohne die Akte wieder oben auftauche.«

»Um was für eine Akte geht es denn?«

»Zendrich, August, so eine Sache von vor zwei Jahren.« Mageli hatte sich vorher genau überlegt, was sie sagen würde. Sie hoffte, dass dieses Archiv so ähnlich funktionierte wie eine Bücherei: alphabetische Ordnung, die Namen mit Z möglichst weit hinten. Und sie hatte Glück, doppelt Glück. Das Archiv des städtischen Krankenhauses war tatsächlich so sortiert. Und Friedhelm Wächter hatte tatsächlich Gefallen an seiner Besucherin gefunden.

Brummelnd erhob er sich von seinem Schreibtisch, knipste die Neonröhren an, die den riesigen Raum mit den hohen Regalen in grelles Licht tauchten, und schlurfte in karierten Pantoffeln durch den langen Gang davon. Als er in einer der hinteren Regalreihen verschwand, schlich Mageli so leise wie möglich zu den mittleren Regalen, wo sie den Buchstaben M vermutete. Die Akten standen in Stehordnern, auf denen die Namen notiert waren. M wie Meier füllte, wie nicht anders zu erwarten, allein zwei komplette Regale. Gut, dass ihr Familienname sich wenigstens mit y schrieb.

Sie hörte Herrn Wächter leise fluchen: »Hält sich keiner an die Ordnung. Muss doch irgendwo hier sein.«

So schnell wie möglich holte sie den Meyer-Ordner aus dem Regal und riss die einzelnen Akten heraus. Meyer, Albrecht. Meyer, Britta. Meyer, Erna. Meyer, Friedrich. Meyer, Felix. Meyer, Linda.

Ihre Mutter war genau viermal in ihrem Leben im Krankenhaus gewesen, jeweils um dort eines ihrer Kinder auf die Welt zu bringen. Und vier verschiedene Akten gab es auch zu ihrem Namen. Mageli hätte am liebsten laut gejubelt. Aus irgendeinem unerfindlichen Grund war ihre Akte noch da. Sie zerrte einen Bleistift aus ihrem Rucksack und den Zettel aus ihrer Jeans und schrieb die ersten drei Namen ab, die ihr ins Auge fielen: Dr. Ralph Janssen, Dr. Andrea Ehmich-Mohl und Monika Theissen, Hebamme. Dann stopfte sie die Akten wieder in den Stehordner und schob ihn ins Regal.

Ihr Herz klopfte so heftig, dass sie sicher war, man müsste es hören können. Aber Friedhelm Wächter sah nicht misstrauisch aus, als er wieder zu seinem Schreibtisch geschlurft kam. Nur genervt.

»Es tut mir wirklich leid, Mädchen, aber irgendein Idiot hat die Akte falsch einsortiert oder weggenommen und nicht wiedergebracht oder was weiß ich. Hier kommt ständig irgendwas weg. Wahrscheinlich kriegen die Akten gelegentlich Füße und machen sich selbstständig. Keine Ahnung.«

Es gelang Mageli, ein angemessen zerknirschtes Gesicht aufzusetzen.

»Da kann man wohl nichts machen. Vielen Dank für Ihre Mühe.«

Sie spürte Friedhelm Wächters Blick in ihrem Rücken, bis sie durch die Tür verschwunden war.

Der Gang von Station 4c, Geburtshilfe, war leer. Die Wände waren sonnengelb gestrichen, was wohl freundlich wirken sollte. An fast jeder freien Stelle hingen große Bilderrahmen mit Collagen aus unzähligen Babyfotos. Winzige zahnlose und meist haarlose Wesen, die meisten sahen ziemlich zerknittert aus. In der Mitte des Flurs stand auf der rechten Seite eine Sitzgruppe aus Rattanmöbeln, auf dem Tischchen lag ein Stapel Zeitschriften. Durch eine geschlossene Tür drang das Schreien eines Babys. Außerdem war Gelächter zu hören. Es kam aus einem Zimmer am Ende des Flurs. Das Schwesternzimmer, stellte Mageli fest, als sie vor der großen Glasscheibe ankam, die den Raum vom Flur abgrenzte. Dahinter saßen zwei Frauen in weißen Kitteln an einem Holztisch und tranken Kaffee. Mageli klopfte an die Scheibe, worauf die beiden Schwestern sich zu ihr umdrehten. Die jüngere stand auf und kam zur Tür.

»Ja?« In ihrer Stimme schwang ein Unterton, der deutlich zu verstehen gab, dass Mageli die Frauen bei einem interessanten Gespräch unterbrochen hatte. Nervös strich sie die Haare hinters Ohr und zog sie schnell wieder in ihr Gesicht. Wie sollte sie am besten erklären, was sie wollte?

»Ich suche jemanden«, sagte sie zögernd.

Die junge Schwester, auf deren Namensschild ihr Vorname – Svenja – stand, zog fragend die Augenbrauen in die Höhe, sagte aber nichts.

»Herrn Doktor Janssen oder Frau Doktor Ehmich-Mohl.«

Svenjas Gesichtsausdruck blieb unverändert, sodass Mageli nach einem kurzen Augenblick das Gefühl hatte, etwas hinzufügen zu müssen.

»Ich hätte vorher anrufen sollen, aber ich war sowieso in der Stadt und dachte, ich könnte vielleicht einfach vorbeikommen und mit ein bisschen Glück …«

Svenjas Gesichtsausdruck wechselte von fragend zu erstaunt. »Tut mir leid, aber die gibt es hier nicht.«

»Nicht?«, sagte Mageli enttäuscht. Sie hatte gehofft, dass wenigstens einer der Ärzte noch im Haus arbeiten würde. Fehlanzeige!

»Wen suchst du?« Die andere Schwester kam ebenfalls zur Tür. Sigrid stand auf ihrem Namensschild. Mageli wiederholte die Namen.

»Wieso suchst du denn ausgerechnet die?« Sigrids Stimme klang nicht nur überrascht, sondern auch ziemlich neugierig. Mageli entschied spontan, dass sie mit der Wahrheit hier weiter kam als mit einer erfundenen Geschichte. Zumindest mit einem Teil der Wahrheit.

»Ich versuche etwas über meine Geburt herauszufinden.«

»Deine Geburt, soso. Komm doch mal kurz rein. Setz dich. Magst du einen Kaffee?«

Mageli konnte Kaffee nicht ausstehen. Andererseits wollte sie nicht riskieren, Sigrid vor den Kopf zu stoßen, und für die Krankenschwester schien ein Kaffee die Basis für jedes Gespräch zu sein.

»Danke, gern.«

»Zucker, Milch? Wir haben allerdings nur Kaffeeweißer.«

»Zucker, danke.« Man konnte auch einen abgestandenen Filterkaffee noch mehr verhunzen, indem man Kaffeeweißer dazugab. Mageli rührte vier gehäufte Teelöffel Zucker in den großen gelben Becher, den Sigrid ihr reichte.

»Bist wohl 'ne ganz Süße, was?«

»Hm.«

»Setz dich doch.«

Mageli rückte sich mit dem Fuß einen der Holzstühle an dem runden Tisch zurecht und setzte sich auf das gelbe Sitzkissen. War hier eigentlich alles gelb? Svenja blätterte in einer Frauenzeitschrift, blickte aber über den Rand immer wieder zu Mageli. Sigrid pustete in ihren Kaffee.

»Du bist also hier zur Welt gekommen, ja? Wann war das denn?«, fragte Sigrid schließlich.

»Vor sechzehn Jahren. Einundzwanzigster Juni.«

»Oh, dann hattest du ja vor zwei Wochen Geburtstag. Nachträglich herzlichen Glückwunsch«, mischte Svenja sich ein.

»Danke.«

»Und Doktor Janssen und Frau Doktor Ehmich-Mohl waren bei deiner Geburt dabei, sagst du.« Sigrid ließ sich nicht ablenken.

»Hm.«

»Tja, das ist ja komisch.« Sigrid wartete eindeutig auf eine Nachfrage, also tat Mageli ihr den Gefallen.

»Wieso?«

»Weil beide nicht mehr am Leben sind.«

»Was?«

»Verkehrsunfall, glaub ich. War vor meiner Zeit.« Eine Tatsache, die Sigrid offenkundig schade fand. »Aber man hat natürlich drüber geredet, auch später noch, als ich hier angefangen hab. Das war übrigens ein Jahr danach, vor genau fünfzehn Jahren. So lange arbeite ich schon hier. Meine Güte, wie die Zeit vergeht.«

Mageli war gleichgültig, wie lange Sigrid hier schon ihren Kaffee schlürfte. Etwas anderes ließ sie allerdings aufhorchen.

»Was meinen Sie mit ein Jahr danach? Wonach?«

»Na, nach dem Unfall. Das war 'ne ziemlich heiße Story damals. Weil die beiden doch verheiratet waren, also natürlich nicht miteinander. Und dann waren die im selben Auto unterwegs, angeblich zu irgendeinem Kongress, aber da war wohl gar kein Kongress an dem Wochenende. Jedenfalls, die beiden sind unterwegs irgendwo in Österreich. Und dann, in den Bergen, versagen die Bremsen. Da fliegt der Wagen vom Doktor Janssen, der ist wohl immer gern ein bisschen überm Limit gefahren, der Doktor, fliegt voll aus einer dieser Haarnadelkurven und überschlägt sich, immer weiter den Berg runter. Haben wohl ziemlich übel ausgesehen, die zwei, als man sie schließlich aus dem völlig zerdrückten Auto geschnitten hat. War nix mehr zu machen, gar nix mehr.« Sigrid verschränkte die Arme unter ihrer üppigen Brust.

Mageli war der Mund offen stehen geblieben. Das musste kurz nach ihrer Geburt passiert sein. So ein Mist!

»Ziemlich krass!«, brachte sie heraus. Sigrid deutete Magelis Reaktion fälschlicherweise als Begeisterung für ihre Klatschgeschichte.

»Kann man wohl sagen. Aber so ist das, wenn man nicht weiß, in welchem Bett man zu schlafen hat. Ich bin meinem Erwin jetzt seit zwanzig Jahren treu. Kann mir nicht passieren so was.«

Mageli verzichtete darauf, nach dem logischen Zusammenhang zwischen ehelicher Untreue und tödlichen Unfällen zu fragen. »Ich habe noch einen Namen«, sagte sie stattdessen schnell. Der Zettel war ihr wieder eingefallen und sie kramte ihn mit neuer Hoffnung aus ihrer Hosentasche. »Hier, Monika Theissen, ist die denn noch hier?«

Ihr entging nicht, dass sich Sigrid und Svenja einen Blick zuwarfen.

»Die Monika, also, aha.« Dafür dass sie eben noch so redselig gewesen war, wirkte Sigrid jetzt ziemlich abweisend. »Nee, die ist auch nicht mehr da.«

Mageli sackte in ihrem Stuhl zusammen. Na klar! Ihr Glück hatte nur für Friedhelm Wächter ausgereicht und sie danach verlassen.

»Die Monika hat sich letztes Jahr selbstständig gemacht mit einer eigenen Hebammenpraxis. Hat ihr die Chefin wohl zu geraten. Stimmte aber auch irgendwie nicht mit der Chemie zwischen den beiden.« Sigrid klang so essigsauer, als hätte es auch bei ihr und dieser Monika irgendwie nicht mit der Chemie gestimmt.

Mageli rutschte auf ihrem Stuhl wieder nach vorn.

»Und wo finde ich diese Praxis?«

»Friedrichstraße, glaube ich«, mischte sich Svenja ein. »Ursula hat's mir erzählt«, fügte sie entschuldigend an Sigrid gewandt hinzu.

»Vielen Dank, das war echt interessant.« Mageli sprang von ihrem Stuhl auf und beeilte sich, zur Tür zu kommen. Den gelben Becher ließ sie auf dem Tisch stehen. Von dem Kaffee hatte sie keinen Schluck getrunken.

Die Friedrichstraße war eine der schönsten Straßen im schönsten Viertel von Neuenburg. Hier standen ausschließlich Altbauvillen, umgeben von großen Gärten mit alten Bäumen und schmiedeeisernen Zäunen. Mageli schlenderte die Straße entlang und suchte die Zäune nach einem Hinweisschild auf die Hebammenpraxis ab.

Die Seite mit den geraden Hausnummern hatte sie bereits abgeklappert, auf der anderen Straßenseite entdeckte sie dann nach kurzer Zeit, wonach sie suchte: *Monika Theissen, Hebammenpraxis, Termine nach Vereinbarung,* stand auf einem unscheinbaren weißen Schild, das an dem geschwungenen Eingangstor befestigt war. Mageli holte ihr Handy raus, um nach der Uhrzeit zu schauen: halb fünf. Die Klinke fühlte sich kühl an, als sie dagegendrückte, lautlos schwang das Tor auf.

Über einen Kiesweg gelangte man zum Haus, der Belag knirschte unter Magelis Füßen. Staunend betrachtete sie die Villa: Der Prunkbau hatte drei Stockwerke, mehrere Erker und war von außen mit wunderschönen Stuckfiguren geschmückt. Wie konnte sich eine Hebamme eine Praxis in einem solchen Haus leisten? Aber vielleicht hatte Monika Theissen ja einen reichen Mann geheiratet oder geerbt oder im Lotto gewonnen …

Auf der Treppe zu der schweren hölzernen Eingangstür nahm Mageli immer zwei Stufen auf einmal. Es gab keine Klingeln, nur einen Türklopfer mit Löwenkopf. Mageli zögerte, dann hob sie den Klopfer an und ließ ihn wieder fallen. Das Geräusch hallte im Hausflur nach. Sie wartete, lauschte. Nichts. Sie ließ den Klopfer erneut fallen, hörte wieder auf den Hall aus dem alten Haus. Nichts.

Ihr Glück hatte wohl endgültig Feierabend gemacht. Mageli

wollte schon umdrehen, als sie zaghafte Schritte im Haus hörte. Schließlich öffnete sich die Tür einen Spalt.

»Wer ist da?« Durch den schmalen Spalt konnte Mageli nicht erkennen, wer auf der anderen Seite der Tür stand. Die Stimme schien zu einer älteren Frau zu gehören und sie klang definitiv nicht einladend.

»Mein Name ist Margarethe-Elisabeth Meyer. Ich möchte zu Frau Theissen.« Mageli stellte sich für gewöhnlich nicht mit ihrem vollen Namen vor. Aber irgendetwas an diesem Haus und dieser Frau hinter der Tür erfüllte sie mit dem Wunsch, möglichst erwachsen und professionell zu wirken. Die Reaktion war allerdings anders als erhofft: Ohne ein weiteres Wort schlug die Frau Mageli die Tür vor der Nase zu.

Mageli war für einen Moment so baff, dass sie nicht wusste, was sie machen sollte. Ob sie noch einmal klopfen sollte? Aber die Mühe konnte sie sich vermutlich sparen, die Frau würde es sich bestimmt nicht anders überlegen. Über den Kiesweg ging Mageli zurück zu dem eisernen Tor und trat hinaus auf den Gehsteig. Als sie sich noch einmal umschaute, wurde einer der Vorhänge im Erdgeschoss eilig zugezogen.

Mageli erwischte den Bus um kurz nach fünf und war gegen zwanzig vor sechs zurück an der Schule. Der Schulhof war um diese Zeit Ödland. Magelis Fahrrad lehnte einsam zwischen den Ständern. Sie schloss die Kette auf und schwang sich in den Sattel.

Für den Heimweg ließ Mageli sich Zeit. Der Tag hatte ihr eine Menge geliefert, worüber sie nachdenken wollte. Sie war ziemlich enttäuscht, dass sie in Neuenburg so wenig erfahren hatte.

Außerdem war sie keineswegs scharf darauf, Linda unter die Augen zu treten.

Als sie zur Wegkreuzung im Wald kam, bremste sie deshalb ab, stieg vom Rad, ließ es am Rand des Weges fallen und setzte sich auf die Bank, die dort für fußmüde Wanderer aufgestellt worden war. Es war eine gestiftete Bank, eine kleine, glänzende Metallplakette erinnerte an die Spender. *Für alle, die den Wald so lieben wie wir,* stand darauf.

Mageli hatte sich angesprochen gefühlt, als sie die Plakette zum ersten Mal entdeckt hatte. Nun lehnte sie sich zurück und spürte die harte hölzerne Lehne gegen ihre Wirbelsäule drücken. Sie schloss die Augen und horchte auf die Geräusche des Waldes: das Rauschen der Blätter, das Rascheln der kleinen Tiere im Unterholz, das Zwitschern der Vögel in den Bäumen, das Summen der Insekten.

Mageli spürte, wie der vertraute Klangteppich sie beruhigte. Die Bedrohung der vergangenen Nacht erschien ihr im wärmenden abendlichen Sonnenlicht plötzlich unwirklich. Und all die verwirrenden Informationen, die sie heute gesammelt hatte, vermischten sich in ihrem Kopf zu einem unbedeutenden Gedankenbrei. Sie merkte, wie ihr Körper schwerer wurde und ihr Kopf nach vorne sackte.

»Ist hier noch ein Platz frei?«

Ruckartig fuhr Mageli hoch und starrte Erin an wie eine Erscheinung. Hatte er letzte Nacht auch schon so gut ausgesehen? Wie er da mit seinem schiefen Lächeln stand, die Arme vor der Brust verschränkt und den Kopf zur Seite geneigt, hatte Mageli den Eindruck, ein Filmstar wäre von der Leinwand gestiegen und geradewegs in ihren Wald spaziert. Filmstar, Leinwand, Wald … so ein Quatsch!

»H… hi«, brachte sie hervor, als das Schweigen gerade peinlich zu werden begann. »Wie kommst du denn hierher?«

Na super, sehr geistreich!

Aber Erin nahm die Frage ernst.

»Ich weiß es wirklich nicht, ich würde es dir gern erklären, aber ich kann nicht. Es tut mir leid.«

Das war doch verrückt! Warum wollte er ihr nicht sagen, woher er kam? Und warum er neuerdings ständig in ihrem Wald auftauchte? Wieso machte er daraus bloß so ein großes Geheimnis?

»Darf ich mich trotzdem setzen?« Erin deutete auf die Bank.

»Äh, ja klar«, stotterte Mageli.

Als Erin neben ihr Platz nahm, atmete sie tief ein, um ihre Gedanken davon abzuhalten, weiter in ihrem Kopf Walzer zu tanzen. Ein Fehler, wie sie sofort feststellte. Erin sah nicht nur toll aus, er roch auch toll. Nach Wald und Erde und sprudelndem Wasser. Ein Duft, der schwer zu beschreiben war und die Gedanken in ihrem Kopf nur noch schnellere Kreisel drehen ließ.

»Schön, dich wiederzusehen«, sagte Erin.

»Äh, ja«, antwortete Mageli. Am liebsten hätte sie sich auf die Zunge gebissen.

Reiß dich zusammen, du bist peinlich!

»Ich freu mich auch«, zwang sie sich zu sagen. Nervös strich sie die Haare hinters Ohr und schob sie wieder ins Gesicht.

»Geht es dir gut?« Erin musterte sie schon wieder mit diesem besorgten Ausdruck. Sie musste wohl ziemlich durcheinander wirken.

»Sicher«, beeilte sie sich zu sagen. »Ich bin nur überrascht, dich zu sehen.«

»Ich meinte eigentlich nach letzter Nacht«, erwiderte Erin mit einem kleinen spöttischen Lächeln.

Ja, natürlich! Peinlich, peinlich, peinlich!

»Ach so, ja, mir geht es wirklich gut. Und danke noch mal.«

»Du musst dich nicht bedanken.«

Erin drehte sich ihr zu und betrachtete sie so intensiv, dass es Mageli ganz flau im Magen wurde. Sein Blick versank in ihrem, und in diesem Moment spürte sie etwas, das sie noch nie empfunden hatte. Es war, als würde sie Erin schon ewig kennen, schon immer, obgleich sie sich gerade erst zum zweiten Mal begegnet waren. Und als gäbe es zwischen ihnen eine Verbindung wie ein unsichtbares Band, das sie zusammenhielt, auch wenn sie gar nicht zusammen waren. Und als könnte Erin mit seinen Zauberaugen direkt in ihr tiefstes Inneres sehen.

Erschrocken schnappte Mageli nach Luft und wandte schnell den Blick ab, bevor sie knallrot anlief.

»Soll ich lieber gehen?« Erin rückte vorsichtig ein Stück von ihr weg.

»Nein, nein.« Mageli stotterte schon wieder. »Wie kommst du darauf?«

»Du wirkst so unglücklich. Und ich hatte Sorge, das könnte etwas mit meiner Anwesenheit zu tun haben.«

Er konnte wirklich direkt in sie hineinsehen! Aber wenn es um ihn selbst ging, versagte sein Einfühlungsvermögen.

»Es hat nichts mit dir zu tun!« Dank des Schrecks hatte Mageli endlich die Fähigkeit wiedergefunden, in ganzen Sätzen zu reden. »Ich hatte einen ziemlich verwirrenden Tag.«

Erin antwortete nicht, sondern betrachtete sie nur weiter forschend.

»Unglücklich zu sein, ist für mich so eine Art dauerhaftes Lebensgefühl«, versuchte Mageli zu erklären. »Ich kann mich nicht daran erinnern, dass ich mal richtig glücklich gewesen bin. Ich glaube, es liegt daran, dass ich immer den Eindruck hatte, hier irgendwie falsch zu sein, eine Fehlbesetzung in meinem eigenen Leben.«

Mageli hielt abrupt inne. Was erzählte sie denn da? Das hatte sie so noch nie jemandem gesagt! Erin hatte einen merkwürdigen Einfluss auf sie. Sobald sie mit ihm zusammen war, dachte und sagte sie die erstaunlichsten Dinge. Und das Erstaunlichste war, dass Erin sie zu verstehen schien.

»Ich kenne das Gefühl«, sagte er nachdenklich. »Manchmal denke ich genau dasselbe von meinem Leben.«

Sie schwiegen, aber es war kein unangenehmes Schweigen. Noch stärker als zuvor fühlte Mageli sich mit Erin verbunden. Ob er es auch spürte? Am liebsten wäre sie wieder ein bisschen näher zu ihm gerückt, aber sie traute sich nicht. Sie strich eine widerspenstige Strähne hinters Ohr und zupfte sich die Haare schnell wieder ins Gesicht.

»Sag mal, warum machst du das eigentlich ständig?«

»Was?« Mageli war verwirrt.

»Das mit deinen Haaren.«

»Was mit meinen Haaren?«

»Na, erst streichst du sie nach hinten und dann direkt wieder ins Gesicht. Ständig. Merkst du das gar nicht?«

Mageli spürte, wie ihr das Blut in die Wangen schoss. Na wunderbar! Natürlich kannte sie ihren kleinen Tick. Aber sie hatte ihn jetzt schon so lange, dass es ihr gar nicht auffiel, wenn sie es machte. Wie sollte sie Erin erklären, warum sie das tat, ohne sich lächerlich zu machen?

»Ähm, na ja, im Gesicht stören mich die Haare. Aber hinterm Ohr stören sie mich irgendwie auch«, versuchte Mageli zu erklären. Erin neigte den Kopf zur Seite und sah sie erwartungsvoll an.

»Weil ich mir dann die ganze Zeit überlege, was die Leute über meine Ohren denken«, schob Mageli hinterher.

»Darf ich?« Ohne auf ihre Antwort zu warten, lehnte er sich zu ihr, streckte seinen Zeigefinger aus und schob ihr vorsichtig die Haare hinters Ohr. Mageli spürte, wie sie die Luft anhielt.

»Was soll denn an deinen Ohren falsch sein?« Erin klang erstaunt.

»Sie sind so spitz«, stieß Mageli hervor.

»Ach, das ist doch niedlich.« Mageli konnte das Lächeln in Erins Stimme hören. Sie traute sich nicht, ihn anzusehen. Zog er sie auf? Oder meinte er das etwa ernst?

»Nein, wirklich, ich habe selten so hübsche spitze Ohren gesehen wie deine.«

Jetzt blickte sie ihm doch ins Gesicht. Er schaute sie mit diesem etwas spöttischen Lächeln an, das sie inzwischen schon so gut an ihm kannte. Und sie konnte gar nicht anders, als zurückzulächeln. Stundenlang hätte sie das plötzlich tun wollen. Einfach nur dasitzen und Erin anlächeln. Und von ihm angelächelt werden.

Mageli fröstelte. Verwirrt schaute sie sich um. Es dämmerte bereits. Shit! Wie spät war es? Sie zog ihr Handy aus dem Rucksack. Schon nach neun. Shit, Shit, Shit! Sie musste noch einmal eingeschlafen sein. Ziemlich fest eingeschlafen sogar. Wie hatte ihr das passieren können? Vermutlich war sie einfach noch erledigt von der vergangenen Nacht. Sie beugte den Kopf von einer Schulter zur anderen. Ihr Nacken tat weh.

Und wo war Erin? Verschwunden. Einfach so. Ohne sich zu verabschieden! Er hätte sie ruhig wecken können!

»Aber ich habe ihr kein Wort gesagt.« Monika war empört. Sie hatte einmal einen Schwur geleistet, und sie war niemand, der einen Schwur brach. Vor allem nicht, wenn ihr Schweigen so gut bezahlt wurde, wie das bisher der Fall gewesen war.

»Das ist ihm gleichgültig.«

Monika zögerte. Ihr Besucher, der sich ihr vor vielen Jahren mit dem Namen Damorian vorgestellt hatte, blickte sie unverwandt aus seinen gelblichen Augen an.

»Aber ich habe sie nicht einmal ins Haus gelassen«, verteidigte sie sich, allerdings mit weitaus weniger Nachdruck.

»Das interessiert ihn nicht im Mindesten.«

Monika atmete tief durch. Damorians Blick, der so boshaft auf ihr ruhte, beunruhigte sie immer mehr.

»Und ich habe ihn sofort informiert. Umgehend. Direkt nachdem sie hier aufgetaucht war.«

»Genug jetzt.«

Damorian machte einen Schritt auf sie zu und Monika wich unwillkürlich ein Stück zurück. Dabei stieß sie gegen einen der Küchenstühle, der polternd umfiel.

»Aber was will er denn noch von mir? Ich habe seit damals all seinen Anweisungen gehorcht. Ich habe mich aus meinem Beruf zurückgezogen und mich hier verschanzt. Ich habe seit Monaten mit

kaum einem Menschen gesprochen. Ich habe all die Jahre kein Sterbenswort zu niemandem gesagt. Er kann mir vertrauen.«

Monika hörte selbst, wie ihre Stimme immer hektischer wurde und wie die Worte anfingen, sich zu überschlagen. Aber Damorian zog nur eine angewiderte Grimasse.

»Meinetwegen leiste ich einen neuen Schwur. Ja, das könnte ich machen.« Monika wich immer weiter zurück, obgleich Damorian sich gar nicht bewegt hatte. Er verzog auch keine Miene mehr. Also stotterte sie weiter und wurde immer lauter.

»Ihr müsst mir nur sagen, was er will. Ich mache das. Auf jeden Fall! Los, sag es mir schon!«

Monika war mittlerweile so weit zurückgewichen, dass sie die Küchentür in ihrem Rücken spüren konnte. Vielleicht, dachte sie, kann ich fliehen. Vielleicht habe ich eine Chance zu entkommen, wenn ich schnell genug bin. Dann könnte ich mich irgendwo verstecken, wo sie mich nicht finden. Ich könnte auswandern. Geld genug habe ich ja. Es muss doch einen Platz auf dieser Welt geben, an den sie mich nicht verfolgen werden.

Während sie das dachte, griff Monika hinter ihren Rücken und tastete nach der Türklinke. Als sie das kalte Metall auf ihrer Haut spürte, atmete sie tief ein, drückte den Griff nach unten, drehte sich zur Seite und riss in derselben Bewegung die Tür auf. Sie warf sich durch den Spalt in den Flur und schmiss die Küchentür wieder zu.

Ich muss es bis zur Straße schaffen, dachte sie. Da steht mein Auto. Mit dem Auto wird mir die Flucht gelingen. So schnell kann er unmöglich sein. Ich werde direkt zum Flughafen fahren und das erstbeste Flugzeug nehmen, das mich weit weg bringt. So weit weg wie möglich. Und dann werde ich ganz neu anfangen. Ich muss es nur bis zur Straße schaffen.

Doch sie schaffte es nicht einmal bis zur Haustür.

Als Damorian sein Schwert aus ihrem Körper zog, hatte sie noch genug Luft für eine letzte Frage. »Warum?«, presste sie mühsam zwischen ihren Lippen hervor.

»Er hätte dich schon viel früher getötet. Du bist nur am Leben geblieben, um ihn zu warnen, falls die Kleine Kontakt zu dir aufnimmt«, antwortete Damorian. Mit unbewegtem Gesichtsausdruck fügte er hinzu: »Und jetzt braucht er dich nicht mehr.«

Kapitel 5

Das Glockenspiel über der Tür gab ein vielstimmiges Bimmeln von sich, als Mageli den Laden betrat.

»Komme gleich«, rief Susa aus dem Hinterzimmer.

In Susas Blumenladen, den sie in Erinnerung an alte Zeiten »Flower Power« genannt hatte, herrschte das perfekt arrangierte Chaos. Blumenkübel aus glänzendem Blech standen dicht an dicht auf dem Boden und auf langen Holzbänken an den Seitenwänden. Selbst von der Decke hingen Sträuße und Gebinde aus Trockenblumen, Metallschilder, Kerzenhalter und vieles mehr.

Mageli atmete tief ein. Hunderte von Blumen verströmten ihren Duft, Hunderte verschiedener Noten, die sich in dem kleinen, engen Laden zu einer berauschenden Geruchssymphonie vereinigten. Mageli schloss die Augen und versuchte, die Rosen zu riechen. Bei den Rosen war es am einfachsten, weil sie ihr Aroma am intensivsten preisgaben. Sie standen gleich links neben der Tür in Blecheimern, dicke rosa Blütenköpfe, kleinere in Hellgelb und natürlich die stolzen roten mit den langen Stielen. Mageli griff sich eine der roten Rosen, nahm sie vorsichtig in die linke Hand und drückte mit dem Zeigefinger der rechten Hand sanft gegen eine der spitzen Dornen. Ein Blutstropfen bildete sich auf ihrer Fingerkuppe. Sie stellte die Rose zurück in den Eimer und lutschte an ihrem Finger.

»Hi, Mageli, hast du dir wehgetan?« Susa trat aus dem hinteren Zimmer in den Verkaufsraum und wischte ihre nassen Hände an der grünen Schürze ab, die sie über ihrer Jeans trug. Die Jeans hatte einen breiten Schlag, wahrscheinlich ebenfalls eine Erinnerung an Susas bewegte Hippiezeit.

»Ich mag es, dass Rosen nicht perfekt sind. So wunderschön, aber gleichzeitig auch gefährlich. Obwohl, vielleicht sind sie ja gerade deshalb perfekt.«

»Hast du heute deinen philosophischen Tag?« Susa zog ihre etwas zu breiten Augenbrauen zusammen und musterte Mageli. »Falls du Unterstützung von unserer Diplomphilosophin brauchst, die ist hinten.«

Mageli schob sich an Susa vorbei. Im Hinterzimmer hockte Rosann mit gekrümmtem Rücken auf dem Boden. Vor ihr stapelten sich Kränze für eine Beerdigung, üppig dekoriert mit weißen Lilien und Calla und jeder Menge Nelken. Rosann befestigte gerade ein breites Band mit goldener Umrandung an einem Kranz, der aus unzähligen dunkelroten Rosen bestand. »Goodbye, Charlie« stand darauf.

»Ich frage mich, wer dieser Charlie war. Und wer auf die Idee kommt, einen Trauerkranz mit solchen Massen an roten Rosen zu bestücken. Ob Charlie wohl eine heimliche Geliebte hatte, die der trauernden Witwe auf diesem letzten Weg noch eins auswischen will?« Rosann betrachtete nachdenklich ihre Arbeit.

»Du bist immer so unglaublich negativ. Ich glaube, Charlies Frau hat ihn wirklich geliebt und will das auch über seinen Tod hinaus zeigen.«

»Wow, seit wann bist du denn so eine Romantikerin?« Rosann blickte erstaunt auf. Dann grinste sie anzüglich. »Ach, ich verstehe, du hast doch nicht etwa gerade an deinen Traumprinzen gedacht?«

»Blöde Nuss!« Magelis Wangen färbten sich verdächtig. »Man wird ja wohl noch von der wahren Liebe träumen dürfen.«

»Pass bloß auf! Demnächst liest du diese kitschigen Romane, in denen die Krankenschwester am Ende immer den Oberarzt bekommt.«

»Und was liest du hier?« Mageli griff nach der Zeitung neben Rosann auf dem Boden, die Susa normalerweise benutzte, um Blumen darin einzuwickeln.

»Todesanzeigen?« Mageli schüttelte in gespieltem Entsetzen den Kopf. Sie war froh, ein Thema gefunden zu haben, mit dem sie Rosann von Erin ablenken konnte. »Mir war ja durchaus bewusst, dass du eine morbide Ader hast. Wer außer dir treibt sich schon gern freiwillig auf Friedhöfen herum? Aber jetzt liest du auch noch zum Spaß die Todesanzeigen. Findest du das nicht ein bisschen zu makaber?«

»Na, hör mal! Das sind Sozialstudien.« Rosann tat ebenfalls empört. »In Todesanzeigen steckt das ganze Drama des Lebens drin! Das ist spannender als jeder Krimi!«

Mageli schnaufte und Rosann nahm ihr die Zeitung aus der Hand.

»Hier, zum Beispiel. Aus diesem Stoff könnte man eine überirdische Liebesgeschichte machen. Als frisch bekehrte Romantikerin müsste dir das gefallen.« Rosann bog ihren Oberkörper in einer theatralischen Pose zurück und deklamierte dramatisch: »›Ich sterbe, aber meine Liebe zu dir stirbt nicht. Ich werde dich vom Himmel aus lieben, wie ich dich auf Erden geliebt habe.‹«

Mageli verdrehte die Augen.

»Oder hier. Ein spannender Krimi!« Rosann hatte die Zeitungsseite umgedreht. »›Wir trauern um unsere langjährige, zuverlässige Mitarbeiterin Frau Monika Theissen, die einem grausamen Verbrechen zum Opfer gefallen ist. Möge sie in Frieden …‹ He!«, schimpfte Rosann, als Mageli ihr die Zeitung aus den Händen riss.

Entgeistert starrte Mageli auf das Zeitungsblatt. Monika Theissen, so hieß doch die Hebamme, die ihr vorgestern die Tür vor der Nase zugeschlagen hatte. Und jetzt sollte sie tot sein? Einem grausamen Verbrechen zum Opfer gefallen? Was hatte das zu bedeuten? Mageli beschlich das ungute Gefühl, dass es sich dabei nicht um einen tragischen Zufall handelte.

»Seid ihr so weit?« Susa steckte den Kopf durch die Tür.

»Ja, ich denke, wir können los.« Rosann kam umständlich auf die Füße und stupste Mageli gegen die Schulter. »Falls Fräulein Meyer aus ihrer Totenstarre erwacht, versteht sich.« Mageli blickte sie verwirrt an.

»Willst du ernsthaft in diesem dreckigen Kleid zu dem Konzert gehen?«, ging Susa über Rosanns Bemerkung hinweg.

»Susa, du klingst voll muttermäßig.« Rosann blickte kritisch an ihrem schwarzen Kleid mit den trompetenförmigen Ärmeln hinunter. »Wieso denn nicht? Wir haben einen Auftritt in einem Altersheim und an diesem Kleid klebt ausschließlich der Dreck von Trauerkränzen. Das passt doch prima.«

Susa schielte genervt zu Mageli hinüber. Der Schlagabtausch zwischen Mutter und Tochter holte Mageli zurück in die Realität und sie lachte befreit.

Rosann nahm einen Lappen von der Spüle und wischte hektisch an den dunklen Flecken auf ihrem Rock herum. Natürlich würde Rosann niemals mit einem dreckigen Kleid irgendwohin gehen. Mageli legte weit weniger wert auf ihre Klamotten. Zu ihrer Jeans trug sie eine weiße Bluse, die aussah wie ein Herrenhemd. Um genau zu sein, war es ein Herrenhemd, das sie Jost vor einiger Zeit abgeschwatzt hatte.

»Okay, dann los.« Susa scheuchte die beiden zur Tür hinaus. »Ihr könnt schon mal einsteigen, die Luxuskarosse ist offen. Ich schließe nur schnell den Laden ab.«

Luxuskarosse war so ziemlich die größtmögliche Übertreibung, um Susas Auto zu beschreiben. Susa fuhr einen alten Fiat Panda, den sie kurz vor Rosanns Geburt gebraucht gekauft hatte. Damals war der Wagen vielleicht mal weiß gewesen, mittlerweile überdeckten grauer Staub und Dreck die zahlreichen Rostflecken. Durch die Waschanlage gefahren war Susa das letzte Mal vor etwa zehn Jahren. Sie fand, es mache keinen Sinn, das Auto zu waschen, wenn es sowieso bald den Geist aufgeben würde. Bisher hatte sich der Wagen aber standhaft geweigert, dies zu tun. Mageli vermutete, dass der Dreck ihn so gut zusammenhielt.

»Echt lieb, dass du uns fährst«, sagte Mageli, als sich Susa auf den Fahrersitz fallen ließ, was dem Panda ein leichtes Stöhnen entlockte.

»Klar, gern. Wie kommt es eigentlich, dass deine Mutter dich hat gehen lassen? Rosann sagte, du hättest Hausarrest.«

»Hab ich auch. Und begeistert war Linda nicht. Aber weil Jodel-Ursel das Ganze organisiert hat, ist sie der Meinung, dass es eine schulische Veranstaltung ist. Und Schule ist natürlich vom Hausarrest ausgenommen.«

Eigentlich war sie ganz froh, dank des Konzerts heute den Nachmittag nicht zu Hause verbringen zu müssen. Mit Grauen erinnerte sie sich an Lindas Strafpredigt, als sie vorgestern erst nach dem Abendessen zurückgekommen war.

»Hast du eigentlich deine Flöte mit dabei?«, fragte Rosann besorgt.

»Ach komm, so vergesslich bin nicht mal ich.« Zum Beweis zog Mageli den lederbezogenen Kasten aus ihrem Rucksack und strich liebevoll darüber. Ihre Querflöte war ein richtig gutes Instrument. Ein Geschenk von Jost, das Mageli wie einen Schatz hütete.

Die Fahrt zum Seniorenstift St. Elisabeth dauerte mit dem Auto gut zwanzig Minuten. Das Altersheim war vor einigen Jahren im Randbezirk von Neuenburg gebaut worden und strahlte mit seinem hohen Anteil an Stahl und Glas eine kühle Anonymität aus. Rosann und Mageli kletterten über den Beifahrersitz aus dem Panda, und Susa warf ihnen noch eine Kusshand zu, bevor sie mit scheppperndem Motor davonfuhr.

»Schickes Auto. Sondermodell Rostlaube, würde ich sagen.« Marc, na klar. Und auch sein Schatten Ben war nicht weit. Die beiden lehnten an dem Metallgeländer neben der Treppe zum Eingang und rauchten.

»Verschluck dich nicht an deiner Kippe, sonst qualmst du wochenlang aus dem Hintern.« Ohne die beiden eines Blickes zu würdigen, ging Rosann an den Jungs vorbei. Mageli machte, dass sie schnell hinterherkam. Als die Eingangstür sich automatisch hinter ihnen schloss, fingen sie prustend an zu lachen.

»Da seid ihr ja endlich.« Frau Ursulin kam angerauscht und verbreitete auf der Stelle Hektik. Sie trug ein paillettenbesetztes Abendkleid, das vermutlich noch niemals der aktuellen Mode entsprochen hatte, und hatte ihre Haare zu einem strengen Dutt am Hinterkopf festgezurrt, aus dem struppig einige dauergewellte Locken herausquollen.

»Los, rein, rein. Die vordersten zwei Reihen sind für uns reserviert.«

Durch eine extrabreite Tür traten sie in den Speisesaal, der zum Festsaal mit Bühne umfunktioniert worden war.

»Boah, ist das retro«, flüsterte Rosann fasziniert.

Die Wände waren bis zur halben Höhe mit dunklen Holzpaneelen verkleidet, von der Decke hingen Kronleuchter, in denen elektrische Kerzen steckten, und die Stühle, auf denen die Bewohner schon Platz genommen hatten, waren mit einem braunen Stoff bezogen, der aussah wie gehäkelt.

»Kein Wunder, die Bewohner sind auch alle ziemlich retro.« Mageli nickte zu der Riege von Rollstuhlfahrern hinüber, die in der hintersten Reihe Aufstellung bezogen hatten. »Ich glaube, wir senken hier das Durchschnittsalter um mindestens achtzig Jahre.«

»Was finden alte Damen bloß so schick an lila Haaren?«, wollte

Rosann wissen, während sie durch den Mittelgang nach vorne gingen.

Mageli wurde eine Antwort erspart, denn in diesem Moment trat eine beleibte Frau mittleren Alters mit geblümtem Kleid und goldgefasster Brille auf die Bühne und klopfte gegen das Mikro. Ein schrilles Quietschen erfüllte den Raum. Rosann und Mageli quetschten sich schnell auf zwei Stühle direkt am Gang.

»Meine Damen und Herren, liebe Bewohner, liebe Mitarbeiter und liebe Gäste.« Die Frau am Mikrofon holte tief Luft. »Herzlich willkommen zu unserem diesjährigen Sommerfest. Frau Ursulin von der Johannisschule hat sich freundlicherweise bereit erklärt, mit ihren Schülern für die musikalische Gestaltung unserer kleinen Feier zu sorgen, sodass wir das Programm mit einigen fröhlichen Liedern beginnen werden.« Die Frau klatschte in die Hände und auch aus dem Publikum war verhaltener Applaus zu hören.

Es dauerte eine Weile, bis alle Schüler über die schmale Treppe auf die Bühne gestiegen waren und Jodel-Ursel sie in die gewünschte Aufstellung gebracht hatte. Schließlich zog sie eine Stimmgabel aus ihrem Ausschnitt und gab den Sängern die Töne. Sie hatten zwei beliebte Volkslieder einstudiert, so einfach, dass selbst diese Truppe sie kaum verhunzen konnte. Viele der alten Leute klatschten im Takt oder sangen begeistert mit.

Nach dem Chorauftritt gingen Johan und Derek mit ihren Gitarren auf die Bühne. Die zwei spielten in einer Rockband mit drei Leuten aus dem Abschlussjahrgang. Ziemlich gut sogar, wie Mageli beim letzten Schulfest festgestellt hatte. Heute hatten sie allerdings ihre Akustikgitarren dabei und gaben etwas Klassisches zum Besten. Vermutlich hatte Jodel-Ursel es ausgesucht. Mageli kannte es nicht, aber ihr gefiel die melancholische Melodie, die sich in Wellen durch das Stück zog.

Es folgte eine Gruppe von Altenpflegerinnen, die einige Sketche einstudiert hatten. Eine ziemlich peinliche Angelegenheit! Die Vorstellung dauerte eine gefühlte Ewigkeit. Rosann war offensichtlich ähnlicher Ansicht: Sie schob ihren Zeigefinger in den Mund und tat so, als müsste sie sich übergeben. Mageli biss die Zähne zusammen, um nicht an einer unpassenden Stelle loszulachen.

»Und jetzt bitte ich Sie, Frau Inga Sigrunsdottir zu begrüßen.« Die rundliche Frau in dem geblümten Kleid stand wieder am Mikro. »Frau Sigrunsdottir wohnt seit einem knappen Jahr in unserem Haus. Am Namen haben Sie vielleicht schon gemerkt, dass sie aus Island stammt. Frau Sigrunsdottir hat sich freundlicherweise angeboten, uns Sagen aus ihrer Heimat zu erzählen. Applaus, bitte.«

Unter dem müden Klatschen des Publikums trat eine alte Dame auf die Bühne, die Mageli vage bekannt vorkam. Sie war klein und sehr dünn, trug eine graue, ausgebeulte Strickjacke, die vermutlich schon bessere Zeiten gesehen hatte, sowie eine geringelte Wollmütze auf dem Kopf, die sie garantiert selbst gestrickt hatte. Mageli dachte an Frau Matuschek und überlegte, ob sich wohl alle alten Leute viel zu warm für die Jahreszeit anzogen. Die Frau auf der Bühne stützte sich auf ihren Gehstock, während sie langsam zu einem Sessel ging, den zwei Pfleger für sie bereitgestellt hatten. Plötzlich fiel Mageli wieder ein, wo sie die Frau schon einmal gesehen hatte. Sie war gestern auf dem Weg zum Krankenhaus fast in sie hineingerannt!

Frau Sigrunsdottir rückte sich den Mikrofonständer näher heran und setzte sich umständlich in den dunkelroten Sessel. Sie lächelte ein bisschen schüchtern und räusperte sich.

»Ich lebe schon viele Jahre hier in Deutschland«, begann sie zu erzählen. Ihre Stimme war überraschend tief, ein wenig rau, aber nicht wackelig. Sie sprach akzentfrei, nur die Sprachmelodie klang etwas ungewohnt.

»Meine Kindheit habe ich in Island verbracht. Meine Heimat ist ein außergewöhnliches Land, dessen Erscheinung von enormen Kontrasten bestimmt wird: riesigen schwarzen Lavafeldern, saftig grünem Moos, rauen Felslandschaften und glitzernden Gletschern. Ein wunderbares Land! Aber ich möchte Ihnen heute nicht von dem erzählen, was auf unserer Insel für alle Welt sichtbar ist. Ich will Ihnen davon berichten, was für die meisten Menschen unsichtbar bleibt.« Frau Sigrunsdottir räusperte sich erneut. »Ich möchte Ihnen vom verborgenen Volk erzählen.«

Im Saal herrschte plötzlich gespannte Stille. Alle Augen waren auf die kleine Frau in dem großen Sessel gerichtet.

»Die Geschichten über die verborgene Welt, die man bei uns erzählt, sind schon sehr alt«, fuhr Frau Sigrunsdottir fort. »Sie stammen aus der Zeit, als unsere Vorfahren mit ihren Drachenbooten auf die Meere hinauszogen. Ich möchte Ihnen heute die Geschichte erzählen, wie es dazu kam, dass das verborgene Volk für die Menschen unsichtbar wurde.«

Inga Sigrunsdottir legte erneut eine kurze Pause ein. Ihre Wangen hatten eine gesunde Rötung bekommen, und sie wirkte jünger, wenn sie sprach. Als sie mit ihrer Erzählung fortfuhr, nahm ihre Stimme plötzlich einen veränderten Klang an. Man hatte nicht mehr den Eindruck, dass sie die Worte erst im Kopf formte und dann aussprach. Vielmehr schien es Mageli, als wären diese Wörter schon immer da gewesen und Inga Sigrunsdottir gab sie nur an ihre Zuhörer weiter.

»Es gab eine Zeit – das ist lange, sehr lange her –, da lebten die Menschen Seite an Seite mit anderen Wesen auf dieser Welt. Es gab Zwerge und Riesen, Gnome und Trolle, Elfen und eine Vielzahl weiterer Wesen, große und kleine, kluge und dumme, gute und böse, mehr, als wir es uns vorstellen können. Die Riesen lebten in den zerklüfteten Gebirgen, die Trolle waren einzelgängerisch und zogen sich in die Ausläufer der Berge zurück. Die Gnome lebten in Erdgruben und waren bekannt für ihr handwerkliches Geschick. Die drei bedeutendsten Völker unter ihnen aber waren die Zwerge, die Elfen und die Menschen.

Die Zwerge waren bekannt als das Volk des Unterreichs. Sie hausten in einem weit verzweigten Geflecht unterirdischer Gänge und Höhlen, fernab von Licht und Luft, und es verwundert nicht, dass ihre Seelen zwar ehrlich und gerecht, sie selbst aber von eher dunklem Gemüt waren.

Das zweite große Volk bildeten die Elfen. Lichtgestalten nannte man sie auch, denn ihre Erscheinung war überirdisch schön. Die Elfen waren groß gewachsen und in ihrer Gestalt den Menschen ähnlich. Jedoch bewegten sie sich mit weit größerer Anmut und Geschicklichkeit. Sie lebten in Wäldern, an Seen und Flüssen und sie bezogen ihre Stärke aus der Natur und ihrer eigenen Magie.

Schließlich waren da auch die Menschen. Die Menschen hatten kein eigenes Reich wie die anderen Völker. Sie siedelten, wo ihnen die Umgebung günstig erschien, und bauten immer größere und schönere Städte. Doch achteten sie darauf, die Lebensräume der anderen Völker nicht zu beeinträchtigen, denn es war eine Zeit, in der ein Lebewesen das andere respektierte und die verschiedenen Kreaturen auf der Erde in großer Eintracht lebten.

Allerdings gab es etwas, das dieses friedliche Gleichgewicht zu zerstören drohte, eine Gefahr, der keines der Völker alleine gewachsen war …« Inga Sigrunsdottir legte erneut eine Pause ein, um einen Schluck Wasser zu trinken.

Mageli hatte eine ihrer Haarsträhnen zwischen Daumen und Zeigefinger aufgezwirbelt und lutschte daran. Erst als sie den leicht seifigen Geschmack wahrnahm, fiel ihr auf, was sie da tat. Das hatte sie zuletzt als kleines Kind gemacht, wenn Jost ihr eine spannende Geschichte vorlas. Schnell strich sie die Strähne hinters Ohr. Sie liebte gute Geschichten, und diese hier war wirklich sehr gut! Selbst Rosann, die sonst nicht viel für Fabelhaftes übrig hatte, schien von der Erzählung fasziniert zu sein. Sie starrte auf die Bühne und spielte mit den Zähnen an ihrem Piercing.

»Diese Bedrohung«, fuhr Inga Sigrunsdottir fort, »waren die Drachen. Es waren riesige, grausige Ungeheuer, primitiv und bösartig. Die Drachen waren gierig und ihr einziges Interesse galt der Vermehrung ihrer Reichtümer. Obgleich sie bereits über unermessliche Schätze verfügten, die sie in ihren Höhlen horteten und bewachten, hatten sie es auf immer weitere Reichtümer abgesehen. Sie begehrten das Gold der Zwerge, den edlen Schmuck der Elfen und die Werkzeuge und Waffen der Menschen. Deshalb begaben sie sich immer wieder auf Raubzüge, und wo sie auftauchten, hinterließen sie eine Spur der Verwüstung.

Alle Völker hatten im Laufe der Zeit schmerzliche Verluste hinnehmen müssen und sie fürchteten um ihre Schätze ebenso wie um ihr Leben. So entstand der Plan, gemeinsam gegen die Drachen zu kämpfen.

Es wurde ein Rat einberufen, zu dem die Anführer der drei größten Völker zusammenkamen: Reckland, König der Zwerge, Sigurd, König der Menschen, und Gwendion, König der Elfen. Sie alle waren mit den erfahrensten ihrer Krieger erschienen und ihre vereinten Streitkräfte bildeten ein beachtliches Heer. Drei Tage und drei Nächte berieten die Könige, und als sie schließlich mit den Männern und Frauen, die sie in den Kampf führen wollten, aufbrachen, da erfüllte sie Zuversicht, dass sie die Drachen besiegen konnten.

Über die Kämpfe der vereinten Völker mit den Drachen gibt es lange Erzählungen, Lieder und Balladen, aber ich möchte Sie nicht mit den Einzelheiten langweilen. Der Krieg zog sich über viele Jahre hin und forderte unter den Kämpfenden auf allen Seiten schreckliche Verluste. Schließlich aber gelang es den Verbündeten, die Drachen zu besiegen und ein für alle Mal zu vernichten. Die Freude unter den siegreichen Kriegern war groß und man feierte ein rauschendes Fest.

In diese Tage des Jubels aber fällt ein Ereignis, das das Zusammenleben der verbündeten Völker fortan auf ewig verändern sollte. Sigurd, König der Menschen, war alt geworden. Geschwächt durch die vielen Jahre des Kampfes, starb er noch im Lager der Kämpfer nur kurze Zeit, nachdem der Sieg errungen war. Sein Sohn Tibald folgte ihm auf den Thron. Tibald war jedoch weniger weise als sein Vater. Der junge König sah nicht den Wert des starken Bündnisses mit den anderen Völkern. Er sah nur die Reichtümer, die der Krieg gegen die Drachen eingebracht hatte und die man nach dem Ende der Kämpfe zu gleichen Teilen unter den Verbündeten aufgeteilt hatte. Er wünschte sich, alle diese Reichtümer für sich allein zu haben.

Sie können sich vielleicht denken, wie es weitergeht. In einer dunklen Nacht, in der kein Mond am Himmel stand und die Wolken die Sterne verdeckten, rief der junge König seine Gefolgsleute zusammen. Sie beluden sich mit allen Schätzen, die die siegreichen Kämpfer den Drachen abgenommen hatten. Sie hatten schwer zu tragen an all dem Gold, doch Tibald trieb sie an, als säße ihnen der Feind im Nacken. Tatsächlich hatten sich die betrogenen Verbündeten, kaum hatten sie Tibalds Verrat bemerkt, wutentbrannt an dessen Verfolgung gemacht. Als sie aber die Hauptstadt der Menschen erreichten, hatte Tibald alle Schätze bereits gut in den tiefsten Verliesen seines Schlosses verwahren lassen und alle kampferprobten Männer und Frauen seines Reiches herangezogen, um sie zu verteidigen.

Die Elfen und die Zwerge waren tief bekümmert über den Verrat ihres einstigen Verbündeten, doch noch mehr schmerzte es sie, nun gegen die Krieger kämpfen zu müssen, an deren Seite sie zuvor die Drachen besiegt hatten. Es war eine blutige, grausame Schlacht, die dort vor Tibalds Schloss geschlagen wurde, denn die Kämpfer kannten die Stärken und die Schwachstellen ihrer Gegner genau. Schließlich entschied die reine Überzahl der Elfen und Zwerge.

Die Menschen, die das Gemetzel überlebt hatten, zogen sich zurück und gewährten den Siegern den Zugang zu dem erbeuteten Schatz. Tibald aber hatte, kaum war der Ausgang der Schlacht abzusehen, die Flucht ergriffen.

Tief enttäuscht vom Verrat der Menschen, entschieden die anderen Völker, dass sie sich nie wieder auf ein Bündnis mit ihnen einlassen wollten. Ja, mehr noch: Sie wollten verhindern, dass es den Menschen je wieder gelingen könnte, in ihr Leben einzugreifen. Und so schlossen sie ein Abkommen mit denjenigen, die im Kampf gegen die Drachen ihr Leben gelassen hatten und in die Zwischenwelt hinübergegangen waren. Die Geister der Verstorbenen öffneten ihnen die Tore und die Völker zogen sich dorthin vor den Menschen zurück.

Die Zwischenwelt aber ist das, was wir auch die verborgene Welt nennen. Denn sie ist ein Reich, das für die Menschen unsichtbar bleibt, obgleich es in ihrer eigenen Welt existiert. Seither leben die Elfen und die Zwerge, die Gnome, die Trolle und die Riesen sowie alle anderen kleinen und großen Wesen ebenso wie die Geister der Verstorben verborgen vor den Menschen. Kaum ein Mensch hat je wieder einen von ihnen zu Gesicht bekommen. Nur den allerwenigsten ist es vergönnt, sei es durch eine besondere Gabe oder weil es ihnen gestattet wird. Allerdings sind viele der einstigen Verbündeten auch nach Tausenden von Jahren noch erbost über die Untreue der einstigen Gefährten. Deshalb tun die Menschen gut daran, niemals ihr Missfallen zu erregen.«

Rosann rammte ihren Ellenbogen unsanft in Magelis Rippen. »Der Schlaf ist die Nabelschnur, durch die das Individuum mit dem Weltall zusammenhängt«, raunte sie ihr zu.

»Autsch, was …?«

»Christian Friedrich Hebbel.«

»Hä?«

»Du bist dran!«

»Mist!« Mageli sprang auf. Ihre Mitschüler schauten schon gespannt in ihre Richtung, einige tuschelten.

Mageli hatte nicht geschlafen. Wenn überhaupt, hatte sie geträumt. Von einer Welt voller Zwerge, Elfen und Drachen, so wie Inga Sigrunsdottir sie beschrieben hatte. Die alte Frau saß nicht mehr auf der Bühne, stattdessen stand wieder die beleibte Dame im Blumenkleid am Mikro und blickte sich suchend um. Als ihre Augen an Mageli hängen blieben, nickte sie ihr auffordernd zu.

»Wie gesagt wird uns jetzt noch eine der Schülerinnen von Frau Ursulin etwas auf ihrer Flöte darbieten. Danach ist dann das Büfett eröffnet.«

Mageli umschloss ihre Querflöte fest mit der Hand und drängte sich an Rosann vorbei in den Gang. In ihrer Eile stolperte sie fast die Stufen zur Bühne hoch. Die geblümte Frau ging zur Seite und Mageli trat unsicher an den Rand der Bühne.

»Telemann«, sagte sie mit leiser Stimme. Wahrscheinlich konnte die Hälfte der alten Leute sie gar nicht richtig hören. Einige hielten schon die Hände lauschend hinter die Ohren. Etwas lauter ergänzte Mageli: »Dritte Fantasie.«

Das Stück war gar nicht so schlecht: Ziemlich anspruchsvoll mit sehr schnellen Läufen, aber es klang federleicht, wenn man es vernünftig spielte. Mageli hob die Flöte mit beiden Händen auf Höhe ihres Gesichts. Sie streckte sich, holte tief Luft und leckte sich über die Lippen. Sie liebte diesen Moment: Wenn die Spannung der Musik schon in der Luft zu spüren war, wenn alles bereit war und nur darauf wartete, dass sie den Anstoß gab. Und dann blies sie. Ganz sanft ließ sie die Luft über das Mundstück der Flöte gleiten, hauchte ihr ihren Atem ein, um die Töne aus dem Instrument zu locken.

Ruhig, fast zögerlich erklangen die ersten Takte aus Mageiis Flöte. Lange, intensive Töne, die den Zuhörern Zeit gaben, sich auf die Musik einzustellen. Aber dann zog das Tempo an, eilten die Noten, begann die Melodie, durch Höhen und Tiefen zu jagen wie eine Achterbahn durch Berge und Täler. Mageli schloss die Augen und ließ sich von den Klängen auf ihren Schwingen tragen, immer weiter. Sie vergaß, dass sie auf einer Bühne stand, vergaß die alten Leute und ihre Mitschüler, die zu ihr hinaufstarrten. Vergaß den ganzen Speisesaal um sich herum, das Seniorenstift, die Stadt, den Planeten Erde. Mageli war nur noch Musik.

Und plötzlich – Mageli hätte später nicht erklären können, wie es dazu kam –, plötzlich waren die Noten nicht mehr die, die sie auswendig gelernt hatte. Was Mageli ihrer Flöte entlockte, hatte nichts mehr zu tun mit Telemanns Fantasie. Es waren Klänge, die so auf keinem Notenblatt zu finden waren. So rein, so klar, so vollkommen, so – überirdisch. Mageli war ganz gefangen von ihrem Spiel. Die Augen fest geschlossen, wiegte sie sich leicht im Rhythmus der Musik. Sie bemerkte weder Jodel-Ursels mörderischen Blick noch die teils befremdeten, teils entsetzten, teils aber auch entzückten Gesichter ihrer Zuhörer.

Ton um Ton ließ Mageli die fremdartige Melodie aus ihrer Flöte entweichen, gar nicht sicher, ob sie es war, die diese Klänge hervorrief, oder ob die Musik sich selbst ihren Weg suchte. Jeder Ton schien einen kurzen Augenblick in der Luft zu schweben, hin und her zu wabern wie Nebel und dann ganz langsam nach oben aufzusteigen, wo er sich mit den anderen Tönen zu einem wunderbaren Wohlklang vermischte.

Und dann war es vorüber, so plötzlich, wie es angefangen hatte. Der letzte Ton verabschiedete sich sanft aus Magelis Instrument, hing einen Augenblick wie von einem unsichtbaren Faden gehalten in der Luft – und war verschwunden.

Mageli ließ die Flöte sinken. Sie öffnete die Augen, hielt den Blick aber sicherheitshalber gesenkt. Sie konnte sich vorstellen, dass Jodel-Ursel wenig begeistert sein würde und auch die Gesichter ihrer Mitschüler wollte Mageli jetzt lieber nicht sehen. Sie hatte das Gefühl, etwas von sich preisgegeben zu haben, das sie Leuten wie Marc, Ben und Jessica besser nicht gezeigt hätte.

Als Mageli mit schnellen Schritten die Bühne verließ, war aus dem Publikum vereinzelter Applaus zu hören. Das Klatschen ging allerdings fast unter im Stühlerücken. Einige Leute hatten es sehr eilig, ans Büfett zu kommen. Mageli blickte sich suchend um. Wohin war denn Rosann auf einmal verschwunden? Sie wollte jetzt auf dem kürzesten Weg nach Hause oder irgendwo anders hin, jedenfalls raus aus diesem Saal. Als sie durch den Mittelgang stürmte, stellte sich ihr plötzlich eine kleine Person in den Weg. Beinahe hätte sie die alte Frau umgerannt.

»'tschuldigung«, murmelte Mageli und wollte sich vorbeidrängen. Doch Inga Sigrunsdottir hielt sie am Arm fest.

»Du hast wunderbar gespielt.«

»Danke«, brachte Mageli verwirrt heraus.

»Spielst du schon lange?«

»Seit der Grundschule.«

»Wirklich beeindruckend. Hast du das Stück komponiert?«

Ihr war also aufgefallen, dass Mageli nicht nur Telemann gespielt hatte. Nun, das hatte vermutlich jeder musikinteressierte Mensch bemerkt. Aber wie sollte sie erklären, dass die Musik, die sie gespielt hatte, von niemandem komponiert worden war, am wenigsten von ihr selbst?

»Nein, eigentlich habe ich nur gespielt, was mir in den Kopf gekommen ist«, versuchte sie zu erklären.

»Interessant. Wirklich beeindruckend«, sagte Inga Sigrunsdottir nachdenklich.

»Sie haben aber auch großartig erzählt«, beeilte sich Mageli zu sagen.

»Oh, vielen Dank. Ja, das Erzählen ist mein großes Hobby. Oder Laster, je nachdem wie man es auslegen möchte.« Inga Sigrunsdottir lächelte. »Wenn du Lust hast, würde ich dir gerne noch weitere Geschichten erzählen. Man findet nicht häufig begeisterte Zuhörer. Die meisten hier hängen den ganzen Tag vor dem Fernseher und schauen lieber diesen hirnverbrannten Unsinn, als sich ein paar gute Geschichten anzuhören. Und ich würde mich sehr freuen, wenn du mir noch etwas auf deiner Flöte vorspielen würdest.«

Mageli zögerte. Sie wollte unbedingt mehr Geschichten hören, aber erstens war da noch das Problem mit dem Hausarrest, und außerdem war sie unsicher, wie ernst die Einladung gemeint war. Sie wollte sich auf keinen Fall aufdrängen.

»Ich will Sie aber nicht stören«, schränkte sie deshalb vorsichtig ein.

»Papperlapapp«, wies die alte Frau sie zurecht. »Ich rechne fest mit deinem Besuch, sagen wir, am Montagnachmittag, so um drei. Würde dir das passen?«

Mageli gab sich einen Ruck. »Na klar, gern.«

»Fein. Und bitte sag nicht Sie zu mir. Auf Island sagen wir zu allen Menschen Du! Wenn du mich siezt, komme ich mir schrecklich alt vor.« Damit drehte Inga sich auf dem Absatz ihrer Gesundheitslatschen um. Doch dann fiel ihr noch etwas ein. »Würde es dich stören, wenn wir zu dritt wären? Ich möchte dir nämlich jemanden vorstellen.« Ohne Magelis Antwort abzuwarten, eilte die alte Dame auf ihren Gehstock gestützt in einem beachtlichen Tempo Richtung Büfett.

Kapitel 6

Das Schrillen des Telefons holte Mageli aus dem Tiefschlaf. Noch bevor sie richtig wach war, hatte sie bereits das unbestimmte Gefühl, etwas Wichtiges vergessen zu haben.

Das Telefon im Flur war ein altmodisches Teil mit Schnur und Wählscheibe. Linda hatte eigentlich nichts für altmodische Sachen übrig, aber sie hatte noch weniger für Verschwendung übrig, also hatte sie nie die Notwendigkeit gesehen, ein neues Telefon anzuschaffen. Das schrille Klingeln wurde von Lindas Stimme übertönt.

»Margaretheee, ich kann gerade nicht, geh du!«

Wenn Linda es eilig hatte, rief sie Mageli Margarethe, allerdings zog sie das letzte E dabei so in die Länge, als wollte sie auch noch Elisabeth dranhängen.

Mageli beschloss, das Klingeln ebenso wie das Rufen ihrer Mutter zu ignorieren. Es war Samstagmorgen, und ein Blick auf den Wecker verriet ihr, dass es erst zehn Uhr war. Sie war nicht gewillt, jetzt schon aufzustehen. Gestern Abend hatte sie vor dem Schlafengehen extra ihre Tür zugesperrt. Wenn sie schon in Einzelhaft saß, sollte die Kerkertür wenigstens von *innen* verschlossen sein.

Mageli machte die Augen wieder zu und versuchte, sich gleichmäßig in den Schlaf zu atmen. Ein Klingeln, ein Atmen, ein Klingeln … Plötzlich schreckte sie hoch. Jetzt wusste sie wieder, was ihr eben nicht eingefallen war! Hektisch blickte sie sich um. Nichts! In dem dunkelgrünen Ohrensessel? Nichts! Sie kniff die Augen zusammen und schaute noch mal hin. Da war niemand! Enttäuscht ließ sie sich in ihre Kissen fallen.

Dort hatte er gesessen, in ihrem abgegriffenen Sessel, die Arme aufgestützt, mit seinem typischen Lächeln auf den Lippen, und hatte sie mit leicht geneigtem Kopf betrachtet wie eine schöne Blume oder ein seltenes Tier. Erin! Und jetzt war er verschwunden.

»Mach auf!« Linda hämmerte mit der Faust gegen Magelis Tür. »Raus aus dem Bett, es ist schon nach zehn, und ich glaube, es gibt das eine oder andere für dich zu tun. Und das nächste Mal, wenn ich dich bitte, ans Telefon zu gehen, gehst du ans Telefon, ist das klar?«

Mageli steckte sich beide Zeigefinger in die Ohren und wartete. Gedämpft drang Lindas wütende Stimme zu ihr. Aber irgendwann war ihre Mutter es leid, auf eine geschlossene Tür einzuschimpfen. Als Mageli die Finger wieder aus den Ohren nahm, konnte sie hören, dass Linda grummelnd nach oben stapfte.

Mageli schaute wieder zum Sessel und rief sich die Ereignisse der letzten Nacht in Erinnerung. Sie war von einem Geräusch aufgeschreckt, hatte orientierungslos im Bett gelegen und in die Dunkelheit gelauscht. Da hatte sie jemanden atmen gehört. Zuerst dachte sie, einer ihrer Brüder hätte sich ins Zimmer geschlichen, um ihr einen Streich zu spielen. Aber die Zimmertür war ja abgeschlossen! Hektisch suchte sie nach dem Lichtschalter und knipste die Nachttischlampe an. Als sie mit wild klopfendem Herzen in Richtung des Geräusches blickte, saß dort Erin seelenruhig in ihrem Sessel. Ihr Herz klopfte noch eine Spur heftiger.

»Wo kommst du denn her?«, stieß sie hervor.

»Das fragst du mich jedes Mal, wenn wir uns treffen«, stellte er fest.

»Du wirst ja wohl zugeben, dass es mehr als erstaunlich ist, dass du mitten in der Nacht plötzlich in meinem Zimmer sitzt.« Mageli schüttelte ungläubig den Kopf.

»Sehe ich auch so.«

»Also …?«

»Keine Ahnung.«

»Nicht schon wieder!« Mageli war ein klitzekleines bisschen genervt. Dabei freute sie sich eigentlich, Erin zu sehen. Aber die Umstände waren wirklich verwunderlich.

»Wollen wir es nicht einfach darauf beruhen lassen?« Erin lächelte sie zaghaft an. »Ich habe wirklich keine Idee, wie es kommt, dass ich immer wieder bei dir auftauche.«

Sofort tat Mageli ihr genervter Tonfall leid. »Okay, lassen wir das«, lenkte sie ein. Unsicher zupfte sie an ihren Haaren. Was für eine komplizierte Situation! Da saß der Typ, den sie zugegebenermaßen ziemlich toll fand, ihr direkt gegenüber in ihrem alten

Ohrensessel und schaute sie erwartungsvoll an. Nur leider hatte sie keinen Schimmer, was sie jetzt tun oder sagen sollte. Mal davon abgesehen, dass es mitten in der Nacht war und sie nichts als ein dünnes Nachthemd trug, das zu allem Überfluss auch noch rosa war mit einem kitschigen Kätzchen auf der Brust! Eilig zog sie ihre Decke bis zum Kinn und beschloss, einfach so zu tun, als wäre die ganze Sache das Normalste von der Welt.

»Soll ich uns Musik anmachen? Was hörst du gern?« Mageli sprang aus dem Bett. Ach, Mist, das Nachthemd! Hektisch griff sie nach ihrem T-Shirt, das zusammengeknüllt am Boden lag, und streifte es über. Erin hatte zum Glück nichts bemerkt, er schaute sich verwundert im Zimmer um.

»Du willst Musik machen? Womit denn?«

»Mit meiner Flöte.« Mageli grinste.

»Du spielst Flöte?«

»Ja ... aber, Moment mal, das war ein Scherz. Ich werde dir jetzt sicher nichts auf meiner Flöte vorspielen. Ich wollte eigentlich eine CD anmachen.«

»Was wolltest du anmachen?«

»Eine CD!« Mageli schaute Erin erstaunt an. »Sag mal, jetzt verarschst du mich aber, oder?«

Kopfschüttelnd ging sie zu dem Regal, in dem ihre CDs standen – die meisten hatte Rosann ihr gebrannt –, und zog ihr Lieblingsalbum heraus. Vor allem ein Lied mochte sie besonders.

»You don't know, you don't know anything about me«, erklang die sanfte Stimme aus der Anlage. Mageli drehte sich zu Erin und hätte beinahe laut gelacht. Mit offenem Mund schaute er auf die kleinen Lautsprecherboxen.

»Sag mal, von welchem Planeten kommst du eigentlich?« Sie

wollte ihn nur aufziehen, aber er nahm die Frage wie immer ernst.

»Ich komme aus dem Dunklen Reich«, erklärte er.

»Ja, klar.« Mageli schüttelte erneut den Kopf. »Und als Nächstes erzählst du mir, dass du ein Königssohn und auf der Suche nach einer Prinzessin bist, die du heim auf dein Schloss führen kannst.«

»Auf der Suche nach einer Prinzessin war ich eigentlich nicht in erster Linie.«

»Okay, ganz langsam.« Mageli versuchte, sich ihre Zweifel an Erins Geisteszustand nicht anmerken zu lassen. »Du willst ernsthaft behaupten, dass dein Vater der König des Dunklen Reiches ist, wo auch immer das liegt?«

»Ich bin Erin, Sohn des Elfenkönigs Livian, dem sogenannten Herrscher über das Dunkle Reich«, verkündete Erin mit einer Spur Stolz in der Stimme, aber auch mit einem wütenden Unterton, den Mageli nicht zuordnen konnte.

Jetzt war es an Mageli, völlig perplex zu gucken. Sohn eines Elfenkönigs! So etwas Verrücktes hatte ihr bisher noch niemand aufgetischt. Aber Erin schien es ernst zu meinen. Mageli konnte kein verräterisches Zucken um seine Mundwinkel entdecken oder sonst ein Anzeichen dafür, dass er sie reinlegen wollte. Sie beschloss, sich erst mal anzuhören, was er zu erzählen hatte. Das Ganze klang nach einer spannenden Geschichte!

Und im Grunde war es ja auch egal, was oder wer Erin tatsächlich war oder wofür er sich hielt. Daran, dass ihr flau im Magen wurde, wenn er sie nur anlächelte, konnte das ohnehin nichts ändern.

»Ich glaube, du solltest mir mal ein bisschen was über dich

erzählen«, sagte sie diplomatisch, während sie zu ihrem Bett zurückging und wieder unter die Decke schlüpfte. Erin wartete geduldig, bis sie es sich bequem gemacht hatte.

»Was soll ich denn erzählen?« Mit der Hand strich er durch seine fransigen Haare, sodass sie noch ein bisschen wirrer um den Kopf standen.

»Egal, alles.« Mageli konnte es kaum erwarten, mehr über ihn zu erfahren.

»Gut, dann frag mich etwas.«

»In Ordnung«, sagte Mageli schnell. Das war ihre Chance. »Was machst du den ganzen Tag? Musst du zur Schule gehen? Hast du Hobbys? Was machst du in deiner Freizeit? Was hast du für Freunde?« Als sie Erins Grinsen bemerkte, hielt Mageli den Mund.

»Hab ich etwas Falsches gesagt?«, fragte sie unsicher.

»Nein, nein, das waren nur so viele Fragen auf einmal, und ich hatte das Gefühl, du hast gerade erst angefangen.« Dennoch schien Erin sich zu freuen, dass Mageli so viel von ihm wissen wollte. »Ich fange einfach mal mit der ersten Frage an, wenn es dir recht ist. Allerdings habe ich eine Gegenfrage. Was ist eine Schule?«

Mageli lachte. »Großes Haus, viele junge Leute und ein paar Lehrer, die versuchen, den jungen Leuten etwas beizubringen, was ihnen in den meisten Fällen nicht gelingt.«

»Aha. Ich gehe nicht zur Schule, so was gibt es bei uns nicht. Ich muss aber trotzdem eine Menge lernen. Ich habe sehr gute Lehrmeister, die mich unterrichten. Am meisten Spaß habe ich am Schwertkampf, überhaupt bin ich ziemlich gut in den Kampftechniken.«

»Das hab ich gesehen«, unterbrach ihn Mageli und Erin belohnte sie mit einem kleinen Lächeln.

»Was mir gar nicht liegt, sind die Unterweisungen in den magischen Künsten. Da will mir nichts richtig gelingen.«

»Das geht mir mit Mathe genauso«, unterbrach Mageli ihn erneut. »Und was machst du, wenn du keinen Unterricht hast?«, schob sie schnell hinterher.

»Die meiste Zeit verbringe ich im Unterricht«, fuhr Erin bereitwillig fort. »Und sonst ...« Er zögerte. »Ich schnitze gern. Ich lese. Ich mag Musik, richtige Musik«, fügte er mit einem amüsierten Zwinkern in Richtung der Boxen hinzu. Doch mit einem Mal legte sich ein Schatten über seine Augen und das Lächeln verschwand.

»Was?« Mageli entging der plötzliche Stimmungsumschwung nicht.

»Ich musste nur gerade an jemanden denken.«

»An wen?«, hakte Mageli nach.

»Meine Mutter«, erwiderte Erin ruhig. »Deine Bemerkung über die Flöte vorhin hat mich darauf gebracht. Meine Mutter konnte wunderbar Flöte spielen. Schöner als irgendeine andere Elfe. Ich habe ihr als Kind stundenlang zugehört ...«

»Konnte?«

»Sie ist tot. Sie starb, als ich noch klein war.«

»Oh.«

Erin starrte zu dem schmalen Fenster hinauf. Draußen war nichts als Dunkelheit. Der Ausdruck in seinen Zauberaugen, den sie bei ihrer ersten Begegnung nicht hatte deuten können, kam Mageli in den Sinn. Jetzt begriff sie. Erin war traurig, tief drinnen. Und sie fühlte sich ihm so nah wie nie zuvor.

»Komm mal her.« Mageli flüsterte fast.

Erin schaute verwundert und kam unsicher zum Bett herüber.

»Setz dich.« Sie klopfte neben sich auf die Bettdecke.

»Ich verstehe dich gut«, sagte sie leise und strich vorsichtig mit dem Zeigefinger über seine große Hand. »Ich kann mir vorstellen, wie schwierig es gewesen sein muss, ohne Mutter aufzuwachsen. Auch wenn meine Mutter immer da war, habe ich mich trotzdem oft schrecklich allein gefühlt.«

Erin blickte sie unverwandt an – mit diesem Blick, bei dem Magelis Hirn den Dienst versagte.

»Wir sind uns so ähnlich«, sagte er. »Und doch so verschieden. Als lebten wir in zwei getrennten Welten. Ich in der Welt der Elfen und du in der Welt der …«

»Menschen«, beendete sie den Satz für ihn.

»Menschen«, bestätigte er, als sei das für ihn ebenso verrückt wie für sie die Vorstellung von einem Elfenreich. »Das verlorene Land«, murmelte er so leise vor sich hin, dass Mageli nicht sicher war, ob sie es überhaupt hören sollte.

»Wie bitte?«

»Nichts«, beeilte Erin sich zu sagen. Wieder lauter fuhr er fort. »Ich weiß einfach nicht, wie ich von der einen in die andere Welt wechseln kann. Es passiert einfach. Im einen Moment bin ich im Palast, im nächsten hier bei dir und dann wieder dort. Ich kann es nicht beeinflussen.«

Erins Gesichtsausdruck war jetzt so ernst, ja beinahe betrübt, dass Mageli fast alles getan hätte, damit er wieder fröhlicher wurde. Sie nahm all ihren Mut zusammen und griff nach seiner Hand. Und tatsächlich: Er lächelte sie an, ein bisschen traurig vielleicht noch, aber immerhin, und verschränkte seine Finger mit ihren. Mageli versuchte, das heftige Kribbeln zu ignorieren, das daraufhin in ihrem Arm ausbrach.

»Kriege ich noch ein paar Antworten?«, fragte sie mit möglichst unbewegter Stimme.

»Was willst du wissen?« Erin drückte ihre Hand und setzte sich im Schneidersitz aufs Bett.

»Hm«, sie betrachtete ihn. »Ob alle Elfen so gut aussehen.«

Ups, Mageli wurde rot und am liebsten hätte sie sich auf die Zunge gebissen. Irgendwie hatte sie ihre Gedanken einfach nicht unter Kontrolle, wenn Erin in ihrer Nähe war.

»Danke für das Kompliment.« Erins Lächeln wurde verschmitzt, aber er tat, als würde er gar nicht bemerken, wie peinlich Mageli ihre Frage war. »Ich denke, dass wir Elfen schon recht gut aussehend sind. Zumindest die Lichtelfen. Die Dunkelelfen würde ich nicht als besonders hübsch bezeichnen. Du hast ja die zwei Kerle auf der Lichtung gesehen. Die sahen eher zum Abgewöhnen aus, oder?«

Mageli schauderte. Die beiden Männer, die sie im Wald überfallen hatten und vor denen Erin sie beschützt hatte, sollten Elfen gewesen sein? Dunkelelfen, um genau zu sein …

»Lichtelfen, Dunkelelfen, wo ist denn der Unterschied?«, fragte sie verwirrt.

»Im Grunde sind wir zwei Gruppen ein und desselben Volkes. Ich gehöre zu den Lichtelfen. Allerdings leben wir schon eine ganze Weile im Reich der Dunkelelfen. Warum, kann ich dir nicht so genau sagen, das war lange, bevor ich geboren wurde, und niemand spricht darüber.«

Mageli schaute ihn fasziniert an. Das hier war besser als alle Romane, die sie je gelesen hatte.

»Und warum hast du deinen Vater vorhin als *sogenannten Herrscher* bezeichnet?«

»Tja, das ist schwierig zu erklären«, druckste Erin herum.

»Ich denke, ich werde es schon kapieren.«

»Gut, also, die Herrscher über das Elfenreich waren seit jeher die Lichtelfen. Meine Familie sitzt seit sechs Generationen auf dem Elfenthron. Und das ist eine sehr lange Zeit, denn die meisten Könige und Königinnen herrschten mehrere Hundert Jahre lang, bevor sie zugunsten eines Sohnes oder einer Tochter abdankten. König Livian, mein Vater, trägt die Krone bereits seit beinahe dreihundert Jahren. Er gelangte als Kind auf den Thron, und es gab einmal eine Zeit, als er ein starker und weiser König war, so ist es zumindest in den Büchern nachzulesen, und viele am Hof sprechen auch noch mit großer Ehrfurcht davon.«

Erin machte eine Pause, und Mageli konnte spüren, wie unangenehm es ihm war, über seinen Vater zu sprechen. Sie drückte Erins Hand und er redete mit leiserer Stimme weiter.

»Aber inzwischen tut mein Vater sich schwer mit den wichtigen Entscheidungen, die er als Elfenkönig zu treffen hat. Deshalb hat er einige enge Berater, die ihn in diesen Entscheidungen unterstützen. Nicht immer zum Besten, finde ich. Manchmal habe ich den Eindruck, einige seiner Berater herrschen über das Elfenreich und nicht mehr er selbst.« Zum Ende seiner Erklärung war Erins Stimme auf einmal lauter und zornig geworden.

»Meinst du, dass du ein besserer König wirst?«, schoss es aus Mageli heraus. Erin versteifte sich und sie hätte die Frage am liebsten zurückgenommen. »Du wirst doch König, oder?«

»Ja, ich werde irgendwann König, aber das ist sicher noch eine Weile hin. Jetzt bin ich noch zu jung dafür.«

Mageli hatte bemerkt, dass Erin ihre erste Frage nicht beantwortet hatte, aber sie wollte ihn auch nicht drängen. Stattdessen fragte sie: »Wie alt bist du eigentlich?«

»Sechzehn.«

»Echt?«

»Ja, wieso?«

»Das klingt so komisch, wenn du erst erzählst, dass dein Vater seit dreihundert Jahren regiert, und dann sagst, dass du sechzehn bist.«

»Irgendwann werden wir halt geboren. Bei mir war das vor sechzehn Jahren. Wie alt bist du denn?«

»Auch sechzehn.«

»Siehst du.«

»Aber meine durchschnittliche Lebenserwartung liegt nicht bei mehreren Hundert Jahren. Menschen sterben in der Regel mit siebzig oder achtzig Jahren. Manche werden auch hundert, aber das sind wirklich die allerwenigsten. Ich weiß gar nicht, ob mir das gefallen würde«, sagte Mageli nachdenklich. »Ich meine, so alt zu werden.«

»Warum?« Erin wirkte verwundert.

»Wird einem die Zeit nicht furchtbar lang?«

»Du hast Sorgen.« Erin drückte ihre Hand. »Es kommt doch darauf an, wie man sie nutzt«, sagte er und schenkte ihr sein schönstes schiefes Lächeln.

»Und wie viel Zeit bleibt uns?«, fragte Mageli. »Ich meine, bis du wieder verschwindest.«

»Wenn ich das wüsste.« Ein bekümmertes Lächeln schlich über seine Lippen. »Aber ich denke, wir sollten diese Zeit gut nutzen.«

Er ließ ihre Hand los, und als Mageli protestieren wollte, lehnte er sich zu ihr hinüber und strich ihr eine verirrte Haarsträhne hinters Ohr. Sanft fuhren seine Finger über ihre Schläfe und ihre Wange hinab bis zum Hals. Mageli blickte in Erins warme Zauberaugen und spürte wieder diese tiefe innere Verbundenheit. Wie in Zeitlupe näherte sich sein Gesicht dem ihren. Sie schloss die Augen und atmete tief seinen besonderen Duft und seinen warmen Atem ein.

Und dann drückte er seine Lippen auf ihre. Nur ganz kurz. Aber in Magelis Bauch schwirrten Schmetterlinge, durch ihren Kopf tobte ein Tornado, und ihre Lippen fühlten sich an, als würden sie brennen. Sie schnappte nach Luft.

Erin lehnte sich zurück und betrachtete sie besorgt.

»Alles in Ordnung?«

»Hm.« Mageli konnte nicht antworten, sie versuchte angestrengt, ihren Atem unter Kontrolle zu bringen, der einen Geschwindigkeitsrekord aufstellen wollte.

»Hm gut oder hm schlecht?«, hakte Erin nach.

»Gut.« Mageli atmete ein und wieder aus, ein und aus. »Sehr gut sogar.«

Erins Mundwinkel zuckte nach oben.

»Hmm.« Er beugte sich zu ihr und küsste sie noch einmal. Und dieses Mal löste er die Lippen nicht sofort wieder von ihrem Mund.

Das Telefon schrillte schon wieder durchdringend und riss Mageli aus ihren Gedanken. Nach dem dritten Klingeln hörte sie, wie Linda sich meldete.

Was war danach passiert? Mageli bekam die Erinnerung einfach nicht zu fassen. Sie fuhr sich mit der Zunge über die Lippen. Den sanften Druck von Erins Mund auf ihrem konnte sie noch spüren. Aber dann? Blackout im Gehirn!

»Magaretheee, für dich«, rief Linda. Wer konnte das sein? Eigentlich rief für Mageli niemand an. Höchstens Rosann, aber die klingelte auf dem Handy durch.

Mageli angelte nach dem T-Shirt, das auf dem Boden vor dem Bett lag. Sie hatte es schon über den Kopf gezogen, als sie verwundert innehielt. Hatte sie das T-Shirt nachts wieder ausgezogen? Sie konnte sich einfach nicht erinnern. Barfuß ging sie zur Tür, schloss auf und stieg die Treppe hoch. Neben dem Telefontisch stand Linda und hielt ihr mit anklagender Miene den Hörer hin.

»Langsamer ging es wohl nicht?«

Mageli ignorierte die Bemerkung und nahm ihrer Mutter das Telefon aus der Hand.

»Ja?« Mageli ließ sich anmerken, dass sie kurz nach zehn Uhr keine angemessene Zeit fand, um sie am Wochenende aus dem Bett zu holen.

»Welch liebreizende Stimme dringt da an mein Ohr?«

»Paps?« Mageli wurde ganz warm im Bauch, als sie Josts tiefe Stimme hörte.

»Guten Morgen, mein Engel, hab ich dich etwa geweckt?«

»Hm, nicht wirklich.« Jost war ein passionierter Frühaufsteher und schon um sechs Uhr morgens bester Laune. Er zog sie stets mit ihrem gestörten Verhältnis zu ihrem Wecker auf und sie wollte seinen Sticheleien lieber keinen weiteren Zündstoff liefern.

»Wie geht es dir?« Die Frage war bei Jost keine Floskel.

»Gut«, antwortete sie und war selbst überrascht, dass es stimmte. Sie war heute Morgen so gut gelaunt wie schon sehr lange nicht mehr. Sie grinste in sich hinein. Was so ein Kuss doch alles bewirken konnte!

»Das ist schön.« Jost ließ den Satz in der Luft hängen und Mageli schwante nichts Gutes.

»Was ist?«

»Schau, Engel, es ist so, dass ich hier noch einen Berg Arbeit habe«, druckste Jost herum.

»Du kommst nicht.« Mageli merkte, wie ihre gute Laune gefährlich ins Wanken geriet. »Aber du hast es versprochen!« Sie merkte selbst, dass sie sich anhörte wie eine trotzige Dreijährige. Egal! Sie wusste wirklich nicht, wie sie das ganze Wochenende mit Hausarrest und ohne Jost aushalten sollte.

»Ich weiß, ich weiß.« Jost war es unangenehm, sein Versprechen nicht zu halten. »Aber es gibt auch eine gute Nachricht. Wenn ich mich richtig ranhalte, bin ich vielleicht morgen Abend, spätestens aber Anfang der Woche fertig. Und dann komme ich nach Hause und bleibe für mindestens einen Monat.«

»Das klingt doch nach was.« Mageli war schon wieder halb versöhnt. Die Aussicht, Jost vier ganze Wochen am Stück zu sehen, war einfach zu schön, um lange wütend zu sein.

»Du wirkst nicht besonders begeistert.«

»Hm«, jetzt druckste Mageli herum.

»Los, raus damit. Hast du mal wieder Ärger mit deiner Mutter?« Jost kannte sie einfach zu gut.

»Ich hab Hausarrest.«

»Ui, wie hast du dir das denn verdient?«

»Lange Geschichte. Hat was mit ein paar Würstchen zu tun.«

Und damit, dass ich einfach abgehauen bin, dachte Mageli, wollte Jost die ganze Geschichte aber lieber nicht zu ausführlich erklären.

»Aha.« Man konnte durch das Telefon hören, dass Jost sich gut amüsierte. »Seit wann bist du denn unter Arrest?«

»Seit Dienstag.« Mageli unterschlug lieber auch ihre mehrfachen Verstöße gegen den Hausarrest.

»Du bist schon ein ganz armes Würstchen.« Jetzt lachte er laut. »Hör zu, gib mir mal deine Mutter, ich werde sehen, was ich für dich tun kann.«

»Danke, Paps.« Mageli wollte schon nach ihrer Mutter rufen, als ihr noch was einfiel. »Hab dich lieb, Paps.«

»Ich dich auch, Katastrophenengel.«

»Linda, Paps will dich noch mal sprechen.«

Mageli ging in die Küche, wo Linda an der Spüle stand und die bereits blitzblanke Oberfläche polierte. Ohne ein Wort ging ihre Mutter an ihr vorbei in den Flur, das gelbe Scheuertuch noch in der Hand.

Mageli machte sich eine große Schale Cornflakes zum Frühstück. Als sie zum Tisch ging, schwappte etwas Milch auf den Fußboden. Sofort war Shakespeare zur Stelle, um den Wischmopp zu spielen.

»Hallo, Shakespeare. Lange nicht gesehen. Hast du Hunger?«

Der Kater strich ihr maunzend um die Beine.

»Klar, wie immer. In manchen Dingen sind wir uns wirklich ähnlich«, sagte Mageli lachend und schüttete ihm eine weitere Pfütze Milch auf den Boden.

Shakespeare stürzte sich nicht sofort auf den Nachschub, sondern rieb zunächst seinen breiten Kopf an ihrem Schienbein.

»Bitte, gern geschehen.«

Mageli setzte sich auf die Eckbank an den Tisch und schob einen Fuß unter ihren Po. Obwohl die Sonne bereits in die Küche schien und ihr den Rücken wärmte, war es im Haus noch kühl und ihre nackten Füße waren vom Rumstehen auf den Fliesen im Flur eiskalt. Während sie ihre Cornflakes löffelte, versuchte sie etwas von dem Telefongespräch im Flur mitzubekommen. Allerdings schien das Telefonat recht einseitig zu verlaufen. Das Einzige, was Mageli gelegentlich verstehen konnte, war ein »Aber« oder ein »Jaja«.

»In Ordnung, dann bis spätestens Montag«, sagte Linda schließlich und hängte den Hörer ein. Als Mageli ihre Mutter in die Küche kommen hörte, blickte sie angestrengt in ihre Müslischüssel. Erst nachdem Linda sich zweimal geräuspert hatte, schaute Mageli zu ihr hoch.

»Dein Vater und ich sind der Meinung, dass dein Hausarrest jetzt lange genug gedauert hat«, sagte Linda.

Soso, dachte Mageli, ihre Mutter war also plötzlich auch dieser Meinung.

»Wenn du mir heute ein bisschen zur Hand gehst, kannst du morgen wieder unternehmen, was du möchtest«, fuhr Linda fort.

Klar, alles nur mit Einschränkung, das war typisch! Aber Mageli wusste, dass sie sich jetzt besser nicht beklagen sollte.

»Okay«, nuschelte sie zwischen zwei Löffeln Cornflakes.

»Das Haus muss picobello sein, wenn um drei die Damen zum Kaffee kommen«, erklärte Linda. »Und ich denke, da kannst du dich dann auch ein bisschen nützlich machen.«

Mageli verschluckte sich an einem Löffel voll Cornflakes. Kaffeekränzchen! Ausgerechnet heute, wenn sie sich halbwegs benehmen musste! Sie konnte sich schon gut vorstellen, wie das wieder ablaufen würde. Die Nachbarinnen, die sie mit arroganten Blicken musterten, und ihre Mutter, die sich mit gesenkter Stimme beklagte, wie schwierig und unzugänglich Mageli doch sei. Das würde ein langer Tag werden, so viel war schon mal klar!

»Okay«, krächzte Mageli und erstickte fast an einem heftigen Hustenanfall.

Kapitel 7

»Und dann?« Rosann hatte sich aufgesetzt und die Arme um ihre nackten Beine geschlungen. Sie starrte Mageli an, als wollte sie ihr die Worte am liebsten aus dem Mund ziehen.

»Und dann hat er mich geküsst.«

»Und dann?«

»Nichts und dann.« Mageli verzog genervt den Mund.

Rosann guckte ein bisschen enttäuscht, riss sich aber sofort wieder zusammen.

»Lass mich das noch mal kurz zusammenfassen: Der Typ taucht mitten in der Nacht unangemeldet in deinem Zimmer auf. Du hast keine Ahnung, wie er reingekommen ist. Er ist einfach plötzlich da und hockt in deinem ollen Sessel. Ihr redet, ihr haltet Händchen, ihr küsst euch … und das war's? Bist du ganz sicher, dass du nichts vergessen hast?«

Mageli schloss die Augen und versuchte vergeblich, Rosann zu ignorieren. Die Sonne schien ihr herrlich warm auf den Bauch. In ihrem Rücken konnte sie das weiche Gras spüren. Sie hörte den Bach leise rauschen und die Vögel in den Bäumen lautstark zwitschern, als hätten sie auch einen riesigen Spaß an diesem perfekten Sommertag.

Die Freundinnen waren vormittags aufgebrochen, einen gut gefüllten Rucksack mit Verpflegung im Gepäck. Als sie die Lichtung erreichten, war es bereits so warm, dass sie schnell alle Klamotten auszogen und sich nur in ihren Bikinis ins Gras warfen. Mittlerweile schien die Sonne senkrecht auf sie hinunter und Mageli fühlte sich wie ein Grillhähnchen. Rosanns Körper hatte schon eine ungesunde Rötung angenommen, Magelis helle Haut hingegen war so blass wie immer.

Es war wie eine Laune des Schicksals: Ihre helle, fast weiße Haut wurde unter Sonnenbestrahlung niemals schön braun, aber auch niemals rot. Eigentlich hatte sie das ganze Jahr über die gleiche Hautfarbe. Blass!

»Liebe und Logik sind wie Sonne und Mond. Wenn das eine Gestirn aufgeht, geht das andere unter.«

Mageli blinzelte müde mit einem Auge.

»Cicero, *Römer*.«

Mageli klappte das Auge wieder zu.

»He, hallo. Ich warte.«

»Es ist ein bisschen komplizierter«, versuchte Mageli auszuweichen.

»Ich hatte nichts anderes erwartet.« Rosann ließ nicht locker.

»Und ich schätze, du erklärst mich für verrückt, wenn ich es dir erzähle.«

»Zu spät, Süße, das ist längst passiert.«

Mageli setzte sich in den Schneidersitz. Für dieses Gespräch wollte sie lieber mit Rosann auf Augenhöhe sein.

»Erin ist nicht wie die anderen Jungs.« Mageli druckste herum.

»Ich hatte nichts anderes erwartet.«

»Du wiederholst dich.«

»Lenk nicht ab.«

»Also«, Mageli holte tief Luft und redete dann möglichst schnell weiter. »Erin ist ein Elf. Er kommt aus dem Dunklen Reich. Sein Vater ist dort der König. Und wir haben beide keine Ahnung, wie es passieren kann, dass wir uns hier immer wieder über den Weg laufen.«

Es kam nicht oft vor, dass irgendetwas Rosann sprachlos machte. Jetzt war einer dieser seltenen Augenblicke. Mit einem Gesichtsausdruck, als hätte sie eine Erscheinung, starrte sie Mageli stumm an. So lange, dass es Mageli ganz ungemütlich wurde. Schließlich schüttelte Rosann entsetzt den Kopf.

»Ich hätte wirklich nicht gedacht, dass es dir gelingen würde, mich zu verblüffen. Ich hätte wirklich gedacht, dass ich von dir genug gewöhnt bin, damit du mich nicht mehr in Erstaunen versetzen kannst. Ich habe mich geirrt.« Wenn Rosann nicht genau wusste, was sie sagen sollte, fing sie immer an, so geschwollen zu reden.

Dann sagte sie wieder eine ganze Zeit lang gar nichts und Mageli blickte stur auf ihre Hände.

»Du musst mit dem Quatsch aufhören«, sagte Rosann plötzlich. Ihr Gesichtsausdruck war ernst, und sie kaute auf ihrem Lippenpiercing herum, als wollte sie noch viel mehr sagen, wüsste aber nicht, wie sie es formulieren sollte. Man konnte die Ansätze von Rosanns Grübchen sogar erkennen, wenn sie so ernst schaute. Winzige Dellen in ihren Wangen, die Mageli sofort an das Grübchen in Erins Kinn erinnerten.

Sie hätte sich denken können, dass Rosann so reagieren würde. Mageli hatte schon geahnt, dass ihre Freundin Erin als eine von ihren Spinnereien abtun würde. Deswegen hatte sie gezögert, Rosann die ganze Geschichte zu erzählen.

»Das ist kein Quatsch«, versuchte sie sich zu verteidigen und hörte selbst, dass es ein bisschen halbherzig klang. Aber ihre eigenen Zweifel wollte sie Rosann nicht auch noch auf die Nase binden.

»Dann lass uns noch mal wiederholen, was bisher passiert ist, immer wenn du Erin getroffen hast.«

Mageli zuckte mit den Achseln. »Okay.«

»Das erste Mal«, fing Rosann an, »rennst du mitten in der Nacht im Wald rum. Zwei Typen verfolgen dich, was ich ehrlich gesagt schon etwas merkwürdig finde. Ich meine, wo kommen mitten in der Nacht diese beiden Kerle her, die dir dann auch noch gleich an den Kragen beziehungsweise ans Höschen wollen? Dann rettest du dich zur Lichtung, und ausgerechnet hier taucht Erin auf. Wie kommt der bitte schön mitten in der Nacht genau auf die Lichtung, auf der zwei Idioten, von denen wir auch schon nicht so genau wissen, wo sie eigentlich hergekommen sind, gerade versuchen, dir etwas anzutun?«

Mageli zuckte nur erneut mit den Achseln und Rosann fuhr aufgeregt fort.

»Dein Traumtyp macht beide Kerle platt. Gut, sagen wir mal, der kann Karate.«

»Das war kein Karate«, warf Mageli leise ein. Rosann überging die Bemerkung einfach.

»Trotzdem ist das schon ziemlich verwunderlich. Und dann quatscht ihr nett, mitten in der Nacht auf der Lichtung wohlgemerkt. Er sagt, er bringt dich nach Hause …«

Rosann legte eine Kunstpause ein. »Und danach erinnerst du dich an nichts mehr«, schloss Rosann und betonte jedes einzelne Wort. »An nichts«, wiederholte sie, als hätte Mageli sie vielleicht nicht richtig verstanden. »Du wachst auf dem Fußboden auf, total fertig, du siehst aus wie Tod auf Urlaub, aber die Kratzer, die du eigentlich an den Armen haben müsstest, sind nicht da und deinem Knöchel geht es super.«

Mageli konnte sich gar nicht daran erinnern, Rosann davon erzählt zu haben.

»Ja, aber …«, versuchte sie, Rosann zu unterbrechen. Doch die ließ sich jetzt nicht mehr stoppen.

»Kein Aber, Süße. Es geht noch weiter. Das nächste Mal, als ihr euch trefft, hockst du schon wieder im Wald und bist eingepennt, als der Typ auftaucht. Woher, ist wieder nicht geklärt. Was mich aber weitaus mehr an der Geschichte stört, ist, dass er wieder einfach ohne einen Mucks verschwindet. Und du wachst auf und bist wieder allein.«

Mageli nickte, nur um Rosann zu verstehen zu geben, dass sie noch zuhörte, nicht etwa, um Zustimmung zu signalisieren.

»Über die letzte Nacht müssen wir wohl kaum noch reden. Nur die Eckdaten. Erin taucht bei dir auf, was eigentlich gar nicht möglich ist. Und verschwindet am Ende wieder, ohne sich zu verabschieden. Und du wachst auf und fragst dich, was passiert ist. Das klingt doch wirklich ziemlich unwahrscheinlich. Ach ja, und zwischendurch erzählt er dir noch, dass er ein Elf ist.«

Sie blickte Mageli bedeutungsvoll an.

»Was meinst du, können wir aus dieser erdrückenden Kette von Beweisen schließen?«

Rosann sollte Jura studieren, dachte Mageli. Sie würde sich richtig gut im Gerichtssaal machen, als Staranwältin, die den Vertreter der gegnerischen Seite an die Wand redet, bevor der auch nur ein einziges Wort rausgebracht hat.

»Hallo! Hat's dir die Sprache verschlagen?« Rosann stupste Mageli leicht gegen den Fuß.

»Nicht schuldig«, antwortete Mageli verwirrt.

»Hat ja auch niemand behauptet. Für deine überschäumende Fantasie kannst du ja nichts. Ich sage nur, dass es Grenzen geben muss. Und wenn du anfängst, dir einen Freund einzubilden, den es gar nicht gibt, dann hast du definitiv eine solche Grenze überschritten!«

»Ich bilde mir nichts ein.« Mageli wurde jetzt doch ein bisschen sauer. Sie hatte ja damit gerechnet, dass Rosann ihr nicht glauben würde, aber deshalb musste sie sie doch nicht so angreifen.

»Okay, du bildest dir nichts ein.« Rosann zeigte sich diplomatisch. »Ich habe sowieso einen anderen Verdacht.«

»Nämlich?«, fragte Mageli skeptisch.

»Ich glaube, du hast das alles nur geträumt«, sagte Rosann, sichtlich stolz auf ihre Schlussfolgerung.

Du spinnst!, wollte Mageli Rosann anfahren. Aber dann hielt sie den Mund und dachte nach. Es kam ihr ja selbst komisch vor: Immer tauchte Erin auf, wenn sie gerade eingeschlafen war, und noch dazu an Orten an denen er logisch gesehen gar nicht sein dürfte. Und er erschien wie aus dem Nichts und verschwand genauso spurlos wieder. Das hatte er sogar selbst gesagt. War das jetzt ein Argument für oder gegen die Traumtheorie? Konnte jemand, den man sich nur erträumte, selbst Zweifel daran haben, dass in diesem Traum alles mit rechten Dingen zuging? Mageli schwirrte der Kopf. Das waren eindeutig zu viele Unklarheiten.

Rosann schien zu spüren, dass Mageli unsicher wurde. Sie ergriff ihre Hand und drückte sie fest.

»Süße, du musst aufhören, vom perfekten Mann zu träumen! Such dir lieber endlich einen Traumtyp in der Realität.«

Mageli schaute sie zweifelnd an. »Aber so einen wie Erin finde ich im Leben nicht noch mal.«

»Das ist ja genau der Punkt: Kein Kerl kann in der wirklichen Welt gegen deinen Traummann Erin bestehen! Das ist doch nicht mehr normal.«

»Ich bin halt nicht normal, will ich auch gar nicht sein«, sagte Mageli trotzig, aber ihr war bereits klar, dass sie die Diskussion verloren hatte.

»Du sollst ja auch nicht normal sein, zumindest nicht im Sinne von stinklangweilig. Aber so ein bisschen normal wäre schon ganz gut. Und sich in einen Typen zu verlieben, der nicht nur behauptet, ein Elf zu sein, sondern zudem auch gar nicht existiert, fällt auf der Nicht-mehr-normal-Skala eindeutig in die Kategorie geschlossene Anstalt.«

Mageli sagte lieber nichts mehr. Sonst hätte sie am Ende noch zugeben müssen, dass Rosann vielleicht recht hatte.

»Lass uns doch mal einen Blick auf die Alternativen werfen«, schlug Rosann versöhnlich vor. Mageli rang sich ein Lächeln ab. Sie hatte zwar überhaupt keine Lust, jetzt über andere Jungs nachzudenken, aber sie war froh, dass Rosann sich vom Thema Erin abwandte.

Rosann streckte die Beine aus, verschränkte die Arme im Nacken und guckte einen Moment in den wolkenlosen blauen Himmel, als würden dort lauter tolle Typen über einen luftigen Laufsteg stolzieren.

»Wie wäre es zum Beispiel mit Marc?«

»Haha, sehr witzig.«

»Ich meine doch nur, der hat sicher auch seine Qualitäten.«

»Ach ja, und was sollen das bitte für Qualitäten sein?«

»Der ist zum Beispiel super darin, Abflüsse zu reinigen, so ätzend wie seine Kommentare immer sind.« Rosann prustete los und auch Magelis Mundwinkel fingen an zu zucken.

»Und wenn dir mal das Bratfett ausgegangen ist, wischst du einfach mit seinem Kopf einmal durch die Pfanne«, setzte Rosann noch einen drauf.

Ein Lachen blubberte aus Magelis Bauch nach oben und platzte heftig aus ihr heraus. Puh, das tat wirklich gut!

»Und wenn du nichts zum Essen eingekauft hast, dann haust du Marc mal eben selbst in die Pfanne«, gackerte Mageli. Aber sie wurde schnell wieder ernst. »Sorry, Marc ist keine brauchbare Alternative. Außerdem solltest du mal die Augen aufsperren. Was will ich mit einem Kerl, der mich total abartig findet?« Mageli schluckte, weil ihr plötzlich wieder Marcs ganze Gehässigkeiten einfielen und sie prompt einen dicken Kloß im Hals spürte.

»Ach, Kleine«, sagte Rosann. Den unpassenden Kosenamen benutzte sie nur, wenn Mageli sehr trostbedürftig wirkte. »Ach, Kleine, du hast wirklich keine Ahnung, welche Wirkung du auf Jungs hast.« Sie schaute die Freundin forschend an. »Marc ist so was von scharf auf dich. Der traut sich bloß nicht, seit Ben ihm erzählt hat, dass du jeden Y-Chromosom-Träger kalt abblitzen lässt. Und deshalb ist er stinkig, weil er sich nun mal für unwiderstehlich hält.«

»Manchmal hast du eine ganz schön verzerrte Wahrnehmung von deiner heiß geliebten Realität.«

»Träume dir dein Leben schön und mach aus diesen Träumen eine Realität. Hat Marie Curie gesagt. Eigentlich eine klasse Frau, aber ich stimme trotzdem nicht zu.«

»Also ich find den Spruch gut.« Mageli grinste.

»Dachte ich mir schon fast. Aber lass uns bitte nicht wieder damit anfangen. Wie wäre es mit Johan?« Rosann riss ein Gänseblümchen aus und begann, die winzigen weißen Blättchen einzeln abzuzupfen.

»Ich weiß nicht. Musikalisch hat der ja was drauf. Aber ansonsten?« Mageli schüttelte ihre Haare nach hinten aus. Dann schaute sie Rosann streng an. »Und hör bitte auf damit, das arme Gänseblümchen kann doch nichts dafür.«

»Oh …« Rosann ließ das gerupfte Blümchen mit einem schuldbewussten Gesichtsausdruck fallen. »Entschuldigung, Blümchen. Aber was Johan angeht, irrst du dich. Der weiß, was er mit seinen Fingern machen muss, nicht nur auf seiner Gitarre.« Sie hob und senkte die Augenbrauen vielsagend.

»Das darf doch nicht wahr sein.« Mageli konnte es nicht fassen. »Nicht den auch.«

»Nur einmal!«, warf Rosann schnell ein.

Mageli beneidete Rosann. Die nahm sich einfach, was ihr gefiel, selbst wenn es sich um einen Jungen handelte. Und sie bekam es auch meistens!

»Du kommst echt nach deiner Mutter«, zog Mageli sie auf. »Und bei der wissen wir ja, wozu es geführt hat …«

»Kann sein. Aber ich passe auf! Stell dir mal vor: Jetzt ein brüllendes Baby. So was wie mich in Mini. Horror!«

»Kinder will ich eh keine.« Mageli hatte in letzter Zeit über einige Sachen nachgedacht. Plötzlich suchten sich ihre Gedanken einen Weg nach draußen.

»Gar nicht?« Rosann war erstaunt.

»Gar nicht. Ich glaube nämlich nicht, dass ich eine gute Mutter abgeben würde. Aus Mangel an Vorbildern.« Mageli versuchte, es wie einen Scherz klingen zu lassen. Ohne großen Erfolg.

»Als ob meine Mutter ein so viel besseres Vorbild wäre!« Rosann lehnte sich wieder nach vorn, um Mageli über den Arm zu streichen.

»Deine Mutter ist großartig«, protestierte Mageli. »Ich würde jederzeit tauschen, wenn ich könnte.«

Die Freundinnen schwiegen eine Weile, jede in ihre eigenen Gedanken versunken. Die Sonne war ein Stück weiter gewandert und hinter den Spitzen der hohen Bäume verschwunden. Obwohl jetzt Schatten auf der Lichtung lagen, war es noch immer heiß, richtig drückend sogar. Unten am Bach konnte man die Mücken erkennen, die in dicken Schwärmen wie schwarze Wolken herumschwirrten.

»Das gibt heute noch ein Gewitter«, sagte Rosann in das Schweigen hinein.

»Ich mag Gewitter. Die machen alles so schön sauber.«

»Du kommst auch nach deiner Mutter. Zumindest was den Sauberkeitsfimmel angeht, meine ich.« Rosann grinste Mageli frech an.

Gemeinsam prusteten sie los. Das Lachen war so befreiend wie ein heftiger Regenguss nach der Hitze.

Der Himmel war wolkenverhangen und pechschwarz, als Mageli mit dem Rad in den Kiesweg zu Haus Nummer dreizehn einbog. Die Nachbarn hatten sich alle in ihre Häuser verzogen und warteten dort auf den Regen. Nur nebenan im Garten stand Frau Matuschek im Pelzmantel mit ihrem Rollator und goss unbeirrt die Blumen.

»Meinen Sie nicht, die kriegen heute noch genug ab?«, rief Mageli und hätte sich am liebsten auf die Zunge gebissen. Hätte sie den Mund gehalten, dann hätte die alte Frau sie vermutlich gar nicht bemerkt.

Jetzt richtete sich Frau Matuschek überrascht auf.

»Ach, hallo, Mädchen. Gut, dass du kommst.«

Was sollte das denn heißen?

»Wollen Sie nicht ins Haus gehen? Es sieht nach Regen aus«, sagte Mageli anstatt einer Antwort und um überhaupt etwas zu sagen.

»Hat lange nicht mehr geregnet«, ging Frau Matuschek darauf ein, blieb aber wie einbetoniert an der gleichen Stelle im Garten stehen. Nur mit dem Blumengießen hörte sie auf und stellte ihr grünes Gießkännchen vorne auf ihrem Rollator ab. »Als mein Billy klein war, da hat es viel geregnet. Da sind wir immer in den Park gegangen. Haben wir ja noch nicht hier in dieser schönen Gegend gewohnt. War alles verbaut um uns herum. Und der Billy wollte so gern auf der Wiese spielen. Aber dann hat es geregnet. Da war der Billy vermatscht von oben bis unten. Musste ihn abwaschen, bevor wir nach Hause sind. Da hatte ich immer eine Flasche mit Wasser dabei, damit ich den Billy waschen konnte, bevor wir heimgingen.«

Mageli hatte keine Ahnung, wer Billy war. Ein Hund oder ein Kind? Sie wusste nicht, ob Frau Matuschek einen Sohn hatte oder ob sie sich den auch nur ausdachte. Solange Mageli sich erinnern konnte, war Frau Matuschek eine verwirrte alte Frau gewesen, die niemals Besuch bekam – bis auf ihre geheimnisvollen Gäste natürlich, die außer ihr noch nie jemand gesehen hatte.

»Ich werd dann mal ...«, setzte Mageli an, wurde aber von Frau Matuschek unterbrochen.

»Nimm dich in Acht«, raunte die Alte. Ihr Gesicht war auf einmal völlig verändert. Der verklärte Ausdruck war daraus verschwunden. Ihre Augen hatte sie starr auf Mageli gerichtet, und darin lag eine Eindringlichkeit, die Mageli in der Bewegung innehalten ließ.

»Sie werden unruhig«, fuhr Frau Matuschek mit der gleichen bedeutungsvollen Stimme fort.

»Was meinen Sie?« Mageli war jetzt wirklich ein bisschen verunsichert.

»Sie kommen jede Nacht«, erklärte die alte Frau, als ob das Magelis Frage beantworten würde.

»Woher wollen Sie das wissen?« Mageli fragte sich, warum sie der »bekloppten Matuschek« auf einmal glaubte. Und warum ihr die Worte der Alten solche Angst einjagten.

»Ich schlafe wenig«, antwortete diese, als sei das eine ausreichende Erklärung. Dann fing sie wieder an, die Blumen mit ihrem Kännchen zu gießen, und beachtete Mageli nicht weiter.

Mageli stand noch einige Minuten verunsichert in der Einfahrt. Als sie spürte, wie die ersten schweren Tropfen auf ihren

Händen und ihrer Nase zerplatzten, schüttelte sie heftig den Kopf, wie um einen schlechten Traum abzuschütteln, und schob das Fahrrad in die Garage.

Mitten in der Nacht fuhr Mageli aus dem Schlaf hoch. Sie war klatschnass geschwitzt. Die Luft im Zimmer war drückend. Sie hatte das Fenster nicht geöffnet, damit der Regen keine Erde hereinschwemmen konnte. So konnte aber auch keine frische Luft ins Zimmer strömen und den abgestandenen Mief des heißen Tages vertreiben.

Mageli starrte einen Moment in die Dunkelheit. Dann zuckte ein Blitz durch die Nacht und erhellte den Raum für einen winzigen Augenblick mit einem unheimlichen weißen Licht. Wenige Sekunden danach krachte der Donner fast ohrenbetäubend durch die nächtliche Stille. Hatte ein solcher Donnerschlag sie geweckt? Oder hatte etwas anderes sie aus dem Schlaf geholt?

Mageli strengte ihre Augen an. Trotz der Finsternis konnte sie Umrisse im Zimmer erkennen. Ihre Möbel, den Schreibtisch unter dem Fenster, den alten Sessel, die Kleider, die sie auf einen Haufen auf den Boden geworfen hatte, ihren Rucksack, halb geöffnet, daneben die Reste des Picknicks.

Plötzlich hörte sie von ihrem Fenster her ein Knacken. Sie lauschte angestrengt. Nein, das war kein Knacken, das klang wie ein Prasseln. Aber nicht wie Regen. Eher so, als würden winzige Steinchen gegen die Scheibe fallen. Steinchen, die auf dem Gehweg oberhalb ihres Fensters lagen und gegen ihr Fenster fielen, wenn dort jemand entlangging.

Mageli versuchte, gleichmäßig ein- und auszuatmen, um ihr rasendes Herz zu beruhigen. Wieso prasselten kleine Steinchen gegen ihr Fenster? Wieso schlich um diese Zeit und bei diesem Wetter jemand auf dem Weg ums Haus und an ihrem Fenster vorbei?

Es blitzte wieder. Mageli starrte angestrengt zum Fenster. In ihrem Kopf stiegen all die Schatten und Schrecken aus den zahlreichen Büchern auf, die sie gelesen hatte. Da! War da nicht eine Gestalt vor dem Fenster zu sehen? Blödsinn! Vor ihrem Fenster befand sich eine kleine steile Böschung. Dort konnte niemand stehen! Aber so ganz überzeugt war Mageli nicht.

Der Donner ließ sie zusammenzucken und lenkte sie für einen Augenblick von ihren kreisenden Gedanken ab. Doch in der Stille danach prasselte wieder etwas gegen ihre Scheibe. Es klang, als ginge jemand unruhig vor ihrem Fenster auf und ab. Fast meinte sie, auch die Schritte auf dem Weg zu hören. Aber als sie sich noch ein bisschen mehr anstrengte, um zu hören, was vor ihrem Fenster passierte, war da nur Regen, der auf das Wellblechdach der Garage trommelte.

Und wenn sie sich einfach wieder hinlegte und so tat, als wäre nichts passiert? Nein, ihr Herz pochte so heftig, und sie spürte das Adrenalin durch den ganzen Körper pulsieren, dass an Schlaf nicht mehr zu denken war!

Von der Küche aus könnte sie einen Blick auf den Weg vor ihrem Fenster werfen. Nur um sicherzugehen, dass dort niemand stand. Außerdem hatte Linda zum Nachtisch Vanillepudding gekocht. Der Rest war bestimmt noch im Kühlschrank. Und nichts war beruhigender als eine Portion Vanillepudding, wenn man schlecht geträumt hatte.

Mageli schwang sich also aus dem Bett und lief nur in ihrem dünnen Nachthemd und barfuß aus dem Zimmer. Trotz des

Gewitters war es noch nicht merklich abgekühlt und außerdem sollte ihr nächtlicher Ausflug ja auch nicht ewig dauern. Nur mal schnell gucken, Vanillepudding holen und zurück ins Bett. Das war der Plan.

Leise schlich sie sich die Treppe hinauf. Im Haus sollte lieber niemand merken, dass sie auf der Jagd nach unheimlichen Gestalten durch die Gegend geisterte. Auch die Küche lag komplett im Dunkeln, von draußen drang kein Licht herein, die Straßenlaternen waren nur als schwarze Schatten zu erkennen. Vermutlich Stromausfall. Beim letzten großen Gewitter war das auch schon passiert.

Mageli brauchte kein Licht, sie konnte genug sehen, um nicht an die Küchenmöbel zu stoßen. Auf Zehenspitzen schlich sie zum Fenster und schaute angestrengt nach draußen: Die dunklen Umrisse der kleinen Bäume und Sträucher im Garten waren ebenso zu erkennen wie der niedrige Gartenzaun und die Straßenlaterne dahinter. Ihre Augen wanderten nach links, dort hinter der Hausecke lag unterhalb einer kleinen Böschung das Fenster ihres Kellerzimmers. Nichts! Niemand! Sie hatte es doch gewusst!

Schon wollte Mageli sich vom Fenster ab- und dem Kühlschrank zuwenden, um den Vanillepudding zu holen und in ihr Bett zurückzukriechen – als genau in diesem Augenblick ein Blitz die schwarzen Wolken aufriss. Und sie sah eine Gestalt, die sich direkt oberhalb ihres Fensters an den Zaun lehnte.

Ein erstickter Schrei drang aus ihrem Mund. Mit beiden Händen hielt Mageli sich an der Fensterbank fest, krallte ihre Finger um den kühlen Stein, bis ihre Knöchel schmerzten, und starrte aus dem Fenster.

Ihre Gedanken rasten. Was sollte sie jetzt machen? Einfach zurück ins Bett kriechen und schlafen? Das konnte sie vergessen! Da half auch der beste Vanillepudding nichts. *Die Polizei rufen!*, dachte sie, verwarf die Idee aber sofort wieder. Bis der Streifenwagen kam, war der Fremde im Garten vielleicht schon längst verschwunden. Und wie sollte sie den Polizisten und vor allem ihrer Mutter erklären, dass sie mitten in der Nacht einen blinden Alarm ausgelöst hatte? Das würde sicher nur Ärger geben.

Schließlich fasste sie einen Entschluss: Ich gehe raus! Ich will wissen, wer das ist. Vielleicht kann ich mich ganz leise anschleichen, sodass er mich nicht bemerkt. Dunkel genug ist es ja. Sie wusste selbst nicht, woher dieser irre Plan plötzlich kam. Aber je länger sie darüber nachdachte, desto besser fand sie ihn. Wenn der Fremde ihr etwas antun wollte, konnte sie immer noch das Haus zusammenschreien, ja, die ganze Straße, wenn es nötig war.

Mit einem wehmütigen Blick zum Kühlschrank schlich Mageli zur Haustür. Unter der Garderobe lag Shakespeare auf seinem Kuschelkissen, den breiten Kopf zwischen den Vorderpfoten begraben, und schnarchte leise. Als Mageli die Klinke der Haustür drückte, blickte der Kater hoch und sah sie aus seinen gelben Augen eindringlich an. *Lass es lieber*, schien er zu sagen – und Mageli fragte sich für einen Moment, ob sie das Ganze nur träumte.

Kaum stand sie vor der Haustür, als sie der Regen schon vollständig durchweicht hatte. Das Nachthemd klebte an ihrem Körper und die Haare hingen in langen, nassen Strähnen über ihre Schultern.

Hier draußen vor der Tür wurde ihr schnell klar, dass sich ihr vager Plan schlecht würde umsetzen lassen. Lindas akkurat gestutzter Garten bot kaum Möglichkeiten, sich zu verstecken und unbemerkt anzuschleichen. Wenn sie erst einmal um die Hausecke gebogen war, würde derjenige, der da wartete, sie sofort entdecken. Sie schob sich so nah wie möglich an der Hauswand entlang, der Rauputz scheuerte ihr den Arm auf. Mehrmals wäre sie fast ausgerutscht, denn der Regen hatte den Rasen in ein Schlammfeld verwandelt. Leise fluchend stützte sie sich mit der Hand an der rauen Mauer ab.

Sie erreichte die Ecke des Hauses und starrte angestrengt in die Richtung, in der sie den Fremden zuletzt gesehen hatte. Der Regen lief ihr in die Augen, was ihre Sicht nicht gerade verbesserte. Ja, da lehnte er immer noch bewegungslos am Zaun, die Arme vor der Brust verschränkt. Der Regen schien ihm gar nichts auszumachen. Wenn Mageli es durch die Wasserwand richtig erkennen konnte, hatte der Fremde sogar den Kopf in den Nacken gelegt, als ließe er sich die Tropfen absichtlich ins Gesicht spritzen.

Mageli stutzte. Etwas an der Haltung dieses Fremden kam ihr bekannt vor. Sehr bekannt! Das durfte doch wohl nicht wahr sein! Da vorne im strömenden Regen stand lässig gegen den Zaun gelehnt – Erin. Halb lief, halb rutschte sie zu ihm hinüber. Er war es. Tatsächlich. Stand da, völlig versunken, und bemerkte sie gar nicht, als sie auf ihn zukam. Erst als Mageli leise seinen Namen rief, blickte er sie an. Und lächelte. Als wäre es die normalste Sache der Welt, dass er mitten in der Nacht und mitten im heftigsten Unwetter in ihrem Garten stand.

»Wo …« Mageli verkniff sich die Frage lieber. Erin wusste natürlich trotzdem, was sie hatte sagen wollen, und grinste sie breit an. Sein Lächeln wirkte nicht traurig, wie es das sonst manchmal tat. Eher fröhlich, fast ausgelassen. Sofort schlug Magelis Herz noch eine Spur schneller.

»Was machst du denn hier im Regen?« Die Frage war nur wenig intelligenter als die, die Mageli sich verkniffen hatte. Erins Reaktion war dafür umso kurioser.

»Das ist Regen?«, fragte er erstaunt. »Das hatte ich mir viel unangenehmer vorgestellt. Ist doch eigentlich sehr schön, dieser Regen.«

»Du kennst keinen Regen?«, fragte Mageli verblüfft. Sie musste schmunzeln, als er den Kopf schüttelte und wie ein kleines Kind sein Gesicht den großen Tropfen entgegenhielt. Fehlte nur noch, dass er die Zunge rausstreckte. Doch dann dachte sie an das Gespräch, das sie mit Rosann erst am Nachmittag geführt hatte. Und das Lächeln verschwand auf der Stelle von ihren Lippen.

Du musst mit dem Quatsch aufhören! Rosann hatte ja recht. Was hatte Mageli davon, sich ihr blödes Leben schön zu träumen? Wohin sollte das führen, wenn der tollste Typ, den man sich vorstellen konnte, gar nicht wirklich existierte und sie selbst immer mehr in eine Traumwelt abdriftete? Alles an dieser Situation war unwirklich! Total verrückt! Da stand Erin glücklich in diesem Unwetter und behauptete, noch nie in seinem Leben Regen gesehen zu haben. Außerdem hatte er ihr eine Heidenangst eingejagt, weil er mitten in der Nacht einfach vor ihrem Fenster aufgetaucht war, anstatt erst mal anzurufen und sich mit ihr fürs Kino zu verabreden. So wie das vermutlich jeder andere Junge getan hätte, wenn er etwas von einem Mädchen wollte.

Auf einmal war Mageli richtig sauer. Auf Erin, weil er ihr diesen Riesenschreck eingejagt hatte und weil er nicht war wie jeder andere Junge, sondern etwas ganz Besonderes – nur leider nicht real. Und sie war sauer auf sich selbst. Weil sie so gerne wollte, dass dies alles echt war und dass sie nicht bloß träumte und jederzeit aufwachen konnte, mit den schönsten Erinnerungen, aber ohne Aussicht auf ein richtiges Happy End.

»Verschwinde!«, fauchte sie Erin an.

Der schaute sie nur verblüfft an.

»Wie bitte?«

»Du hast schon ganz richtig gehört. Hau ab!«

»Was ist denn auf einmal los?«, fragte Erin sie mit großen Augen.

»Ich kann keinen Traumprinzen gebrauchen«, stieß Mageli hervor. »Einen, der nur auftaucht, wenn es ihm gerade passt. Und verschwindet, ohne seine Telefonnummer zu hinterlassen.«

»Aber es ist doch schön mit uns! Etwas ganz Besonderes! Oder?« Erin schien jetzt ehrlich verwirrt zu sein.

»Das ist schon zu schön. Zu schön, um wahr zu sein«, presste Mageli hervor. Sie merkte, dass sie nicht mehr viel würde sagen können, weil ein Kloß in ihrem Hals saß, der immer dicker wurde. »Das ist wie ein Traum, ich meine, das ist ein Traum. Ich will aber, dass es echt ist!«

»Aber das ist doch echt«, versuchte Erin sie zu beruhigen. »Dass wir uns im Traum begegnen, das ist die Wirklichkeit. Zumindest in meiner Welt gibt es so etwas! Das können nicht alle, längst nicht alle. Man muss eine besondere Gabe dafür besitzen. Deshalb hat es auch so lange gedauert, bis ich begriffen habe, was mit uns geschieht. Ich wusste ja bisher auch nicht, dass ich diese Gabe besitze. Aber unwahrscheinlich ist es nicht, immerhin bin ich der Sohn eines Königs. Und in unserem Geschlecht wird diese Gabe vererbt, das ist bekannt …«

Erin hatte immer schneller gesprochen. Doch seine Stimme verebbte, als er Magelis abweisenden Gesichtsausdruck bemerkte.

»Du glaubst mir nicht, oder?« Jetzt klang er plötzlich verzweifelt.

»Kein Wort.« Und damit drehte Mageli sich um und rannte zur Haustür zurück, so schnell es auf dem rutschigen Boden eben ging. Sie wollte auf keinen Fall, dass Erin die Tränen sah, die ihr in Sturzbächen über die Wangen strömten. Obwohl er sie in dem heftigen Regen wahrscheinlich gar nicht bemerkt hätte.

»Hast du den Auftrag erledigt?«

»Ja, Meister.« Damorian verbeugte sich so tief, dass seine Stirn fast die Knie berührte.

»Gut.«

Der Diener richtete sich wieder auf und versuchte, seinen Herrn anzuschauen, um seinen Gesichtsausdruck deuten zu können. Doch dieser saß wie meistens im Halbdunkel und sein Gesicht war im Schatten verborgen. Sosehr Damorian seine Augen auch anstrengte, konnte er nicht mehr als schemenhafte Umrisse erkennen.

»Zunächst hat sie versucht, sich herauszuwinden. Dann wollte sie fliehen. Aber ich habe sie erwischt, bevor sie auf die Straße gelangen und Aufsehen erregen konnte.«

»Gut.«

»Sie hat gezittert vor Angst.«

»Das tun die Menschen meistens.«

Damorian verzog sein Gesicht zu einer Grimasse, die ein Lächeln darstellen sollte, und wartete darauf, dass der Meister etwas hinzufügen würde, doch dieser hüllte sich in Schweigen. Damorian griff an das Heft des Schwertes, das an seiner Seite hing. Das tat er häufig, um sich seiner eigenen Stärke zu versichern, besonders, wenn er vor seinem Meister stand. Seine Finger strichen über die Ornamente, die in den Griff eingearbeitet waren.

»Und nun, Meister?«, wagte er zu fragen. »Was darf ich nun für Euch tun?«

»Ich denke, ich habe tatsächlich eine weitere Aufgabe für dich«, erklang die raue Stimme wieder aus dem Schatten und Damorians Hand verharrte über dem Schwertknauf.

»Danke, Meister. Was ist es dieses Mal? Darf ich mich um das Mädchen kümmern?«

»Nein, dazu ist es noch zu früh. Wir müssen in dieser Sache mit äußerster Vorsicht vorgehen. Du weißt doch, was auf dem Spiel steht.« Die Stimme klang streng, beinahe tadelnd.

»Verzeiht, Meister, das war vermessen.« Damorians Körper versteifte sich.

»Schon gut. Ich denke, die Aufgabe wird dir dennoch zusagen, auch wenn dein Schwert dieses Mal nicht zum Einsatz kommen wird.«

Damorian blickte fragend in Richtung des Schattens. Was sollte das für eine Aufgabe sein?

»Hol mir den Prinzen.«

»Ihr meint …?« Damorian war ernstlich verwundert.

»Du sollst mir den Prinzen bringen. Seine Reden über die Menschenwelt werden mir allmählich zu heikel. Jemand könnte anfangen, ihm Glauben zu schenken. Ich muss mich um ihn kümmern.«

»In Ordnung, Meister.«

»Du musst ausgesprochen vorsichtig vorgehen. Niemand darf sein Verschwinden bemerken.«

»Gut, Meister.«

»Und wenn ich mit ihm fertig bin, wirst du ihn in den Palast zurückbringen müssen. Ebenfalls ohne dass dich jemand sieht. Niemand darf dich sehen, verstehst du?«

»Natürlich, Meister.«

»Und ich meine es ernst, wenn ich sage, dass du dein Schwert nicht gegen den Jungen richten sollst. Ich brauche ihn lebend.«

»Sicher, Meister. Ich werde mein Bestes geben.«

Damorian wartete auf eine Antwort. Als er keine erhielt, nahm er an, dass er damit entlassen war. Er verbeugte sich noch einmal tief vor der Gestalt im Schatten und ging dann eiligen Schrittes aus dem Raum, die Hand noch immer am Heft seines Schwertes.

Kapitel 8

Den nächsten Schulvormittag verbrachte Mageli wie in Trance. Nach ihrem Albtraum hatte sie in der vergangenen Nacht nicht mehr geschlafen, stattdessen hatte sie sich hin- und hergewälzt, geweint, bis das Kissen klatschnass war, und sich gefragt, ob sie das Richtige getan hatte. Dabei hatte sie ja gar nichts getan. Denn das alles war nur ein Traum gewesen! Immer wieder betete sie sich diese drei Worte vor: *Nur ein Traum*! Und dann heulte sie wieder, bis sie keine Tränen mehr hatte.

Ihre Augen brannten vom Schlafmangel und den vielen Tränen. Sie starrte auf die Tafel, doch die Buchstaben und Zahlen verschwammen zu unlesbaren Zeichen. Immer wieder fielen ihr die Augen zu. Ihr Hirn fühlte sich an, wie mit Matsch gefüllt. Der Unterricht, die Sticheleien der anderen und selbst Rosanns liebevolle Trostworte gingen ihr zum einen Ohr rein und ungehört zum anderen wieder hinaus. Die meiste Zeit versteckte sie sich hinter einem Haarschleier und versuchte, nicht in Tränen auszubrechen. Zum Glück ließen die Lehrer sie in Ruhe – wahrscheinlich hatten sie Mitleid mit Mageli, die mit ihrem roten, geschwollenen Gesicht wirklich erbärmlich aussah.

Rosann verschwand bereits in der zweiten großen Pause. Susa musste eine Großlieferung an Tischdekoration für ein Galadinner mit dreihundert Gästen vorbereiten und Rosann sollte ihr helfen. *Ob die Gestecke wohl entfernte Ähnlichkeit mit Trauerkränzen haben würden?*, fragte Mageli sich, schob den Gedanken aber sofort wieder beiseite – und in ihren Kopf kehrte die Leere zurück. Rosann hatte ihr tröstend durch die Haare gewuschelt und ihr ein paar aufmunternde Worte zugeflüstert, bevor sie gegangen war. Mageli konnte sich allerdings nicht mehr erinnern, was sie gesagt hatte.

Nach der letzten Stunde packte Mageli ihre Bücher und Hefte mit kaum zu überbietender Langsamkeit in den Rucksack, dass Frau Bennings sie schließlich bat, sich ein bisschen zu beeilen, damit sie die Klasse zuschließen konnte. Dann schlich sie zur Haltestelle. Der Bus war natürlich schon weg, aber das war ja auch das Ziel der Trödelei gewesen. Mageli wollte sich heute lieber nicht eine ganze Busfahrt lang Marcs und Bens bissige Kommentare anhören müssen. Der nächste Bus Richtung Neuenburg fuhr allerdings erst in einer Stunde. Mageli ließ sich auf die Bank im Wartehäuschen fallen, schmiss ihren Rucksack neben sich, lehnte sich gegen die hölzerne Rückwand und schloss die Augen.

Erst hatte sie überlegt, nicht zu der Verabredung mit Inga zu erscheinen. Ein gemütliches Beisammensein bei Kaffee und Kuchen – darauf hatte sie wirklich keine Lust. Und auf spannende

Geschichten über Elfen und andere wundersame Wesen auch nicht. Darauf am allerwenigsten.

Aber dann dachte sie, dass es eigentlich egal war und dass es schlimmer kaum noch werden konnte. Und es war immer noch besser, bei Inga rumzuhängen als zu Hause bei Linda und ihren Brüdern. Und wenn sie ganz ehrlich zu sich selbst war, sehnte sie sich doch nach Ingas Geschichten, weil sie eine Verbindung darstellten zu dem, was Erin war oder zu sein vorgab, oder besser gesagt zu dem, was ihre Fantasie ihr über Erin eingegeben hatte. Oder wie auch immer.

Sie zwang sich, die Augen wieder zu öffnen. Das Letzte, was sie jetzt wollte, war einzuschlafen – und womöglich von Erin zu träumen. Also betrachtete sie aufmerksam die Kritzeleien, die Generationen von Schülern an den Wänden des Wartehäuschens hinterlassen hatten. Blöde Sprüche, hingeschmiert mit Kugelschreibern und Eddings auf das dunkle Holz. Eingeritzte Herzen mit Namen und Daten: Lukas liebt Elena, 13.5.2006. Lilly liebt David, 27.3.2004. Tom liebt Kirsten, 6.10.1997.

Mageli liebt Erin. Für immer. Dachte sie. Und schluckte, weil ihr schon wieder die Tränen hochstiegen. Schnell wandte sie den Blick ab und betrachtete den alten knorrigen Baum, der gegenüber der Bushaltestelle hinter einer dicken Steinmauer stand. Sie fing an, die Blätter an dem dicken Ast zu zählen, der über die Mauer ragte, gab das sinnlose Unterfangen aber schnell wieder auf.

Eine Zeit lang beobachtete sie eine leere Styroporverpackung, die vermutlich einmal einen Hamburger beherbergt hatte und jetzt vom Wind auf der Straße hin und her getrieben wurde. Dann dachte sie an nichts mehr, bis der Bus kam.

Um kurz vor drei stieg Mageli die Stufen zum Seniorenstift hinauf. Als sie in der Eingangshalle stand, fiel ihr ein, dass sie gar nicht wusste, in welchem Zimmer Inga wohnte. Sie ging zu der kleinen Portiersloge, in der ein junger Mann mit pickeligem Gesicht und fettigen Haaren saß und mit endlos gelangweiltem Gesichtsausdruck in einem Comicheft blätterte.

»Entschuldigung«, sagte Mageli leise und, als keine Reaktion kam, noch einmal lauter.

Der junge Typ guckte sie an und klappte den Mund auf, wobei der Zahnstocher, auf dem er vorher herumgekaut hatte, herausfiel und auf dem Boden landete.

Mund zu, es zieht!

Mageli war zu mies drauf für eine blöde Bemerkung, also fragte sie, wo sie Inga Sigrunsdottir finden konnte.

Der Kerl blätterte eine halbe Ewigkeit in einer Mappe. Es wäre sicher schneller gegangen, wenn er nicht ständig zu Mageli geschaut hätte, aber schließlich fand er Ingas Namen und gab Mageli eine Zimmernummer samt Wegbeschreibung.

»Zweiter Stock links, wieder links, durch die Verbindungstür und dann rechts. Ich kann dich auch bringen«, bot er großzügig an.

»Nee danke, lass mal.« Das Pickelgesicht an ihrer Seite – und sei es nur für zwei Stockwerke – war das Letzte, was sie sich jetzt wünschte.

Der Weg war leichter zu finden, als die Beschreibung geklungen hatte. Mageli klopfte ein wenig zaghaft an die Tür, und von innen ertönte Ingas tiefe Stimme: »Herein, immer herein in die gute Stube.«

Das Zimmer war überraschend geräumig und besaß sogar einen kleinen Balkon mit Blick auf einen Park, in dem alte Leute spazieren gingen, auf Bänken saßen oder in ihren Rollstühlen in die Sonne blinzelten. In der einen Zimmerecke stand ein Bett, halb verdeckt durch einen mit filigranen Schmetterlingen bemalten Paravent. An der nächsten Seite befand sich ein Wandschrank, in dem eine winzige Küche untergebracht war. Mitten im Zimmer stand ein ausladendes Sofa. Seine besten Zeiten hatte es schon lange hinter sich und eine gehäkelte Patchworkdecke verdeckte nur unzureichend die abgeschabten Stellen.

Auf diesem Sofa saß Inga Sigrunsdottir und lächelte Mageli aufmunternd zu, als sie den Raum betrat. Auf einem winzigen Tischchen standen Teller und Tassen mit einem üppigen, kitschigen Blumenmuster und Goldrand sowie eine große Platte mit reichlich Kuchen, wie Mageli erfreut feststellte. Der Tisch war für drei Personen gedeckt, aber sie konnte nur die alte Dame in dem Zimmer entdecken. Inga trug wieder ihre ausgebeulte Strickjacke und hatte trotz des warmen Wetters sogar im Zimmer ihre Mütze aufbehalten.

»Guten Tag, da bin ich«, sagte Mageli etwas schüchtern und blieb mitten im Zimmer stehen.

»Ja, da bist du wohl«, antwortete Inga erfreut. Einladend klopfte sie auf den freien Platz neben sich auf dem Sofa. Mageli setzte sich.

»Kaffee?« Die alte Dame schwenkte eine silberne Thermoskanne vor Magelis Nase hin und her. Mageli verkniff es sich, ihr zu verraten, dass sie keinen Kaffee mochte. Stattdessen nickte sie schicksalsergeben und Inga schenkte zwei der drei Tassen voll.

»Ich fürchte, Silas lässt uns noch warten. Pünktlichkeit zählt leider nicht zu seinen vielen Tugenden«, erklärte sie und schaute

Mageli forschend an. »Du siehst aber gar nicht gut aus heute, mein Mädchen. Irgendwie traurig. Ist etwas passiert?«

Mageli überlegte, ob sie Inga die ganze Geschichte erzählen sollte. Inga hätte ihr sicher zugehört, und irgendwie hatte Mageli das Gefühl, dass sie vielleicht auch verstanden hätte, was passiert war. Andererseits kannte sie sie noch nicht gut genug. Vielleicht würde die alte Frau sie einfach für verrückt erklären. Also schüttelte Mageli nur den Kopf.

»Männer«, erklärte sie mit einem Unterton, von dem sie hoffte, dass er gleichzeitig vielsagend und ironisch klang.

Ingas Miene ließ vermuten, dass das nicht ganz gelungen war, dennoch bohrte sie nicht nach.

»Ja, die können einem das Leben ganz schön schwer machen«, sagte sie stattdessen verständnisvoll. »Aber ohne sie wäre es wohl auch langweilig. Möchtest du ein Stück Kuchen?«

Magelis Magen gab ein beängstigendes Grummeln von sich. Sie hatte den ganzen Tag noch nichts gegessen.

»Ja gerne, danke.«

Ein großzügiges Stück Apfelkuchen landete auf Magelis Teller, dazu gesellte sich eine beachtliche Portion Sahne. Schweigend schob sie sich mehrere Gabeln von dem Kuchen in den Mund. Köstlich! Inga nippte an ihrem Kaffee, schließlich ergriff sie wieder das Wort.

»Was wirst du mir denn heute auf deiner Flöte vorspielen?«, fragte sie erwartungsvoll.

»Oh, nein, die habe ich zu Hause vergessen.« Wie peinlich! Dabei hatte sie Inga fest versprochen, noch etwas für sie zu spielen. Die Isländerin schnalzte missbilligend mit der Zunge, sah Mageli aber nicht wütend, sondern nur etwas erstaunt an.

»Du solltest achtsamer mit deinen Gaben sein«, sagte sie eindringlich.

Mageli verstand nicht, was sie meinte, traute sich aber nicht nachzufragen. Schnell schob sie sich noch ein großes Stück Apfelkuchen in den Mund.

»Würdest du mir trotzdem noch etwas erzählen?«, bat sie kauend. Zum Glück konnte sie Inga damit ein kleines Lächeln entlocken.

»Du weißt, wie du eine alte Frau um den Finger wickeln kannst. Natürlich werde ich dir etwas erzählen, gern sogar. Was möchtest du hören?«

Mehr Geschichten, wollte Mageli spontan sagen. Aber dann fiel ihr eine Frage ein, die sie sich schon beim Sommerfest gestellt hatte. »Woher kennst du all die Geschichten?«

»Von meiner Großmutter.« Inga lächelte in sich hinein. »Ich habe meine Kindheit auf dem Bauernhof meiner Großeltern verbracht. Mein Vater starb, als ich noch kein Jahr alt war, und meine Mutter kehrte mit mir zurück auf den kleinen Hof ihrer Eltern. Meine Großeltern führten kein leichtes Leben, das habe ich bereits als Kind begriffen. Es war voller Arbeit von früh bis spät, und es wurde sicher nicht leichter, als plötzlich zwei Mäuler mehr zu stopfen waren. Aber ich habe meine Großeltern niemals klagen gehört.

Mein Großvater war wortkarg, meine Großmutter konnte jedoch Geschichten erzählen wie keine zweite. Viele Abende verbrachten wir gemeinsam vor dem Feuer in der Wohnstube, sie nähte und strickte und stopfte, ihre Hände standen niemals still. Und ich … hörte zu. Denn meine Großmutter kannte Tausende von wunderbaren Geschichten, und sie erzählte, als wären all diese fabelhaften Wesen in ihrem Kopf lebendig und sie müsse sie nur von Zeit zu Zeit hinauslassen.«

Mageli hörte begeistert zu. Sie konnte sich die Szene bildlich vorstellen und hatte plötzlich das Gefühl, sie wäre gern dabei gewesen.

»Sag mal, wie alt bist du eigentlich?«, fragte Mageli, ohne nachzudenken. Erst Ingas belustigter Gesichtsausdruck brachte sie auf den Gedanken, dass ihre Frage unhöflich gewesen sein könnte. »Ich meine, wenn es dir nichts ausmacht, mir dein Alter zu verraten …«, stotterte sie. Nun sah Inga noch amüsierter aus.

»Nein, gar nicht, meine Liebe. Seit meinem hundertsten Geburtstag bin ich auf jedes Jahr stolz, dass ich gesund hinzurechnen kann. Und der liegt mittlerweile auch schon achtundfünfzig Jahre zurück.«

»Du bist …?« Nein, das konnte nicht sein. Mageli stockte. Sie musste sich verhört haben. Oder wollte Inga sie veräppeln? In den Augen der alten Dame funkelte es verdächtig.

»Möchtest du noch Kuchen?« Inga tat, als würde sie Magelis Verwirrung gar nicht bemerken.

»Gern.« Mageli riss sich zusammen, lud ein weiteres Stück auf den Teller und nahm reichlich Sahne dazu.

»Hast du als Kind alle diese Geschichten geglaubt?«, hakte sie nach.

»Nicht nur als Kind«, antwortete Inga. »Diese Geschichten sind für Isländer keine Märchen oder Legenden. Die verborgene Welt ist für uns bis heute genauso wirklich wie die sichtbare. In vielen anderen Ländern der Welt hat es ähnliche Überlieferungen gegeben und zum Teil gibt es sie immer noch. Doch fast alle Menschen haben aufgehört, diesen Geschichten zu glauben. Die meisten Isländer hingegen hegen keine Zweifel, dass die Überlieferungen über das verborgene Volk wahr sind. Bei uns gibt es deshalb Spezialisten, die sich darauf verstehen, die Wohnorte des verborgenen Volkes zu bestimmen. Sie fertigen Karten an, auf denen diese Orte eingezeichnet werden, damit nicht durch ein Bauvorhaben, eine neue Straße oder ein Haus das verborgene Volk gestört wird. Denn niemand will sich den Zorn der Bewohner der verborgenen Welt zuziehen. Du weißt, warum.«

»Und du, hast du schon einmal Elfen oder Zwerge gesehen?« Mageli war plötzlich ganz aufgeregt. War es etwa doch möglich, dass an diesen Geschichten über Fabelwesen etwas Wahres dran war? Dass an Erins Geschichte etwas Wahres dran war …?

»Ja, das habe ich tatsächlich«, sagte Inga. »Aber es sind nur die Elfen, die sich mir gelegentlich zeigen. Und die erste Begegnung liegt bereits viele Jahre zurück.« Ein verträumter Ausdruck trat in Ingas faltiges Gesicht, als würde sie sich auf eine Zeitreise in die Vergangenheit begeben. Gedankenverloren spielte sie mit ihren knotigen Fingern an einem silbernen Amulett mit einem großen glänzenden Stein, das an einer dünnen Kette um ihren Hals hing. Mageli rutschte unruhig auf dem durchgesessenen Sofa hin und her.

»Ich war noch sehr klein, vielleicht vier Jahre alt, und wie so oft allein im Wald unterwegs. Ich spielte auf einer Lichtung mit einigen Steinen und Stöckchen, die ich gesammelt hatte, und war ganz versunken in meine Beschäftigung. Da hörte ich plötzlich ein leises Wimmern. Erst konnte ich es nicht zuordnen, doch dann mischten sich Schluchzer hinein, und ich begriff: Jemand ist in Not! Ich sprang auf und lief in Richtung des Weinens. Und da entdeckte ich ein kleines Mädchen, vielleicht so alt wie ich selbst, das mit seinem Fuß in die Falle eines Wilderers geraten war. Es hatte Schmerzen und konnte sich nicht alleine befreien. Ich stand wie erstarrt. Denn es war das hübscheste Mädchen, das ich jemals gesehen hatte. Es trug ein weißes, weites Kleid und hatte lange, tiefschwarze Haare, die ihm wie ein glänzender Schleier um den Kopf fielen. Aus riesigen Augen sah es mich bittend an, bis heute erinnere ich mich genau an diesen Blick. Tatsächlich gelang es mir, den Fuß zu befreien. Währenddessen sprachen wir kein Wort, und als ich das Mädchen schließlich nach seinem Namen fragte, war es plötzlich verschwunden. Einfach so, als hätte es sich in Luft aufgelöst. Am nächsten Morgen fand ich auf der Türschwelle zum Haus meiner Großeltern ein Geschenk …«

Mageli platzte fast vor Neugier, doch Inga kam nicht mehr dazu zu erzählen, was das für ein Geschenk gewesen war. Denn in diesem Moment wurde die Tür aufgestoßen, und herein kam mit langen Schritten ein junger Mann. Er war Anfang zwanzig, schätzte Mageli, hatte ein schmales Gesicht, hohe Wangenknochen, ein kantiges Kinn und Augen, die in einem ungewöhnlichen Türkis leuchteten. Seine langen, hellblonden Haare hatte er im Nacken mit einem Lederband zu einem Pferdeschwanz gebunden. Witzig, dachte Mageli, ein bisschen sehen wir uns ähnlich. Sogar seine Ohren waren oben spitz, ähnlich wie Magelis. Nur, dass sie den Fremden ausgesprochen gut aussehend fand. Ein Traumtyp!

»'tschuldige«, sagte der verspätete Besucher in Ingas Richtung. »Bin nicht früher losgekommen.«

»Kein Problem, Silas, setz dich«, sagte die alte Frau geduldig.

Silas ließ sich mit einer anmutigen Bewegung in den Sessel gegenüber dem Sofa fallen. Dann schaute er zu Mageli – und plötzlich wurden seine Züge steinhart. Alle Farbe wich aus seinem ohnehin schon blassen Gesicht und er funkelte sie wütend an. Mageli hatte keine Ahnung, was sie falsch gemacht hatte. Vorsichtshalber sank sie ins Sofa und versuchte, sich möglichst klein zu machen.

»Na großartig«, schimpfte Silas. »Was soll das denn schon wieder?«

Inga schüttelte missbilligend den Kopf. »Beruhige dich, es ist nicht, wie du denkst. Sie weiß es noch gar nicht. Vielleicht ist sie ja vertauscht worden«, sagte Inga mit beruhigender Stimme. Mageli konnte sich keinen Reim auf ihre Worte machen, aber bei Silas hatten sie nicht den gewünschten Effekt.

»Oh, toll, Kaffeekränzchen mit einem Wechselbalg. Dir fällt auch immer wieder was Neues ein. Aber am Ende willst du mich doch nur verkuppeln. Vergiss es!« Damit sprang er auf und eilte zur Tür hinaus. Mageli schaute ihm wie versteinert hinterher und verstand rein gar nichts mehr.

»Tut mir leid, Silas ist etwas aufbrausend«, wandte Inga sich entschuldigend an ihre Besucherin.

Doch Mageli kämpfte bereits wieder mit den Tränen. »Das ist einfach meine umwerfende Wirkung auf Männer«, brachte sie gepresst heraus. Und dann kullerten ihr die dicken Tropfen schon über die Wangen. Wütend wischte sie mit dem Handrücken darüber.

»Sch, sch«, versuchte Inga sie etwas unbeholfen zu trösten und klopfte ihr auf die Schulter. »Du kannst wirklich gar nichts dafür. Ich fürchte, Silas hat nicht ganz unrecht. Ich habe es in letzter Zeit etwas übertrieben. Ich wollte wirklich gern, dass er sich nicht mehr so einsam fühlt. Aber die jungen Damen, die ich für ihn ausgesucht habe, schienen ihm nicht zuzusagen. Vielleicht sollte ich es mal mit einem jungen Herrn probieren, aber die sind noch schwieriger zu finden.«

Die Situation war Inga sichtlich unangenehm. Sie griff nach ihrer Kaffeetasse und trank einen Schluck von der inzwischen kalten Brühe.

»Es hat wirklich nichts mit dir zu tun«, versuchte Inga es noch einmal. Aber Mageli war bereits aufgestanden. Lautstark zog sie die Nase hoch.

»Schon in Ordnung«, quetschte sie hervor. Aber es war eindeutig nichts in Ordnung. Sie wollte einfach nur weg und allein sein. Der Tag hatte sich zu einer einzigen Katastrophe entwickelt!

»Danke für den Kaffee«, sagte sie und verschwand fast genauso schnell durch die Tür wie zuvor Silas.

In der hintersten Ecke der Werkstatt hockte Mageli auf dem Boden und schaute ihren Tränen dabei zu, wie sie kreisrunde Flecken im Staub hinterließen. Immer wieder ging ihr das Gespräch mit Silas durch den Kopf. Obwohl man es eigentlich nicht Gespräch nennen konnte. Aneinanderreihung von Beleidigungen war wohl treffender. Auch wenn Inga das Gegenteil behauptete, hatte Mageli den Eindruck, dass sie die Ursache für Silas' Wut gewesen war, so unfreundlich wie er sie angesehen und über sie gesprochen hatte. Wie hatte er sie genannt? *Wechselbalg*. Den Ausdruck hatte Mageli noch nie gehört. Ein seltsames Schimpfwort. Was sollte das sein? War das überhaupt ein Schimpfwort?

Jost fand seine Tochter zusammengekauert und verheult in der Werkstatt, als er am frühen Abend von seiner Reise zurückkam und auf dem Heimweg nur schnell nach dem Rechten sehen wollte. Er blieb kurz in der Tür stehen und besah sich das Bild, das sich ihm bot. Dann ließ er seinen schweren Werkzeugkoffer auf den Boden fallen, eilte durch den Raum und nahm Mageli ganz fest in die Arme. Er stellte keine dummen Fragen und sagte kein einziges Wort, hielt sie einfach fest und ließ sie so lange an seiner Schulter weinen, bis sein kratziger Pullover durchnässt war. Als ihr Schluchzen schließlich in immer längeren Abständen kam, zog er ein reichlich zerknittertes Stofftaschentuch aus der Hose und hielt es ihr hin. Mageli schnäuzte sich ausgiebig und geräuschvoll die Nase und lächelte Jost unglücklich an.

»Hallo, Katastrophenengel.«

»Hallo, Paps.«

»Willst du reden?«

Mageli schüttelte den Kopf.

»Weiterheulen?«

Mageli schüttelte noch mal den Kopf.

»Kakao?«

Mageli zögerte, dann nickte sie.

Jost ging zu dem alten, ächzenden Kühlschrank und besah sich die gähnende Leere in dessen Inneren. Im Regal daneben wurde er fündig: »Ein Paket H-Milch, noch zu. Die müsste noch gut sein.« Er grinste Mageli quer durch den Raum an, worauf sie spürte, wie ihr zum ersten Mal an diesem Tag ein bisschen warm im Bauch wurde. Jost schüttete etwas Milch in einen Wasserkocher und stöpselte ihn in die Steckdose. Während die Milch warm wurde, schüttete er aus einer rostigen Blechdose Kakaopulver in zwei angeschlagene Becher mit Werbeaufdruck. Zum Umrühren nahm er einen Kugelschreiber vom Schreibtisch. Schließlich kam er zu Mageli zurück, drückte ihr einen der beiden Becher in die Hand und setzte sich wieder zu ihr auf den Boden.

Sie pusteten beide in ihre Tassen und genossen das gemeinsame Schweigen.

»Ärger mit Linda?«, fragte Jost schließlich.

Mageli schüttelte nur wieder den Kopf.

»Mit den Idioten in der Schule?«

»Nee.«

»Doch nicht etwa mit Rosann?«

»Quatsch.«

Darauf fiel Jost nichts mehr ein.

Mageli trank einen großen Schluck Kakao und spürte, wie das warme Gefühl im Bauch stärker wurde.

»Sag mal, Paps, woher weiß man eigentlich, dass man einen anderen Menschen liebt?«, fragte Mageli und guckte angestrengt in ihre Tasse.

»Ui, daher weht der Wind!« Jost lachte, wurde aber sogleich ernst, als er Magelis Gesichtsausdruck bemerkte. »Du willst es wirklich wissen, oder?«

Mageli nickte und zuckte gleichzeitig mit den Schultern.

»Eine schwierige Frage.« Jost strich sich mit einer Hand übers Kinn, als wollte er einen Bart lang ziehen, den er gar nicht hatte.

»Ich meine, liebst du Linda eigentlich?«, schob Mageli nach.

»Die Frage ist nicht unbedingt leichter zu beantworten.« Jost versuchte sich an einem Lächeln, das aber irgendwie misslang.

»Deine Mutter und ich sind jetzt seit zwanzig Jahren verheiratet. Wir kennen uns seit der Schule. Wir haben vier Kinder und ziemlich viel Alltag. Da denkt man über so was wie Liebe nicht allzu häufig nach.«

»Aber hast du sie geliebt, damals, als ihr geheiratet habt?« Mageli ließ nicht locker.

Jost trank einen Schluck Kakao. Dann starrte er so lange auf den Boden, dass Mageli schon dachte, sie würde gar keine Antwort mehr erhalten.

»Deine Mutter war ein ganz besonderes Mädchen«, fuhr er schließlich doch fort. »Weißt du, dass du mich oft an sie erinnerst?«

Mageli runzelte die Stirn. Bloß nicht!

»Sie war nämlich mindestens genauso dickköpfig wie du.« Jetzt grinste Jost wieder. »Und genauso schwierig. Und genauso zickig. Und fast genauso hübsch. Aber natürlich nicht ganz. Und auch mehr der dunkle Typ. Aber das weißt du ja.«

Mageli fragte sich, ob sie von derselben Frau redeten. Aber Jost fuhr unbeirrt fort.

»Sie war sechzehn, als wir uns ineinander verliebt haben, ich war gerade achtzehn geworden. Sie stammte aus gutem Hause. Du hast deine Großeltern ja nicht kennengelernt, aber die waren schon ein ganz besonderes Kaliber. Dein Großvater besaß ein eigenes Unternehmen, Baumaschinen stellte er her, und hatte richtig viel Geld. Sie wollten natürlich nicht, dass deine Mutter sich mit mir abgab. Ein einfacher Schreinerlehrling war ich damals. Das passte ihnen nicht. Aber deiner Mutter war das ganz egal.

Sie ist ständig von zu Hause abgehauen und wir haben uns die Nächte um die Ohren geschlagen. Ganz frühmorgens ist sie dann durchs Kellerfenster wieder in die Villa ihrer Eltern eingestiegen, hat sich ins Bett gelegt und so getan, als hätte sie dort die ganze Nacht verbracht. Ich weiß nicht, ob deine Großmutter nie die dunklen Ringe unter ihren Augen bemerkt hat. Als Linda achtzehn war, haben wir geheiratet. Ihr Vater hat getobt. Natürlich sind sie nicht zur Hochzeit erschienen und haben den Kontakt zu ihrer einzigen Tochter abgebrochen. Ich glaube, das hat deine Mutter nicht verwunden, auch wenn sie immer das Gegenteil behauptet hat. Anders kann ich mir jedenfalls nicht erklären, warum sie sich in den folgenden Jahren so verändert hat. Nach und nach ist sie immer stärker das Abbild ihrer eigenen Mutter geworden. Als du unterwegs warst, hat sie insgeheim gehofft, sie könnte ihrem Vater einen Erben präsentieren und sich so mit ihm aussöhnen. Sie hat es nie so gesagt, aber ich habe es gespürt. Als Junior später zur Welt kam, war es ja schon zu spät, da waren ihre beiden Eltern tot. Sie sind beide früh gestorben, er an einem Herzinfarkt und deine Großmutter kurz darauf an Krebs.«

»Das hast du mir alles nie erzählt«, warf Mageli ein. Aber er schien sie gar nicht gehört zu haben.

»Deine Mutter ist eine gute Frau. Schon allein, wie sie das alles managt mit euch und dem Haus, obwohl ich kaum da bin.« Jost machte eine Pause und schien seinen Gedanken nachzuhängen. Dann lächelte er Mageli an. »Und außerdem hat sie mir das schönste Geschenk meines Lebens gemacht«, sagte er und stupste seine Tochter mit dem Finger auf die Nase. Mageli lächelte gequält.

»Ja, sicher, Paps. Soll ich mir ein Schleifchen umbinden?«

»Nicht nötig. Ich nehm dich auch ohne.«

Jost stand auf, die Kakaotasse noch immer in der Hand. Das

Gespräch war für ihn beendet. Ihre Frage hatte er gar nicht beantwortet, stellte Mageli fest. Aber egal, sie hatte trotzdem ein paar interessante Details erfahren.

»Kommst du mit nach Hause? Ich beschütze dich auch vor dem Mutterdrachen«, scherzte Jost.

Mageli schüttelte den Kopf. Ihr war wieder eingefallen, worüber sie vorhin nachgegrübelt hatte. Und nachdem sie die Tränen mit heißem Kakao heruntergespült hatte, setzte sich jetzt ihre Neugier durch.

»Ich muss noch was im Internet nachgucken«, erklärte sie Jost.

Der war schon bei seinen Taschen angelangt und schob sie ein Stück zur Seite. Die würde er dann wohl morgen auspacken.

»Okay, du weißt ja, wie alles funktioniert. Aber mach nicht zu lang. Und schließ nachher ab, denk dran.«

Mageli winkte ihm auffordernd zu.

»Hab dich lieb, Paps.«

»Ich dich auch, Katastrophenengel.«

Der Computer brauchte mal wieder ewig, um hochzufahren. Mageli klopfte nervös mit ihren Fingern auf der Schreibtischplatte herum. Als sich endlich auch das Internet geöffnet hatte, tippte sie hastig die Adresse einer Suchmaschine in die oberste Leiste. Sie wusste selbst nicht, warum sie es auf einmal so eilig hatte, aber nach dem Gespräch mit Jost war ihr Kopf seltsam frei und gleichzeitig schwirrten Hunderte verwirrende Gedanken darin herum. Und sie hatte das unbestimmte Gefühl, dass sie auf einer wichtigen Spur war.

Das Fenster der Suchmaschine öffnete sich, und Mageli gab den Begriff ein, der ihr nicht mehr aus dem Kopf ging: *Wech-*

selbalg. Der Mittelfinger ihrer rechten Hand schwebte über der Enter-Taste. Mit einer schnellen Bewegung tippte sie darauf.

Es dauerte wie immer quälend lange, bis sich die Seite mit den Suchergebnissen aufgebaut hatte. *Ich hätte genauso gut nebenan ein Lexikon suchen und darin nachschlagen können,* dachte Mageli genervt. Aber schließlich hatte sie die Liste vor sich. Sie klickte den ersten Link an: ein Onlinewörterbuch.

»Wechselbalg: bezeichnet ein untergeschobenes Kind (Balg). Wird synonym für den Begriff Kuckuckskind verwendet. In Märchen und Mythen werden Geisterwesen und andere Fabelgestalten für das Auswechseln des Kindes verantwortlich gemacht.«

Mageli blinzelte erstaunt. Mit dem Ausdruck *Kuckuckskind* konnte sie etwas anfangen. Das war ähnlich wie in dem Zeitungsartikel über die vertauschten Kinder: Männer, denen das Kind eines anderen untergeschoben wurde, sodass sie glaubten, es wäre ihr eigenes. Das hatte der Vater von dem Mädchen, das im Krankenhaus vertauscht worden war, ja auch zuerst gedacht. Aber das konnte Silas unmöglich gemeint haben, als er sie einen Wechselbalg nannte.

Mageli rief den nächsten Treffer auf. Da wurde eine fast vierhundert Jahre alte »Untersuchung über untergeschobene Kinder« zitiert: »Untergeschobene Kinder sind ein Foetus, eine einen Menschen darstellende Gestalt, die vom Teufel in der Gebärmutter der Zauberinnen aus Blut oder einer anderen Materie gestaltet und erzeugt worden sind und an die Stelle der richtigen Kinder untergeschoben wurden.«

Puh, gruselig. Mageli schüttelte sich, als sie das las. Aber besonders hilfreich fand sie es auch nicht. Nachdem sie noch einigen wenig aufschlussreichen Links gefolgt war, öffnete sie schließlich eine Seite, auf der Sagen und Geschichten aus der ganzen Welt gesammelt wurden und es Lexikonartikel zu allen möglichen Begriffen aus der Mythologie gab. Mageli las sich die Einträge zum Thema Wechselbalg genau durch.

Der Wechselbalg wurde hier als ein Kind beschrieben, das Elfen, Zwerge, Hexen oder andere Zaubergestalten gegen ein Kind der Menschen austauschten. Dies geschah heimlich, sodass die Mutter es nicht bemerkte, meist, wenn das Kind noch sehr klein war. In vielen Fällen wurde das Menschenkind aus der Wiege genommen und das falsche Kind hineingelegt. Es gab aber auch Fälle, wo ältere Kinder vertauscht wurden.

Dicke Köpfe und Bäuche sowie Kröpfe galten als Kennzeichen der Wechselbälge. Zu erkennen seien diese auch daran, dass sie viel schrien und überhaupt sehr störrisch seien. Außerdem äßen sie ohne Unterlass, sodass die Eltern ihren Hunger kaum stillen könnten.

Mageli lachte: Der letzte Punkt traf zumindest auf sie zu! Ansonsten fand sie die Beschreibungen wenig ermutigend. Das klang alles ziemlich böse. Ein fieses Schimpfwort, wenn es denn so gemeint gewesen war. Aber Mageli hatte immer noch das Gefühl, dass mehr dahintersteckte. Sie las weiter.

Der Glaube an die Wechselbälger schien ziemlich alt zu sein. Da gab es die Beschreibung eines Gerichtsverfahrens aus dem siebzehnten Jahrhundert, bei dem ein Elternpaar angeklagt wurde, weil es seinen zehn Jahre alten Sohn an Weihnachten über Nacht schlafend auf den Misthaufen gelegt hatte. Natürlich war der Junge erfroren. Sie verteidigten sich damit, dass sie geglaubt hatten, der Junge sei ein Wechselbalg, der als kleines Kind ausgetauscht worden sei. Seitdem sei er stets kränklich gewesen und hatte Tag und Nacht geschrien. Nun wollten sie die Geistwesen, die ihren Sohn ausgetauscht hatten, zwingen, den Tausch rückgängig zu machen. Als er starb, glätteten sich seine verzerrten Gesichtszüge und Glieder, und da glaubten die Eltern, sie hätten ihr eigenes Kind zurückbekommen.

Das war ja widerlich! Mageli hatte den Verdacht, dass der Wechselbalgglauben nur aufgekommen war, weil Eltern mit schwierigen oder behinderten Kindern nicht klarkamen.

Entsprechend schauerlich waren die Tipps, wie man einen Wechselbalg wieder loswerden konnte. Zunächst sollte man das falsche Kind dazu bringen, sein wahres Alter preiszugeben, zum Beispiel indem man Wasser in einer Eierschale kochte, was den Wechselbalg so verwundern sollte, dass er etwas sagen würde wie: »Jetzt bin ich bereits tausend Jahre alt und habe noch nie etwas so Verwunderliches gesehen.«

Mageli schüttelte den Kopf. Das war nun wirklich albern. Schließlich empfahl der Volksglaube, die Kinder so lange zu schlagen oder ihnen auf andere Weise wehzutun, etwa indem man sie übers Feuer hielt, bis die wahren Mütter kamen, um sie zurückzuholen, und die ausgetauschten Menschenkinder wiederbrachten.

Frustriert schloss Mageli die geöffneten Seiten und schaltete den Computer aus. Das war alles wenig hilfreich. Eine umfassende Lektion in Aberglauben – aber im Grunde hatte nichts von all dem, was sie gelesen hatte, sie weitergebracht. Was hatte Silas bloß gemeint, als er sie einen Wechselbalg nannte?

Mageli knipste das Licht aus und schloss die Tür gut hinter sich ab. Im Dämmerlicht, das durch die Fenster fiel, fand sie den

Weg durch das Chaos von Herrn Fingers Lagerhalle, schnappte sich ihr Fahrrad, das sie hinter der Eingangstür geparkt hatte, und schloss auch diese ab. Sie schob das Rad neben sich her und ging langsam die Straße hinunter. Sie brauchte Zeit zum Nachdenken.

Das Verrückte an der Sache war, dass sie selbst schon so lange darüber nachgrübelte, ob sie überhaupt Josts und Lindas Tochter war. Linda behandelte sie wahrhaftig nicht wie ein eigenes Kind, fand sie. Und Jost ... Wenn Jost da war, fühlte Mageli sich sicher und geborgen. Aber Jost war ja immer unterwegs und so gut wie nie zu Hause! Mageli hatte ständig das Gefühl, nicht hierherzugehören. Dann las sie erst in der Zeitung davon, dass Kinder im Krankenhaus versehentlich vertauscht wurden, und anschließend stieß sie durch Zufall auf Geschichten über untergeschobene Wechselbälger.

Oder war das gar kein Zufall? Die Tatsache, dass sie durch Silas' fiese Bemerkung erneut in einer Welt aus Märchen und Mythen gelandet war, machte sie stutzig. Es war kaum wahrscheinlich, dass Silas den Ausdruck zufällig benutzt hatte, dafür war er viel zu wenig gebräuchlich. *Richtig veraltet!*, dachte Mageli. Was hatte sie gerade über Wechselbälger gelesen? Sie wurden den Menschen von Elfen und anderen fantastischen Wesen in die Wiege gelegt. Schon wieder Elfen! Die schienen sie zu verfolgen, wohin sie im Moment auch ging.

Ich könnte Erin fragen, schoss es ihr durch den Kopf.

Blödsinn! Erin ist ein Traum. Und außerdem wird er dir nach dem, was du letzte Nacht getan hast, sicher keine Nachhilfe in Märchen und Mythen mehr geben.

Mageli versuchte, die mahnende Stimme abzuschalten.

Erin kann mir meine Fragen vielleicht beantworten. Und er wird mich nicht für verrückt halten, weil ich irgendwas von Elfen fasele.

Er wird dich nicht für verrückt halten – WEIL DU IHN ERFUNDEN HAST! Das ist nur eine Ausrede. Du willst ihn bloß wiedersehen. LASS ES!

Die Stimme ließ nicht locker.

Aber Mageli hatte sich schon aufs Rad geschwungen und trat kräftig in die Pedale. Sie hatte keine Ahnung, wo sie Erin finden konnte. Aber sie wollte es unbedingt probieren. Vielleicht würde sie ihn auf ihrer Lichtung treffen, auf der sie sich auch beim ersten Mal begegnet waren. Der bloße Gedanke an Erin sorgte dafür, dass ihr ganz flau im Magen wurde.

Kapitel 9

Die Lichtung lag bereits im Halbdunkel, als Mageli ankam. Sie ließ ihr Fahrrad, das sie über das letzte Wegstück hatte schieben müssen, achtlos ins Gras fallen und blickte sich um. Hier sah es aus wie immer: Bäume umstanden die Lichtung, der kleine Bach plätscherte gluckernd dahin und auf der gegenüberliegenden Seite erhob sich der steinerne Eingang zur Höhle. Mageli drehte sich zweimal langsam um sich selbst und betrachtete alles ganz genau. Wo war Erin? Wie sollte sie ihn rufen?

Nachdenklich hockte sie sich auf einen der dicken Steine am Ufer des kleinen Flüsschens, zog ihre Turnschuhe aus und ließ die nackten Füße ins Wasser hängen. Kühl sprudelte es um ihre Zehen. Sie wippte mit den Füßen, sodass ihre Zehen über die Oberfläche kamen, und ließ die Tropfen zurück in den Fluss perlen. Ringe breiteten sich auf der Oberfläche aus, bevor sie von der trägen Strömung mitgezogen wurden. Mageli starrte in das dunkle Wasser. Sie hatte Erins Gesicht so lebendig vor Augen, als würde er sie aus den flachen Wellen anschauen. Seine Zauberaugen, seine gerade Nase, sein verschmitztes Lächeln, sein kantiges Kinn mit dem Grübchen – sie hätte jede Einzelheit problemlos aus dem Gedächtnis zeichnen können.

Wo steckst du? Bitte, bitte, komm und hilf mir!

»Komm, bitte!«, wiederholte Mageli laut. Doch nichts passierte. Mit beiden Händen strich sie sich die Haare hinter die Ohren und zupfte die Strähnen wieder nach vorn. Was hatte Erin gesagt? Die hübschesten spitzen Ohren, die er je gesehen hatte. Entschlossen steckte Mageli die Haare nach hinten. Dann saß sie ganz still und lauschte dem Plätschern des Flüsschens, dem Zirpen der Grillen und einem Vogel, der in einem der Bäume auf der anderen Uferseite saß und sang. Er war ein Meister seines Fachs, sein Lied war wunderschön. Melancholisch, aber auch beruhigend wie ein Schlaflied. Zunehmend entspannt lauschte Mageli den Tönen, die rein und klar aufeinanderfolgten und sich immer wiederholten in einer endlosen Melodie.

Plötzlich wusste sie es! Warum war sie nicht gleich darauf gekommen? Dabei hatte sie stundenlang mit Rosann darüber diskutiert: Erin war nur ein Traum. Ein sehr realistischer Traum, aber eben nicht mehr als das. Wenn sie ihn sehen wollte, musste sie träumen. Und dazu musste sie schlafen!

Mageli legte sich neben dem Stein ins weiche Gras und schloss die Augen. Erneut lauschte sie dem Schlaflied des Vogels, der plötzlich sanfte Worte an sie zu richten schien: Schlaf ruhig ein, ich sitze hier und gebe acht. Schlaf und träum süß. Mein Lied begleitet dich. Schlaf ein …

Und Mageli schlief ein.

Als sie das Gefühl hatte zu erwachen, war um sie herum nichts als Dunkelheit. Nein, keine Dunkelheit. Grauer Dunst, ein Nebel, den ihre Augen nicht durchdringen konnten. Panisch rollte Mageli sich auf den Bauch, tastete mit den Händen nach dem weichen Gras. Da war kein Gras unter ihr, sondern kalter Steinboden. Ihr Herz hämmerte gegen ihre Brust. Die Arme ausgestreckt, versuchte sie, mit den Fingern etwas zu ertasten, woran sie sich festhalten und orientieren konnte. Doch den runden Stein, auf dem sie eben noch gesessen hatte, konnte sie nicht finden. Ihre Finger fühlten nur den kalten, glatten Boden. Sie hörte auch nichts! Kein Laut drang an ihre Ohren.

Keine Panik! Ruhig bleiben!

Sie atmete tief durch. Einmal, zweimal, dreimal. Bis sie sich so weit beruhigt hatte, dass ihr Gehirn seinen Dienst wieder aufnahm. Dann versuchte sie, die Situation zu analysieren.

Ich bin nicht auf der Lichtung, so viel steht fest. Aber wo bin ich dann? Wie bin ich hierhergekommen? Und vor allem: Wie komme ich wieder weg?

Auf keine der Fragen wusste sie eine Antwort. Dann kam ihr ein beruhigender Gedanke.

Es ist nur ein Traum. Das hier passiert nicht wirklich.

Aber wie wachte man willentlich aus einem Traum auf? Noch eine Frage, auf die ihr keine Antwort einfiel. Und wo war Erin? Seinetwegen war sie überhaupt nur hierhergekommen. Vielleicht war sie einfach in einem falschen Traum? In einem, in dem Erin gar nicht vorkam! Doch Mageli hatte das unerklärliche, aber sichere Gefühl, dass sie hier genau am richtigen Ort gelandet war, auch wenn dieser Ort nicht sonderlich einladend war. Und dann hörte sie Erins Stimme. So leise, dass Mageli sie zunächst nicht verstehen konnte. Sie klang wie durch Watte gedämpft. Ganz weit weg und doch nah. Aber nicht greifbar!

»Erin, bist du das?« Mageli flüsterte, eingeschüchtert davon, dass sie nichts sehen konnte, nicht wusste, wo sie sich befand und was um sie herum war.

»Erin!« Sie überwand sich, etwas lauter zu sprechen. »Falls du hier bist, dann sag etwas.« Wenn sie Erins Stimme hörte, könnte sie sich vielleicht besser orientieren. Dann wüsste sie wenigstens, in welche Richtung sie sich bewegen musste, um zu ihm zu gelangen. Aber als Erin schließlich wieder etwas sagte, verteilte sich seine Stimme im Nebel um Mageli herum, sodass sie unmöglich hätte sagen können, woher die Worte kamen.

»Mageli.« Es klang, als müsste Erin sich enorm anstrengen, um dieses eine Wort zu sagen, um überhaupt etwas zu sagen. Was war mit ihm? Ging es ihm nicht gut? War er krank? Verletzt? Die Sorge um ihn schnürte Mageli die Brust zusammen.

»Ich bin hier.« Ihre Stimme sollte sich fest anhören. Beruhigend. Ganz anders, als sie sich fühlte. »Ich versuche, zu dir zu kommen«, versprach sie. Aber alles, was sie tun konnte, war, auf dem kalten Boden zu liegen und in den Nebel zu horchen.

»Hilf mir.« Seine Stimme erschien ihr hohl. Und so unendlich weit weg.

»Das möchte ich ja. Aber ich weiß nicht, wo du bist. Du musst weitersprechen, damit ich die Richtung finden kann.« Verzweiflung packte ihren ganzen Körper. Was sollte sie bloß machen? Sie konnte rein gar nichts tun!

»Du musst mir helfen.« Erins Stimme war nun noch schwächer. »Du bist die Einzige, die das kann …«

»Ich will dir ja helfen. Aber wie?« Mageli war den Tränen nah.

»Mageli.« Ihr Name. Sonst nichts. Mageli horchte angestrengt, aber Erin schwieg.

»Wo bist du? Verdammt noch mal. Wie soll ich dir helfen, wenn du mir nicht hilfst?«

Plötzlich lichtete sich der Nebel. Mageli blinzelte und hoffte, Erin zu entdecken und endlich herauszufinden, wo sie eigentlich war. Dann sah sie Bäume, fühlte das Gras unter ihren Händen und hörte den Fluss sanft plätschern.

Sie lag wieder auf der Lichtung.

Erin war irgendwo an einem fremden Ort. Und er brauchte ihre Hilfe. Dringend! Seine Stimme hatte so schrecklich geklungen, als wäre er krank oder schwer verletzt. Mageli konnte sich keinen Reim darauf machen. Ihr wurde ganz übel vor Sorge.

Vielleicht war das nur ein blöder Albtraum gewesen, versuchte sie sich zu beruhigen. Aber für einen Traum hatte es sich viel zu real angefühlt. Wie immer, wenn sie Erin begegnete. Dass das alles nur Träume gewesen sein sollten, konnte sie in diesem Moment noch weniger glauben als zuvor. Und wenn das tatsächlich kein Traum gewesen war, dann war Erin in Gefahr. In großer Gefahr!

Sie hätte heulen können, so hilflos fühlte sie sich.

Mageli verbrachte eine weitere schlaflose Nacht. Unruhig wälzte sie sich in ihrem Bett herum. Ihre Sorge um Erin wuchs von Minute zu Minute. Sobald sie die Augen schloss, sah sie ihn verloren im Regen stehen, seinen unglücklichen Blick auf sie gerichtet. Und ständig hörte sie, wie er mit erstickter Stimme ihren Namen rief.

Mühsam wälzte sie sich am Morgen aus dem Bett und schleppte sich zur Schule. Rosann musterte sie mit besorgtem Blick und löcherte sie so lange, bis Mageli ihr schließlich alles erzählte, was am Vortag passiert war: von ihrem Besuch bei Inga und von Silas' rätselhaftem Auftritt, von ihrer Internetrecherche und schließlich von ihrem schrecklichen Traum und der Gefahr, in der Erin vermutlich schwebte. Rosann schüttelte nur ungläubig den Kopf.

»Es ist immer etwas Wahnsinn in der Liebe«, sagte sie mehr zu sich selbst als zu Mageli.

»Hä?«, fragte Mageli trotzdem.

»Nietzsche. Ach, vergiss es. Kleine, du bist da in eine ziemlich komische Sache geraten.«

Mageli nickte ergeben. Rosann hatte ja so recht!

»Und du hast nicht vor, den guten Ratschlägen deiner besten Freundin – also mir – Folge zu leisten und das Ganze zu vergessen, oder?«

Mageli schüttelte müde den Kopf.

»Dachte ich mir.« Rosann seufzte. »Tja, im Traum und in der Liebe gibt es wohl keine Unmöglichkeiten.«

»Und was soll das heißen?«

»Das ist von János Arany, einem Ungarn, und soll heißen: Wenn ich dir helfen will, muss ich die Möglichkeit, dass an deiner Geschichte etwas Wahres dran sein könnte, zumindest theoretisch in Betracht ziehen.«

Mageli hasste es, wenn Rosann so geschwollen daherredete, aber sie nickte wieder, dieses Mal mit etwas mehr Nachdruck.

»Na gut. Nehmen wir einmal an – auch wenn ich nicht daran glaube –, nehmen wir also rein hypothetisch an, dass du nicht bloß geträumt hast, sondern dass du auf eine nicht näher zu erklärende Weise im Schlaf eine Art Reise wohin auch immer gemacht hast.«

Mageli nickte wieder.

»Gut«, fuhr Rosann fort. »Nehmen wir weiter an, dass Erin tatsächlich existiert. Dann resultiert daraus, dass Erin irgendwo in einer nicht näher benannten Gefahr steckt.«

Noch ein Nicken.

»Und du tatsächlich gewillt bist, ihn zu retten.«

Mageli zuckte mit den Schultern, nickte dann aber wieder. »Sicher, wenn ich wüsste, wie.«

»Tja.« Rosann wusste für einen Moment auch nicht weiter, doch dann hatte sie eine Idee.

»Wenn Erin dir die Wahrheit gesagt hat – rein hypothetisch gesprochen –, wenn er also tatsächlich ein Elfenprinz ist und irgendwo im Elfenreich in Gefahr schwebt, dann wäre es wohl am sinnvollsten, du unterhältst dich mit jemandem darüber, der sich mit dem Thema auskennt.«

»Inga.« Magelis düstere Miene hellte sich ein wenig auf. Darauf hätte sie eigentlich auch früher kommen können. Rosann schaute sie mit einem Ausdruck an, der zu sagen schien: Hättest du mich mal gleich gefragt.

»Weißt du, was, du fährst jetzt schön zu deiner Sagen-Oma, und ich erzähl dem Lehrpersonal, du hättest was am Magen und wärst nach Hause kotzen gegangen. Und nachher treffen wir uns auf ein Eis bei Gino und quatschen in Ruhe über alles. Okay?«

»Okay.«

Rosann nahm Mageli in den Arm und drückte sie kurz, aber fest an sich. Sie war eben die beste Freundin, die man sich wünschen konnte!

Mageli stieg in den nächsten Bus nach Neuenburg, der um diese Zeit angenehm leer war, setzte sich auf einen freien Fensterplatz und lehnte ihren Kopf gegen die kühle Scheibe. Fast augenblicklich schlief sie ein. Erst als der Fahrer sie an der Endstation an der Schulter rüttelte und unfreundlich aufforderte auszusteigen, weil er in seine wohlverdiente Pause gehen wolle, wachte sie wieder auf. Sie war noch so schlaftrunken, dass sie versehentlich einen Umweg zum Seniorenstift einschlug.

Die Gegend, durch die ihr Weg führte, wirkte etwas heruntergekommen. Die wenigen Geschäfte waren leer, und Mageli hatte den Verdacht, dass niemand jemals einen Fuß hineinsetzte. Gerade fragte sie sich, wie die Läden sich eigentlich halten konnten, da kam sie an einem CD-Laden vorbei, der überraschend gut besucht war. Etwa zehn Leute standen zwischen den Tischen und durchforsteten die Kisten nach Musik, die ihnen zusagte. Als sie den jungen Mann erkannte, der gelangweilt hinter der Kasse auf einem Hocker saß, blieb Mageli wie angewurzelt stehen. Lange, blonde Haare, die Augen in dem ebenmäßigen Gesicht unbewegt geradeaus blickend, als wollte er durch alle Leute im Laden hindurchsehen. Kein Zweifel: Das war Silas!

Mageli starrte ihn durch die Scheibe an und fasste einen Entschluss: Sie würde nicht zu Inga laufen und riskieren, anstelle von vernünftigen Antworten weitere Märchen und alte Geschichten erzählt zu bekommen. Sie würde jetzt in diesen Laden gehen und mit Silas reden. Es konnte ihr ja egal sein, ob der arrogante Kerl sie mochte oder nicht, solange sie ein paar Antworten von ihm bekam. Bevor der Mut sie wieder verlassen konnte, stieß sie die Tür auf.

Ein lautes Quaken ertönte. Verwirrt blickte Mageli sich um

und entdeckte einen hässlichen Plastikfrosch auf dem Boden, der jeden Besucher mit diesem Lärm begrüßte. Die anderen Kunden ließen sich nicht in ihrer Suche stören, nur Silas richtete seine türkisfarbenen Augen direkt auf Mageli, musterte sie kritisch und erkannte sie, was man an einem winzigen Kräuseln seiner Stirn an der Nasenwurzel ablesen konnte. Ansonsten gab er mit keiner Geste zu verstehen, dass sie sich bereits begegnet waren, sondern setzte wieder seinen leeren Blick auf.

»Du brauchst gar nicht zu versuchen, mich zu ignorieren«, fuhr Mageli ihn lautstark an, ohne sich die Mühe zu machen, durch den Laden zu ihm zu gehen. »Ich will wissen, was gespielt wird, und ich habe nicht vor, mich mit irgendwelchen Ausreden abspeisen zu lassen.«

Ihre lauten Worte erregten nun doch die Aufmerksamkeit der anderen Kunden. Sämtliche Blicke waren verwundert auf Mageli gerichtet. Nur ein Kerl mit dicken Kopfhörern wippte weiter unbeeindruckt im Takt seiner Musik.

»Warum warst du gestern so fies zu mir? Was sollte das? Du kennst mich überhaupt nicht!« Mageli redete sich langsam in Rage.

Silas versuchte weiter stur durch sie hindurchzugucken, aber man merkte, dass es ihm schwerfiel. Zumal alle Leute – von dem Kopfhörerträger abgesehen – jetzt ihn anstarrten.

»Ich will wissen, was los ist! Weil ich nämlich glaube, dass du viel mehr weißt, als du zugeben willst. Und weil ich den Elfenprinz retten muss, und ich denke, dass du mir sagen kannst, wie ich das anstellen soll. Ich denke nämlich, dass du selbst ein Elf bist.«

Jetzt war es raus. Mageli hielt die Luft an und wartete, was passieren würde. Die Reaktion der Leute im Laden war vorhersehbar: Einige lachten, andere schüttelten den Kopf, als hätten sie es mit einer Geisteskranken zu tun, und wandten sich wieder den CDs zu. Silas' Reaktion war dafür umso überraschender. Er wurde noch blasser, als er ohnehin schon war, guckte Mageli mit einem Blick an, als ob er sie am liebsten töten wollte, und winkte sie dann unwirsch zu sich.

»Jetzt halt aber mal deine Klappe«, zischte er sie an, als Mageli vor ihm an der Ladentheke stand. »Wenn du unbedingt reden willst, dann nicht hier. In einer halben Stunde werde ich abgelöst. Du kannst in dem Café an der Ecke auf mich warten. Und jetzt raus, und zwar ein bisschen plötzlich.«

Mageli schaute ihn noch einen Moment verwundert an, doch Silas hatte demonstrativ den Kopf weggedreht und starrte wieder durch alle hindurch. Mageli beeilte sich, aus dem Laden zu kommen, konnte sich ein triumphierendes Grinsen aber nicht verkneifen.

Das Café an der nächsten Ecke war winzig und verkaufte vor allem »Coffee to go«. Wer seinen Kaffee nicht mitnehmen wollte, konnte sich auf einen der Hocker zwängen, die vor einem schmalen hohen Tisch am Fenster aufgereiht waren. Den Ausblick auf die belebte Kreuzung gab es kostenlos dazu.

Als Silas exakt fünfunddreißig Minuten später das Café betrat, hatte Mageli zweiunddreißig silberne Autos gezählt, einem Pärchen dabei zugeschaut, wie es sich erst heftig stritt, um sich dann heftig knutschend wieder zu vertragen, und einen dick vermummten Schneemann bemitleidet, der bei den tropischen Temperaturen in seinem wahnsinnig originellen Kostüm Werbebroschüren für eine Sommerrodelbahn verteilen musste. Ungeduldig drehte sie den Pappbecher mit dem mittlerweile kalten Chai Latte zwischen ihren Händen hin und her.

Silas winkte dem Mädchen an der Theke und schob sich auf einen freien Hocker neben Mageli. Er schien in dem Laden bekannt zu sein. Zwei Minuten später stellte die Bedienung, auf deren hautengem Shirt der hilfreiche Spruch *Augen siehe oben* zu lesen war, einen Becher vor ihn hin, aus dem es nach einem aromatischen Tee duftete.

»Was weißt du über Elfen?« Silas musterte Mageli mit einem langen Blick aus seinen türkis leuchtenden Augen. Nervös zupfte sie an ihren Haaren. Wollte er sie testen? Immerhin hatte er sich entschlossen, überhaupt mit ihr zu reden.

»Ich habe vom Elfenreich gehört«, sagte sie vorsichtig. »Und ich habe einen Freund, der ein Elf ist.«

»Soso.« Silas ließ nicht durchblicken, was er davon hielt.

»Dieser Freund ist in Gefahr. Und ich will ihm helfen. Aber ich weiß nicht, wie«, fuhr Mageli fort. Sie schaute Silas herausfordernd an.

»Soso«, sagte Silas nur wieder. »Und wieso glaubst du, dass ich dir helfen kann? Und vor allem, wie kommst du darauf, dass ich dir helfen will?«

Eine berechtigte Frage, fand Mageli.

»Weil ich kaum glaube, dass du scharf darauf bist, dass ich aller Welt erzähle, dass du ein Elf bist.« Mageli wusste, dass sie mit diesem Druckmittel nicht sehr viel gegen Silas in der Hand hatte. Wenn er sie jetzt einfach auslachte, aufstand und ging, konnte sie nichts unternehmen. Denn wer würde ihr schon glauben und vor allem wen würde es interessieren, wenn sie erzählte, dass

Silas ihrer Meinung nach ein Wesen war, das eigentlich nur in Fantasy-Romanen vorkam.

»Na gut.« Silas seufzte. »Aber glaube nicht, ich ließe mich erpressen. Ich denke bloß, die wenigen, die es von uns hier oben noch gibt, sollten zusammenhalten.«

Mageli verstand zwar nicht, was Silas damit meinte, war aber hocherfreut, dass er nachzugeben schien. »Kannst du mir sagen, wie ich ins Elfenreich komme?«, fragte sie begeistert.

Silas lachte. »Dein Elfenprinz hat es dir wohl ganz schön angetan. Tja, das kann ich mir vorstellen. So etwas Leckeres wie die Elfenjungs kriegt man hier oben selten geboten.«

Mageli wurde rot bis unter den Haaransatz. Schnell senkte sie den Kopf, sodass ihre Haare über die Schultern fielen und ihr Gesicht verdeckten.

»Nein, Süße, ich kann dir nicht sagen, wie du ins Elfenreich kommst«, fuhr Silas fort, als hätte er nichts bemerkt. »Denn erstens will ich es gar nicht wissen. Und zweitens würde es mir wohl auch nicht besonders gut bekommen, wenn ich mich dort blicken ließe.«

Mageli schaute ihn mit großen Augen fragend an.

»Du hast wirklich keine Ahnung, nicht wahr, Süße?« Silas schüttelte bekümmert den Kopf. »Gut, dann pass mal schön auf. Jetzt erhältst du deine erste Lektion in Elfenkunde.« Silas trank einen Schluck Tee aus seinem Pappbecher, rümpfte die Nase, nahm einen Zuckerstreuer und schüttete eine doppelte Portion Zucker hinein. Er schwenkte den Becher, bis der Zucker sich verteilt hatte, und trank noch einen Schluck. Mageli hätte ihm am liebsten den Becher aus der Hand gerissen, so kribbelig fühlte sie sich.

»Früher lebten die Elfen Seite an Seite mit den Menschen«, fing Silas schließlich an zu erzählen.

»Das weiß ich schon«, unterbrach Mageli ihn ungeduldig.

Silas bedachte sie mit einem giftigen Blick. »Willst du jetzt etwas über die Elfen erfahren oder nicht?«, fragte er säuerlich.

»Ja, aber die Kurzversion, bitte!«

Silas schmunzelte. »Du hast es wirklich eilig, Süße. Na gut, die Kurzversion. Du weißt vielleicht auch, dass die Elfen sich vor langer Zeit in die verborgene Welt zurückgezogen haben. Von da an waren sie für die Menschen unsichtbar, lebten aber im Grunde noch immer in der gleichen Welt.«

Mageli nickte heftig und hoffte, Silas würde das als Aufforderung verstehen, zur Sache zu kommen.

»Okay, also, das Ganze ging gut bis vor etwa hundert Jahren. Da überzeugten einige Berater, allen voran Fürst Ferocius, den König davon, dass die Menschen kurz davorstünden, die Welt zu zerstören. Deshalb sei es das Beste, das Elfenvolk ins Dunkle Reich umzusiedeln.«

»Stopp, ein bisschen langsamer bitte. Wer ist dieser Fürst Ferocius und was ist das Dunkle Reich?« Jetzt ging es Mageli zu schnell.

»Das hat dir dein schnuckeliger Elfenfreund also nicht erzählt.« Silas war sichtlich zufrieden, dass Mageli ihm plötzlich nicht mehr folgen konnte. Wie um sie zu ärgern, trank er genüsslich einen weiteren Schluck Tee, fuhr sich gemächlich mit der Zunge über die Lippen und stellte den Becher betont langsam auf den Tisch zurück. »Also, hör gut zu«, fuhr er endlich fort. »Das Volk der Elfen teilt sich in Lichtelfen und Dunkelelfen. Letztere genießen keinen sonderlich guten Ruf. Ich will meine Zeit nicht damit vergeuden, dir all ihre negativen Eigenschaften und dunklen Machenschaften aufzuzählen. Aber du solltest wissen, dass die Dunkelelfen sich vor langer Zeit entschlossen haben, sich von den Lichtelfen zu separieren. Ihrem Naturell entsprechend haben sie sich damals unter die Erde zurückgezogen und dort ein eigenes Reich aufgebaut. Offiziell standen und stehen sie natürlich immer noch unter der Herrschaft von König Livian. Doch das wurde immer mehr zur Fassade.«

Mageli nickte wieder. So etwas in der Art hatte Erin ja auch angedeutet.

»Und wer ist dieser Fürst Ferocius?«, hakte sie nach.

»Ferocius ist der vermutlich einflussreichste Berater des Königs oder war es zumindest noch vor hundert Jahren«, erklärte Silas. »Er stammt ebenfalls aus der königlichen Familie; er war ein Halbbruder von Livians Vater, ist also genau genommen des Königs Onkel. Mit der Zeit hat er große Macht erlangt und um sich eine enorme Zahl von Anhängern versammelt, die ihm blind gehorchen. Ich weiß natürlich nicht, wie sich die Geschichte mittlerweile entwickelt hat, aber damals, als die Umsiedlung beschlossen wurde, war Ferocius sicher der zweitmächtigste Mann im Elfenreich, vielleicht sogar der mächtigste, aber das traute sich natürlich niemand laut zu sagen.«

»Wieso lebst du eigentlich nicht im Dunklen Reich?« Mageli fiel erst jetzt auf, wie unlogisch es war, dass Silas nicht unter seinesgleichen, sondern hier mitten in Neuenburg lebte.

»Tja, Süße, das liegt wohl daran, dass ich nicht viel für Horrorgeschichten übrig habe. Die Voraussagen über die Zerstörung der Welt erschienen mir ein bisschen übertrieben. Und ehrlich gesagt stehe ich nicht auf ein Leben in dunklen Höhlen. Auf jeden Fall war ich damals einer der wenigen, die sich weigerten, ins Dunkle Reich umzusiedeln. Das kam nicht so gut an, würde ich sagen. Ich kann mir jedenfalls nicht vorstellen, dass man da unten begeistert wäre, mich oder einen der anderen wiederzusehen. Ein bisschen lästig ist das natürlich schon, wenn man ständig so tun muss, als wäre man ein Mensch. Aber immerhin habe ich recht behalten. Mit der Zerstörung der Welt hat es nicht geklappt, auch wenn die Menschen es in den letzten hundert Jahren durchaus einige Male probiert haben.«

»Es gibt noch andere Elfen hier oben auf der Erde?« Mageli staunte immer mehr.

»Das sage ich ja. Allerdings gehen wir uns weitgehend aus dem Weg, denn eine Horde Elfen auf einem Fleck würde den Menschen vermutlich schneller auffallen als Einzelne von uns, und auf diese Aufmerksamkeit können wir gut verzichten. Aber wenn du andere Elfen kennenlernen willst, frage Inga. Ich habe manchmal das Gefühl, sie sammelt Elfen. Vor allem weibliche.« Silas verzog spöttisch den Mund, wie über einen Scherz, den nur er verstand.

»Die Elfen hier oben interessieren mich nicht besonders, ich will nur wissen, wie ich ins Dunkle Reich komme, um Erin zu helfen.« Mageli ließ nicht locker.

»Ich habe dir schon gesagt, dass ich dir in dem Punkt nicht helfen kann. Ich habe nämlich keine Ahnung, wo die Zugänge ins magische Reich liegen«, erklärte Silas. »Habe mich auch ehrlich gesagt nie dafür interessiert«, fügte er mit einem Schulterzucken hinzu. »Außerdem sind damals alle Tore magisch versiegelt worden. Von außen und von innen auch, schätze ich. Ich weiß nicht, wie man da reinkommt.«

Mageli musste wohl ziemlich zerknirscht ausgesehen haben, denn plötzlich lenkte Silas ein.

»Okay, wenn du es unbedingt probieren willst, dann versuch's mal mit Musik. Ich glaube zwar nicht, dass es klappt, aber einen besseren Rat kann ich dir wirklich nicht geben.«

»Mit Musik?« Mageli war genauso ratlos wie vorher.

»Mit elfischer Musik! Das solltest du ja wohl hinkriegen, oder?«

Mageli schaute ihn nur verwundert an.

»Ach, Süße, jetzt weißt du schon so viel über uns und hast es immer noch nicht kapiert.« Silas wurde schon wieder ungeduldig. »Guck einfach mal in den Spiegel! Ich muss los. Viel Erfolg, Süße.« Er nahm seinen Becher und wandte sich zum Gehen. Als er bereits an der Tür stand, schien er es sich noch einmal anders zu überlegen. Den Griff in der Hand, zögerte er kurz, drehte sich dann um und kam zu Mageli zurück. Mit einer schnellen Bewegung griff er sich an den Hemdkragen und zog ein Lederband hervor, streifte sich dieses über den Kopf und legte es vor Mageli auf den Tisch. »Und solltest du es schaffen, was ich wie gesagt kaum glaube, dann bring das hier bitte Rikjana. Sag ihr … Ach, sag ihr gar nichts. Sie wird es schon verstehen.«

Und weg war er.

Verwundert schaute Mageli auf das Lederband, an dem ein kleines ovales Amulett hing. Zwei Hände waren darin eingearbeitet, die sich gegenseitig umfasst hielten und gleichzeitig wirkten, als würden sie sich nach dem Betrachter ausstrecken, um auch diesen in den innigen Griff einzubeziehen. Mageli staunte über die feine Goldschmiedearbeit. Unsicher nahm sie die Kette, streifte sie sich selbst über den Kopf und ließ sie im Ausschnitt ihres T-Shirts versinken.

Ihre Gedanken irrten wild durcheinander. Gesprächsfetzen und Bilder, Gelesenes und Gehörtes – so vieles war in den vergangenen Tagen passiert! Doch je schneller sich der Kreisel in ihrem Kopf drehte, desto sicherer war sich Mageli in einem Punkt: Was ihr gerade passierte, überstieg alles, was sie je für möglich gehalten hätte! Konnte denn etwas wirklich sein, was sie selbst noch vor nicht allzu langer Zeit als Spinnerei abgetan hätte?

Sie schaute aus dem Fenster auf die Kreuzung, ohne zu sehen, was dort passierte, und drehte ihren Becher zwischen den Händen, ohne daraus zu trinken. Um sechs Uhr scheuchte die Kellnerin sie aus dem Café. Mechanisch rutschte Mageli von ihrem Hocker und ging durch die Tür. Auch während der Busfahrt starrte sie geistesabwesend vor sich hin.

Erst als Mageli auf ihrem Fahrrad durch den Wald nach Hause strampelte, setzte sich in ihrem Kopf ein einzelner klarer Gedanke fest. Ein Wort eigentlich nur, das im Takt ihrer Füße auf den Pedalen immer wieder durch ihr Hirn pulsierte.

Linker Fuß.

Elfe.

Rechter Fuß.

Elfe.

Linker Fuß.

Rechter Fuß.

Linker Fuß.

Rechter Fuß.

Elfe, Elfe, Elfe, Elfe, Elfe …

Und dann, während sie immer fester in die Pedale trat, bildete sich ein Satz in ihrem Kopf.

Ich bin eine Elfe.

Mageli zog so heftig an der Bremse, dass sie fast über den Lenker geschleudert worden wäre. Sie ließ sich vom Sattel gleiten und stellte beide Füße fest auf den Boden. Schwer atmend umklammerte sie den Lenker.

»Ich bin eine Elfe«, sagte sie ganz leise zu sich selbst.

Und dann ganz laut, auch wenn niemand außer ihr da war, der es hören konnte: »Ich bin eine Elfe!«

Ein Vogel keckerte wie zur Bestätigung.

Den restlichen Heimweg brauchte Mageli, um diese Erkenntnis zu verdauen. Erst als sie das Fahrrad in die Garage schob, kam ihr ein neuer Gedanke, der ihr gar nicht gefiel: Und was jetzt?

Denn wie sie ins Elfenreich gelangen sollte, wusste sie noch immer nicht!

»Versuch's mal mit Musik.« Mageli sagte den Satz vor sich hin, als sie ins Haus ging. Sehr witzig. Elfische Musik! Haha. In ihren Ohren klang das albern. Woher sollte sie wissen, welche Art Musik Elfen machten, wenn sie erst seit etwa einer halben Stunde überhaupt wusste, dass sie eine Elfe war.

»Hallo Engel.« Ihr Vater lehnte im Türrahmen zur Küche, ein zusammengeklapptes Butterbrot in der Hand. Mageli hatte keine Ahnung, ob das ein verspätetes Mittagessen oder ein vorgezogenes Abendessen war. Sie hatte jedes Zeitgefühl verloren.

»Hi Paps«, sagte sie und ging an ihrem erstaunten Vater vorbei in den Keller. Sie schloss ihre Zimmertür ab, warf den Rucksack in die Ecke neben dem Schreibtisch und ließ sich rücklings aufs Bett fallen. Nur um sofort wieder aufzuspringen und unruhig im Zimmer auf und ab zu laufen. Sie konnte keinen klaren Gedanken fassen.

Als sie an ihrem alten Sessel vorbeikam, strich sie abwesend mit der Hand über die Armlehne. Hier hatte Erin gesessen und sich mit ihr unterhalten. Das war erst vor wenigen Nächten gewesen – und seither war so unendlich viel passiert. Was hatte sie über seine Erzählungen in dieser Nacht gestaunt. Wie hatte sie gelacht, als er nicht wusste, was eine CD war.

Du spielst Flöte?, klang Erins verblüffte Stimme in ihren Ohren. Und dann wieder Silas' Stimme. *Versuch's mal mit Musik.* Aber wie bitte sollte das Flötenspiel ihr helfen, ins Elfenreich zu gelangen und Erin zu retten? Egal. Einpacken konnte sie das Instrument ja mal.

Einpacken. Richtig! Sie sollte vielleicht ein paar Sachen mitnehmen. Aber was packte man ein für einen Ausflug ins Elfenreich?

Mageli drehte ihren Rucksack um, sodass ihre Hefte, Bücher und das Mäppchen ungeordnet auf den Schreibtisch flogen. Dann nahm sie ihren Flötenkasten aus dem Regal und verstaute ihn. Was noch? Sie griff in den Schrank, zog wahllos ein paar Unterhosen und T-Shirts, eine Jeans und eine Bluse heraus und stopfte sie ebenfalls in den Rucksack. Zuletzt ging sie ins Badezimmer und holte ihre Zahnbürste. Das war zwar nur die Basisausstattung, aber mehr fiel ihr nicht ein.

Sie war schon auf dem Weg zur Tür, als ihr auffiel, dass sie nicht einfach verschwinden konnte, während ihre Familie oben herumlief. Sie musste wohl oder übel warten, bis alle im Bett waren. Zum ersten Mal, seit sie nach Hause gekommen war, guckte Mageli auf die Uhr. Der Wecker zeigte kurz vor acht. Mageli stöhnte. Dann würden ihre Eltern erst mal die Nachrichten anschauen und danach garantiert einen blöden Fernsehfilm.

Ihre Eltern … Jost und Linda waren nicht ihre Eltern, wurde Mageli auf einmal klar. Ihre Eltern waren … Elfen.

Mageli hockte sich im Schneidersitz auf ihr Bett und starrte auf ihren Wecker. Quälend langsam kroch der Sekundenzeiger vorwärts, der Minutenzeiger schien sich gar nicht zu bewegen und der Stundenzeiger hatte vermutlich den Rückwärtsgang eingeschaltet.

Um halb elf hörte Mageli endlich, wie ihre Eltern … wie Jost und Linda den Fernseher ausschalteten und nach oben gingen. Sie lauschte auf das Rauschen des Wassers, die Klospülung und das Zuschnappen der Schlafzimmertür. In letzter Minute fiel ihr ein, dass sie wenigstens Jost eine Nachricht hinterlassen musste. Sie holte sich einen Block und einen Bleistift vom Schreibtisch, kaute eine Weile darauf herum und schrieb schließlich:

Lieber Jost, ich muss einem Freund helfen, der in Schwierigkeiten steckt. Ich weiß nicht, wie lange das dauert. Aber bitte, bitte benachrichtige nicht die Polizei oder so was. Vertrau mir. Ich hab dich lieb. Mageli

Sie riss den Zettel aus dem Block, faltete ihn zweimal und schrieb Josts Namen darauf. Erst hatte sie vorgehabt, den Zettel einfach auf dem Telefontisch im Flur liegen zu lassen, aber sie wollte nicht riskieren, dass einer ihrer Brüder oder gar Linda den Brief fanden. Also stieg sie auf Zehenspitzen die Treppe in den ersten Stock hoch und öffnete leise die Tür zum Schlafzimmer. Einen Moment lang lauschte sie auf Josts leises Schnarchen und Lindas gleichmäßige rasselnde Atemzüge. Dann schob sie die Tür gerade so weit auf, dass sie durch den Spalt schlüpfen konnte, schlich zum Nachttisch auf Josts Bettseite und legte ihren Brief neben sein Wasserglas.

Die Straßenlaterne vor dem Fenster schickte ihr kaltes Licht durch die Gardinen ins Zimmer und Mageli konnte in dem schwachen Schein die beiden schlafenden Gestalten gut erkennen. Linda war auf der rechten Seite eingeschlafen, ihre dunklen Locken quollen unter der hochgezogenen Bettdecke hervor, ihrem Ehemann drehte sie den Rücken zu. Jost lag entspannt auf dem Rücken, den Mund leicht geöffnet. Mageli hätte ihm gern noch einen Kuss auf die Wange gegeben, aber das hätte ihn sicher geweckt. Schnell verließ sie das Zimmer ebenso leise, wie sie hereingeschlichen war.

Aus dem Vorratsschrank in der Küche klaute sie drei Schokoriegel, die sie zu den anderen Sachen in ihrem Rucksack steckte. Shakespeare schlief auf seinem Kuschelkissen im Flur. Als Mageli ihm liebevoll durch sein buntes Fell wuschelte, klappte er empört ein gelbes Auge auf.

»Faules Stück«, flüsterte Mageli. »Solltest du nicht nachtaktiv sein?«

Shakespeare maunzte verschlafen. »Stör mich nicht und mach, dass du wegkommst«, schien er zu sagen.

Ich werde wirklich langsam verrückt!, dachte Mageli. *Jetzt habe ich auch noch das Gefühl, der Kater würde mit mir reden.*

»Bin ja schon weg«, gab sie leise zurück und zog sanft an Shakespeares rechtem Ohr. Verdammt, wie schwer es sein konnte, sich von einem blöden Kater zu verabschieden!

Im Nachbarhaus brannte noch hinter einem Fenster Licht, Frau Matuschek hatte die Gardine ein kleines Stück zur Seite gezogen und beobachtete die Straße. Mageli winkte ihr, als sie an Nummer elf vorbeifuhr. Da hob Frau Matuschek ihre Faust und streckte einen Daumen in die Höhe. Mageli musste grinsen. Die Geste passte so gar nicht zu der alten Dame und war gerade deshalb ausgesprochen tröstlich.

Mageli hatte keine Ahnung, wie sie schaffen sollte, was sie sich vorgenommen hatte. Sie hatte nur eine vage Idee, was sie als Nächstes tun würde. Sie wollte wieder zur Lichtung fahren, denn dort hatte alles angefangen. Vielleicht würde sie dort auch eine Lösung für das Geheimnis um den Eingang ins Elfenreich finden.

»Ferocius?«

»Ja, mein König?«

»Mein Sohn ist krank. Schwer krank.«

»Ich hörte davon.«

»Die herkömmlichen Tränke zeigen keine Wirkung. Und selbst mit den speziellen Rezepturen meines persönlichen Heilers konnte keine Besserung erzielt werden. Was sollen wir tun? Was sollen wir bloß tun?«

Mit seiner schmalen Hand umklammerte Livian die Armlehne des reich mit Ornamenten verzierten hölzernen Thrones. Seine Hand zitterte, jedoch so leicht, dass es nur jemandem auffiel, der den König genau beobachtete.

Erwartungsvoll blickte er seinen ersten Berater an. Der zog sich umständlich einen Sessel heran, der fast ebenso schön verziert war wie der Thron des Königs. Ferocius strich sich eine Strähne seiner schwarzen Haare aus der Stirn, schlang seinen dunklen Umhang um sich und setzte sich neben den König.

»Manche Krankheiten heilt eben nur die Zeit, mein König.«

Livian schüttelte müde seinen Kopf. Sein langes Haar war silbrig weiß und seine Haut durchzogen von Falten, die nicht von seinem Alter, sondern von Sorge und Kummer herrührten.

»Das kann ich nicht glauben. Es muss ein Mittel geben. Ich habe

mir schon gedacht …« Der König brach ab und ließ das Ende des Satzes ungesagt in der Luft hängen.

»Was, mein König? Was habt Ihr Euch gedacht?«, hakte Ferocius nach.

»Sollten wir nach Alawin schicken? Sie könnte uns vielleicht helfen.« Der König sprach zögerlich, als fürchtete er, sein Vorschlag könnte auf Ablehnung stoßen. Und tatsächlich fuhr Ferocius auf.

»Alawin? Mein König! Niemals! Dieser alten Schwarzseherin wollt Ihr Euer Vertrauen schenken und das Schicksal Eures einzigen Sohnes in ihre Hände legen? Dieser Verräterin, die sich von ihrem eigenen Volk abgewandt und sich in die Einsiedelei zurückgezogen hat? Ich sage: Niemals, mein König.«

»Schon gut, schon gut.« Der König zuckte zusammen wie ein gescholtenes Kind. »Ich dachte ja nur, dass sie einst für ihre Kräfte mehr als berühmt war.«

»Das war einmal.« Ferocius hatte sich wieder im Griff und sprach mit beruhigender Stimme auf den König ein. »Ich werde mich persönlich des Prinzen annehmen. Sicherlich finden wir eine Lösung.« Ferocius lehnte sich zu Livian und sagte fast beschwörend: »Vertraut mir, mein König. Oder habe ich Euch jemals enttäuscht?«

»Nein, natürlich nicht.« Die sorgenvolle Miene des Königs glättete sich ein wenig und um seinen Mund lag ein müdes Lächeln. »Aber wenn es um meinen eigenen Sohn geht, müsst Ihr verstehen, dass ich sichergehen möchte, dass alles in Ordnung kommt.«

»Natürlich verstehe ich Euch, mein König. Natürlich.«

Kapitel 10

Mageli starrte auf die Steine. Vor ihr lagen riesige Steinquader, die den Eingang zur Höhle versperrten. Sie starrte darauf, bis die Umrisse vor ihren Augen verschwammen.

Im hellen Schein des Mondlichts hatte sie jeden Baum, jeden Busch und sogar den Bach auf der Lichtung genau untersucht. Ohne Erfolg! Da gab es nicht einmal einen Kaninchenbau, geschweige denn einen geheimen Einstieg ins Elfenreich. Nur die Höhle mit ihrem verschütteten Eingang bot Platz für eine entsprechende Fantasie. Doch die riesigen Steine lagen unbeweglich aufgestapelt, nicht einmal der kleinste Spalt war dazwischen zu erkennen.

Versuch's mal mit Musik!

Immer wieder sagte sie sich den Satz vor wie einen Zauberspruch, der das Problem lösen würde. Auch wenn es ihr abwegig erschien, packte sie schließlich ihre Flöte aus dem Rucksack.

Etwas Besseres fiel ihr einfach nicht ein. Sie spielte die ersten zaghaften Töne – und brach sofort wieder ab. Bescheuert! Mitten in der Nacht stand sie hier auf einer Lichtung im Wald mit ihrer Flöte. Immerhin hatte das Ganze auch eine gute Seite: Sie konnte sich ziemlich sicher sein, dass um diese Tageszeit außer ein paar Fledermäusen niemand unterwegs war, der sie hörte.

Mageli hob die Flöte wieder an ihre Lippen. Dann spielte sie die Fantasie, die sie für das Konzert im Seniorenheim gelernt hatte. Als die letzten Töne verklungen waren, schaute sie sich gespannt um. Nichts! Mageli seufzte. Was hatte sie denn erwartet? Am liebsten hätte sie ihre Sachen zusammengepackt und wäre wieder nach Hause gefahren, so sinnlos erschien ihr das ganze Unternehmen in diesem Moment. Aber dann dachte sie an Erin. Und versuchte es noch einmal.

Und dieses Mal klappte es. Als sie etwa die Hälfte des klassischen Stückes gespielt hatte, erklangen plötzlich wieder die unbekannten Töne tief aus Magelis Innerstem. Sie überließ sich ganz der wunderbaren Melodie und gab sie an ihr Instrument weiter. Die fremden und doch so vertrauten Klänge suchten sich wie von selbst ihren Weg und breiteten sich auf der Lichtung aus, als wäre darüber eine unsichtbare Kuppel gespannt, unter der sie sich fangen und von allen Seiten widerhallen konnten. Mageli hatte die Augen geschlossen. Die Töne umtanzten sie und hüllten sie ein, umringten sie immer dichter und drehten sie mit sich wie ein Karussell in endloser Fahrt.

Vorsichtig öffnete Mageli die Augen. Sofort wurde ihr schwindelig, und es dauerte einige Sekunden, bis das Karussell in ihrem Kopf stillstand. Erneut blickte sie sich aufmerksam um, überzeugt davon, dass sich nichts verändert hatte, und zugleich voller

Hoffnung. Bäume, Büsche und der Bach – alles sah genauso aus wie zuvor. Doch als Mageli sich der Höhle zuwandte, hätte sie vor Überraschung beinahe laut geschrien. Die Steine hatten sich verschoben und bildeten in der Mitte einen Durchgang, ein dunkles Loch, gerade breit genug, dass ein Mensch hindurchpasste.

Ganz langsam ging Mageli auf dieses Loch zu. Ihre Beine fühlten sich an, als wären sie aus Gummi und ihr Magen zog sich in krampfhaften Bewegungen zusammen. Es war wesentlich leichter, sich etwas zu wünschen, als es dann tatsächlich zu erleben, musste Mageli sich eingestehen. Zugleich spürte sie, dass hinter diesem geheimnisvollen Eingang etwas lag und dass dieses Etwas sie magisch anzog.

Als sie die Höhle erreichte, war Mageli sich sicher, den Eingang zum Elfenreich gefunden zu haben. Das Ganze war verrückt, ja! Aber auch nicht verrückter als alles andere, was sie in den vergangenen Tagen erlebt hatte. Deshalb zögerte sie nur ganz kurz, bevor sie über die Steine kletterte. Sie blickte sich noch einmal um und versuchte, das Bild von der Lichtung, die so friedlich im Mondschein lag, in ihrem Gehirn abzuspeichern. Dann stieg sie durch das Loch.

Kaum war Mageli durch die Öffnung geklettert und auf der anderen Seite auf den Boden gesprungen, stapelten sich die Steine in atemberaubender Geschwindigkeit wieder auf. Nur wenige Sekunden später ragte hinter ihr wieder eine massive Steinmauer auf.

Gefangen!, war der erste Gedanke, der Mageli durch den Kopf schoss. Doch dann ermahnte sie sich: *Du hast es so gewollt!*

Resolut drehte sie dem versperrten Durchgang den Rücken zu

und blickte in einen breiten Tunnel, der sich jedoch schnell verengte und schließlich in eine Kurve führte, sodass Mageli nicht sehen konnte, wie es weiterging.

»Ich habe es so gewollt!«, wiederholte sie noch einmal laut und erschrak vor dem hohlen Klang ihrer Stimme, die von den Steinwänden zurückgeworfen wurde: »Gewollt … gewollt … gewollt …« Sie zog die Riemen ihres Rucksacks fest und machte sich auf den Weg.

Stundenlang folgte Mageli dem Gang. Zumindest fühlte es sich an, als wäre sie schon viele Stunden gelaufen. In dem unterirdischen Tunnel hatte sie bereits nach kurzer Zeit ihr Zeitgefühl verloren. Der Gang war schmal und gerade so hoch, dass Mageli aufrecht darin stehen konnte. Ab und zu hingen Wurzeln von der Decke, sodass sie sich bücken musste, oder einige Steine lagen ihr im Weg, und sie musste ihre Füße heben, um nicht darüberzustolpern. Ansonsten sah alles gleich aus.

Nur das Material, aus dem Boden, Wände und Decke des Ganges bestanden, versetzte Mageli noch immer in Staunen. Auf den ersten Blick wirkte es wie ganz gewöhnliche Erde: braun, matschig, mit kleinen Steinchen dazwischen. Dass es sich nicht um normale Erde handelte, war Mageli erst aufgefallen, als sie sich gefragt hatte, warum sie eigentlich etwas sehen konnte. Bei genauerer Betrachtung hatte sie festgestellt, dass die winzigen Steinchen leuchteten. Nicht strahlend hell, eher verströmten sie ein gedämpftes Schimmern, das den Gang in fahle Helligkeit tauchte.

Mit gespreizten Fingern fuhr Mageli über die Wand. Die Erde fühlte sich feucht an und die feinen Steinchen rieben unter ihren

Fingerkuppen wie Sandkörner. Einige Körnchen blieben hängen, sodass nun auch Mageli Hand ein sanftes Licht ausstrahlte. Schnell wischte sie die Handfläche an ihrer Hose ab. Der Dreck blieb am Stoff haften, die leuchtenden Steinchen nicht. Mageli lächelte matt. Mit dem Rücken lehnte sie sich an die Wand und ließ sich auf den Boden gleiten. Feuchtigkeit drang augenblicklich durch ihre Jeans. Egal. Hauptsache sitzen.

Mageli war müde. Nicht nur von dem langen Marsch durch den Tunnel. Auch die drei Nächte ohne Schlaf waren nicht spurlos an ihr vorübergegangen. Sie wollte die Augen schließen. Nur ganz kurz. Sie musste ja weiter. Musste zu Erin …

In Magelis Rücken vibrierte etwas. Sie schreckte auf und wusste im ersten Moment nicht, wo sie sich befand. Ihr Kopf pochte, ihr Nacken schmerzte. Verwirrt schaute sie sich um. Der Tunnel, richtig! Sie musste eingeschlafen sein.

Wieder dieses Vibrieren. Es kam aus dem Rucksack, den sie immer noch auf dem Rücken trug. Mageli zog ihn über die Schultern und kramte darin. Im Hauptfach fand sie nichts, deshalb schaute sie im vorderen Fach nach, dass sie zu Hause vergessen hatte auszuleeren: Kaugummis, ein Lippenstift – wie kam der denn da rein? –, Streichhölzer und einige Taschentücher. Zuletzt zog sie ihr Handy hervor.

Eine neue Nachricht. Eine SMS – deshalb hatte es also vibriert. Mageli starrte das kleine Mobiltelefon an wie einen Gegenstand aus einer anderen Welt. Wie konnte sie hier tief unter der Erde eine SMS empfangen?

Mageli löste die Tastensperre und klickte auf ihr Postfach. *Rosann Handy* stand oben in der Empfängerliste. Sie öffnete die Nachricht.

Wo steckst du? Warum hast du dich nicht gemeldet? Alles o.k.? hdl, Rosann

Mageli schaute auf die Zeitanzeige. Es war kurz nach halb neun Uhr morgens. Rosann saß also vermutlich gerade in der ersten Schulstunde und vermisste sie. Die Verabredung zum Eis hatte Mageli in der Aufregung gestern auch verschwitzt. Immerhin wusste sie jetzt, wie spät es war. Sie war also tatsächlich schon eine ganze Nacht lang in diesem unterirdischen Gang unterwegs gewesen.

Aber was sollte sie Rosann antworten? *Bin auf dem Weg ins Elfenreich!* Haha, wohl kaum. Obwohl Rosann sich zuletzt ja verständnisvoll gezeigt hatte. Zumindest hatte sie die Möglichkeit in Betracht gezogen, dass etwas an Magelis Geschichten wahr sein könnte. Rein hypothetisch natürlich. Mageli beschloss, bei der Wahrheit zu bleiben. So nah wie möglichst zumindest: *Bin ein paar Tage weg. Erin helfen. Miss U!*

Mageli drückte auf *Senden* und staunte, als das kleine Briefchensymbol aufblinkte, um zu signalisieren, dass die Nachricht abgeschickt worden war. Noch bis vor wenigen Stunden wäre es für sie die selbstverständlichste Sache der Welt gewesen, mit Rosann zu simsen. Aber jetzt hatte sie das Gefühl, etwas ganz Besonderes zu tun. Schlagartig wurde ihr bewusst, wie weit sie sich bereits von ihrem bisherigen Leben entfernt hatte. Direkt über ihrem Kopf ging der Alltag weiter. Doch Mageli war kein Teil mehr davon. Und von dem, was sie hier unten erwartete, hatte sie keine Vorstellung.

Schnell packte Mageli ihr Handy ein und rappelte sich auf, bevor sie noch weitere so beängstigende Gedanken bedrängten. Sie hatte sich nun einmal für diesen Weg entschieden, dann konnte sie ihn auch direkt weitergehen, ohne noch länger zögerlich auf dem nassen Boden zu hocken.

Monoton setzte Mageli Fuß vor Fuß, stundenlang, wie es ihr schien. Als ihr Magen heftig zu grummeln anfing, wurde ihr zu ihrer eigenen Überraschung bewusst, dass sie seit über einem Tag nichts mehr zu sich genommen hatte. Mageli konnte sich nicht entsinnen, dass sie jemals länger als zwei Stunden ohne etwas zu essen ausgekommen war ... Gut, dass sie daran gedacht hatte, die Schokoriegel einzustecken. Im Gehen kramte sie einen davon aus ihrem Rucksack, wickelte ihn aus der Plastikhülle und biss ein großes Stück ab. Sie kaute, und matschige, süße Schokolade füllte ihren ganzen Mund aus. Herrlich! Schnell verputzte sie einen weiteren Riegel und stopfte die Verpackungen zurück in den Rucksack.

Sie warf einen Blick auf ihr Handy: keine neue Nachricht. Immerhin verriet das Display ihr die Uhrzeit. Seit ihrer Pause waren bereits zwei Stunden vergangen. Langsam begann Mageli sich zu fragen, ob dieser Gang überhaupt irgendwo hinführte. Was, wenn es einfach ein alter Stollen war, ein Überbleibsel aus einer weit zurückliegenden Bergbauvergangenheit? Oder wenn der Tunnel nirgendwo hinführte und sie irgendwann vor einer Wand stand?

Unsinn! Warum sollte ein alter Stollen einen magischen Einstieg haben? Und kleine leuchtende Steinchen in den Wänden?

Noch während Mageli tief in ihre Grübeleien versunken war, begann der Gang sich zu weiten. Unmerklich zunächst, sodass sie weitertrottete, ohne der Veränderung Beachtung zu schenken. Dann öffnete er sich zu einer Höhle mit enormen Ausmaßen.

Die Wände waren so hoch wie die einer Kathedrale und darüber wölbte sich eine weite Decke aus schimmernder Erde. Mageli legte staunend den Kopf in den Nacken. Die Höhlendecke war durchsetzt von großen, bunten Steinen, die ebenfalls leuchteten. Das Ganze wirkte wie ein riesiges Glasmosaik, durch das die Sonne fiel.

Den Kopf weit im Nacken, drehte Mageli sich um ihre eigene Achse, um jedes Detail des wunderbaren Farbenspiels zu erfassen. Ohne auf ihre Schritte zu achten, bewegte sie sich immer weiter auf die Mitte der Höhle zu – da riss plötzlich der Boden vor ihren Füßen auf.

Es geschah ohne Vorwarnung: Ein ohrenbetäubendes Dröhnen erfüllte die Luft, und da, wo zuvor feste Erde gewesen war, klaffte plötzlich eine Spalte. Sie war mindestens zehn Meter breit und befand sich genau an der Stelle, an die Mageli ihren Fuß hatte setzen wollen. Taumelnd gelang es ihr gerade noch, das Gleichgewicht zu behalten. Fast wäre sie in den Abgrund gestürzt.

Ihr Herz raste. Ungläubig starrte sie auf den Riss, der die Höhle von einer Seite zur anderen in zwei Teile gespalten hatte. Auf der gegenüberliegenden Seite erkannte sie scharfe Steinkanten, die aus der Erde herausragten, der Abgrund selbst versank in Schwärze. Ängstlich wich sie einige Schritte zurück, weil sie fürchtete, die Kante könnte brüchig sein.

Und nun? Vorsichtig bewegte sich Mageli am Rand der Schlucht entlang. Erst lief sie zur einen, dann zur anderen Wand, doch auch hier wurde sie enttäuscht: Wo Boden und Wände sich trafen, klaffte der Spalt auf beiden Seiten genauso weit auseinander wie in der Mitte der Höhle. Das wunderte Mageli, denn die

Seitenwände waren intakt, nichts deutete darauf hin, dass auch durch sie ein Riss ging.

Entmutigt ging Mageli zurück zu ihrem Ausgangspunkt, setzte sich und starrte auf die andere Seite. Was war bloß passiert? War ein Erdbeben die Ursache für diesen riesigen Riss? Aber dann hätte sie eine starke Erschütterung spüren müssen. Mageli hatte einmal ein Erdbeben erlebt. Sie war nachts davon aufgewacht, dass ihr Bett schwankte und ihre Schranktüren immer auf und zu flogen. Aber ein solches Beben hatte sie eben bestimmt nicht gespürt. Ansonsten fiel ihr keine logische Erklärung ein. Allerdings war einiges von dem, was sie in den vergangenen Stunden erlebt hatte, nicht mit ihren bisherigen Erfahrungen zu erklären.

Der Spalt war viel zu breit, um einfach darüberzuspringen. Und dieser schwarze Abgrund, von dem Mageli nicht wusste, wie tief er war, machte ihr Angst. Hineinklettern kam deshalb für sie auch nicht infrage. Was, wenn sie abrutschte und in die Tiefe stürzte? Nein! Es musste eine dritte Möglichkeit geben. Nur fiel ihr keine ein.

Mutlosigkeit erfasste sie. Sollte es das jetzt gewesen sein? Nachdem sie den Eingang gefunden und geöffnet hatte und anschließend viele Stunden unter der Erde herumgewandert war? Musste sie jetzt aufgeben? Dann konnte sie Erin nicht helfen. Vermutlich würde sie ihn niemals wiedersehen.

Mageli schluckte, um die aufsteigenden Tränen hinunterzuwürgen. Der Kloß im Hals blieb.

Da half nur essen! Das half meistens, wenn sie frustriert war. Mageli holte den letzten Schokoriegel aus dem Rucksack, wickelte ihn aus und biss ein großes Stück ab. Den Rest des Riegels stopfte sie sich komplett in den Mund.

Mist! Das miese Gefühl war noch immer nicht verschwunden. Resigniert knüllte Mageli die Plastikverpackung zusammen und warf sie aus dem Handgelenk in Richtung des Abgrunds. Sofort packte sie das schlechte Gewissen. Sie konnte noch so schlecht drauf sein, das war noch lange kein Grund, ihren Müll einfach durch die Gegend zu schmeißen. Doch sie hatte ihr Ziel ohnehin verfehlt, die Plastikhülle lag genau am Rand des Abgrunds. So miserabel hatte Mageli noch nie im Leben geworfen!

Mürrisch erhob sich Mageli, um den Abfall einzusammeln – und blieb wie angewurzelt stehen. Das konnte doch nicht wahr sein! Sie blinzelte und ging einen Schritt näher. Die Verpackung lag nicht, wie Mageli angenommen hatte, kurz vor dem klaffenden Abgrund. Sie lag darauf, sodass es aussah, als würde sie in der Luft schweben. Doch kein Luftzug bewegte die federleichte Plastikumhüllung, sie lag reglos mitten im Nichts.

Unmöglich!

Aber was war hier unten schon unmöglich? Mit einem zögernden Schritt näherte Mageli sich dem Spalt und legte sich dann flach auf den Bauch, damit die Erde nicht unter ihr abbröckeln und sie in die Tiefe reißen würde. Mit ausgestrecktem Arm tastete sie nach der Kante des Spalts. Doch da war keine Kante. Ihre Hand lag flach auf festem Boden. Mageli robbte weiter und schob ihren Arm vor. Sie fühlte feuchte, kalte Erde unter ihrer Hand. Aber keinen Abgrund. Obwohl sie ihn genau sah.

Mageli zog ihren Rucksack heran und kramte darin, bis sie den Lippenstift fand. Da sie ihn noch nie benutzt hatte, würde sie ihn auch nicht vermissen, wenn er jetzt in einem unterirdischen Spalt verschwand. Sie zielte auf die Stelle, an der die Verpackung des Schokoriegels schwebte – und direkt daneben landete der

Lippenstift! Verwirrt schüttelte Mageli den Kopf. Das Ganze ließ nur einen Schluss zu: Der breite Abgrund war pure Illusion.

»Welcher Idiot hat sich das denn ausgedacht?«, fluchte Mageli leise. Offensichtlich versuchte jemand, mit diesem Trick ungebetene Besucher zum Umkehren zu bewegen. Noch immer etwas unsicher, setzte Mageli einen Fuß in den klaffenden Spalt. Der Fuß landete auf festem Boden. Entschlossener machte sie weitere Schritte. Als sie sich bückte, um die Verpackung und den Lippenstift aufzuheben, riskierte sie einen Blick nach unten. Ihr Herz schlug schneller, während sie in die bodenlose Schwärze unter ihren Füßen schaute, obwohl sie ja nun wusste, dass der Abgrund in Wirklichkeit gar nicht existierte. Staunend schaute sie zurück, als sie die andere Seite erreicht hatte, und betrachtete auch die hohen Wände und die glitzernde Decke noch einmal genauer. Diese Höhle war wirklich ein beeindruckender Ort! Dennoch war Mageli froh, als sie schließlich einen schmalen, schummrigen Gang fand, durch den sie ihren Weg fortsetzen konnte.

Ihre neu gewonnene Zuversicht verließ Mageli bereits nach wenigen Metern wieder. Dieser Tunnel unterschied sich deutlich von dem ersten. Die Wände standen viel enger beieinander, und die Decke war so niedrig, dass sie den Kopf einziehen musste, um nicht daran anzustoßen. Bald tat ihr der Nacken von der gekrümmten Haltung weh. Stieß sie mit dem Kopf an die Decke oder mit ihren nackten Armen an die Seitenwände, so wurde dies sofort mit einem blutigen Kratzer oder einer brennenden Hautabschürfung bestraft. Denn der Tunnel führte durch einen Fels und war so grob hineingehauen, dass überall scharfe Kanten und Ecken aus dem Stein herausragten. Weil sie ständig aufpassen musste, kam Mageli nur langsam voran, was sie zusätzlich frustrierte.

Auch dieser Tunnel war schwach erleuchtet. Das Gestein enthielt die gleichen schimmernden Körnchen, die Mageli bereits aus dem ersten Gang kannte. Doch zwischen den spitzen und zackigen Vorsprüngen des Felsens sammelten sich Schatten. Flackernd boten sie ein gruseliges Schauspiel, und Mageli fühlte sich unwohl, weil sie nicht erkennen konnte, was in dem Tunnel auf sie zukam.

Immerhin war sie sich nun sicher, den richtigen Weg gefunden zu haben. Wer eine so ausgefeilte Illusion wie den falschen Abgrund erdachte, wollte damit etwas schützen. Und was sollte das anderes sein als das Elfenreich! Davon war Mageli fest überzeugt, und schon nach kurzer Zeit erhielt sie einen weiteren Beweis für ihre Vermutung.

Als der Tunnel sich weitete, war Mageli zunächst nur froh, endlich wieder aufrecht gehen zu können, und als sie schließlich die zweite Höhle erreichte, vergaß sie sofort alle Anstrengungen, über die sie sich gerade noch aufgeregt hatte. Der Anblick war überwältigend!

Überall in der riesigen Höhle wuchsen Tropfsteine aus dem Boden und hingen von der Decke herab. Steinerne Riesen so dick wie Bäume wechselten sich mit kleineren Tropfen ab, die aussahen wie versteinerte Eiszapfen. Auf den Felsvorsprüngen standen ebenfalls Steinformationen, die wie reich verzierte Kerzen wirkten, an denen das Wachs heruntergelaufen und erstarrt war. Die ganze Decke schien mit flachen Flechten aus Stein zugewuchert zu sein. Herabhängende Stalaktiten bildeten Bögen mit zackigen Zähnen oder ähnelten eingefrorenen Wasserfällen. Einzelne Säulen, die Seite an Seite aufragten, wirkten wie die Wächter unsichtbarer Tore. Die größten unter ihnen waren von oben und unten aufeinander zu gewachsen und hatten sich in der Mitte vereint, sodass sie an meterhohe Sanduhren erinnerten. Farbiges Licht legte sich auf die glatten Oberflächen der Steine wie ein glänzender Anstrich von Zauberhand.

Ganz langsam näherte sich Mageli den ersten Tropfsteinen, andächtig blieb sie davor stehen und betrachtete das Spiel der Farben auf dem herrlichen Material. Staunend ging sie zwischen den steinernen Kunstwerken hindurch, drehte sich nach hier und nach da, um jede Einzelheit zu erfassen. Ein besonders schön geformter Tropfstein fiel ihr wegen seiner ausgefallenen Verzierungen ins Auge. Der Stein rankte sich in Form vieler schmaler Äste nach oben. Drum herum hingen einige Lagen aus so feinem Material, dass sie wirkten wie Tücher, die gerade noch vom Wind bewegt worden und dann in der Bewegung erstarrt waren.

Mageli hob den Arm, um über eins dieser hauchdünnen Blätter aus Stein zu streichen. Sie wollte unbedingt fühlen, ob die Gebilde wirklich so zart waren, wie sie aussahen.

Finger weg!, warnte die Stimme in ihrem Kopf im selben Moment.

Magelis Arm blieb in der Luft hängen, in der Bewegung erstarrt wie die Tropfsteine. Unwillig schüttelte sie den Kopf. Warum sollte sie den Stein nicht anfassen? Hier gab es keine Absperrungen, keine Verbotsschilder und auch kein Aufsichtspersonal. Ärgerlich schob Mageli alle Bedenken beiseite und streckte den Arm zu dem ungewöhnlich geformten Stein empor.

Ganz vorsichtig, fast zärtlich berührte sie mit den Fingerspitzen die glatte Oberfläche und strich darüber.

Nichts passierte. Was sollte denn auch passieren?

Mageli bückte sich, um unter den herabhängenden Steintüchern hindurch zu dem Gewirr aus glänzenden Ästen zu gelangen. Selbstbewusster berührte sie die erstarrten Verzweigungen und fuhr mit der Hand um die armdicken Tropfsteinsäulen.

In diesem Moment begann der Stein zu bröseln. Erst spürte Mageli noch einzelne Brocken zwischen ihren Händen. Als sie die Hand schloss, rieselten sie ihr wie feiner Sand durch die Finger. Mageli kam kaum dazu, sich darüber zu wundern, als bereits die anderen Äste einer nach dem anderen vor ihren Augen zu Staub zerfielen.

Erschrocken starrte Mageli auf den zerstörten Tropfstein. Da hörte sie hinter sich lautes Knirschen. Sie wirbelte herum und sah gerade noch, wie die steinernen Tücher abbrachen und zu Boden stürzten und Teile der Deckenverkleidung mit sich herabrissen. Ein Hagel kleiner Steinstücke ging auf Mageli nieder. Schützend schlang sie die Arme um ihren Kopf und sah aus dem Augenwinkel, dass nun auch die Steine am Eingang der Höhle herabstürzten und am Boden in tausend Stücke zerbarsten.

Ein eiskalter Schauer überlief Mageli, als ihr klar wurde: *Die Höhle stürzt ein!*

Blitzschnell blickte sie sich nach einem Fluchtweg um. Zurück zu dem Tunnel, aus dem sie gekommen war, konnte sie nicht. Dort brach bereits alles zusammen. Ihr blieb nur die andere Richtung und die Hoffnung, schnell einen Ausgang zu finden. Mageli rannte los.

Sie hastete zwischen den Tropfsteinen hindurch. Hinter ihr

näherte sich das Krachen der brechenden Brocken. Panisch schaute sie über die Schulter. Riesige Zapfen zerschellten am Boden, Kaskaden aus Stein fielen in einem Nebel aus glitzerndem Staub zusammen. Magelis Herz begann zu rasen. Wie bei einem Dominoeffekt breitete sich die Zerstörung aus. Ja, sie schien ihr Tempo immer weiter zu beschleunigen!

Lauf! Lauf um dein Leben!

Mageli stürmte vorwärts, prallte gegen eine Steinsäule, taumelte zur Seite und rannte weiter. Sie umrundete zwei weitere Säulen und sprang mit einem Satz über einige Tropfsteine hinweg, die wie Stacheln aus dem Boden ragten. Einem scharfen Felsvorsprung wich sie zu knapp aus. Das Gestein riss ihren Oberarm auf. Ein spitzer Steinzacken ragte vor ihr aus der Wand. Sie duckte sich. Hechtete weiter.

Einen Weg konnte sie nicht mehr erkennen. Egal! Sie musste rennen. Schneller rennen als je zuvor, um diesem Chaos lebend zu entkommen.

Grollen! Knirschen! Donnern! Eine Armee von Abbruchmaschinen schien ihr direkt auf den Fersen zu sein. Noch ein gehetzter Blick über die Schulter: Die Steine schlugen nieder, wo sie gerade erst entlanggelaufen war.

Ohne auf ihre Füße zu achten, stolperte Mageli voran, trat in eine Pfütze und rutschte weg, strauchelte und taumelte, konnte sich aber im letzten Moment fangen und verhindern, dass sie das Gleichgewicht verlor und zu Boden stürzte.

Krachen von rechts! Von links! Nun brachen auch seitlich von ihr die Tropfsteinformationen ein. Die Zerstörung drohte sie einzukesseln. Sie musste vorwärts! Raus aus dieser Höhle!

Ein Spalt im Fels. Mageli sprang. Landete ungeschickt. Ihr

Fuß knickte weg. Der Schmerz entrang ihr einen Schrei. Egal. Weiter. Schneller.

Steinbrocken trafen ihre Schultern. Ihren Rücken. Sie wich zur Seite aus. Eine Säule. Mehr Steine. Fallen. Brechen. Staub. Viel Staub. Keine Sicht. Keine Luft.

Die Hand vor Mund und Nase gepresst, taumelte sie weiter und hustete erstickt. Da, endlich! Eine solide Wand. Ein dunkler Fleck: der Eingang zu einem Tunnel. Mageli hetzte darauf zu, kletterte über einen Geröllberg, kratzte sich die Arme und Hände dabei auf, ignorierte den Schmerz in ihrem Knöchel – und erreichte keuchend den schmalen Gang. Im letzten Moment schlüpfte sie hinein, bevor die Höhle endgültig zusammenbrach.

Durch die schmale Öffnung im Fels sah Mageli, wie Steinbrocken flogen, von der Decke hagelten, vom Boden aufspritzten und schließlich in riesigen Haufen liegen blieben. Dann sah Mageli nichts mehr, denn der glitzernde Staub verhüllte die Zerstörung.

Kapitel 11

Es dauerte eine Weile, bis Mageli wieder atmen konnte, ohne dass jeder Zug in ihrer Lunge brannte wie Feuer. Sie setzte sich hin, um ihren pochenden Knöchel zu untersuchen. Doch das war nicht möglich, denn in dem Tunnel war es viel zu dunkel. Komisch. Gab es hier denn keine Funkelsteinchen an den Wänden?

Verwundert betrachtete Mageli die eng stehenden Felswände: Sie waren über und über mit Flechten bewachsen. Mit schleimigen Flechten, wie Mageli feststellte, als sie probehalber die Hand danach ausstreckte. Und zu allem Überfluss galt das auch für den Boden. Na toll!

Ihre blutigen Kratzer und brennenden Schürfwunden waren erst einmal vergessen. Sie hatte jetzt ein anderes Problem: Wie sollte sie in diesem dunklen, rutschigen Gang vorwärtskommen, ohne sich beide Beine zu brechen?

Ein brennender Schmerz jagte aus ihrem Knöchel in ihr Bein, als sie versuchte aufzustehen. Wirklich ganz toll!

Unschlüssig stand Mageli da, ihr Gewicht wohlweislich auf den heilen Fuß verlagert. Was sollte sie jetzt bloß tun? Mit dem kaputten Knöchel erschien es aussichtslos, ihren Weg durch den glitschigen Tunnel fortzusetzen. Ein paar Tränen der Verzweiflung kullerten jetzt über ihre Wangen. Unwirsch wischte sie sie mit ihrer schmutzigen Hand ab.

Eine plötzliche Erinnerung an Erin flackerte auf: Besorgt hatte er sich über ihren verletzten Arm gebeugt, damals auf der Lichtung. Es kam Mageli vor, als wäre das eine Ewigkeit her, dabei waren seither erst wenige Tage vergangen. Mageli lächelte wehmütig.

Wenn er bloß hier wäre …

Aber das konnte sie vergessen. Erin war ja in Gefahr. Und sie war hier, weil sie *ihm* helfen wollte. Und deshalb musste sie weiter! Weil sie Erin helfen musste!

Mühsam humpelte sie vorwärts. Den Rücken hielt sie gebeugt, denn der Gang war zu niedrig, um darin aufrecht zu gehen, und mit den Händen stützte sie sich an den rutschigen Wänden ab so gut es ging. Während sie sich Schritt für Schritt vorwärtsquälte, schickte Mageli alle ihre Gedanken zu Erin. Sie dachte an jede Einzelheit ihrer ersten Begegnung und versuchte, sich an jeden Satz zu erinnern, der zwischen ihnen gesprochen worden war. Und auch an die Dinge, die nicht ausgesprochen worden waren. An ihre Hand in Erins Hand. An seinen Mund auf ihrem Mund. Seine sanften Lippen, seine widerspenstigen Haare, sein wunderschönes Grübchen …

Über ihren Tagträumen bemerkte Mageli gar nicht, dass es

wieder heller wurde und der Gang in eine kleine Höhle mündete. Eine Höhle, in der sie aufrecht stehen konnte. Mit einem erleichterten Seufzen streckte Mageli ihren Rücken durch. Puh, das tat gut!

Sie nahm den Rucksack ab und ließ ihn auf den Boden fallen, reckte die Arme nach oben und berührte mit den Fingerspitzen die Decke, dann dehnte sie sich mehrmals zu beiden Seiten, bis ihre Wirbelsäule vernehmlich knackte. Schließlich hockte sie sich auf ihren Rucksack und machte eine Bestandsaufnahme ihres Körpers.

Erbärmlich! Ihre Kleidung war zerrissen und dreckig. Schrammen, Schnitte und Schürfwunden bedeckten ihre Arme und vermutlich auch ihr Gesicht, zumindest fühlte es sich so an. Ihr Kopf pochte und die Muskeln in ihrem Rücken waren verkrampft. Am schlimmsten aber hatte es ihren Fuß erwischt. Der Knöchel war dick geschwollen und bläulich angelaufen. Mageli wusste nicht, wie lange sie noch würde laufen können. Sie hatte Hunger und sie hatte quälenden Durst. Wie lange überlebte noch mal ein Mensch – ach nein: eine Elfe! –, wie lange überlebte eine Elfe ohne Wasser? Mageli wusste darauf keine Antwort.

Entmutigt blickte sie sich um. Die Höhle war winzig im Vergleich zu den beiden vorherigen. Eigentlich war es kaum mehr als eine Wegkreuzung, von der insgesamt sieben Gänge abzweigten. Durch einen davon war sie gekommen. Der schied schon mal aus. Blieben immer noch sechs.

Sollte sie jeden dieser Tunnel ausprobieren, um den Weg ins Elfenreich zu finden? Die Vorstellung war absurd! *Was, wenn alle in die Irre führten?*, dachte Mageli verzweifelt. Aber sie schob den Gedanken schnell beiseite. Einer dieser Gänge musste ins Elfenreich führen. Ganz bestimmt. Nur welcher?

Mageli rappelte sich mühsam auf, um die Tunnel genauer zu untersuchen. Die ersten drei Gänge ähnelten dem, durch den sie anfangs gekommen war: Sie waren hoch und breit gebaut und von den winzigen Schimmersteinchen gut beleuchtet. Die nächsten beiden bestanden aus felsigem Gestein und waren enger als die anderen. Mageli dachte an ihre schmerzhafte Begegnung mit den scharfen Kanten und zuckte unwillkürlich zurück. Doch der letzte Tunnel war eindeutig der am wenigsten einladende:

Er war nicht nur eng und niedrig, sondern auch mit den gleichen schleimigen Pflanzen bewachsen wie der Gang, durch den sich Mageli zuletzt gezwängt hatte. Und als wäre das nicht genug, führte der Weg auf flachen, ebenfalls mit glitschigen Flechten bewachsenen Stufen stetig nach unten.

Der ist es unter Garantie! Was mussten die Elfen für einen schrägen Charakter haben, um sich lauter solche Gemeinheiten auszudenken? Mageli überfielen Zweifel. Vielleicht war das eine Falle! Die Wächter des Elfenreichs rechneten womöglich damit, dass ein Eindringling genauso dachte wie Mageli und den unwegsamsten Tunnel wählen würde, anstatt durch den bequemsten direkt ins Elfenreich zu marschieren … Aber woher sollte Mageli wissen, was derjenige, der dieses Labyrinth angelegt hatte, sich dabei gedacht hatte? Ihr schwirrte der Kopf, als sie vergeblich versuchte, sich die wahrscheinlichste Variante zu überlegen. Müde plumpste sie wieder auf ihren Rucksack.

Ein kleiner schwarzer Schatten schoss darunter hervor und verschwand in Windeseile in einem der Tunnel. Ups, was war das denn? Bisher war ihr in diesem unterirdischen Höhlensystem kein einziges Lebewesen begegnet. Aber das, was da panisch die Flucht ergriffen hatte, war eindeutig lebendig. Und es hatte etwas in ihrem Rucksack gesucht. Vermutlich etwas zu essen. Mageli zog den Rucksack hervor und kramte darin. Doch außer den Kaugummis fand sie nur eine Handvoll Brotkrümel, die sich dort durch den Transport von Pausenbroten angesammelt hatten. In weitem Bogen streute sie die Krümel in die Richtung, in die der kleine Schatten verschwunden war. Ob das Wesen sich anlocken ließ? Zu spät fiel ihr ein, dass es sich nicht unbedingt um ein nettes Tier handeln musste. Vielleicht war es ja auch giftig …

Zunächst sah Mageli zwei winzige gelbliche Augen aufblitzen. Dann huschte eine Eidechse zu dem Krümel, der am weitesten von Mageli entfernt lag, schnappte schnell ihre Beute und verschwand wieder.

Mageli atmete erleichtert auf. Eine ganz normale Eidechse! Schon als Kind hatte sie die flinken Tierchen fasziniert beobachtet, die ganz starr auf den Steinplatten im Garten in der Sonne verharrten, sobald aber ein Schatten über sie fiel, so blitzschnell verschwanden, dass man ihnen kaum mit den Augen folgen konnte.

Plötzlich fühlte Mageli sich nicht mehr ganz so allein. Sie grub in ihrem Rucksack nach weiteren Krümeln und warf sie der Eidechse hin. Dieses Mal kam das Tierchen sofort aus seinem Versteck. Statt mit seiner Beute eilig zu verschwinden, blieb es in sicherem Abstand vor Mageli hocken und verzehrte die Krümel genüsslich vor ihren Augen. Die Eidechse war etwa so lang wie Magelis Hand und hatte ein verschlungenes Muster auf dem Rücken.

»Hallo«, sagte Mageli ganz leise, um das scheue Tier nicht zu erschrecken. »Was machst du denn so allein hier unten?« Die Eidechse sah sie aus ihren kleinen gelben Augen aufmerksam an. Vielleicht dachte das Tier dasselbe über sie?

»Ich bin auf der Suche nach dem Elfenreich«, antwortete sie der Eidechse auf ihre stumme Frage. »Du kennst nicht zufällig den Weg?«

Oje, jetzt fragte sie schon eine Eidechse um Rat!

Die Eidechse hatte ihr Mahl beendet, rannte aber nicht weg. Sie schaute Mageli unverwandt an, bis es Mageli ganz unangenehm wurde und sie ihren Blick stattdessen auf einen der Tunnel richtete.

Plötzlich fühlte sich ihr Kopf ganz leer an. Und dann sah sie ein verschwommenes Bild: eine Höhle, die von einem riesigen See ausgefüllt wurde. Das glasklare Wasser schwappte gegen die felsigen Wände, kein Weg führte um den See herum, auf dessen gegenüberliegender Seite ein breiter Wasserfall herabrauschte.

Verwirrt schüttelte Mageli den Kopf, um dieses fremde Bild zu vertreiben. Sie hatte die Höhle und den See noch nie zuvor gesehen. Ihr Blick blieb an einem anderen Tunneleingang hängen – und sofort hatte sie wieder ein Bild im Kopf. Ein enormer Berg aus Steinbrocken, ähnlich dem, der den Eingang zu diesem Tunnelsystem in der Höhle auf ihrer Lichtung versperrt hatte. Plötzlich verstand Mageli, was sie sah. Die Bilder in ihrem Kopf zeigten ihr, was am Ende der jeweiligen Tunnel lag.

Schnell drehte sie den Kopf weiter zum nächsten Tunnel. Wieder ein Berg aus Steinen. Beim darauffolgenden Tunnel erblickte sie eine Höhle voller Tropfsteine, kleiner, aber mindestens ebenso schön wie die, durch die Mageli gekommen war. Beim Gedanken daran, was ihr in der Tropfsteinhöhle passiert war, bekam Mageli eine Gänsehaut. Von Tropfsteinhöhlen hatte sie für ziemlich lange Zeit genug. Der Gang, auf den sie als Nächstes blickte, führte erneut zu einem Berg von Steinen. Ob das alles Ausgänge in die Menschenwelt waren?

Schließlich war nur noch ein Tunnel übrig. Zögernd drehte Mageli sich um. In ihrem Kopf entstand ein Bild von einer Gruppe von Menschen – nein, Elfen –, die auf und ab liefen. Das Bild war sehr unscharf und aus weiter Ferne entstanden, so als hätte der Betrachter sich nicht getraut, näher heranzugehen. Sie kniff die Augen zusammen, um besser sehen zu können, da verschwand das Bild und sie blickte auf den dunklen Tunneleingang.

Da lang!, dachte sie erleichtert und gleichzeitig mit einem mulmigen Gefühl. Sie griff nach ihrem Rucksack und entdeckte die Eidechse, die sie noch immer aus ihren gelben Augen anstarrte.

»Du hast mir diese ganzen Bilder gezeigt! Aber wie ist das möglich? Kannst du zaubern?«

Die Eidechse stieß ein zischelndes Geräusch aus, als würde sie über Mageli lachen. Dann drehte sie um und verschwand in dem Tunnel, aus dem sie gekommen war.

»Danke auf jeden Fall«, rief Mageli ihr hinterher.

Sie hatte es ja gewusst! Der Weg, den die Bilder der Eidechse ihr gewiesen hatten, führte sie in den engen Tunnel mit den schleimig bewachsenen Stufen.

Hinterher hätte Mageli nicht sagen können, wie sie es geschafft hatte. In ihrer Erinnerung bestand der ganze Weg aus einer endlosen Treppe, die sie Schritt für Schritt hinabstieg. Und wieder hinauf. Und wieder hinab. Und wieder hinauf … Mühsam setzte sie einen Fuß vor den anderen. Mal rutschte sie aus und schlug hart auf den Kanten der Stufen auf, mal krallte sie sich in den schmierigen Flechten fest und spürte ihre Fingernägel an dem rauen Stein zerbrechen, den die Pflanzen bedeckten.

Als die Stufen endlich endeten und in Mageli die vage Hoffnung aufkam, dass sie endlich, endlich am Ziel war, begann der Gang sich plötzlich zu drehen. Zuerst dachte Mageli, ihr Kreislauf hätte schlapp gemacht und sie würde in Ohnmacht fallen. Aber ihr wurde weder schwarz vor Augen, noch sah sie Sterne oder verlor das Bewusstsein. Der Gang drehte sich einfach weiter, rotierte um sie herum, mal in die eine, mal in die andere Richtung, immer schneller, immer schneller, und obgleich Mageli die irrsinnig schnelle Bewegung sah, konnte sie sie nicht spüren. Dennoch geriet ihr Gleichgewichtssinn so durcheinander, dass sie auf allen vieren weiterkriechen musste, um nicht hinzufallen. Sie schloss die Augen, und nun konnte sie die Bewegung auch spüren. Es fühlte sich an wie in einem dieser Karussells auf der Kirmes, in denen man so heftig durchgeschüttelt wurde, dass man nicht mehr wusste, wo oben und unten war. Ihr wurde übel und sie fing an zu würgen, doch in ihrem Magen gab es nichts, was sie hätte ausspucken können.

Schließlich spuckte der Tunnel sie aus – eine bessere Beschreibung dafür fiel ihr nicht ein. Als wäre der Tunnel mit ihr fertig, wurde Mageli auf einmal durch eine unsichtbare Barriere gepresst. Es fühlte sich an wie eine Wand aus glibbrigem Wackelpudding und war so schnell vorbei, dass Mageli keine Zeit hatte, darüber nachzudenken, was es wohl wirklich war.

Und dann lag sie einfach nur da. Die Augen geschlossen, der

Atem flach. Ihre Arme und Beine zitterten, ihr Kopf pochte und ihr Rücken kribbelte. Sie lag da und wartete darauf, dass etwas anderes, Schreckliches passieren würde. Aber es passierte nichts mehr. Vorsichtig öffnete sie ein Auge. Das Einzige, was sie sah, war ihre eigene Hand vor ihrem Gesicht. *Schlafen*, dachte Mageli, *einfach nur schlafen!* Doch Schlafen war jetzt sicher gar keine gute Idee. Mageli zwang sich, die Augen nicht wieder zu schließen. Mühsam stützte sie sich auf. Nur wenige Meter entfernt erblickte sie eine scharfe Felskante. Was dahinterlag, konnte sie jedoch nicht erkennen. Vorsichtig robbte sie sich vor.

Wow! Mageli war schlagartig wieder munter. Direkt vor ihr brach der Felsvorsprung, auf dem sie sich befand, nach unten ab und fiel ins Bodenlose. Mageli befand sich in einer Höhle von enormen Ausmaßen. Sie selbst lag auf einem schmalen Vorsprung, der sich wie eine kilometerlange Galerie ohne Befestigung um die Höhle erstreckte. Darunter fiel die Felswand steil ab. Die Wände waren von Tunneleingängen und kleineren Höhlen durchlöchert wie ein Käse. Auf der einen Seite stürzte ein klarer Wasserfall senkrecht am blanken Fels hinab und schien am Boden in einen schmalen Fluss zu münden. Das Faszinierendste an dieser Höhle waren die Äste, die in einem schier undurchdringlichen Gewirr von der Decke hingen. *Äste?*, dachte Mageli. *Wohl kaum!* Hier unter der Erde musste es sich um Wurzeln handeln! Ein Wald aus Wurzeln, die von der hohen Decke bis tief zum Boden herabhingen, der so weit entfernt war, dass Mageli ganz flau im Magen wurde, wenn sie nach unten schaute.

Gerade begann Mageli sich zu fragen, wie sie dort hinuntergelangen sollte, als ihr jemand etwas Spitzes in den Rücken rammte.

»Was haben wir denn da?«, hörte sie eine kehlige Stimme.

»Sieht nach einem Eindringling aus«, antwortete eine zweite Stimme. Mageli fand, dass der Sprecher erfreut klang, aber auf eine Weise erfreut, die ihr gar nicht gefiel. Sie spannte ihre Muskeln an, um sich umzudrehen, und sofort bohrte sich die Spitze stärker in ihren Rücken.

»Na«, vernahm sie die erste Stimme wieder. »Du willst uns doch keinen Ärger machen, oder?«

»Oder?«, fragte die zweite Stimme erwartungsvoll. »Vielleicht ein kleines bisschen Ärger?«

Mageli hatte das Gefühl, dass es zumindest Stimme Nummer zwei gefallen würde, wenn sie versuchte, Ärger zu machen. Allerdings rechnete sie sich gegen zwei bewaffnete Männer keine allzu großen Chancen aus. Sie befand sich ganz sicher nicht in der besten Ausgangslage, um Ärger zu machen.

»Ich mache euch keinen Ärger«, stieß sie zwischen zusammengebissenen Zähnen hervor.

»Schade eigentlich«, bestätigte Stimme zwei Magelis Befürchtungen. »Aber ist ja im Grunde auch egal, Befehl ist Befehl.«

Und bevor Mageli noch über den Sinn dieser Bemerkung nachgrübeln konnte, drehte einer der Männer ihre Arme grob auf ihren Rücken und hielt sie an den Handgelenken zusammen. Der andere griff in ihre Haare und zerrte ihren Kopf zu sich herum. Er ging vor ihr in die Hocke und betrachtete sie aufmerksam.

Noch nie hatte Mageli ein so hässliches Gesicht gesehen! Seine Haut war runzelig, sein Mund nicht mehr als ein schmaler Strich, seine Nase dafür ein Felsbrocken zwischen den eng stehenden Augen, die eine ungesunde gelbliche Färbung aufwiesen, und seine zotteligen Haare waren aschgrau. Nichts in diesem Gesicht schien zueinanderzupassen. Mageli erinnerte sich, was Erin ihr über Dunkelelfen erzählt hatte, und vermutete, dass sie einen vor sich hatte.

»Soso, eine Lichte. Dachte ich's mir. So schöne große Augen, die so schön ängstlich gucken können.« Er lachte heiser. »Wollen mal schauen, wie ängstlich die erst gucken, wenn wir die kleine Lichte ins dunkle Verlies stecken.«

Angst und Wut stiegen in Mageli auf. Mit einem Ruck versuchte sie, sich aus der Hand des Fremden zu befreien. Vergeblich! Der Griff um ihre Haare wurde nur fester, das Ziehen daran schmerzhafter, und der Dunkelelf grinste bösartig, wobei er eine Reihe schwarz verfärbter Zähne entblößte.

»Du willst also doch Ärger machen. Wie überaus erfreulich. Dann müssen wir dir wohl dein hübsches Köpfchen ein bisschen waschen.« Mit einem widerlichen Geräusch zog er den Schleim aus seiner Lunge hoch und spie ihn Mageli ins Gesicht. Ihr drehte sich der Magen um und bittere Galle stieg ihr in den Mund. Am liebsten hätte sie zurückgespuckt, aber dieses Mal siegte die Angst über die Wut und sie starrte ihr Gegenüber nur feindselig an.

»Genug gespielt«, mischte sich der zweite Mann hinter ihrem Rücken ein. »Gehen wir.«

In Windeseile hatten die beiden Männer Magelis Hände über ihren Kopf gezerrt und mit einem rauen Strick verschnürt, ebenso wie ihre Fußknöchel. Wie einen nassen Sack schleiften die beiden sie mit sich. Ihr Oberkörper schrammte dabei so schmerzhaft über den harten Boden, dass Mageli scharf die Luft einziehen musste, um nicht laut zu schreien. Aber diese Freude gönnte sie ihren Peinigern nicht! Noch einmal bäumte sie sich auf, warf ihren Körper hin und her und versuchte, nach dem hinteren der beiden Männer zu treten. Tatsächlich ließ er ihre Füße los. Im nächsten Moment spürte sie einen Schlag auf den Hinterkopf – und um sie herum wurde alles schwarz.

Als Mageli aus der Bewusstlosigkeit erwachte, hüllte die Dunkelheit sie ein wie eine schwere Decke. Panik wallte in ihr auf. Sie wollte aufspringen und davonlaufen, doch schon die kleinste Bewegung tauchte ihren Körper in Schmerz. Also blieb sie liegen, presste ihre Wange auf den kalten Steinboden und versuchte, ihren Atem unter Kontrolle zu bringen. Immerhin war sie nicht mehr verschnürt wie ein Paket, jemand hatte die Stricke um ihre Hand- und Fußgelenke gelöst, und Mageli begann, mit den Fingern ihre direkte Umgebung zu erkunden. Steinig und rau fühlte sich der Untergrund an – und seltsam vertraut.

Plötzlich wusste Mageli, wo sie sich befand: Dies war der Ort aus ihrem Traum. Hier im Stockdunkeln war sie Erin zum letzten Mal begegnet. Ob er in der Nähe war? Sie wollte nach ihm rufen, aber ihr Mund und ihr Hals waren so ausgetrocknet, dass nur ein Krächzen herauskam.

Wasser! Wie lange war es wohl her, dass sie zuletzt etwas getrunken hatte? Einen Tag, zwei? Sie wusste es nicht. Sie war auf jeden Fall schrecklich durstig. Und müde, immer noch so müde. Mageli schloss die Augen. In dieser Dunkelheit konnte sie ohnehin nichts erkennen …

Plötzlich wurde es hell. Gleißend hell.

»Mageli?« Das war Erins Stimme.

Mageli riss die Augen auf – und bereute es auf der Stelle. Das

Licht stach wie spitze Nadeln und ihr Kopf fing wieder heftig zu pochen an.

Erin! Wie war das möglich? War er tatsächlich da? Oder spielte ihr bloß ihre Erinnerung zusammen mit ihrer Erschöpfung einen Streich?

»Hier«, flüsterte sie und war erschrocken, wie heiser ihre Stimme klang. Sie versuchte noch einmal, sich umzuschauen. Vorsichtig blinzelte sie in das grelle Licht. Sofort schossen ihr die Tränen in die Augen. Sie zwang sich, die Lider für einen Moment zu öffnen, aber alles, was sie sah, war eine weiße Fläche, die sich ins Endlose auszubreiten schien, ohne jemals einen Horizont zu erreichen. Darüber flimmerte das grelle Licht, das keinen Ursprung zu haben schien. Es gab keine Sonne, nicht einmal einen Himmel, nur dieses Licht.

»Mageli?« Hatte Erin sie nicht gehört? Er klang schlecht. Matt, müde, krank! Magelis Brust schmerzte, so sehr sehnte sie sich danach, Erin zu sehen und seine Hand zu halten.

»Ich bin hier«, flüsterte sie. Dabei konzentrierte sie sich ganz fest auf ihre Gedanken an Erin, als könnte sie ihn herbeizaubern. Und tatsächlich hörte er sie dieses Mal.

»Du bist gekommen.« Erleichterung lag in seiner Stimme, aber auch Sorge. »Du musst dich beeilen«, hörte sie ihn flüstern. »Lange halte ich nicht mehr durch.«

Beeilen! Erin hatte ja keine Ahnung, in was für einer ausweglosen Situation sie sich selbst befand! Mageli nahm ihre ganze verbliebene Kraft zusammen und legte sie in ihre Worte: »Ich komme so schnell ich kann.«

Die Antwort war Stille.

»Erin?«

Nichts.

»Erin?«

Sie hörte schweres Atmen. Und dann, ganz leise, noch einmal seine Stimme. »Nimm dich in Acht vor dem Schattenfürsten!«

Der Schattenfürst? Wer sollte das sein?

»Wen meinst du?«, fragte Mageli drängend.

Doch sosehr sie auch lauschte, sie erhielt keine Antwort mehr.

»Wie konnte das passieren?«

»Was meint Ihr, Meister?« Damorian fingerte unsicher an seinem Schwertgriff herum. Der Meister war aufgebracht, weil er, Damorian, einen Fehler begangen hatte. Aber er war sich keines Fehlers bewusst. Und das machte ihn erst recht unsicher.

»Das Mädchen. Sie ist hier.«

»Wo hier?«, fragte Damorian erstaunt.

»Wo hier?«, echote die Gestalt im Schatten mit essigsaurer Stimme. »Hier natürlich. Im Reich.«

»Im Reich?« Damorian glaubte, sich verhört zu haben. »Wie konnte das passieren?«

»Das frage ich dich«, antwortete sein Meister mit mühsam beherrschter Wut, während er sich in seinem Sessel vorlehnte, bis er Damorian ins Gesicht schauen konnte.

Der Angesprochene senkte schnell den Blick. Er konnte diese stechenden Augen nicht ertragen.

»Dich und deine nutzlosen Helfer.«

»Ich, ich …«, stotterte Damorian, ohne zu wissen, was er sagen sollte. Dann kam ihm ein anderer Gedanke.

»Wie habt Ihr davon erfahren, Meister?«, fragte er.

»Der Junge hat sie verraten.« Der Meister lachte ein heiseres Lachen, das fast wie ein Husten klang. »Dieser Dummkopf.«

»Ich verstehe nicht.« Damorian kniff fragend die Augenbrauen zusammen.

»Ich hatte nichts anderes erwartet.« Der Meister lachte noch einmal, dieses Mal klang es eher wie ein Würgen. Damorian wartete auf eine Erklärung, stattdessen fuhr der Meister mit befehlsgewohntem Ton fort: »Nachdem du so vollständig versagt hast, werde ich mich wohl selbst um das Mädchen kümmern müssen.«

»Aber was wollt Ihr tun?«, wandte Damorian zögernd ein. »Ich dachte, wir dürfen sie nicht töten.«

»Lass das meine Sorge sein. Es gibt genug Mittel und Wege, ein junges Mädchen zum Schweigen zu bringen, ohne sie gleich zu töten. Und glaube mir, wenn ich mit ihr fertig bin, wird sie sich nichts sehnlicher wünschen als den Tod.«

Damorian schauderte. Mit dem Tod in seinen vielen Erscheinungen kannte er sich aus. Aber das, wovon sein Meister sprach, war Magie. Eine Form der Magie, die Damorian weder beherrschte noch durchschaute – und vor der ihm aufs Heftigste graute.

»Gut, Meister«, beeilte er sich zu sagen, um so schnell wie möglich den Raum zu verlassen. Im Hinausgehen fiel ihm noch etwas ein.

»Wo finde ich das Mädchen, Meister?«

»Im Verlies. Immerhin in diesem Punkt hat das Schutzsystem nicht versagt«, entgegnete der Meister ungeduldig. Dann ließ er sich wieder in den Schatten zurücksinken.

Kapitel 12

Ein schwacher Lichtstrahl fiel auf Magelis Gesicht, und eine Stimme sagte: »Da ist sie.«

Die Stimme gehörte einem der Männer, die sie auf dem Felsvorsprung gefangen genommen und hierhergeschleppt hatten. Mageli blinzelte, geblendet, obgleich nur wenig Licht durch einen senkrechten Spalt im Fels drang. Hindurch trat eine Gestalt, kaum mehr als ein dunkler Umriss. Der Fremde kam auf Mageli zu und blieb direkt neben ihr stehen. Sie hatte das starke Bedürfnis, sich vor ihm zu verkriechen, lag aber nur wie gelähmt da. Der Mann, der in einen schwarzen Mantel gehüllt war, blickte einige Sekunden auf sie herunter, ohne etwas zu sagen. Dann trat er ihr grob in die Seite und schob sie mit dem Fuß herum, um ihr Gesicht besser sehen zu können. Schließlich sprach er mit leiser Stimme, sodass sie ihn gerade noch verstehen konnte.

»Da bist du also. Gut. Oder auch nicht gut.«

Mageli spürte, dass der Mann ärgerlich war, doch er schien sich auch vor irgendetwas zu fürchten.

»Waldur, Brigan, schafft sie zum Meister«, sagte der Mann lauter. »Aber seid ein bisschen vorsichtig. Er will sich mit ihr unterhalten, und es würde ihn sicher nicht freuen, wenn sie ihm keine Antworten mehr auf seine Fragen geben könnte.«

Mit diesen Worten drehte sich der Mann im langen Mantel um und verschwand durch den Spalt im Fels. Sofort waren die beiden Wachen bei ihr und zerrten Mageli auf die Füße.

»So, kleines Lichtlein, dann wollen wir mal zum Meister gehen. Der Meister wartet nämlich nicht gern, musst du wissen. Dann wird er nämlich ungeduldig. Und das wollen wir lieber nicht riskieren. Los, Brigan, los, fass mal mit an.«

Vergeblich versuchten die Männer, Mageli auf ihre eigenen Beine zu stellen. Sosehr sie auch an ihr zogen, es gelang ihnen nicht. Magelis Beine gaben nach, sobald sie das Gewicht ihres Körpers zu spüren bekamen, und sie hing zwischen den beiden Wächtern wie ein nasser Sack. »Na, dann muss es wohl so gehen«, stellte Waldur ungeduldig fest. Sie hatten es tatsächlich sehr eilig, Mageli zu diesem Meister zu bringen, von dem der Mann im Mantel gesprochen hatte. Sie schauderte. Wer mochte dieser geheimnisvolle Meister sein?

Brigan und Waldur zogen Mageli zu dem Spalt im Fels. Es war nur ein Riss, viel zu schmal für drei Personen. Waldur legte seine flache Hand auf eine Vertiefung im Stein und brummte einige Töne, ein schrecklicher Missklang. Augenblicklich glitt der Fels geräuschlos ein Stück zur Seite, und der Spalt wurde so breit, dass die Männer mit Mageli hindurchgehen konnten.

Von dem langen Gang, den sie nun betraten, gingen keine Türen ab. Falls weitere Verliese hinter den Felswänden lagen, dann wurden sie mit ähnlichen Mechanismen verschlossen wie jenes, in dem Mageli gefangen gewesen war. Ob Erin in einem dieser Verliese saß …?

Die Wächter schleiften Mageli unsanft bis zum Ende des Ganges und kamen mit ihr vor einer massiven Steinwand zum Stehen. Mageli fragte sich gerade, mit welchem Trick ihre Wächter dieses Hindernis zum Verschwinden bringen würden, als hinter ihnen eine Melodie ertönte.

Die sanften Töne einer einzelnen Flöte klangen gedämpft den Gang herunter. Sie hoben und senkten sich, schwollen an und flauten ab, verstummten und setzten von Neuem an wie zur Begleitung eines unsichtbaren Tanzes.

Mageli lächelte matt. Sie kannte diese Melodie: Sie selbst hatte das Stück vor einer Weile gespielt, Rosann hatte es aufgenommen und am Computer einen Klingelton für Magelis Handy daraus gebastelt. Rosann konnte so was. Ach, Rosann … ! Mageli vermisste ihre Freundin in diesem Moment ganz schrecklich. Und dann fiel ihr ein: *Mein Handy klingelt!* Aber wo war es? Es musste noch immer in ihrem Rucksack in der Zelle liegen.

War Mageli überrascht, so schienen ihre beiden Wächter geschockt zu sein. Wie erstarrt blieben sie stehen und blickten hektisch nach allen Seiten.

»Was zum …«, stieß Brigan hervor.

»Wer kann …«, fluchte Waldur gleichzeitig.

»Da will einer fliehen«, brachte Brigan hervor. »Die Melodie kommt von dort hinten.« Er zeigte in die Richtung, aus der sie gekommen waren.

»Aber woher hat er die Flöte?«, fuhr Waldur ihn an.

Sie ließen Mageli los, woraufhin sie zusammensackte und mit einem dumpfen Aufprall auf dem Boden landete.

»Ich gehe nachsehen. Du bleibst bei ihr.« Waldur hatte sich wieder gefasst.

»Viel zu gefährlich«, grummelte Brigan, blieb aber neben Mageli stehen, während Waldur durch den Gang eilte. Unruhig wippte ihr Bewacher von einem Bein auf das andere, seine Hand am Schwertgriff, jederzeit bereit, die Waffe zu ziehen. Mageli rollte ihren Körper zusammen und versuchte, sich so klein wie möglich zu machen.

Es vergingen einige Minuten, Waldur war längst durch die Felswand verschwunden, da hörte Mageli einen erstickten Aufschrei.

»Ich wusste es«, schimpfte Brigan und spurtete los, um seinem Kumpel zu Hilfe zu kommen.

Erstaunt stellte Mageli fest, dass er sie allein in dem Gang zurückgelassen hatte. Aber an Flucht war ohnehin nicht zu denken. Erstens hatte sie keine Ahnung, wie sie aus dem Gefängnis herauskommen sollte, und außerdem fühlte sie sich zu erschlagen, um auf ihren eigenen zwei Beinen zu stehen, geschweige denn wegzulaufen.

Es dauerte nicht lange, bis die Wächter wieder in den Gang traten. Vor dem Verlies blieben sie stehen und redeten lautstark aufeinander ein. Der eine steckte Magelis Handy in den Rucksack, mittlerweile war es verstummt.

»Ich sage dir, du hättest es nicht anfassen sollen«, schimpfte Brigan besorgt. »Magie ist das, übelste Magie. Damit will ich nichts zu tun haben.«

»Unsinn«, wies Waldur ihn zurecht. »Was immer es ist, es gehört ihr. Und wir müssen es zum Meister bringen. Der Meister wird entscheiden, was damit geschieht.«

»Sie ist gefährlich«, warf Brigan aufgeregt ein. »Wenn sie solche Magie beherrscht, ist sie gefährlich. Ich will sie lieber nicht mehr anfassen. Wer weiß, was sie mit uns macht.«

»Jetzt beruhige dich. Die kleine Lichte ist hinüber, die wird uns keinen Ärger machen. Wir bringen sie jetzt zum Meister. Schluss mit dem Geschwätz.« Waldur drehte sich um und kam durch den Gang auf Mageli zu, auch Brigan setzte sich zögerlich in Bewegung.

Vor Mageli blieben sie stehen und betrachteten sie mit einem Gesichtsausdruck zwischen Abscheu und Hochachtung. Mageli wusste nicht, was sie davon halten sollte, als Waldur plötzlich ihren Rucksack vor ihr auf den Boden fallen ließ.

»Das kannst du selbst nehmen«, fuhr er sie an. »Ich will mir damit jedenfalls nicht länger die Hände schmutzig machen. Und jetzt steh gefälligst auf und lass dich nicht tragen.«

Mageli schnaubte. Wie sollte sie es bloß schaffen, wieder auf die Füße zu kommen? Und dann auch noch stehen zu bleiben? Doch Waldur und Brigan schienen nicht mehr gewillt zu sein, noch einmal Hand an Mageli zu legen.

»Los, hoch mit dir.« Waldur trat ihr mit dem Stiefel in die Seite, worauf ein brennender Schmerz durch ihre Rippen jagte, nicht unbedingt dazu angetan, sie beim Aufstehen zu unterstützen.

Bevor einer der Männer sie erneut treten konnte, rollte Mageli zur Seite, um wenigstens ihren guten Willen zu beweisen. Sie griff nach dem Rucksack und zog die Träger über ihre Schultern. Dann stützte sie sich mühsam auf ihre aufgerissenen Hände und kam auf die Knie.

In diesem Moment fing ihr Handy wieder an zu klingeln. Erst spürte Mageli nur die Vibration im Rücken, der gleich darauf die Melodie ihrer Flöte folgte. Auf und ab. Lauter jetzt, weil nicht mehr die dicken Felswände des Verlieses dazwischenlagen.

Panik flackerte in den Augen der beiden Dunkelelfen auf und sie wichen mehrere Schritte vor Mageli zurück.

»Das … geht nicht mit rechten Dingen zu«, stotterte Brigan. »Sie hat das Gerät nicht einmal berührt. Das ist Magie, gefährliche Magie«, wiederholte er sich.

Waldur sagte gar nichts und starrte nur stumm auf Mageli, die noch immer am Boden kniete. Verwundert erwiderte sie den Blick. Was war es bloß, das die Männer so erschreckte? Was hatte Brigan gefaselt? Dass Mageli gefährlich sei und Magie beherrsche? Nur weil ihr Handy geklingelt hatte? Beinahe hätte sie laut gelacht.

Ein Knacken im Fels lenkte Mageli jedoch ab. Direkt vor ihnen verschob sich die steinerne Wand. Wie war das möglich? Ob das Klingeln ihres Telefons als Türöffner wirkte? Zumindest hatte ihr das Flötenspiel auf der Lichtung den Eingang ins Elfenreich geöffnet. Vielleicht ließ die digitalisierte Melodie ihrer Flöte tatsächlich diesen Fels auseinandergleiten?

Die Wachen wichen einen weiteren Schritt zurück. Das war Magelis Chance zu fliehen! Wenn sie es jetzt nicht schaffte, hier herauszukommen, dann würde sie vermutlich nie mehr dazu in der Lage sein!

Mageli versuchte aufzustehen, aber sie war zu schwach und die Schmerzen waren zu stark. Fest biss sie die Zähne zusammen. Es musste gehen!

Schon konnte sie einen Lichtstreifen durch den Riss im Fels

schimmern sehen, der sich schnell verbreiterte. Nun war der Durchgang breit genug, dass sich Mageli hindurchquetschen konnte. Sie bündelte alle ihre Kräfte, zählte bis drei und stemmte sich vom Boden hoch. In ihrem Kopf drehte sich alles und beinahe wäre sie wieder umgekippt. Sie konnte sich gerade noch auf den Füßen halten und taumelte auf den Felsen zu.

Mit wenigen wackeligen Schritten erreichte sie den Durchgang, und als sie sich hindurchschob, verstummte ihr Handy. Augenblicklich bewegten sich die beiden Felskanten wieder aufeinander zu und die Öffnung wurde schmaler. Mageli drückte sich so schnell sie konnte vorwärts, um nicht zwischen den massiven Steinen zerquetscht zu werden. Sie schlüpfte durch die dicken Mauern, gerade noch rechtzeitig, bevor sie sich endgültig schlossen. Geschafft!

Hinter ihr wurden empörte Stimmen laut.

»Sie flieht.«

»Wir müssen sie aufhalten.«

»Öffne das Tor. Sofort!«

Hektisch blickte Mageli sich um. In ihrem Rücken war nichts als der nackte Fels, aus dem sie gerade gekommen war. Und vor ihr hingen die Wurzeln herab, die sie bereits von dem Felsvorsprung aus gesehen hatte. Sie streckten ihre immer dünner werdenden hölzernen Finger bis hinunter zum Boden aus, und zunächst hatte Mageli den Eindruck, vor ihr läge ein undurchdringliches Geflecht aus dichtem Wurzelwerk.

Sie blinzelte, und plötzlich verschob sich das Bild vor ihren Augen: Das war kein ungeordnetes Gewirr, die Anordnung all dieser Wurzelarme folgte einem Plan. Sie waren miteinander verwachsen und verwoben, sodass sie eine dichte Mauer formten.

Direkt vor Magelis Augen, nur wenige Schritte entfernt, bildeten sie einen Torbogen mit elegant verschlungenen Pfeilern.

Das musste der Eingang zur Elfenstadt sein!

Erleichterung durchflutete Mageli. Im selben Moment begann die Felswand in ihrem Rücken zu beben. Vermutlich öffneten die Wächter bereits wieder das Felsentor, um ihr zu folgen. So schnell sie konnte taumelte Mageli auf die Wurzelmauer zu. Sie stützte sich an einem der hölzernen Pfeiler ab, holte tief Luft und trat durch den Torbogen.

Ihre Füße trugen sie nur noch wenige Meter weit. Mageli stolperte, fiel, raffte sich noch einmal auf, kroch ein Stück vorwärts und blieb einfach liegen.

Hoffentlich finden sie mich nicht!, dachte sie verzweifelt. Dann sank sie wieder in tiefe Bewusstlosigkeit.

Mageli lag auf einer weichen, grünen, duftenden Wiese. Die Sonne schien ihr ins Gesicht, ihre Augen waren geschlossen und kleine gelbe Lichtpunkte tanzten hinter ihren Lidern. Arme und Beine hatte sie von sich gestreckt und die Sonnenstrahlen wärmten ihre Glieder. Sanft strichen ihre Fingerspitzen über die Grashalme. Ein Schatten fiel auf ihr Gesicht und sie öffnete die Augen.

Sie musste blinzeln, weil das helle Sonnenlicht sie blendete, und im ersten Moment sah sie nur eine schemenhafte Gestalt, deren dunkler Umriss sich scharf gegen den strahlend blauen Himmel abzeichnete. Da kniete die Gestalt neben ihr nieder, und Mageli erkannte, dass es Erin war. Sie lächelte träge. Und er erwiderte ihr Lächeln mit seinem unnachahmlichen schiefen Grinsen, das Magelis Herz einen Takt schneller schlagen ließ. Sie konnte ihr Glück kaum fassen. Dieser wunderschöne Sommertag und dann auch noch Erin! Seine Zauberaugen funkelten sie an, und er streckte ihr eine Hand entgegen, um ihr vom Boden aufzuhelfen.

Mageli wollte gerade nach seiner Hand greifen, als sich plötzlich ein Schatten über die Wiese legte. Gleichzeitig schauten sie und Erin nach oben zum Himmel, der noch immer strahlend blau war, nur vor die Sonne hatte sich eine riesige dunkle Wolke geschoben. Nein, keine Wolke, erkannte Mageli auf den zweiten Blick, sondern ein Vogel oder ein anderes Tier mit breiten schwarzen Schwingen, die es kraftvoll hob und senkte, und das mit einem gellenden Schrei auf die Wiese hinabstürzte. Immer größer wurde der unheilvolle Umriss dieses Wesens, das genau auf sie zusteuerte.

Erin zerrte an ihrer Hand, doch Mageli war unfähig, sich zu bewegen. Mit dem Rücken drückte sie sich auf den Boden und sah das Wesen auf sich zukommen. Es war kein Vogel, sondern eine menschliche Gestalt mit grässlich verzerrten Zügen. Und was sie zunächst für Schwingen gehalten hatte, war ein schwarzer Mantel, der an den Armen der Gestalt flatterte. In jeder Hand hielt das Wesen einen spitzen Dolch, deren Klingen im Sonnenlicht flackerten. Dann war das Wesen nur noch wenige Meter von Mageli entfernt und sie hörte wieder den schrillen Schrei. Plötzlich wurde ihr klar, dass sie selbst es war, die so schrie. Da stieß die Gestalt auch schon auf sie hinab und hob die Dolche.

Aber es war nicht ihr Fleisch, in das sich die scharfen Klingen bohrten, sondern Erins. Er hatte sie im letzten Augenblick zur Seite gerollt und lag nun dort, wo sie gerade noch gewesen war.

Sie spürte seinen Schmerz wie ihren eigenen. Aus ihren Augen quollen Tränen, die auf Erins Wangen tropften, dick und rot wie Blut.

Magelis Sicht verschwamm. Da war nichts mehr vor ihren Augen als gleißend helles Licht, das auf ihrer Netzhaut brannte, sodass sie die Lider zusammenkneifen musste.

Erins Atem, schwach und gepresst.

Und seine Stimme, die flüsterte: »Er wird mich töten.«

Mageli erwachte mit einem stummen Schrei auf den Lippen.

»Woher hast du das?«

Im ersten Moment begriff Mageli nicht, dass jemand sie angesprochen hatte. Sie war benommen, ihr Herz raste und ihr Albtraum hielt sie fest im Griff. Doch die Stimme ließ nicht locker.

»He, ich weiß genau, dass du wach bist. Mach die Augen auf.«

Alles in Mageli sträubte sich, dem Befehl nachzukommen. Was, wenn sie wieder in dem Felsenverlies gelandet war? Oder, noch schlimmer, wenn ihre Wächter sie tatsächlich zu diesem Meister gebracht hatten? Andererseits: Diese Stimme klang nicht unfreundlich. Höchstens ein bisschen ungeduldig. Und sie gehörte eindeutig einer Frau.

Vorsichtig öffnete Mageli ihre Augen einen Spaltbreit, aber das Einzige, was sie sehen konnte, war ein kleiner Gegenstand, der vor ihrem Gesicht hin und her pendelte und dabei unregelmäßige Lichtreflexionen aussandte. Neugierig geworden, riss sie die Augen ganz auf und erkannte das Amulett, das Silas ihr gegeben und das sie seither an dem Lederband um ihren Hals getragen hatte. Reflexartig wollte sie danach greifen, war aber nicht schnell genug.

Das Amulett wurde vor ihren Augen weggezogen und stattdessen kam das blasse Gesicht einer jungen Frau in ihr Blickfeld. Es wurde von kurzen, schwarzen Haaren umrahmt wie von einem dunklen Heiligenschein, und die Züge waren so perfekt, dass es Mageli an die Models in Modemagazinen erinnerte. Nur zwei ausgesprochen spitze Ohren störten das harmonische Gesamtbild ein wenig. Den Ausdruck der Frau konnte Mageli nicht deuten. Sie lächelte nicht, aber sie sah auch nicht grimmig und schon gar nicht gefährlich aus. Wenn überhaupt, dann angespannt. Und ihre Augen wirkten vor allem interessiert. Sie waren strahlend türkis und erinnerten Mageli an jemanden, nur fiel ihr nicht ein, wer das war.

»Wo bin ich? Und wer bist du?«, fragte Mageli, überrascht, dass ihre Stimme wieder einwandfrei funktionierte. »Und woher hast du mein Amulett?«

»Das habe ich dich zuerst gefragt«, antwortete die Frau. »Und ich hätte gerne eine Antwort. Woher hast du dieses Amulett?« Sie hielt Mageli das Schmuckstück auf ihrer flachen Hand hin, doch als diese danach greifen wollte, schloss sie blitzschnell die Finger darum.

»Das gehört mir!«, wandte Mageli empört ein und stützte sich auf ihre Ellenbogen, was ihr – ebenfalls zu ihrer Überraschung – keine Schmerzen verursachte.

»Na ja, eigentlich gehört es nicht mir«, schränkte sie ein. »Ich habe es von einem … Freund bekommen. Und ich soll es hier im Elfenreich an jemanden übergeben.«

»Und wie heißt dieser … Freund?«, ahmte die Frau Magelis zögernde Erklärung nach. »Und wem sollst du dieses Amulett übergeben?« Sie brachte ihr Gesicht so nah an Magelis heran, dass diese den Eindruck hatte, ihre türkisfarbenen Augen würden direkt in sie hineinblicken. Plötzlich fiel ihr ein, wo sie diese ungewöhnliche Augenfarbe bereits gesehen hatte.

»Ich soll es einer gewissen Rikjana bringen«, erwiderte sie nun mit Bestimmtheit. »Und ich habe es von Silas bekommen. Der übrigens genau dieselbe Augenfarbe hat wie du«, schloss sie triumphierend.

Augenblicklich glitt ein Schatten über die Augen der jungen Frau, sie lehnte sich wieder zurück und betrachtete Mageli skeptisch.

»Mein Bruder ist tot.«

»Er lebt.« Mageli richtete sich ganz von ihrem Lager auf und begegnete Rikjanas zweifelndem Blick. »Er lebt in der Welt der Menschen. Auch wenn es ihm dort nicht so gut gefällt, glaube ich«, fügte sie mit einem vorsichtigen Lächeln hinzu.

Auch über Rikjanas skeptisches Gesicht huschte die Andeutung eines Lächelns beim Gedanken an ihren Bruder. Es währte nur eine Sekunde und verschwand wie weggewischt.

»Die Welt der Menschen ist zerstört.« Rikjanas Miene war verschlossen.

Puh! Das gestaltete sich schwierig.

»Das stimmt nicht«, beharrte Mageli. »Ich weiß nicht, warum, aber jemand hat euch eine Lüge aufgetischt. An der Oberfläche ist alles in bester Ordnung – na ja, das ist Auslegungssache, aber zumindest existiert die Menschenwelt wie eh und je. Und Silas lebt dort oben, gesund und munter.«

»Eine Lüge«, murmelte Rikjana, als hätte sie so etwas schon geahnt.

»Bitte, lass es mich dir erklären«, schob Mageli hastig hinterher. Rikjana schien ihr zu glauben. Zwar war Mageli sich nicht sicher, ob sie Rikjana vertrauen konnte, aber andererseits war sie Silas' Schwester. Er hatte gesagt, dass sie vertrauenswürdig sei. Und außerdem: Welche Wahl blieb Mageli im Augenblick?

Rikjana nickte ihr auffordernd zu. Also erzählte Mageli ihr von ihrer ersten Begegnung mit Erin und von allem, was seither passiert war.

»Du bist also ein Wechselbalg?«, fragte Rikjana verwundert, als Mageli am Ende ihrer Erzählung angelangt war.

»Ja, so ist es wohl.« Obwohl sie mittlerweile wusste, dass der Begriff keine Beleidigung sein sollte, fühlte Mageli sich dennoch peinlich berührt, als Rikjana sie so nannte.

»Wer tut denn so was? Ich meine, diese ganzen Wechselbalggeschichten sind doch bloß alte Sagen der Menschen. So etwas haben wir niemals wirklich gemacht.« Rikjana schüttelte den Kopf. »Und du wusstest wirklich nicht, dass du eine Elfe bist?«

»Nein.« Mageli zuckte die Schultern. »Wirklich nicht.«

»Hm.« Rikjana dachte nach. »Und dem Prinzen, Erin, bist du im Traum begegnet, sagst du?«

Mageli nickte, unsicher, ob die Elfe sie für verrückt erklären würde: »Ja, Erin hat mir erklärt, dass das bei Elfen möglich ist. Und dass er da eine spezielle Fähigkeit besitzt.«

»Da hat der Prinz recht«, erwiderte Rikjana. »Es war nur bislang nicht bekannt, dass er ein Traumwandler ist.«

Auch wenn Mageli mit diesem Begriff nichts anfangen konnte, verspürte sie große Erleichterung, dass Erin ihr die Wahrheit gesagt hatte. Trotz allem, was ihr seit ihrer ersten Begegnung widerfahren war, war ihr die Sache mit den Träumen am unrealistischsten erschienen.

»Na gut.« Rikjana erhob sich mit einer einzigen eleganten Bewegung. »Ich muss nachdenken«, sagte sie und verließ den Raum durch einen mit feinen Ästen verhangenen Durchgang.

Mageli schaute ihr unsicher hinterher. Hatte sie etwas gesagt, was ihre Gastgeberin verärgert hatte? Egal, sollte Rikjana doch nachdenken. Sie selbst würde solange nicht faul herumliegen.

Schwungvoll erhob sich Mageli. Sie fühlte sich auf einmal voller Energie. Die Schmerzen waren ebenso verschwunden wie ihre zahlreichen Verletzungen, stellte sie erstaunt fest. Keine Schrammen, keine Kratzer, keine Wunden, nicht einmal mehr blaue Flecken. Wie lange hatte sie bewusstlos hier gelegen? Es musste doch Wochen dauern, bis derartige Wunden heilten. Mist! Wochen verschwendeter Zeit! Wie es wohl Erin inzwischen ging? Hoffentlich kam sie nicht längst zu spät.

Sie wollte los, sie musste Erin suchen! Allerdings gab es da noch ein Problem: Irgendjemand hatte ihr, während sie bewusstlos gewesen war, ihre verdreckten, zerrissenen Kleider ausgezogen, ihren Körper gewaschen und sie in ein weißes, wallendes Nachthemd gesteckt. Der Stoff war wunderbar weich und schmiegte sich so perfekt an, dass sie ihn kaum spürte, aber leider war er auch ziemlich durchsichtig. Das war ganz sicher nicht das geeignete Outfit, um nach draußen zu gehen und einen Elfenprinzen zu retten! Sie musste schleunigst zusehen, dass sie ihre eigenen Sachen zurückbekam.

Mageli schaute sich nach ihrem Rucksack um – und nahm dabei zum ersten Mal das Zimmer richtig wahr, in dem sie sich befand: Der Raum war rund geschnitten und nicht groß, die sparsame Möblierung bestand aus der dünnen, aber bequemen

Matte, die Magelis Lager gewesen war, und einem breiten Holzschemel, auf dem eine flache Schale und ein Krug aus Ton standen. Die Schale war mit getrockneten Moosen gefüllt, die einen belebenden Duft verströmten.

Ansonsten war der Raum leer. Dennoch wirkte er behaglich. Das lag vermutlich an den wunderschönen Mustern, die das hölzerne Geflecht der Wände schmückten: Die verschlungenen Kreise und Wellenlinien sahen aus wie eine natürliche Tapete. Nach oben hin war der Raum nicht durch eine normale Decke begrenzt, vielmehr liefen die vielen Wurzeln in luftiger Höhe zu einer spitzen Kuppel zusammen, sodass der gesamte Raum die Form eines riesigen Tropfens hatte. Den Kopf in den Nacken gelegt, drehte Mageli sich mehrmals um sich selbst und staunte.

»Entschuldige, wenn ich dich störe …«

Mageli taumelte und wäre beinahe gegen einen jungen Mann gestolpert, der so leise eingetreten war, dass sie ihn nicht gehört hatte. Sein Gesicht war schmal, seine Züge ebenmäßig und sein hellbraunes Haar hing ihm in wirren Locken auf die Schultern. Magelis Mund blieb offen stehen. Der Mann funkelte sie mit jadegrünen Augen freundlich an; es wirkte, als ob er lächelte, obgleich er den Mund dabei nicht verzog. Mageli zwang ihre Kinnlade wieder nach oben.

Ich muss mich endlich daran gewöhnen, dass Elfen verdammt gut aussehen!

»Rikjana sagte mir, dass es dir besser geht. Da wollte ich nach dir schauen.« Der Fremde schien zu erwarten, dass Mageli wusste, wer er war. Aber sie hatte keine Ahnung.

»Sollte ich dich kennen?«, fragte sie unsicher.

»Ich dachte mir schon, dass du dich nicht erinnern würdest.«

Der Elf lächelte wieder mit seinen schönen Augen. »Ich bin Ondulas, ich habe dich hierhergebracht.«

»Du hast mich hierhergebracht?«, echote Mageli. »Aber warum?«

»Nun, als ich dich gefunden habe, sahst du nicht aus, als ob du den Weg alleine schaffen würdest«, erwiderte Ondulas amüsiert. »Und ich helfe gerne schönen Frauen in Not.« Ernster fügte er hinzu: »Außerdem trugst du ein Amulett mit unserem Zeichen, und ich war neugierig, woher du es hattest.«

Unser Zeichen? Mageli verstand nicht, traute sich aber auch nicht nachzufragen. Rikjanas Verhalten hatte sie zu sehr verunsichert.

Sie betrachtete den Elfen aufmerksam. Er war etwa einen Kopf größer als sie und unter seinem hellen Hemd zeichneten sich seine Muskeln ab. Die weiten braunen Hosen steckten in kniehohen Lederstiefeln. Über dem Hemd trug er einen Gürtel mit einer kunstvoll gearbeiteten silbernen Schnalle und am rechten Handgelenk einen breiten Armreif, der mit einem großen, grünen Edelstein verziert war. Mageli sah, dass sich um diesen Edelstein ebenfalls zwei Hände verschränkten, genau wie auf dem Amulett. Unser Zeichen …

Seine Erscheinung erinnerte Mageli an Erin und sie spürte einen heftigen Stich in der Brust. Im selben Moment erinnerte sie sich, was sie selbst trug. Sie riss die dünne Decke vom Bett und legte sie sich um die Schultern.

»Möchtest du vielleicht deine Sachen wiederhaben?«, fragte Ondulas und das Funkeln seiner Augen erschien Mageli etwas schelmisch. »Ich habe sie mitgebracht.«

»Das wäre toll.« Mageli war erleichtert.

Der Elf verschwand durch den Vorhang aus Zweigen, doch schon nach wenigen Minuten kehrte er zurück, Magelis Rucksack in der einen Hand, ihre dreckigen Turnschuhe in der anderen. Dankbar nahm sie beides entgegen und fing sofort an, in dem Rucksack nach frischen Klamotten zu suchen. Sie zog ihre Ersatzjeans heraus und die weiße Bluse. Die war zwar zerknittert, passte aber von all ihren Sachen am ehesten zu der Kleidung, in der die Elfen normalerweise herumzulaufen schienen. Ondulas schaute ihr interessiert zu.

»Das willst du anziehen?«, fragte der Elf gedehnt.

»Was dagegen?«, erwiderte Mageli gereizt. Sie war froh, überhaupt frische Kleidung mitgenommen zu haben. Was hatte Ondulas daran auszusetzen?

»Es könnte … unpassend wirken«, erklärte dieser nur.

Unpassend, soso.

»Und wen sollte das stören?«

»Ich dachte nur, dass du vielleicht nicht gleich unangenehm auffallen möchtest.« Trotz der kritischen Worte klang Ondulas' Stimme freundlich, fast besorgt. Nun war Mageli verunsichert.

»Ich habe aber nichts anderes dabei.«

»Oh, kein Problem. Ich werde Rikjana fragen, ob sie dir etwas borgt.« Wieder verschwand Ondulas durch den Vorhang und kehrte ebenso schnell zurück wie zuvor. Dieses Mal hielt er einen kleinen Stapel gefalteter Kleidung in der Hand, darauf lag ein Paar lederner Schuhe, die eine gewisse Ähnlichkeit mit Turnschlappen hatten.

»Bitte.« Ondulas streckte ihr die Kleider mit einem Augenzwinkern entgegen und beobachtete Mageli aufmerksam.

»Würdest du dich kurz umdrehen?«, fragte sie. Nicht, dass das

Hemdchen viele Fragen offen ließ, aber einen kompletten Striptease wollte sie vor dem Elfen lieber nicht hinlegen. Ondulas wandte sich ohne Kommentar ab, und Mageli schlüpfte schnell in die Sachen, die Ondulas ihr gegeben hatte: ein weites, weißes Hemd, nicht unähnlich der Bluse, die Mageli mitgebracht hatte, sowie eine ebenfalls weite, grüne Hose, die an den Fußknöcheln mit langen Bändern umwickelt wurde. Zu Magelis Überraschung saß die Kleidung wie angegossen und fühlte sich ausgesprochen angenehm auf der Haut an – weich wie Seide. Selbst die Schuhe passten, als wären sie für ihre Füße gemacht, und bei näherer Betrachtung stellte Mageli fest, dass sie nicht aus normalem Leder, sondern einem feinschuppigen, grünlich schimmernden Material hergestellt waren, das sie noch nie zuvor gesehen hatte und das sie an die Haut einer Eidechse erinnerte.

»Okay, du kannst dich wieder umdrehen.«

Ondulas betrachtete sie prüfend.

»Nicht schlecht«, stellte er sachlich fest.

»Was?«, fragte Mageli gereizt. Unter seinem Blick kam sie sich wieder fast nackt vor.

»Du kommst also aus der Menschenwelt«, bemerkte Ondulas, ohne auf ihre Frage oder ihren Tonfall einzugehen.

»Woher weißt du das?«

»Rikjana hat mir eben das Wichtigste berichtet. Sie ist verunsichert. Wir glaubten unsere alte Welt all die Jahre verloren. Ebenso wie einige unserer Freunde.«

Mageli wusste nicht, was sie darauf sagen sollte. Also wechselte sie das Thema. »Wie lange habe ich hier gelegen?«

»Einen Tag und eine Nacht«, gab der Elf zur Antwort.

Nur vierundzwanzig Stunden? Mageli staunte. In dieser kurzen

Zeit sollten alle ihre Verletzungen geheilt sein? »Wie ist das möglich?«, hakte sie nach.

»Rikjana ist eine gute Heilerin«, erklärte Ondulas. »Ihre Tränke können wahre Wunder bewirken.«

Ja, offensichtlich, dachte Mageli. Und trotzdem: Auch vierundzwanzig Stunden waren eine lange Zeit. Was mochte inzwischen mit Erin geschehen sein? Hoffentlich kam sie nicht zu spät!

»Könntest du mich zu Rikjana bringen, damit ich mich verabschieden kann?«, bat sie. »Ich muss dringend los.«

Ondulas schwieg wieder und allmählich wurde Mageli ungeduldig. Sie wollte an ihm vorbei zu der Türöffnung, da legte Ondulas ihr die Hand auf die Schulter, sanft, aber bestimmt.

»Daraus wird erst mal nichts, Mageli«, sagte er. »Es gibt hier einige Freunde, die dich kennenlernen möchten.«

»Erhebt euch.«

Waldur und Brigan schauten sich unsicher an. Sie wären lieber auf den Knien geblieben, den Kopf zum Boden geneigt, um sich dem Blick des Meisters nicht stellen zu müssen.

»Aufstehen, habe ich gesagt«, forderte der Mann mit der schwarzen Kapuze sie auf, nun schon etwas ungeduldig.

Umständlich kamen Waldur und Brigan auf die Füße und scharrten verlegen im Staub. Den Blick hielten sie zum Boden gesenkt.

»Wo ist das Mädchen?«

»Es ist uns …«, begann Waldur und verstummte dann.

»… entwischt«, beendete Brigan den Satz für ihn.

»Sie ist was?« Die Stimme des Meisters klang ungläubig.

Die beiden Wachen zuckten nur mit den Schultern, den Blick noch immer stur nach unten gerichtet.

»Das kann ich kaum glauben«, erklärte der Fürst. »Dass euch so ein dummes kleines Mädchen einfach entwischen konnte. Wie, bitte sehr, war das möglich?«

Waldur schluckte zweimal. Er hatte das Gefühl, etwas sehr Trockenes im Hals zu haben.

»Sie muss Magie gebraucht haben, Meister«, antwortete er schließlich.

»Magie, soso.« Die Stimme des Meisters klang nachsichtig. »Nun,

gegen Magie kann euresgleichen natürlich wenig ausrichten. Und wo ist das Mädchen hin?«

»Wir wissen es nicht«, entgegnete Waldur etwas sicherer, weil er das Gefühl hatte, dass der Meister Verständnis zeigte.

»Sie muss wohl in die Stadt geflohen sein«, fügte Brigan hinzu, froh, auch etwas beitragen zu können.

»In die Stadt, soso.« Der Meister klang nachdenklich. »Und was gedenkt ihr zu unternehmen, um das Mädchen zurückzuholen?«

»Aber, Meister«, wandte Waldur ein. »Ihr wisst, dass wir in der Stadt wenig ausrichten können. Dort patrouillieren König Livians Wachen. Vielleicht könnte man den König bitten …« Er brach ab, als ihm auffiel, dass der Meister seine Erklärung mit eisigem Schweigen quittierte.

»Ich dachte ja nur …«, rechtfertigte Waldur sich.

»Ihr sollt nicht denken«, fuhr der Meister ihn an. Seine Stimme klang gar nicht mehr nachsichtig. »Ihr sollt das tun, was ich euch sage.«

»Sicher, Meister«, antworteten Waldur und Brigan wie aus einem Mund.

»Also, seht mich an.«

»Meister?«

»Seht mich an«, befahl der Fürst mit eisiger Stimme.

Zögernd erhoben Waldur und Brigan ihre Augen, bis sie dem stechenden Blick des Meisters begegneten. Einige Sekunden lang versuchten sie, ihm standzuhalten. Dann brach zuerst Waldur und kurz darauf auch Brigan zusammen. Die beiden Körper wanden sich auf dem Boden und die Männer stießen ein markerschütterndes Stöhnen aus. Schließlich blieben sie steif und reglos liegen.

Kapitel 13

Ondulas' Hand lag schwer auf Magelis Schulter, als er sie durch den Durchgang schob. Mageli war nicht sicher, ob die Geste als Beruhigung gedacht war oder ob er sie daran hindern wollte wegzulaufen. Sie wäre gerne weggelaufen. Die Vorstellung, einer ganzen Gruppe von Elfen gegenüberzustehen, deren Absichten sie nicht kannte, verunsicherte sie maßlos. Doch an Abhauen war natürlich nicht zu denken, sie wusste ja nicht einmal, wo sie sich befand.

Ondulas führte sie durch den nächsten Raum, eine Art Küche. In der Mitte stand ein runder Tisch mit einer dicken Holzplatte, an der Wand befand sich auf Arbeitshöhe eine Feuerstelle, und auf Borden und Regalen türmten sich Fläschchen, Krüge und Schalen, die allerlei Tinkturen, getrocknete Pflanzen und Dinge enthielten, die Mageli nicht identifizieren konnte. Aus dem nächsten Raum erklang leises Murmeln. Mageli zögerte, der Druck von Ondulas' Hand auf ihrer Schulter verstärkte sich und sie stolperte weiter.

Das Gemurmel verstummte schlagartig, als die beiden eintraten. Auf einem kunstvoll gewebten Teppich saßen drei Frauen und zwei Männer und sahen ihnen mit erwartungsvollen Mienen entgegen. Schnell senkte Mageli den Blick, und ihre Hände zupften wie von selbst ein paar Strähnen in ihr Gesicht.

»Das ist Mageli, wie ihr euch alle denken könnt«, erklärte Ondulas der Gruppe. Die Hand noch immer auf ihrer Schulter, trat er neben sie und stellte ihr die Anwesenden der Reihe nach vor.

»Surani, unsere beste Kämpferin«, sagte er und deutete auf die junge Frau, deren dickes rotblondes Haar ihr wie ein Schleier über den Rücken fiel. Darin steckten eine Vielzahl glitzernder Steinchen – Kristalle, vermutete Mageli –, die auch eine feine Brosche am Ausschnitt ihres weißen Kleides zierten, auf der ebenfalls die beiden verschränkten Hände zu erkennen waren.

Surani lächelte Ondulas süffisant an. »Ein solches Lob aus deinem Munde … Unser Meister der Waffen übertreibt natürlich maßlos«, fügte sie an Mageli gewandt hinzu.

»Ich habe Kämpferin gesagt«, betonte Ondulas mit einem Augenzwinkern und die rothaarige Elfe nickte wissend.

»Bilian, unser Denker und Zweifler.« Ondulas zeigte auf den Mann neben Surani. Im Gegensatz zu den anderen Elfen, die dezente Farben zu bevorzugen schienen, war er sehr auffällig in leuchtenden Blau- und Rottönen gekleidet, die Mageli an die verschiedenen Schattierungen des Himmels kurz vor dem Sonnenuntergang erinnerten. Seine Kleider passten gut zu seinen blitzblauen Augen, aus denen er Mageli jedoch mit einem so feindseligen Blick bedachte, dass sie eine Gänsehaut bekam.

»Belena, unser Ohr am Tor des Palastes«, fuhr Ondulas fort und wies auf eine Frau, die ihre langen Haare in dicken Zöpfen trug und um deren Stirn ein Reif mit dem Mageli mittlerweile so vertrauten Emblem der verschränkten Hände lag. »Wobei sie das Ohr wohl eher an Meriants Brust als ausgerechnet am Palasttor hat«, schob Ondulas mit einem anzüglichen Unterton nach, wofür er von Belena nur ein genervtes Kopfschütteln erntete.

»Zita und Florim, die Zwillinge, sie weichen einander niemals von der Seite«, benannte Ondulas die verbliebene Frau und den Mann neben ihr, die sich tatsächlich ähnelten wie ein Ei dem anderen, sogar ihre goldblonden Haare trugen sie auf die gleiche Weise in schmale Schläfenzöpfe geflochten. Die beiden blickten Mageli mit ausdruckslosen Mienen an, aus denen Mageli nicht ablesen konnte, was sie von ihr dachten. Unsicher zupfte sie an ihren Haaren.

»Da ist sie ja.« Rikjanas Stimme erklang hinter Magelis Rücken, und als sie sich umwandte, trat die Elfe durch die Türöffnung. Mageli war erleichtert, ein bekanntes Gesicht zu sehen, auch wenn sie nicht einschätzen konnte, wie Rikjana zu ihr stand.

Rikjana trug eine große, flache Schüssel in beiden Händen, die sie vorsichtig in die Mitte der im Kreis versammelten Elfen auf den Boden stellte. Die Schüssel war mit einer dunklen, dampfenden Flüssigkeit gefüllt.

»Ondulas hat euch unseren Gast ja vorgestellt«, sagte Rikjana und dann an Mageli und ihren Begleiter gewandt: »Nun setzt euch.«

Ondulas zog Mageli sanft neben sich zu Boden. Die anderen rückten ein bisschen zur Seite und vergrößerten den Kreis.

»Lasst uns mit der Stärkung beginnen.« Rikjana beugte sich zu der Schale, die sie hereingebracht hatte, und Mageli verfolgte mit einem Mal neugierig geworden jede ihrer Bewegungen. Was war das wohl für eine seltsame Flüssigkeit? Sie erwartete, dass Rikjana einen Schluck davon trinken würde, stattdessen schien sie nur einen kurzen Blick darauf zu werfen – und die dunkle Flüssigkeit begann mit einer bläulich schimmernden Flamme zu brennen. Ein schwerer Duft erfüllte augenblicklich den ganzen Raum, floss wie Sirup in Magelis Nase und Lunge, breitete sich in ihrem ganzen Körper aus und Wohlbefinden durchströmte sie.

Die anderen Elfen schlossen die Augen und atmeten einige Male tief ein und aus. Mageli tat es ihnen nach. Sie spürte, wie sie von Energie durchflutet wurde, und nach wenigen Augenblicken fühlte sie sich gleichzeitig ausgeruht und hellwach.

»Ich habe euch zusammengerufen, weil ich denke, dass sich durch Magelis Erscheinen für uns einiges ändern könnte. Dass sie behauptet, aus der Menschenwelt zu kommen, habe ich euch ja bereits berichtet. Und ich bin nach einigen Überlegungen geneigt, ihr zu glauben. Woher sollte sie das Amulett haben, wenn nicht von Silas? Und wo sollte Silas leben, wenn nicht in der alten Welt?«

Die anderen nickten mit den Köpfen, nur Bilian blickte weiter kritisch in Magelis Richtung. »Rikjana, ich kann verstehen, dass du nichts lieber glauben willst, als dass Silas am Leben ist und der Ort, den wir einmal unsere Heimat genannt haben, noch existiert. Doch was gibt uns Gewissheit, dass dem wirklich so ist? Die Anwesenheit dieser jungen Elfe, die behauptet, aus der Menschenwelt zu kommen? Wohl kaum. Wer sagt uns denn, dass sie uns nicht von Ferocius geschickt worden ist? Wer sagt uns, dass sie nicht hier ist, um uns auszukundschaften? Wenn sie wirklich aus der Menschenwelt kommt, dann möchte ich einen Beweis dafür sehen.« Bilian blickte herausfordernd in die Runde.

Ferocius – den Namen hatte Mageli schon einmal gehört. War das nicht dieser Berater des Königs, von dem Silas ihr erzählt hatte? Was sollte sie denn mit dem zu tun haben? Aber Bilians Worte schienen auf die anderen Eindruck zu machen. Und er hatte ja auch recht. Warum sollten sie ihre Geschichte glauben? Mageli fragte sich, in was für einer Runde sie hier eigentlich gelandet war. Was verband diese Elfen, wer waren sie? Sie schaute Ondulas an, doch der bedeutete ihr, sich zu gedulden.

»Einen Beweis? Was für ein Beweis soll das sein?«, brauste Rikjana auf. Die anderen Elfen schauten Mageli gespannt an.

Was sollte sie jetzt bloß tun? Die Elfen forderten einen Beweis dafür, dass sie aus der Menschenwelt kam. Wie sollte sie das bitte beweisen? Sie überlegte angestrengt, welche typisch menschlichen Eigenschaften sie hatte, aber ihr fielen keine ein. Sie hatte nie in die Menschenwelt gepasst. Vermutlich weil an ihr nichts typisch menschlich war!

Sie verfluchte Ondulas dafür, dass er ihr die elfische Kleidung aufgenötigt hatte. Vielleicht wären die anderen schneller überzeugt, wenn sie in Jeans und Turnschuhen vor ihnen säße. Aber die Kleider steckten jetzt in ihrem Rucksack. Der Rucksack! Darin befand sich alles, was sie aus ihrem alten Leben mitgenommen hatte, und vielleicht war ja irgendetwas dabei, womit sie die Elfen überzeugen konnte. Sie fing an, ihre Habseligkeiten auszupacken. Als Erstes zog sie das Handy heraus und hielt es hoch. Die Elfen musterten es nur verständnislos. Sie kramte weiter. Mäppchen, Stifte, Kaugummis beförderte sie heraus, aber nichts löste bei ihren Beobachtern eine Reaktion aus. Ihr Schlüssel, Haargummis, das Päckchen Streichhölzer …

»Da, schaut«, sagte Surani. Sie beugte sich vor und griff nach den Streichhölzern. »Ich kenne das hier. Das sind die kleinen Hölzchen, mit denen die Menschen Feuer machen. Umständlich, wenn ihr mich fragt. Aber wirkungsvoll.«

»Richtig«, mischte sich Rikjana ein. »Die Menschen benötigen solche Hilfsmittel, um Feuer zu machen. Ja, ich erinnere mich auch.«

Die anderen nickten zustimmend. Alle bis auf Bilian.

»Das wollt ihr als Beweis gelten lassen? Ein Päckchen mit Feuerhölzchen? Was seid ihr alle leichtgläubig! Nun, mir soll es gleich sein. Ich gehe jetzt. Ihr wisst ja, wo ihr mich findet, wenn ihr wieder zu Verstand gekommen seid.« Bilian sprang auf und verschwand durch die Türöffnung in die Küche.

Rikjana schüttelte ungeduldig den Kopf. »Oh, immer muss Bilian anderer Meinung sein«, seufzte sie und lächelte entschuldigend in Magelis Richtung.

»Wie ist es denn jetzt dort oben bei den Menschen?«, stieß Zita plötzlich mit einer Stimme hervor, die wie tausend Glöckchen klang. Mageli drehte sich überrascht und erleichtert zu ihr um. Die anderen hatten also beschlossen, ihr zu glauben. Leider wusste sie nicht, was sie auf Zitas Frage antworten sollte.

»Ist die Welt dort oben, ist sie … noch so schön, wie wir sie gekannt haben?«, hakte nun auch Florim nach. Seine Stimme hörte sich ebenfalls an wie Glockenklang, nur eine Oktave tiefer als die seiner Schwester.

Mageli zögerte noch immer. Wie lange lebten die Elfen jetzt

im unterirdischen Reich? Hundert Jahre oder sogar noch länger? Wie hatte die Welt vor über hundert Jahren ausgesehen?

»Ich weiß es nicht«, antwortete sie wahrheitsgemäß. »Ich glaube, es hat sich einiges verändert. Es hat unheimlich viele technische Entwicklungen gegeben seither: schnelle Autos, Flugzeuge, Fernseher, Waschmaschinen, Handys, Computer ...«

Verständnislos blickten die anderen sie an.

»Stimmt, damit könnt ihr ja nichts anfangen. Tja, ich schätze, ich kann diese Frage nicht so richtig beantworten. Ihr müsstet es euch vermutlich selbst angucken.«

»Das würde ich gern ...« Zita hörte sich sehr wehmütig an.

»Das würden wir wohl alle gern«, ergriff Rikjana mit deutlicher Entschiedenheit das Wort. »Und ich denke, dass die Arbeit unseres Kreises künftig neue Formen annehmen muss. Es kann nicht mehr nur darum gehen, das Unrecht zu bekämpfen, das wir Lichtelfen hier im Dunklen Reich tagtäglich erdulden müssen, die Wunden derer zu heilen, die sich Ferocius und seinen Schergen widersetzt haben, und Ausgleich zu suchen für all die kleinen und großen Entbehrungen, die er unserem Volk zunehmend zumutet. Wir müssen noch aktiver werden! Wir müssen uns dafür einsetzen, dass seine Weltuntergangslüge als solche enttarnt wird und wir in unsere alte Heimat zurückkehren können!«

»Schön gesagt, Rikjana«, stimmte Ondulas der Rednerin zu und klatschte dreimal in seine Hände. Auch die anderen deuteten einen Applaus an. Mageli hatte das Gefühl, in eine politische Veranstaltung geraten zu sein. Allmählich wurde ihr klar, dass es sich bei diesem kleinen Kreis um eine Art Widerstandsgruppe handeln musste. Erin hatte ja nur angedeutet, dass es im

Dunklen Reich für die Lichtelfen nicht zum Besten stand, aber offenbar gab es Elfen, die sich gegen diese Zustände auflehnten. In ihr erwachte die Hoffnung, dass sie in diesem Grüppchen vielleicht Verbündete gefunden hatte, die sie bei ihrer eigenen Mission unterstützen konnten. Sie nahm ihren Mut zusammen und fragte in die Runde: »Könntet ihr euch vorstellen, mir zu helfen?«

»Helfen?«, fragte Rikjana. »Welche Hilfe benötigst du?«

»Na ja, ich habe dir doch erzählt, dass ich hier bin, um Erin zu finden«, wandte Mageli sich direkt an ihre Gastgeberin. »Ich fürchte, er befindet sich in Gefahr. In tödlicher Gefahr! Aber ich weiß weder, wo ich nach ihm suchen soll, noch, wie ich ihm helfen kann …«

»Der Prinz in Gefahr?« Zita zog scharf die Luft ein. »Was soll das bedeuten?«

»Wir wissen, dass Prinz Erin seit einigen Tagen von einer ungewöhnlichen Krankheit befallen ist«, sagte Ondulas zu Mageli. »Der König lässt bereits alle Heiler und Magier im Palast zusammenkommen, um ihn zu kurieren. Aber von einer Gefahr haben wir bislang nichts gehört. Was sagt denn deine Quelle?« Er schaute zu Belena, wieder mit einem etwas spöttischen Ausdruck, wie es Mageli schien.

»Meine Quelle«, Belena betonte das Wort mit einem ironischen Unterton, »habe ich seit einigen Tagen nicht mehr gesprochen. Meriant weicht Erin sicher nicht von der Seite, wenn er den Eindruck hat, dass der Prinz seines Schutzes bedarf.«

»Hört mir zu.« Rikjana hatte die Stimme erhoben und wartete nun, dass alle ihr Aufmerksamkeit schenkten. »Wir sollten überlegen, was wir in dieser Sache tun können. Und wir müssen langfristige Pläne schmieden, wie wir gegen Ferocius' Lügen vorgehen können. Aber, auch wenn ich dir deine Geschichte glaube, Mageli, wäre es besser, du würdest uns nun erst einmal allein lassen, damit wir uns beraten können.« Entschuldigend und auffordernd zugleich blickte sie ihren Gast an.

Mageli fühlte sich vor den Kopf gestoßen. Warum wollte die Elfe sie plötzlich loswerden? Sehr weit schien es mit dem Vertrauen der anderen nicht her zu sein. Dabei ging es hier unter anderem um sie. Und um Erin! Mageli wandte sich Ondulas zu, aber auch der zuckte nur hilflos mit den Schultern. Rikjanas Wort hatte in diesem Kreis anscheinend das größte Gewicht.

»Bitte, Mageli, du kannst in deinem Zimmer auf unsere Entscheidungen warten.« Rikjana klang, als spräche sie zu einem störrischen Kind. Und genauso kam Mageli sich vor: wie ein kleines Kind, das hinausgeschickt wird, damit die Eltern in Ruhe etwas bereden können. Wütend und enttäuscht schnappte sie sich ihren Rucksack und verließ das Zimmer, ohne sich noch einmal nach den anderen Elfen umzudrehen.

Seufzend ließ Mageli sich auf die Matte am Boden fallen und starrte an die hohe Decke.

Erins Stimme klang ihr in den Ohren: *Er wird mich töten!* So schwach, so müde! Und so voller Angst! Was war bloß los mit ihm?

Mageli versuchte angestrengt, sich auf die wenigen Puzzlestücke zu konzentrieren, die sie kannte, und diese zu einem Gesamtbild zusammenzusetzen. Das letzte Mal war Erin ihr in der Menschenwelt begegnet, als er mitten in der Nacht im strömenden Regen in ihrem Garten gestanden hatte. Mageli spürte einen Kloß im Hals. Danach hatte sie Erin in ihren Träumen nicht mehr gesehen, sondern nur noch seine Stimme gehört.

Dennoch waren die Orte in ihren Träumen unterschiedlich gewesen. Das eine Mal befand er sich in einem stockdunklen Verlies und beim nächsten Mal in einer gleißend hellen Landschaft aus Licht – so etwas hatte Mageli noch nie zuvor erlebt. Er hatte sie vor dem Schattenfürsten gewarnt. Dann hatte er sie vor einer Gestalt gerettet, die aussah wie ein riesiger Schattenvogel. Und zuletzt seine Worte: *Er wird mich töten!* Mageli schauderte. Dann schnaufte sie genervt und richtete sich auf. Sie wusste einfach zu wenig, um Erin helfen zu können! Aber das würde sich kaum ändern, wenn sie hier herumlag und grübelte. Sie musste etwas tun! Entschlossen sprang sie auf. Sie würde sich in der Elfenstadt umsehen und vor allem umhören.

So leise wie möglich schlüpfte Mageli wieder in die Küche und lauschte. Die Stimmen aus dem Nebenraum drangen gedämpft zu ihr herüber, hin und wieder schwoll eine lautstark an. Die Elfen schienen in heftige Diskussionen vertieft zu sein. Unwahrscheinlich, dass einer von ihnen Magelis Verschwinden bemerken würde. Eilig blickte Mageli sich nach einem Ausgang um.

Auf dem massiven Küchentisch entdeckte sie ihr Amulett. Rikjana musste es vorhin da hingelegt haben. Ohne nachzudenken, griff Mageli nach der Kette und streifte sich das Lederband mit dem Anhänger über. Dann wandte sie sich der dritten Türöffnung im Raum zu – der einzigen, von der sie nicht wusste, wohin sie führte. Mit drei schnellen Schritten war sie bei dem Durchgang, der ebenfalls mit einem Gewirr aus langen geflochtenen Zweigen verhangen war, schlüpfte hindurch und fand sich auf einer Plattform mehrere Meter über dem Boden wieder.

Um sie herum hingen Wurzeln herab und bildeten eine natürliche Balustrade. *Hübsch,* dachte Mageli. Nur wie sie hinuntergelangen sollte, begriff sie nicht. Doch dann entdeckte sie, dass einige der Wurzeläste eine Art Strickleiter bildeten, an der sie nach unten klettern konnte. Gut, dass sie schwindelfrei war.

Das letzte Stück sprang Mageli und landete sanft auf dem Boden, die festgetretene Erde gab federnd ein wenig unter ihrem Gewicht nach. Wie Waldboden, dachte Mageli. Überhaupt kam es ihr ein bisschen vor, als stünde sie mitten in einem Wald. In einem Urwald, um genau zu sein. Denn überall hingen die dicken Wurzeln herab wie Lianen, einige verzweigten sich in der Luft zu feineren Ästchen, andere, dick wie Baumstämme, führten direkt in den Boden, mit dem sie sich fest verankert hatten.

Nur eines störte das Bild vom wild wuchernden Urwald: Es gab keine Blätter! Und auch wenn Mageli genau wusste, dass sie sich in einer Höhle tief unter der Erde befand und dass all diese Äste und Zweige um sie herum eigentlich Wurzeln waren, vermisste sie etwas Grünes, Knospendes, Blühendes und Sprießendes. So beeindruckend dieser Wurzelwald war, wirkte er auf Mageli dennoch leblos.

Und wo befand sich eigentlich die Elfenstadt? Mageli konnte sich kaum vorstellen, dass die Elfen in diesem ungeordneten Dschungel aus Wurzeln lebten. Sie beschloss, sich auf die Suche zu machen, und folgte einem verschlungenen Pfad, der sich durch die dicken Wurzeln wand. Einmal traf sie auf einen Fluss, schmal genug, dass sie mit einem Satz hinüberspringen konnte, ansonsten gab es hier nur Wurzeln, Wurzeln, Wurzeln.

Fast fühlte Mageli sich an ihre Streifzüge erinnert, die sie daheim in die entlegensten Ecken des Waldes geführt hatten, wo ihr stundenlang kein Mensch begegnet war. Die Vorstellung gefiel ihr, gleichzeitig wuchs ihre Unsicherheit. War sie überhaupt auf dem richtigen Weg? Oder hätte sie eine andere Richtung einschlagen müssen, um in die Elfenstadt zu gelangen. Verwirrt drehte sie sich mehrmals um die eigene Achse, aber alles um sie herum sah gleich aus. Mageli legte ihren Kopf in den Nacken – und begriff ihren Irrtum.

Sie befand sich längst in der Elfenstadt, besser gesagt: darunter. Mehrere Meter über ihr sah sie die Behausungen der Elfen, die wie riesige Tropfen aus Holz zwischen den Wurzeln hingen. Auf den ersten Blick glichen sie dem Baumhaus, das Jost für Magelis Brüder zu Hause im Garten gebaut hatte, aber als sie genauer hinschaute, fiel ihr ein entscheidender Unterschied auf: Die Elfenhäuser waren nicht aus Planken gezimmert und dann in den starken Wurzeln befestigt worden. Sie schienen vielmehr aus diesen zu erwachsen, als wären sie ein Teil davon. Oben teilten sich die Äste zu einer Tropfenform und verbanden sich weiter unten zu festen Wänden, um am Boden der Behausungen herauszuwuchern und ihren Weg bis zur Erde zu suchen. Verbunden waren die einzelnen Tropfen mit Hängebrücken, Stegen und Strickleitern, und selbst diese schienen nicht von Hand gefertigt, sondern von der Natur erschaffen zu sein, denn Mageli konnte keine geleimten oder genagelten Stellen entdecken. Aber vielleicht war sie einfach nur zu weit entfernt, um Details zu erkennen? Plötzlich spürte Mageli ein großes Verlangen, diese luftige Elfenstadt genauer zu erkunden.

Mist! Eben noch hatte sie vor Rikjanas Haus auf einer Plattform gestanden und den Weg nach unten gesucht. Jetzt wünschte sie sich wieder hinauf! Wo bitte war hier die nächste Strickleiter? Mageli blickte sich erneut suchend um, als sie von oben eine bekannte Stimme hörte.

»Verlaufen?«

Mehrere Meter über ihrem Kopf, beide Arme auf die Brüstung einer Brücke gelehnt, stand Ondulas und lächelte sie mit seinen schönen Augen schelmisch an. Mageli war froh, ein vertrautes Gesicht zu sehen. Allerdings war es ihr nun unangenehm, dass sie einfach aus Rikjanas Haus abgehauen war – und Ondulas sie erwischt hatte.

»Ich wollte mich nur ein bisschen umschauen.« Sie hoffte, dass ihre Antwort selbstsicherer klang, als sie sich fühlte.

»Dort unten wirst du aber nicht viel sehen«, bemerkte Ondulas amüsiert.

»Na gut, vielleicht habe ich mich ein bisschen verlaufen«, räumte Mageli ein. Langsam tat ihr der Nacken weh, weil sie die ganze Zeit zu Ondulas hochschauen musste. Der Elf lachte ein warmes Lachen.

»Dann mache ich dir einen Vorschlag: Du kommst herauf zu mir und ich zeige dir die Schönheiten von Enigmala.« Ondulas breitete einladend beide Arme aus.

»Enigmala?« Mageli legte fragend den Kopf zur Seite.

»Unsere Elfenstadt. So haben wir sie genannt.«

»Aha.«

»Kommst du?«

»Ja, schon …« Unschlüssig schaute sie sich um. »Aber wie?«

Der Elf lachte wieder. »Stimmt, woher solltest du das wissen? Warte.« Damit schloss er kurz die Augen und schien sich auf etwas zu konzentrieren. Und plötzlich wand sich aus der Höhe eine dicke Wurzel herab, als würde sie von einer unsichtbaren Spule abgerollt. Direkt vor Mageli blieb das Gebilde in der Luft hängen, und Mageli sah, dass es eine schneckenförmige, kleine Plattform bildete.

»Aufsteigen«, rief Ondulas ihr zu.

Mageli war so verblüfft, dass sie seine Aufforderung befolgte, ohne nachzudenken. Der ungewöhnliche Aufzug war gerade groß genug, dass Mageli darauf stehen konnte. Während sie noch nach einem Griff suchte, um sich daran festzuhalten, setzte er sich wieder in Bewegung, so sanft, dass Mageli die Fahrt kaum spürte. Festhalten war überflüssig. Wenige Augenblicke später stand sie neben Ondulas.

»Angenehme Fahrt gehabt?«, sagte er scherzhaft.

»Wie …« … *ist das möglich?,* wollte Mageli fragen, verkniff sich ihre Neugier aber. In der Elfenwelt schienen viele Dinge möglich zu sein. Und sie wollte Ondulas gegenüber nicht allzu unwissend erscheinen. Der Elf hatte ihr ohnehin bereits den Rücken zugewandt und war mit großen Schritten vorausgegangen. Mageli beeilte sich, ihm zu folgen.

Schnell begriff sie, wie die Elfenstadt aufgebaut war. Ondulas führte sie über die unterste Ebene, über ihren Köpfen gab es aber noch unzählige andere. Jede bestand aus den runden, wabenartig zusammengefügten Wohnstätten der Elfen, die wie dicke Tropfen im Wurzelgeflecht hingen. Sie alle waren miteinander durch Brücken, Treppen und Stege verbunden, sowohl vertikal als auch horizontal. In die stärksten Stämme waren Wendeltreppen eingearbeitet, die sich jeweils über mehrere Etagen wanden.

Immer wieder blieb Mageli stehen, um sich die Häuser genauer anzuschauen. Auch wenn sie alle aus dem Holz der Wurzeln herauszuwachsen schienen, waren sie nicht gleich. Schon die Farben der Holzarten variierten von hellem Beige über gelbliches Ocker und sattes Rotbraun bis hin zu tiefem Schwarz.

Viele Wände waren zusätzlich verziert: Zum Teil erinnerten sie Mageli an kunstvolle Intarsien, die sie einmal in einem Museum gesehen hatte, an anderen Stellen wirkten sie wie riesige aufgeschnittene Baumscheiben, auf denen sich die Lebenslinien des Holzes in einer unendlichen Spirale drehten. Wieder andere sahen aus wie geflochten, das Holz der Wurzeln blieb in seiner Struktur erhalten, doch wurde es in die unglaublichsten Formen gebogen. Einige Häuser wiesen kunstvolle Schnitzereien auf, die mal Blumen und Blüten, mal Tiere darstellten.

Die Tür- und Fensteröffnungen der Häuser waren mit Vorhängen aus Zweigen verhangen wie bei Rikjana. Auch diese unterschieden sich in ihrer Art: Manche sahen aus wie bunte Perlenvorhänge, manche bildeten massive Türen. Besonders angetan war Mageli von den Vorhängen, die so fein waren, dass sie wirkten wie luftige Tücher. Wie war es möglich, so etwas aus Holz zu fertigen?

Diese Tücher schienen nicht nur Mageli, sondern auch die Bewohner von Enigmala zu begeistern. An vielen Stellen waren Bahnen davon zwischen den Stegen und Plattformen aufgespannt und überdachten die Geschosse darunter wie transparente Baldachine. Allerdings waren einige zerrissen und hingen in dünnen Fetzen herab, wahrscheinlich war das Material nicht besonders strapazierfähig.

Überall im Holz der Wurzeln befanden sich die winzigen leuchtenden Körnchen, die Mageli bereits auf ihrem Weg im Erdreich gefunden hatte. Sie verströmten einen warmen Glanz, der die ganze unterirdische Stadt in eine Art Tageslicht tauchte. Deshalb versank die Höhlenstadt also nicht im Dunkel! Doch nicht nur die Steinchen leuchteten. Einige herabhängende Wurzeln waren mit Pilzen überwuchert. Die fächerförmigen Gebilde strahlten in allen Farben des Regenbogens, sodass der Eindruck einer bunten Fackel entstand. Leider waren viele der Pilze vertrocknet.

Dabei gab es Wasser genug in der Elfenstadt. Es floss an dicken Wurzeln entlang, die bis zum Höhlenboden hingen und sich dort aus den Armen des Flüsschens speisten, das Mageli bereits bei ihrem ersten Blick in die Elfenhöhle gesehen hatte. Diese langen Wurzeln waren geformt wie spiralförmige Rinnen, und das Verrückte war, dass das Wasser an ihnen von unten nach oben floss.

Dennoch konnte Mageli keine anderen Blumen oder Pflanzen als die leuchtenden Pilze entdecken. Wie auch? Immerhin befand sich die Stadt ja unter der Erde. Dafür gab es einige Tiere: An den Wänden der Häuser und auf den Geländern der Brücken saßen kleine und große Schnecken, deren Häuser in Regenbogenfarben schimmerten, so sanft wie ein Öltropfen in einer Wasserpfütze. Zweimal kreuzte eine der winzigen Eidechsen, die Mageli bereits kennengelernt hatte, ihren Weg und sie bewunderte erneut das ungewöhnliche Zackenmuster auf den schmalen Rücken und langen Schwänzen.

Das also war Enigmala.

»Es ist wunderschön«, stieß Mageli atemlos hervor, als sie schließlich zu Ondulas aufschloss. Der Elf stand entspannt an eine Balustrade gelehnt und wartete auf sie. Die ganze Zeit war er vor ihr hergelaufen – was auf den schmalen Wegen auch kaum anders möglich war –, sodass sie keine Fragen an ihn richten konnte. Jetzt sah er ihr neugierig entgegen.

»Es gefällt dir also.« Es klang mehr nach einer Feststellung als einer Frage.

»Ob es mir gefällt?« Mageli lachte. »Es ist überwältigend!«

»Gut.« Der Elf schien zufrieden zu sein. »Auch wenn es früher natürlich noch viel schöner war. Aber ich freue mich, dass es dir dennoch gefällt.«

»Wie ist das alles möglich? Wie habt ihr es geschafft, diese Häuser und Brücken und Treppen und all das zu bauen? Ich meine, wie habt ihr es geschafft, sie *so* zu bauen?«

»Wir bauen sie nicht, Mageli«, erklärte Ondulas mit einem Kopfschütteln. »Wir helfen ihnen, ihre Form zu finden.«

»Was bedeutet das?«

»Wir teilen den Wurzeln mit, wie sie wachsen sollen«, versuchte Ondulas zu konkretisieren, doch Mageli verstand noch immer nicht. Verwirrt schaute sie ihn an.

»Warte, ich zeige es dir.« Er schloss die Augen und wirkte mit einem Mal völlig in sich versunken. Dann begann er zu singen. Mageli starrte ihn überrascht an. Ondulas hatte die Lippen nur leicht geöffnet, und aus seinem Mund drang kein richtiges Lied, sondern einzelne, tiefe, weiche Töne, die in der Luft zu stehen schienen und sich dort zu einem Vielklang vermischten. Mageli hatte noch nie etwas so Vollkommenes gehört, das aus so wenigen Tönen bestand.

Noch mehr staunte sie, als aus dem Nichts eine Wurzel herabwuchs, sich vor ihren Augen zu drehen begann wie ein Windspiel, immer schneller kreiste und plötzlich fiel. Reflexartig griff Mageli zu und fing das Wurzelende auf. Als sie ihre Hand wieder öffnete, lag darin eine filigrane Rose aus Holz. Vorsichtig betastete Mageli die feinen Blätter.

»Du … singst es aus dem Holz heraus?«, fragte sie verblüfft.

Ondulas kehrte aus seiner Trance zurück und lachte ein wenig erschöpft. »Nein, ich singe es nicht heraus. Die Musik ist nur die Verstärkung meiner Magie. Was meine magischen Fähigkeiten angeht, bin ich nicht so eine Leuchte wie manch andere Elfen. Deshalb bediene ich mich zusätzlich der Klänge«, räumte er ein.

Mageli kniff fragend die Augen zusammen.

»Alle Elfen sind sehr musikalisch«, versuchte Ondulas zu erklären. »Aber wir machen Musik nicht nur, weil wir sie schön finden. Sie ist für uns auch eine Art Werkzeug. Um verschlossene Türen zu öffnen zum Beispiel. Oder um unseren Geist für die Magie zu öffnen. Verstehst du?«

Nicht so ganz, dachte Mageli, aber das sagte sie lieber nicht, sondern nickte nur. Dass Musik Türen öffnete, hatte sie ja bereits selbst erlebt. Wie jedoch diese Magie genau funktionierte, war ihr noch immer schleierhaft. Dafür hatte sie etwas anderes verstanden: Elfen besaßen magische Fähigkeiten. Und sie selbst war auch eine Elfe …

»Könnte ich das auch?«, fragte sie Ondulas aufgeregt. »Könnte ich das Holz auch dazu bringen, so zu wachsen, wie ich es will?«

»Das ist durchaus möglich.« Ondulas Augen funkelten sie an. »Aber um herauszufinden, wie groß deine magische Gabe ist, müssten wir dich erst mal prüfen.«

»Prüfen?« Allein das Wort verursachte Mageli Übelkeit. »Und was passiert, wenn ich versage?«

»Das wirst du nicht«, beruhigte Ondulas sie freundlich. »Bisher hat noch jede Elfe ihre eigenen Gaben mitgebracht. Natürlich sind sie bei jedem anders ausgeprägt. Manche stärker, manche weniger stark. Aber ich bin mir sicher, dass auch du einige besondere Fähigkeiten besitzt.«

Mageli fühlte sich sofort etwas besser. Ondulas war wirklich nett zu ihr.

»Würdest du mir den Palast zeigen?«, fragte sie.

»Natürlich. Was wäre ein Stadtrundgang ohne einen Besuch beim Palast!« Ondulas deutete nach oben. »Wir müssen aber einige Etagen höher fahren, damit du den besten Blick genießen kannst.«

Wieder schloss er die Augen, und kurz danach drehte sich einer der hölzernen Aufzüge, die Mageli nun bereits kannte, zu ihnen herab. Dieser war größer als der erste, sodass sie beide problemlos darauf Platz fanden.

Oben angekommen, ließ der Elf ihr den Vortritt. Mageli betrat eine der vielen Plattformen und warf als Erstes einen Blick nach unten. Ups! Das war tief! Mageli fühlte sich wie auf einem Wolkenkratzer. Überall unter ihr befanden sich die tropfenförmigen Häuser. Auch über ihr ging es noch auf vielen Ebenen so weiter. Zum ersten Mal wurde Mageli bewusst, wie riesig Enigmala sein musste.

»Wie viele Elfen leben hier eigentlich?«, fragte sie Ondulas.

»Mehrere Zehntausend«, gab er zur Antwort. Als er sah, wie beeindruckt Mageli von dieser Zahl war, fügte er hinzu: »Alle Lichtelfen, die in der alten Welt weit verstreut lebten, haben sich damals hier zusammengefunden … fast alle.«

Erst jetzt fiel Mageli auf, dass sie bislang in der ganzen Stadt niemanden hatte herumlaufen sehen. Das kam ihr nun sehr seltsam vor.

»Wo sind denn eigentlich die anderen Elfen?«

»Tja.« Ondulas suchte nach den richtigen Worten. »Die Bewohner von Enigmala leben recht zurückgezogen. Das war früher nicht so. In der alten Welt waren unsere Siedlungen voller Leben, unsere Tage voller Musik und unsere Feste farbenprächtiger und ausgelassener als die aller anderen Völker. Aber seit wir hier unter der Erde leben …« Seine Stimme verklang und der Rest des Satzes blieb ungesagt.

Mageli musste einen enttäuschten Eindruck gemacht haben, denn wie um sie zu trösten, fuhr Ondulas fort: »Keine Sorge, du wirst noch einige andere Elfen zu Gesicht bekommen, wenn wir erst beim Palast sind.«

Wie selbstverständlich griff er nach Magelis Hand und zog sie hinter sich her über eine weitere Vielzahl von Brücken und Stegen. Schließlich blieb er so abrupt stehen, dass Mageli beinahe in ihn hineingestolpert wäre, und zeigte mit ausgestreckter Hand nach unten.

Mageli trat einen Schritt vor und fand sich am Rand einer Plattform, die wie ein Aussichtspunkt den Blick auf einen Platz weit unten in der Tiefe freigab. Keine herabhängenden Wurzeln störten das Bild, und Mageli wurde nun doch ein bisschen schwindelig. Das mussten mindestens fünfzig Meter sein, vielleicht mehr. Der offene Platz war riesig und im Gegensatz zu der ausgestorbenen Elfenstadt wirkte er belebt. Gestalten, die von hier oben klein wie Spielzeugfiguren wirkten, eilten von einer Seite zur anderen. Sie alle schienen in eine Richtung zu streben, und als Mageli diesem Strom mit den Augen folgte, um das Ziel auszumachen, sah sie den Palast von Enigmala.

»Wow!«, war das Einzige, was ihr dazu einfiel. Das Gebäude

vor ihr erstreckte sich über mindestens zehn Ebenen nach oben, die obersten Etagen waren mit Magelis und Ondulas' Aussichtspunkt auf einer Höhe. Wie alle anderen Häuser in der Elfenstadt bestand der Palast aus tropfenförmigen Holzgebilden; diese waren allerdings so kunstvoll ineinander versetzt und zusammengefügt, dass der Eindruck einer geschlossenen Fassade mit dem denkbar beeindruckendsten Muster aus riesigen Tropfen entstand. Die Maserung der Außenwand wirkte wie ein verschlungenes Dekor, ein Eindruck, der noch dadurch verstärkt wurde, dass die gesamte Front glänzte, als wäre sie poliert. Das Holz verbreitete einen so warmen Schimmer, dass Mageli das Gefühl hatte, es auf ihrer Haut zu spüren. Am schönsten aber waren die langen Reihen fächerförmiger Pilze, die an der Außenfassade wuchsen und in allen Farben des Regenbogens schimmerten. Mageli ließ ihre Augen wieder an diesem baulichen Kunstwerk hinabwandern und wiederholte: »Wow!«

»Es gefällt dir, nicht wahr?« Ondulas' Augen blitzten, als freue er sich über Magelis Begeisterung. Doch dann fiel ein Schatten über seinen Blick. »Auch der Palast war früher natürlich noch schöner. Am Anfang war *alles* noch schöner. Aber seit einigen Jahren …« Wieder ließ er den Satz unbeendet.

»Noch schöner?« Mageli konnte sich das kaum vorstellen, beließ es aber dabei, weil sie den traurigen Ausdruck in Ondulas' Augen nicht mochte.

»Können wir hinunter?«, fragte sie stattdessen aufgeregt und wurde mit einem weiteren Funkeln belohnt.

»Natürlich, komm.« Wieder nahm er ihre Hand und zog sie auf einen der lianenartigen Aufzüge, der in diesem Moment aus dem Nichts auftauchte.

»Ich frage mich …«, sagte der Elf nachdenklich, während der Aufzug sanft nach unten schwebte. Noch ein unvollendeter Satz. Dieses Mal hakte Mageli nach.

»Was fragst du dich?«

»Normalerweise treiben wir auf diesem Platz Handel oder wir versammeln uns zu Abstimmungen oder Bekanntmachungen oder Festtagen. Heute streben alle diese Elfen zum Palast. Der König scheint tatsächlich jeden einzelnen Magier und Heiler zu sich gerufen zu haben, der in Enigmala zu finden ist. Ich hoffe bloß, dass es um den Prinzen nicht schlechter steht, als wir bisher vermutet hatten …«

Magelis Magen zog sich schmerzhaft zusammen.

»Los!« Dieses Mal ergriff Mageli Ondulas' Hand und zerrte ihn hinter sich her, sobald der Aufzug zum Halten kam. »Wir müssen herausfinden, was los ist!«

Ohne auf Ondulas' Protest zu achten, rannte Mageli quer über den ganzen Platz auf den Strom von Gestalten zu, die sich mit ernsten Gesichtern und eiligen Schritten zum Palast bewegten.

»Entschuldigung«, wandte sie sich an einen Mann mit langen, silbergrauen Haaren, der einige Schriftrollen unter dem Arm trug. Der Mann beachtete sie nicht und ging stur weiter.

»Mageli!«, hörte sie Ondulas rufen. Sie blickte sich um und sah, dass er quer über den Platz auf sie zueilte. Mageli ignorierte ihn.

»Entschuldigung.« Sie versuchte ihr Glück noch bei drei weiteren Elfen, aber alle gingen mit starren Gesichtern und schnellen Schritten an ihr vorbei. Schließlich platzte Mageli der Kragen.

»Dann muss ich eben selbst herausfinden, was mit Erin passiert!« Mit diesen Worten stürmte sie auf das breite Portal des Palastes zu.

Leise fluchend rannte Ondulas hinter ihr her. »Mageli, lass den Unsinn. Mageli, das ist viel zu gefährlich. Bleib hier!«

Als die Elfen in der näheren Umgebung anfingen, sich neugierig zu ihm umzudrehen, blieb Ondulas stehen. Offenbar wollte er lieber keine Aufmerksamkeit erregen. Mageli nutzte die Gelegenheit und tauchte im Strom der Heiler und Magier unter.

Kapitel 14

Auch wenn die Tore weit offen standen, war Mageli sich nicht sicher, ob sie einfach ungehindert in den Palast marschieren konnte. Es gab hier doch sicher Wachen! Was, wenn diese sie aus dem Getümmel herauspickten und wieder in irgendein Verlies warfen? Sie hatte nur eine Chance: Sie musste so wirken wie alle anderen Elfen hier.

Als sie sicher war, Ondulas entwischt zu sein, verlangsamte sie ihre Schritte und ließ einige der Elfen an sich vorüberziehen. Sie wusste nicht genau, wonach sie Ausschau hielt, doch schon nach kurzer Zeit kam eine Gruppe an ihr vorbei, die für ihre Tarnung wie geschaffen schien. Ihr Anführer war ein stattlicher Mann mit wallendem schwarzem Haar, das von einem goldenen Stirnreif gebändigt wurde. Sein bunt bestickter Mantel flatterte hinter ihm her, und in der Hand hielt er einen gedrehten Holzstab, mit dem er heftig gestikulierte, während er ohne Unterlass über einen komplizierten Heiltrunk dozierte. Seine Begleiter hingen so gebannt an seinen Lippen, dass sie nicht bemerkten, als Mageli sich ihnen anschloss. Perfekt! Als wissbegierige Schülerin eines brillanten Heilers würde sie bei den Palastwachen vermutlich am wenigsten Misstrauen erwecken. Sie beschleunigte ihre Schritte, um auf keinen Fall den Anschluss zu verlieren, und näherte sich dem Tor.

An den beiden mit Schnitzereien verzierten Flügeln des imposanten Eingangs standen zwei Elfenkrieger Wache, ein Mann auf der einen und eine Frau auf der anderen Seite. Neugierig betrachtete Mageli die ungewöhnlichen Uniformen: Über der leichten elfischen Kleidung trugen sie Brustpanzer sowie Arm- und Beinschienen, die aus Holzteilen gefertigt und an Schultern und Knien durch Polster aus schuppigem Leder verstärkt waren. Mit ihrer rechten Hand hielten die Wächter einen gedrehten Holzstab umfasst, der vom Boden bis zur Schulter reichte und an dessen Spitze ein geschliffener Kristall befestigt war. Das Licht brach sich in den Kanten der Kristalle und blitzte vielfach daraus zurück. Ob das die Waffen der Wächter waren? Andere konnte Mageli jedenfalls nicht entdecken.

Schnell senkte sie ihren Blick zum Boden, zupfte ihre Haare ins Gesicht und flehte stumm, dass die Wachen dieses kleine Grüppchen nicht zu genau in Augenschein nehmen würden. Zum Glück schienen die Uniformierten den Anführer gut zu kennen, nickten ihm respektvoll zu und winkten die Neuankömmlinge gelangweilt durch das Tor. Erleichtert stieß Mageli die Luft aus. Dieser Teil ihres Plans hatte besser funktioniert, als sie zu hoffen gewagt hatte. Nun musste sie nur noch Erin finden.

Mageli glaubte, dass alle diese Gelehrten zum Prinzen gingen, um ihn zu untersuchen und ihre verschiedenen Heilkünste an ihm anzuwenden. Daher beschloss sie, einfach der Gruppe zu folgen, mit der sie soeben durch das Tor gelangt war.

Ihr Weg führte zunächst durch eine lange Halle. An beiden Seiten standen entlang der Wände hohe Säulen aus spiralförmig gedrehten Wurzeln, die oben in großen Bögen zusammenwuchsen wie in einem Kirchenschiff. Breite Holztüren, fast ebenso schön mit Schnitzereien verziert wie die Eingangstore zum Palast, führten vermutlich in weitere Räume, doch sie waren alle verschlossen. Schade! Mageli hätte gern einen Blick in eines der Zimmer geworfen. An zwei Stellen führten breite Freitreppen in die höher gelegenen Stockwerke.

Der Boden der langen Halle bestand aus feinsten Mosaiken, deren Steine so vielfarbig und intensiv schillerten, dass Mageli sicher war, es müsse sich um echte Edelsteine handeln. Die Motive stellten Szenen aus der Natur dar: Bäume, die sich im Wind bogen, ein plätschernder Fluss, prächtige Vögel mit gespreiztem Gefieder.

Ein Flirren lag in der Luft, winzige Lichtpunkte, die mal hierhin und mal dorthin zu schweben schienen. Mageli strengte sich an, um ihren blitzschnellen Bewegungen mit den Augen zu folgen, und erkannte, dass es sich um kleine Falter handelte. Durch die Vibration ihrer Flügel erzeugten sie ein schwaches Leuchten, das die Halle wie einen nächtlichen Zauberwald wirken ließ.

Auch hier patrouillierten einige Uniformierte, würdigten Mageli aber keines Blickes. Vor einem weiteren Tor am Ende des langen Ganges blieb die Gruppe schließlich stehen und ihr Anführer klopfte mit dem Knauf seines Stabes dreimal dagegen. Augenblicklich schwang einer der beiden Flügel auf und die Neuankömmlinge strömten hindurch, zuletzt Mageli. Geräuschlos schwang das Tor hinter ihnen zu.

Das hier konnte unmöglich Erins Zimmer sein! Der Saal hatte enorme Ausmaße – die Decke war so hoch, dass Mageli vermutete, der Raum müsse sich über die ganze Höhe des Palastes erstrecken. In den nach oben strebenden Wänden waren leuchtende Mosaiksteine eingearbeitet, die den Saal in ein feuriges Farbenmeer tauchten. Und überall in diesem riesigen Saal waren Elfen. Eng aneinandergedrängt standen sie in Gruppen zusammen und diskutierten. Was war das für eine chaotische Versammlung?

In diesem Moment erklang ein lauter Gong vom anderen Ende des Saales. Augenblicklich kehrte Ruhe ein und alle Elfen wandten sich nach vorn. Mageli stellte sich auf die Zehenspitzen, konnte aber nichts als Köpfe sehen. In die Stille hinein ertönte eine tiefe, melodische Stimme, die jedoch müde und kraftlos klang.

»Ich danke euch, dass ihr meinem Ruf so schnell gefolgt seid! Wie ihr sicher alle gehört habt, hat eine mysteriöse Krankheit den Prinzen befallen. Seit mehreren Tagen ist er nicht mehr aus seinem tiefen Schlaf erwacht, ansonsten zeigt er keinerlei Symptome. Ich möchte deshalb diejenigen unter euch, die eine Heilung für diese Krankheit kennen, bitten vorzutreten.«

Das musste der König sein, der sprach. Und seine Verzweiflung schien groß zu sein. Sosehr Mageli sich wünschte, dass einer dieser Magier und Heiler Erin helfen könnte, so genau wusste sie in diesem Moment auch, dass alle Heilkunst hier vergebens war.

Du bist die Einzige, die mir helfen kann.

Sie erinnerte sich ganz genau an Erins Worte. Und sie war fest entschlossen, ihr Versprechen zu halten und ihm zu helfen. Was auch immer sie dafür tun musste! Doch dafür musste sie ihn vor allem erst einmal finden.

Während im Saal das Stimmengewirr anschwoll, schlüpfte Mageli hinaus in die Eingangshalle und lehnte sich mit dem Rücken gegen die breite Holztür. Die Wachen befanden sich gerade am anderen Ende der langen Halle. Mageli musste sich schnell entscheiden, wo sie nach Erin suchen wollte. Zu beiden Seiten ging jeweils ein schmalerer Gang ab und Mageli wählte spontan den linken. Eng an die Wand gedrückt, hastete sie durch den schwach beleuchteten Gang. Sie kam an mehreren Türen vorbei und drückte die Klinken herunter: Sie waren alle fest verschlossen. Mageli fürchtete schon, die Wachen könnten sie vom anderen Ende des Ganges aus doch noch entdecken, als sie eine gewundene Wendeltreppe erreichte. Eine andere Möglichkeit bot sich hier nicht, also folgte Mageli den Stufen hinauf.

Oben angekommen, fand sich Mageli in einem Gang wieder, der sich von dem im darunterliegenden Stockwerk kaum unterschied. Auch hier: nichts als verschlossene Türen. Mageli drückte auf jede Klinke. Nichts! Immer hektischer eilte sie von Tür zu Tür. Gab es denn in diesem Palast nur verschlossene Räume? Wenigstens patroullierten hier oben keine Wachen, überlegte sie gerade – als auf einmal direkt hinter ihr aus einem Seitengang zwei Elfen in der Uniform der königlichen Wache stürmten.

Mist!, dachte Mageli und rannte los.

Sie spurtete den Gang hinunter, vorbei an weiteren Türen. Hinter sich hörte sie die leichten, schnellen Schritte der beiden Elfenkrieger. Sie waren ihr direkt auf den Fersen.

»Stehen geblieben!«, ertönte die schneidende Stimme einer Frau.

Hektisch blickte Mageli sich nach einer Fluchtmöglichkeit um. Doch hier gab es nichts außer Türen. Verschlossenen Türen! Da tauchte vor ihr eine weitere Wendeltreppe auf. Mageli hastete darauf zu.

In diesem Moment flog rechts vor ihr eine Tür auf, und zwei weitere Elfenwachen, angelockt durch den Lärm, kamen heraus. Sie traten Mageli in den Weg, und sie konnte ihren Lauf gerade noch rechtzeitig stoppen, um nicht in sie hineinzustürmen.

Hinter ihr hatten die beiden Verfolger ebenfalls aufgeholt, und die vier Elfenkrieger richteten ihre Holzstäbe mit den funkelnden Kristallköpfen auf sie. Mageli drückte sich mit dem Rücken gegen die Tür, aus der soeben die beiden Wächter gekommen waren, und beäugte die Waffen skeptisch. Sie spürte ihr Herz bis in den Hals hinauf schlagen und fragte sich, wie sie so naiv hatte sein können zu glauben, dass man sie im Palast des Königs ungestört ins Zimmer des Prinzen marschieren ließ …

»Was suchst du hier?«, richtete eine der Wachen, eine amazonenhafte Frau, die ihre langen schwarzen Haare zu einem dicken Zopf geflochten trug, das Wort an Mageli.

»Ich …«, stotterte Mageli, aber ihr fiel nicht ein, was sie sagen sollte. Hätte sie diesen vier Elfen erzählt, dass sie auf der Suche nach Erin war, hätte man sie vermutlich für eine Mörderin gehalten, die dem Prinzen nach dem Leben trachtete. »Ich wollte mich nur umschauen«, entgegnete sie schließlich mit möglichst fester Stimme.

»Lügnerin!« Die Amazone, die wohl die Anführerin des Wachtrupps war, richtete ihren Stab nun genau auf Magelis Brust.

Mageli erwartete, dass sie kräftig zustoßen würde. Die Elfe berührte sie jedoch nur leicht mit dem Kristall unter dem Rippenbogen – und durch Magelis Körper raste ein Schmerz wie ein elektrischer Schlag, der ihre Eingeweide zusammenzog, die Luft aus ihren Lungen presste und bis in ihre Finger und Fußspitzen pulsierte.

Sie duckte sich zur Seite und schielte nach einem Ausweg. Augenblicklich rückten die anderen Wachen mit ihren Kristallstäben ebenfalls näher. Nein, gegen diese vier hatte sie wohl keine Chance! Es sei denn … Vorsichtig angelte sie mit der Hand hinter ihrem Rücken nach dem Türgriff.

»Nun sag schon, was du hier in den Privatgemächern des Königs suchst!«, fuhr die Wortführerin der Wachen sie an.

Aha, das waren also die Privatgemächer. Oder zumindest der Gang davor. Dann war sie ja immerhin auf dem richtigen Weg gewesen, dachte Mageli mit einem Anflug von Sarkasmus.

»Ich suche den Prinzen«, antwortete sie wahrheitsgemäß, auch wenn sie dafür wahrscheinlich als potenzielle Mörderin im Verlies landen würde. Sie hatte ohnehin nichts zu verlieren. Dann konzentrierte sie sich wieder auf die Tür in ihrem Rücken und ihre Hand, die sich millimeterweise immer weiter zum Türgriff vortastete.

»Den Prinzen besuchen«, echote die Elfe vor ihr und nickte den anderen Wachen zu. Blitzschnell hoben alle ihre Stäbe und richteten diese auf Magelis Kopf. Im gleichen Augenblick ging Mageli in die Knie und drückte den Türgriff. Die Tür schwang auf, und Mageli war so überrascht, dass sie beinahe ihre Chance zu entkommen verpasst hätte. Aber nur beinahe. Sie quetschte sich durch den Spalt und warf die schwere Holztür hinter sich zu. Fieberhaft suchte sie nach einem Schlüssel oder einem Riegel, mit dem sich die Tür versperren ließ. Da spürte sie eine kalte Klinge an ihrem Hals und taumelte zur Seite. Na toll! Vom Regen war sie direkt in die Kanalisation geraten.

»Umdrehen«, sagte eine beherrschte, tiefe Stimme hinter ihr. »Ganz langsam.«

Mageli befolgte den Befehl und sah sich Auge in Auge mit einem Elfen, der sie mit starrem Blick musterte. Seine Iris besaß eine ungewöhnliche rötlich braune Färbung, überlegte Mageli gerade, als hinter ihr die Tür mit einem Krachen aufflog und der Blick des Elfen abgelenkt zur Seite zuckte. Auch Mageli schaute zur Tür, durch die nun die vier Wachen drängten.

»Ah, Meister Meriant, gut«, stieß die Amazone hervor. »Wir übernehmen den Eindringling wieder.«

Der Angesprochene änderte nichts an seiner Haltung. Noch immer hielt er sein dunkelrot schimmerndes Schwert direkt auf Mageli gerichtet.

»Was soll diese Störung?«, fuhr er die Wachen an. »Wer ist dieses Mädchen? Und was will sie hier?«

»Sie sagt, sie will zu Prinz Erin«, antwortete die Anführerin und klang ein wenig trotzig dabei.

Der Mann mit dem Schwert in der Hand schüttelte ungeduldig den Kopf.

»Geht. Ich werde wohl alleine mit ihr fertig werden.«

»Aber …«, wandte die Amazone ein, »… wir sollten sie besser ins Verlies bringen.«

»Geht«, forderte er mit Nachdruck.

Und tatsächlich zogen sich die vier Wachen auf einen Wink ihrer Anführerin zurück.

Verwundert musterte Mageli den Mann, der sie mit seinem Schwert in Schach hielt. Er trug sein dunkles Haar schulterlang, nur an seinen Schläfen fielen zwei schmale geflochtene Zöpfe bis hinunter zu seiner Hüfte. Um seinen Hals lag ein breiter goldener Reif und genau über der Kehle war ein leuchtend roter Edelstein darin eingearbeitet. Mageli kannte sich mit Edelsteinen nicht besonders gut aus, aber sie vermutete, dass es sich um einen Rubin handelte. Die Züge des Fremden waren makellos bis auf eine lange Narbe, die von der Stirn quer über sein linkes Auge bis hinunter zum Mundwinkel eine tiefe Schneise in sein Gesicht schlug.

Obwohl seine Züge verschlossen wirkten, war da etwas in diesem Gesicht, das Mageli Vertrauen einflößte. Dieser Mann war ihr aus irgendeinem Grund wohlgesinnt, das spürte sie. Na ja, mal davon abgesehen, dass er seine Schwertspitze auf ihren Hals gerichtet hatte. Oder täuschte ihr Eindruck – und er würde ihr gleich die Kehle aufschlitzen?

»Was willst du hier?«, fragte er. Es klang fast neugierig.

»Ich muss zu Erin«, stieß Mageli hervor. »Ich muss ihm helfen. Ich habe es ihm versprochen.«

»Du hast es ihm versprochen, soso. Und wer bist du, wenn ich fragen darf?« Er wirkte ernsthaft interessiert, doch die Schwertspitze schwebte unverändert direkt vor Mageli und verunsicherte sie zunehmend.

»Ich bin Mageli … eine Freundin«, brachte sie heraus.

»Eine Freundin also«, sagte der Mann nachdenklich. Noch einmal ließ er die Schwertspitze wippen, dann senkte er die Waffe langsam, bis sie wie die Verlängerung seines Armes an seiner Seite hing. »Eine Freundin kann der Prinz wirklich gebrauchen.

Er hat nicht viele Freunde hier«, fügte er hinzu, wobei es Mageli schien, dass er mehr zu sich selbst sprach.

»Sie töten mich nicht? Und Sie lassen mich nicht einsperren?« Auch wenn Mageli gespürt hatte, dass dieser Mann ihr nichts Böses wollte, war sie nun überrascht. »Warum?«

»Das Amulett.« Der Mann hob das Schwert wieder und deutete auf Magelis Brust. Unwillkürlich zuckte sie zurück. Sie hatte ganz vergessen, dass sie das Lederband mit dem Anhänger wieder übergestreift hatte. Vermutlich war es ihr bei der Flucht vor den Palastwachen aus dem Ausschnitt gerutscht. Sofort ließ der Mann die Hand wieder sinken. »Deshalb habe ich dich nicht getötet.«

Plötzlich ging Mageli ein Licht auf: Wie hatte die Anführerin der Wachen den Mann genannt? Meister Meriant! Das war genau der Name, den auch Belena benutzt hatte, als sie von ihrem Informanten im Palast gesprochen hatte. Dieser Mann war ein Verbündeter von Rikjanas Kreis. Was für ein riesiges Glück sie hatte!

»Außerdem«, fuhr Meriant unbeirrt fort, »hat Erin von dir erzählt.«

»Er hat von mir erzählt«, echote Mageli verwirrt.

»Bevor er krank wurde, ja. Wie gesagt: Erin hat hier nicht viele Freunde, leider. Ich bin einer seiner engsten.«

Mageli schluckte die Frage hinunter, was genau Erin über sie gesagt hatte, und fragte stattdessen: »Und wer sind Sie?«

Der Mann schenkte ihr ein Lächeln, das die Narbe in seinem Gesicht in Bewegung brachte und dadurch ein bisschen gruselig wirkte. »Ich bin Meriant, Erins Waffenmeister.«

»Oh, er hat von Ihnen gesprochen«, erinnerte sich Mageli.

»Besser gesagt, er hat erzählt, wie sehr er den Unterricht in den Kampftechniken mag.«

»Das kann ich mir gut vorstellen. Er ist ja auch mein Musterschüler.« Meriant lachte leise, aber Mageli verstand den Witz erst, als er hinzufügte: »Im Grunde ist er mein einziger Schüler. Aber wirklich außerordentlich begabt.«

»Können Sie mir sagen, was ihm fehlt?« Mageli wippte unruhig von einem Fuß auf den anderen. Jetzt, nachdem sie sicher sein konnte, dass Meriant ihr nicht die Kehle durchschneiden würde, wollte sie nur noch zu Erin.

»Wenn wir das wüssten ...« Der Waffenmeister schüttelte traurig den Kopf. »Seit Tagen schon liegt er in seinem Bett und wacht nicht mehr auf. Manchmal glaube ich, dass ihn schreckliche Träume quälen, denn dann wirft er sich herum und stöhnt. Die meiste Zeit aber liegt er wie leblos da. Er kann nichts essen und nichts trinken, sein Körper wird zunehmend schwächer. Lange wird er das wohl nicht mehr durchstehen.«

»Kann ich zu ihm?« Mageli spürte, wie die Angst ihr erneut den Hals zuschnürte. Doch es war eine ganz andere Art von Angst als die, die sie gerade angesichts der Palastwachen und der Bedrohung mit dem Schwert empfunden hatte.

»Ich bringe dich zu ihm, er ist gleich nebenan«, willigte Meriant ein.

Er führte Mageli zu einer zweiten Tür, die diesen und den nächsten Raum direkt miteinander verband, und öffnete sie. Meriant ließ Mageli den Vortritt und blieb selbst im Türrahmen stehen.

An der gegenüberliegenden Wand befand sich ein ausladendes Bett mit Baldachin. Der Rahmen war mit fantastischen Schnitzereien verziert und an den Seiten hingen Vorhänge aus luftigem, hellgrünem Stoff herab, auf die ein silbernes Rankenmuster gestickt war. Hinter diesen Tüchern konnte Mageli eine Gestalt erkennen, die auf dem Rücken lag und das Gesicht zur Decke gewandt hatte: Erin!

Mageli rannte fast zum Bett hinüber und riss die Vorhänge zur Seite. Ihr Herz hämmerte wie wild. Unter den weißen Laken zeichnete sich Erins schlanker Körper ab und auf dem dicken Kissen ruhte sein Kopf mit den dunkelbraunen wirren Locken. Ein Schock durchzuckte Mageli: Er sah aus wie tot.

Nein, er atmete, seine Brust hob und senkte sich sanft unter den Laken! Sein Gesicht aber war leichenblass. Hinter den geschlossenen Lidern zuckten die Augäpfel hin und her.

»Erin«, flüsterte Mageli.

Er reagierte nicht.

»Erin.« Mageli sprach etwas lauter. »Ich bin hier. Ich bin gekommen, um dir zu helfen. Wie ich es versprochen habe.«

Keine Reaktion.

»Erin!« Am liebsten hätte Mageli den Schlafenden an der Schulter gerüttelt, um ihn aufzuwecken, traute sich aber nicht. Stattdessen nahm sie vorsichtig seine rechte Hand, die auf dem Laken lag, und drückte sie sanft. Da war es wieder: Das Kribbeln in ihren Fingern, das sie schon bei ihrer allerersten Begegnung gespürt hatte. Ob er es auch merkte? Sie drehte Erins Hand um und zog mit ihrem Zeigefinger die Linien in seiner Handfläche nach.

Da! Hatten seine Finger nicht gerade ein wenig gezuckt? Mageli schaute in Erins bleiches Gesicht. Seine Augen waren noch immer fest geschlossen. Und als Mageli seine Hand freigab, fiel sie schlaff zurück auf das Bett. Nein, so einfach schien es nicht zu sein!

»Was soll ich bloß tun, um dir zu helfen?«, fragte Mageli. Natürlich erhielt sie keine Antwort.

Von der Tür erklang ein Hüsteln. Meriant! Ihn hatte Mageli ganz vergessen.

»Ich glaube, der König hat einige Heiler geschickt, die gerade eintreffen«, sagte er. Mageli hörte es auch: Schritte auf dem Gang und Stimmen, die lautstark debattierten. Sie kamen schnell näher. Das war eine größere Gruppe, erkannte Mageli.

»Besser, wenn man dich hier nicht sieht.« Mit wenigen langen Schritten eilte Meriant durch den Raum und zog Mageli vom Bett hoch. Er schob sie in die Zimmerecke, die von dem breiten Bett verdeckt wurde. »Da hinein!« Meriant schubste sie noch ein Stück weiter in die Ecke.

Was sollte sie hier? Hier würde man sie doch sofort finden! Da entdeckte Mageli eine glänzende Kugel direkt vor ihr an der Wand. Ein Türknauf! Sie drehte den Knauf, und augenblicklich sprang eine schmale Tür auf, die sich so perfekt ins Muster der Wände einpasste, dass Mageli sie zuvor gar nicht bemerkt hatte. Eine Geheimtür!

»Beeil dich!« Meriant klang beschwörend und noch einmal schob er Mageli vorwärts. Die geheime Tür schloss sich genau in dem Moment hinter ihr, als auf der anderen Seite des Raumes die Zimmertür aufgestoßen wurde.

Der Gang war schmal und dunkel. Sosehr Mageli ihre Augen auch anstrengte, sie konnte kaum etwas erkennen. Vorsichtig tastete sie sich vorwärts, wäre beinahe eine lange Treppe hinuntergefallen und war ausgesprochen froh, als sie endlich eine weitere Tür erreichte. Sie öffnete die Tür nur einen Spaltbreit, um erst einmal zu überprüfen, ob der Ausgang bewacht wurde, konnte aber keine Wachen entdecken. Also schlüpfte sie hinaus und fand sich in einer kleinen Gasse wieder. Diese führte sie nach wenigen Metern zurück auf den großen Platz vor dem Palast. Mageli seufzte erleichtert.

Hinter ihr erklang eine Stimme: »Bist du eigentlich vollkommen übergeschnappt?«

Kapitel 15

Erschrocken fuhr Mageli herum und erkannte zu ihrer Erleichterung Ondulas, der scheinbar ganz gelassen an der Palastmauer lehnte.

»Ach, du bist es nur«, stieß sie noch ganz außer Atem hervor.

»Ja, ich bin es. Wen hattest du denn erwartet? Eine Truppe Palastwachen, die dich festnehmen und direkt in des Königs Verliese befördern würden? Das würde dir recht geschehen, nachdem du mir einen solchen Schrecken eingejagt hast.« Ondulas schlenderte auf sie zu, einen genervten Ausdruck im Gesicht und mit zornig funkelnden Jadeaugen. »Einfach im Palast zu verschwinden. Weißt du eigentlich, was dir alles hätte zustoßen können? Noch dazu bist du unbewaffnet!«

»Was willst du?«, brauste Mageli auf. »Ich kann doch wohl tun und lassen, was mir gefällt … Und außerdem ist mir ja nichts passiert!« Wie zum Beweis für ihre Unversehrtheit streckte sie dem Elfen ihre beiden Arme entgegen, die Handflächen nach oben gerichtet, und hob auch ihr Kinn an, sodass Ondulas ihr direkt ins Gesicht schauen konnte. Dass sie den Palastwachen nur knapp und mit viel Glück entkommen war und sich selbst schon wieder eingesperrt im dunklen Verlies oder gar tot gewähnt hatte, brauchte sie Ondulas ja nicht unbedingt auf die Nase zu binden.

Der Elf grummelte irgendetwas Unverständliches, packte Magelis rechte Hand und hielt sie etwas fester als unbedingt nötig. »Komm, wir sollten sehen, dass wir zu Rikjana zurückkehren.«

Den ganzen Rückweg sprach Ondulas kein Wort mit Mageli. Er zog sie so schnell hinter sich her, dass sie bei dem Versuch, mit ihm Schritt zu halten, mehrmals stolperte. Als sie endlich bei Rikjanas Haus angelangten, hob Ondulas den Vorhang zur Seite und schob Mageli vor sich her in die Küche.

Rikjana stand an der Kochstelle über einen Topf gebeugt, in den sie eine Handvoll getrockneter Gewürze rührte. Ein verführerischer Duft stieg auf und Magelis Magen grummelte verräterisch. Wann hatte sie eigentlich das letzte Mal etwas Vernünftiges gegessen?

Überrascht blickte Rikjana sich um, widmete sich aber wieder ihrem Topf, als sie Mageli und Ondulas erkannte. Ondulas ließ sich auf einen der Stühle an dem großen Holztisch fallen und begann auf den hinteren Stuhlbeinen zu kippeln. Die anderen Elfen schienen inzwischen gegangen zu sein, jedenfalls konnte Mageli sie nirgends entdecken und hörte auch keine Stimmen aus dem Nebenzimmer.

»Wo kommt ihr denn her?«, fragte Rikjana beiläufig.

»Oh, wir haben eine schöne Stadtbesichtigung gemacht«, erklärte Ondulas mit vor Ironie triefender Stimme. »Und dann hat sich unsere kleine Ausreißerin hier noch den Palast von innen angeschaut.«

»Was?« Rikjana fuhr herum und starrte erst Ondulas und dann Mageli ungläubig an. Von dem Löffel in ihrer Hand tropfte Brühe auf den Holzboden. »Bist du denn vollkommen verrückt geworden?«, fuhr sie Mageli an.

»Das habe ich sie auch schon gefragt«, warf Ondulas ein, zog einen Dolch aus seinem Gürtel und fing an, damit herumzuspielen, sodass die Klinge grünlich aufschimmerte, wenn sie einen Lichtstrahl einfing. »Aber bislang habe ich noch keine zufriedenstellende Antwort erhalten.«

Oje! Ihre neuen Freunde schienen ernsthaft böse auf sie zu sein und nicht, wie sie zunächst angenommen hatte, nur um sie besorgt.

»Du hast dich selbst in große Gefahr gebracht«, fuhr Rikjana fort. »Und uns im Übrigen auch. Wenn dich die Wachen in die Finger bekommen hätten, hättest du eine Menge ausplaudern können.«

»Es tut mir leid«, murmelte sie. »Aber ich konnte einfach nicht anders. Ich mache mir so schreckliche Sorgen um Erin. Ich wollte ihn unbedingt sehen … Und außerdem habe ich ein paar Sachen herausgefunden, die vielleicht nützlich sein könnten.«

Rikjana nickte und schaute schon wieder etwas freundlicher. Magelis offenkundige Zerknirschung schien sie zu besänftigen. Nur Ondulas schnaufte genervt und rammte sein Messer mit Vehemenz in die Tischplatte, was ihm einen vernichtenden Blick von Rikjana eintrug.

»Jetzt essen wir erst mal etwas«, lenkte Rikjana ein. »Nichts mag die Gemüter so zu beruhigen wie eine vernünftige Mahlzeit. Und dann erzählst du uns, was du erfahren hast.«

Rikjana nahm drei Schalen und Löffel von einem Wandbord und stellte sie auf den Tisch, dann holte sie den Topf vom Herd und schöpfte mit einer großen Kelle Suppe in die Teller. Der Duft war wirklich überwältigend, die Brühe in Magelis Teller sah hingegen ziemlich abschreckend aus. In der dünnflüssigen Suppe dümpelten einige schwammartige Pilze, und um was für sonstige Zutaten es sich noch handelte, konnte Mageli nicht erkennen.

Schnell schob sie sich einen Löffel in den Mund. Zum Glück schmeckte die Suppe nicht so scheußlich, wie sie aussah, aber leider auch lange nicht so gut, wie sie roch. Ziemlich fad! Dennoch löffelte sie ihren Teller hungrig aus. Besser als nichts!

Erst als der letzte Rest Suppe in Magelis Mund verschwunden war, bat Rikjana sie, ihnen aus dem Palast zu berichten. Mageli schob die Schale weg und räusperte sich.

»Erin ist nicht wirklich krank. Zumindest zeigt er keine Symptome«, berichtete sie. »Keine außer einem: Er schläft. Diese ganzen Heiler und Magier, die der König zusammengerufen hat, scheinen auch nicht so recht zu wissen, was sie mit Erin anfangen sollen.« Mageli blickte wieder zu Rikjana. »Ich hatte gehofft, dass du vielleicht eine Idee hast. Ondulas sagte, dass du dich mit Heiltränken gut auskennst.«

Rikjana fuhr sich mit beiden Händen nachdenklich durch ihre kurzen, schwarzen Haare.

»Das ist nicht so einfach, wie es dir vielleicht erscheint«, erklärte sie vorsichtig. »Den richtigen Trank oder die richtige Tinktur für ein spezielles Leiden zu finden, kann mitunter schon eine sehr schwierige Aufgabe sein. Dafür müsste ich den Prinzen ganz genau untersuchen … und ich glaube kaum, dass man mich in seine Nähe lassen wird.«

Mageli wollte gerade nachhaken, warum Rikjana nicht mit den anderen Heilkundigen in den Palast gerufen worden war, doch diese fuhr unbeirrt fort: »Zudem kann ich mir kaum vorstellen, dass ein normaler Heiltrunk etwas an Erins Zustand verändern könnte. Was du gerade berichtet hast, klingt tatsächlich nicht nach einer Krankheit. Das klingt für mich nach Magie, nach schwarzer Magie, um genau zu sein.«

Ondulas sog scharf die Luft ein, und Mageli zupfte so fest an einer ihrer Haarsträhnen, dass es wehtat. Magie, schon wieder Magie! Noch immer hatte sie keine Ahnung, was genau es damit auf sich hatte. Und wenn es Magie war, die Erin in diesen Zustand versetzt hatte, dann musste es doch auch jemanden geben, der diese Magie gegen ihn angewandt hatte …

»Aber wer sollte Erin etwas antun wollen?«, platzte Mageli heraus.

Rikjana und Ondulas schauten sich einen Moment lang vielsagend an. Ungeduldig klopfte Mageli mit ihren Fingern auf die Tischplatte.

»Es gäbe da durchaus jemanden«, eröffnete Ondulas ihr schließlich und senkte seine Stimme. »Wenn es einen im Elfenreich gibt, der Interesse daran hat, Erin zu schaden, dann kann das nur Fürst Ferocius sein. Und wenn Ferocius es auf den Prinzen abgesehen hat, dann kann das nichts Gutes bedeuten.«

»Ferocius …« Mageli wiederholte den Namen nachdenklich. Über diesen Fürst Ferocius hatte sie nun schon einiges gehört. Trotzdem konnte sie sich kein rechtes Bild von ihm machen.

»Ist das nicht der beste Berater des Königs? Warum sollte der etwas gegen Erin haben?«

»Berater stimmt schon, aber ob er wirklich der beste ist, wage ich zu bezweifeln.« Ondulas wirkte wütend. Er zog sein Messer aus der Tischplatte und fing an, damit kleine Kerben in die Tischkante zu hacken, obwohl Rikjana ihm einen mörderischen Blick zuwarf.

»Ich verrate dir jetzt mal etwas über den feinen Fürst Ferocius«, fuhr er an Mageli gewandt fort. »Ferocius ist mindestens doppelt so alt wie unser König Livian und er hält sich für mindestens doppelt so königlich. Er war es, der damals den König überredet hat, die Elfen unter die Erde umzusiedeln. Und seither ist kein Tag vergangen, an dem er nicht versucht hätte, seine eigene Macht zu vergrößern.« Mit voller Wucht stieß Ondulas sein Messer erneut in den Tisch.

»Jetzt reicht es«, zischte Rikjana. »Mein Tisch kann nichts für die Machenschaften des Schattenfürsten.«

»Der Schattenfürst!« Mageli schrie die Worte fast. Vor ihm hatte sie Erin gewarnt!

»Pst«, machten Rikjana und Ondulas gleichzeitig.

»Der Schattenfürst?«, wiederholte Mageli leiser. »So nennt ihr ihn?«

»Den Namen hat er sich wahrlich verdient«, mischte sich Rikjana ins Gespräch. »Nicht nur, dass er sich selbst bewegt wie ein Schatten, in seinen dunklen Mänteln, die Kapuze ins Gesicht gezogen. Er hält es auch mit der Schattenseite.«

Auf Magelis fragendes Stirnrunzeln hin erklärte Ondulas: »Die *Schatten*, so heißen bei uns die Dunkelelfen. Ferocius rekrutiert schon seit Jahren Anhänger unter ihnen. Dabei entstammt

Ferocius einer der ältesten Familien von Lichtelfen, durch seine Adern fließt königliches Blut. Unser früherer König Osminan war sein Halbbruder und angeblich hat sich Ferocius selbst einmal Hoffnungen auf den Thron gemacht. Aber das ist eine alte Geschichte …«

»Erzähl!« Gebannt hing Mageli an Ondulas' Lippen, und er funkelte sie verschwörerisch an, bevor er fortfuhr.

»Osminan war schon sehr alt, als er sich endlich eine Frau erwählte. Sie war jung und wunderschön und ihr Name war Dilara. Jeder im Reich erlag der Schönheit der jungen Dilara, auch Ferocius. Osminan und Dilara waren wohl glücklich miteinander, nur gebar Dilara dem König kein Kind. Ferocius muss deshalb geglaubt haben, er werde seinem Halbbruder auf den Thron folgen, und er hoffte wohl auch, dass er Dilara dann zur Frau erhalten würde. Eines Tages brach ein Feuer im Palast aus, niemand weiß, warum. Die Flammen verbreiteten sich in Windeseile und bedrohten auch den König und die Königin. Ferocius schlug sich als Einziger durch das Flammeninferno und rettete Dilara das Leben, Osminan aber kam in dem Feuer um. Ferocius' Wünsche schienen sich zu erfüllen, da verkündete Dilara, dass sie Osminans Kind unter dem Herzen trug. Sie gebar Livian, der zum König über das Elfenreich gekrönt wurde, und sie wies Ferocius ab. Seither soll Ferocius nie mehr seinen schwarzen Umhang abgelegt haben, dessen Kapuze sein Gesicht vollständig verhüllt.«

»Wow!« *Das war ja mal eine eindrucksvolle Geschichte,* dachte Mageli. *Ob sie wirklich wahr ist?*

»Niemand weiß sicher, ob sich alles so zugetragen hat«, beantwortete Rikjana Magelis unausgesprochene Frage. »Sicher ist nur: Kaum einer hat Ferocius je ohne seine schwarze Kapuze gesehen.«

»Wir vermuten, dass er auch nach all der Zeit noch immer nach der Macht im Elfenreich strebt«, fügte Ondulas hinzu. Er kippelte wieder mit seinem Stuhl nach hinten und betrachtete Mageli zufrieden, die der Erzählung mit offenem Mund gelauscht hatte.

Ferocius war also der Schattenfürst, vor dem Erin sie gewarnt hatte. Und er schien es darauf abgesehen zu haben, so viel Macht wie möglich an sich zu reißen. Womöglich strebte er nach dem Thron … Und dabei wäre ihm Erin natürlich im Weg!

»Aber was können wir gegen Ferocius unternehmen?« Mageli erntete auf ihre Frage nur resigniertes Kopfschütteln von ihren beiden Gesprächspartnern.

»Etwas gegen den Schattenfürsten auszurichten, ist so gut wie unmöglich«, erklärte Rikjana mit Überzeugung.

»Aber ich dachte, ihr seid so eine Art Widerstandsgruppe«, wandte Mageli ein. »Wenn ihr nichts gegen den Schattenfürsten unternehmen könnt, was tut ihr dann eigentlich?«

»Wir versuchen, etwas gegen die Ungerechtigkeiten und Einschränkungen zu unternehmen, die wir Lichtelfen hier im Dunklen Reich ertragen müssen«, entgegnete Rikjana. Sie schien Mageli den unterschwelligen Vorwurf nicht übel zu nehmen. »Das Leben unter der Erde ist für uns ohnehin schon schwierig genug. Lichtelfen brauchen das Licht, das natürliche Licht der Sonne wohlgemerkt. Ansonsten …« Rikjana suchte nach den richtigen Worten. »… welken wir wie Blumen, die im Dunkeln verdorren.«

»Es ist dir vielleicht nicht aufgefallen, weil alles für dich hier neu ist«, nahm Ondulas den Faden des Gesprächs auf. »Doch die Lichtelfen haben sich im Lauf der Jahre hier unter der Erde sehr verändert. Dass wir uns zurückziehen und von den anderen abschotten, entspricht eigentlich nicht unserem Naturell. Und auch in Enigmala bemerkt man überall die Unachtsamkeit und den Verfall. Viele Elfen sind träge geworden, sie sehen die Veränderungen gar nicht, oder sie haben keine Kraft mehr, etwas dagegen zu unternehmen.«

Mageli schüttelte ungläubig den Kopf. Was Ondulas und Rikjana ihr berichteten, erstaunte sie, weil es nicht dem Bild entsprach, das sie von der Elfenstadt gewonnen hatte. Zugleich beunruhigte es sie. Denn es erinnerte sie an das, was Erin ihr einmal wütend über seinen eigenen Vater, den König, erzählt hatte: dass ihm die Kraft fehlte, die Dinge in seinem Reich zum Besten seiner Untertanen zu lenken.

»Und warum seid ihr und eure Freunde nicht ebenfalls so kraftlos geworden?«

»Weil Rikjana, wie ich dir bereits gesagt habe, eine ausgesprochen talentierte Heilerin ist.« Ondulas zwinkerte seiner Freundin zu, die leicht errötete. »Sie hat sehr früh bemerkt, welchen negativen Einfluss das Leben unter Tage auf unsere Gemüter hatte, und hat ein gutes Stärkungsmittel für uns ersonnen. Du hast es selbst schon probiert.«

Mageli dachte an die Schale mit dem geheimnisvollen Gebräu, die Rikjana im Kreis ihrer Freunde entzündet hatte. Sofort fielen ihr wieder der angenehme Duft und die belebende Wirkung ein. Das war es also gewesen!

»Von was für Ungerechtigkeiten und Einschränkungen habt ihr denn eben gesprochen?«, setzte Mageli ihre Befragung fort.

»Oh, vielerlei«, sagte Ondulas spöttisch. »Dem guten Ferocius fallen immer neue Schikanen ein, mit denen er uns drangsalieren kann. So dürfen wir uns beispielsweise kaum aus Enigmala hinausbewegen. Wer es dennoch wagt, wird von Ferocius' Schatten brutal eines Besseren belehrt. Du kannst dir vielleicht vorstellen, wie schwierig es ist, hier in der Stadt für alle Bewohner genug zu essen zu finden. Früchte und Pflanzen, wie wir sie früher genossen haben, gibt es ohnehin nicht unter der Erde. Aber auch die Vorräte an essbaren Pilzen, Moosen und Rinden sind begrenzt. Wir müssten eigentlich die Möglichkeit bekommen, diese auch in weiter entfernten Höhlen zu sammeln, aber das ist uns verboten!«

»Esst ihr denn kein Fleisch?«, wandte Mageli ein. Genügend Tiere lebten auch unter der Erde, wenn es nicht gerade Schafe und Rinder sein mussten. Doch die beiden starrten sie mit einem Ausdruck voller Ekel an.

»Fleisch?«, fragten sie gleichzeitig fassungslos. »Isst du etwa Fleisch?«

Mageli zuckte mit den Schultern. »Gelegentlich, warum nicht? Gegen ein paar leckere Würstchen hätte ich gerade nichts einzuwenden.« Tatsächlich verspürte Mageli schon wieder Hunger. Und Würstchen erschienen ihr allemal nahrhafter als die Suppe, die sie vorhin bekommen hatte.

»Brr!« Rikjana schüttelte sich. »Nun, vermutlich kann man dir deinen Geschmack nicht zum Vorwurf machen, nachdem du all die Jahre unter Menschen gelebt hast.«

Mageli wollte protestieren, besann sich dann aber eines Besseren: Es gab jetzt Wichtigeres, als über Würstchen zu diskutieren. »Das heißt, ihr und eure Freunde habt in der Vergangenheit schon versucht, euch gegen Ferocius zur Wehr zu setzen?«, zog sie ihre Schlüsse.

»So gut es geht, ja.« Ondulas hatte aufgehört, die Tischplatte mit seinem Messer zu malträtieren. Jetzt prüfte er vorsichtig mit dem Finger die Schärfe der Klinge. Das Ergebnis schien ihn zufriedenzustellen.

»Wir können allerdings nicht viel tun«, schränkte er ein. »Ferocius hat großen Einfluss, der König steht uneingeschränkt hinter ihm – oder unter ihm, je nachdem, wie man es betrachtet. Rikjanas guten Ruf als Heilerin hat Ferocius vollständig ruiniert. Ich selbst wurde schon vor vielen Jahren aus der Palastwache geworfen. Das Einzige, was wir machen können, ist, mal hier und mal da zu helfen, wenn wir gebraucht werden. Du bist zum Beispiel nicht die Einzige, die Rikjana zusammengeflickt hat. Sie hat schon viele der Unseren behandelt, nachdem sie Ferocius' Schergen in die Hände gefallen waren.«

»Aber es muss irgendetwas geben, was wir tun können!«, fuhr Mageli auf. Wieder dachte sie an Erin, der bleich und still in dem großen Bett lag.

»Tja.« Rikjana musterte sie kritisch. »Du wirst jedenfalls keine Möglichkeit haben, etwas auszurichten, wenn du noch nicht einmal weißt, womit du es zu tun hast. Ich denke deshalb, wir sollten zunächst deine magischen Gaben testen.«

Mageli zuckte zusammen. Das hatte Ondulas vorhin bei ihrem Spaziergang auch schon angedeutet. Prompt fühlte sie wieder dieses Ziehen im Bauch und merkte den Schweiß in ihren Handflächen. Prüfungsangst! Aber egal! Wenn sie Erin helfen wollte, dann musste sie herausfinden, wie. Und alles war besser, als nur herumzusitzen.

»Gut«, erklärte sie entschiedener, als sie sich fühlte. »Lass uns anfangen.«

»Dann werde ich die Damen mal allein lassen.« Ondulas erhob sich und schob seinen Dolch in den Gürtel. »Bei magischen Übungen wird mir immer so schnell schwindelig.«

Im Hinausgehen schenkte er Mageli ein besonders warmes Lächeln mit seinen Augen. Doch Mageli fand das alles andere als beruhigend.

»Kannst du irgendetwas Besonderes?« Rikjanas türkisblaue Augen funkelten Mageli aufmerksam an.

Leider hatte Mageli keine Ahnung, was sie damit meinte. Betont langsam hob sie ihre Schultern und ließ sie wieder fallen.

»Irgendetwas, das andere nicht können«, bohrte Rikjana nach. »Andere Menschen, meine ich, denn ansonsten hattest du bisher ja keinen Vergleich.«

Mageli zuckte nur wieder mit den Schultern. Was sollte das zum Beispiel sein? Kopfstand ohne Hände? Salto rückwärts?

»Ich war immer ziemlich gut in Sport, ziemlich schnell und ausdauernd und auch ziemlich geschickt«, erklärte sie zögernd und beobachtete Rikjanas Reaktion genau. Diese nickte mit dem Kopf. Das war also schon mal in Ordnung. »Musik kann ich auch ganz gut«, fuhr Mageli etwas selbstsicherer fort. »Das Flötespielen habe ich mir allein ohne Unterricht beigebracht.« Richtig, die Musik! In diesem Moment fiel ihr wieder ein, wie sie mithilfe ihrer Flöte den geheimen Eingang zum Dunklen Reich gefunden hatte.

»Das sind meine Gaben, richtig?« Aufgeregt lehnte Mageli sich zu Rikjana.

»Zumindest zeigt es, dass du eine Lichtelfe bist«, erklärte die Freundin. »Schnelligkeit, Geschicklichkeit und Ausdauer ebenso wie Musikalität sind jedem von uns gegeben. Das gehört also quasi zur Grundausstattung. Darüber hinaus besitzen eigentlich alle Elfen vererbte Begabungen in verschiedenen Bereichen: der Magie, der Heil- und Kräuterkunst und dem Kampf zum Beispiel. Was du besonders gut kannst, müssen wir erst noch herauskitzeln, schätze ich.«

Wieder betrachtete sie Mageli mit diesem eindringlichen Blick. »Ist dir vielleicht in letzter Zeit oder auch früher etwas passiert, dass dir besonders komisch vorkam?«

Ob ihr in letzter Zeit etwas Komisches passiert war? Jede Menge! Seit Mageli Erin getroffen hatte, war eigentlich nichts mehr passiert, was nicht seltsam gewesen wäre. Mageli war verunsichert. Vielleicht hatte sie gar keine speziellen elfischen Gaben …

Dann aber fiel ihr die Begegnung mit der Eidechse auf ihrem Weg durch die unterirdischen Gänge ein. Das war schon sehr merkwürdig gewesen! Sie berichtete Rikjana, wie sie plötzlich fremde Bilder in ihrem Kopf gesehen hatte.

Rikjana lachte gelöst. »Nicht schlecht, nicht schlecht. Du kannst also mit Tieren kommunizieren. Das bedeutet, dass es um deine magischen Veranlagungen gut bestellt sein dürfte! Ist dir das früher schon gelungen?«

Mageli wollte verneinend mit dem Kopf schütteln, als sie daran denken musste, wie der Kater Shakespeare sie in letzter Zeit manchmal angesehen hatte. Und wie sie gedacht hatte, dass er ihr vielleicht etwas sagen wollte. Auch das erzählte sie Rikjana.

»Und kannst du die Tiere auch beeinflussen?« Rikjana wartete gespannt auf Magelis Antwort. Doch die wusste schon wieder nicht, was damit gemeint sein könnte. Also zuckte sie erneut die Schultern.

»Sag mal«, wechselte Rikjana plötzlich das Thema. »Wie alt bist du eigentlich, Mageli?«

»Sechzehn, wieso?«

»Dachte ich es mir!«, bemerkte Rikjana geheimnisvoll, erklärte dann aber: »Wir Elfen werden mit magischen Gaben geboren, jeder von uns. Als kleine Kinder können wir noch nicht darauf zugreifen. Erst wenn wir erwachsen werden, entfalten sie ihre volle Kraft. Also etwa in deinem Alter, bei dem einen früher, bei dem anderen später, je nachdem, wie stark diese Gaben ausgeprägt sind. Dass du jetzt erst beginnst, deine Gaben zu spüren, ist also ganz natürlich.«

Mageli wollte einwenden, dass sie überhaupt nichts spürte, doch Rikjana war bereits aufgesprungen und zu einem der Wandborde neben der Kochstelle hinübergelaufen. Leise vor sich hin summend, zog sie einige der tönernen Fläschchen und Schalen aus dem Regal, trug sie zum Tisch hinüber und stellte sie in einer Reihe vor Mageli auf.

»So, dann wollen wir mal schauen, was du kannst.« Voller Tatendrang rieb Rikjana die Hände aneinander. Mageli beäugte skeptisch die Ansammlung ihr unbekannter Zutaten vor sich auf dem Tisch.

»Fangen wir mit den Grundlagen an.« Rikjana hatte sich wieder neben Mageli gesetzt und schob eine der Schüsseln vor sie hin. Darin befand sich eine grüne, sirupartige Flüssigkeit.

»Anzünden!«, befahl Rikjana.

Mageli schaute auf die Flüssigkeit, dann zu Rikjana und wieder zurück. Anzünden, klar. Aber wie?

»Los, versuch's!«, drängte Rikjana.

Mageli überlegte, die Streichhölzer zu benutzen, die ihr hier im Elfenreich bereits so gute Dienste geleistet hatten. Aber die befanden sich in ihrem Rucksack, und der lag noch auf der Matte in ihrem Zimmer. Außerdem hatte Mageli wenig Hoffnung, dass sie damit bei Rikjana durchkommen würde. Sie dachte daran, wie die Elfe die große Schale mit dem Stärkungsmittel entzündet hatte. Hatte sie dazu überhaupt ein Hilfsmittel verwendet? Mit den Fingern geschnippt? Einen Zauberspruch aufgesagt? Frustriert stellte Mageli fest, dass sie immer noch keine Ahnung hatte, wie Magie eigentlich funktionierte.

»Ich weiß nicht, wie«, gestand sie kleinlaut.

»Du musst es nur wollen. Schau.« Rikjana richtete ihre Aufmerksamkeit auf die Schale, und augenblicklich tanzten auf der Oberfläche grünliche Flammen. Rikjana beugte sich vor und blies sie aus. »Und jetzt du.«

Mageli starrte auf die Schale. Sie versuchte, sich die Flammen vorzustellen. Versuchte, den Sirup mit ihren bloßen Blicken zum Brennen zu bringen. Nichts geschah.

»Konzentriere dich«, ermahnte Rikjana sie. »Du musst es wirklich wollen! Tief in dir drinnen musst du es wollen!«

Mageli starrte weiter gebannt auf die Schale, dann bündelte sie ihre gesamte Aufmerksamkeit und lenkte sie auf die grüne Flüssigkeit. *Verfluchter Sirup! Brenn schon!*

Und plötzlich spürte sie ein Brennen. Mitten in der Brust, direkt neben ihrem Herzen. Es fühlte sich an, als würde sich all ihre eigene Energie an einem einzigen Punkt sammeln, um von dort hinauszuströmen. Mageli hielt vor Aufregung die Luft an. Das Brennen wurde stärker. Wieder konzentrierte sie sich auf die Schale, versuchte die Flamme in ihrem Körper auf die Flüssigkeit darin zu übertragen … Da! Winzige grünliche Flämmchen züngelten aus der Schale empor!

»Du hast es geschafft!« Begeistert klatschte Rikjana in die Hände. »Noch dazu in so kurzer Zeit! Ich glaube, ich habe noch nie jemanden gesehen, der es so schnell hingekriegt hat. Deine magischen Veranlagungen scheinen wirklich besonders stark zu sein.«

Mageli stieß die Luft aus. Erschöpft ließ sie sich gegen die Rückenlehne ihres Stuhls sinken. Die kleinen Flammen hüpften vor ihren Augen auf und ab.

Geschafft! Unglaublich! Sie hatte Magie verwendet. Einfach so. Ohne dass sie eigentlich verstand, was gerade genau passiert war, fühlte Mageli sich gleichzeitig unheimlich erleichtert und stolz. Und ziemlich erschöpft. Magie war anstrengend!

»Sehr gut, womit machen wir weiter? Steine zum Leuchten bringen? Ein Stück Holz formen? Wasser lenken?« Rikjana ratterte eine ganze Liste möglicher magischer Übungen herunter, bis Mageli der Kopf schwirrte. Das alles war möglich? Sie konnte es noch immer kaum glauben. Rikjana hatte sich jedoch bereits für etwas anderes entschieden.

»Nein, vergiss die Magie. Wir schauen mal, wie du dich mit den Tränken und Tinkturen anstellst. Das ist immerhin mein Spezialgebiet. Vielleicht besitzt du da auch so ein großes natürliches Talent …« Sie schob die Fläschchen und Schalen auf dem Tisch näher an Mageli heran. Dann sprang sie auf und holte weitere von den Wandborden. Die Ansammlung vor Mageli wurde immer größer.

»Das alles sind verschiedene Zutaten für unsere Heil- und

Stärkungsmittel. Wenn du mit ihnen umgehen kannst, kannst du wahre Wunder wirken, ohne das kleinste bisschen Magie zu benötigen. Sie können aber auch sehr gefährlich sein. Du musst wissen, was du womit anfangen kannst. Aber keine Sorge. Wenn du eine angeborene Gabe dafür besitzt, werden die Rezepturen dir wie von selbst zufliegen. Man kann sie natürlich auch erlernen ...« Rikjana klang, als ob das Erlernen dieser Kunst etwas Anstößiges war.

»Gut. Schau her.« Sie wählte vier Schälchen aus dem breiten Sortiment aus und rückte sie vor Mageli in einer Reihe zurecht. »Das sind verschiedene Sorten von Pilzen, die alle hier unter der Erde wachsen. Ich habe sie getrocknet und sie sehen sich nun zugegebenermaßen recht ähnlich. Doch bewirken sie ganz unterschiedliche Dinge, wenn man sie zu sich nimmt. Einer davon vertreibt Kummer. Einer lindert Schmerzen. Ein dritter stillt den Hunger. Und der vierte bringt dich in Sekundenschnelle um. Ich möchte, dass du diese vier Pilze genau untersuchst. Und mir dann sagst, welcher von ihnen welche der genannten Eigenschaften besitzt. Ist deine Gabe in diesem Bereich groß genug, wirst du dafür keine Hilfe benötigen. Du wirst es einfach wissen.«

Rikjana lehnte sich scheinbar entspannt auf ihrem Stuhl zurück, doch Mageli merkte genau, dass die Elfe sie aufmerksam beobachtete. Zögernd beugte sie sich über die vier Schüsselchen und stieß beim Anblick des Inhalts ein resigniertes Seufzen aus: Die vier angeblich so unterschiedlichen Pilze sahen exakt gleich aus. Schrumpelig, graubraun und unappetitlich. Woher sollte sie wissen, welcher davon heilte und welcher tötete? Sie könnte sie natürlich probieren – aber die Chancen, sich dabei im Eiltempo ins Jenseits zu befördern, standen immerhin eins zu drei. Keine sehr verlockende Vorstellung.

Sie beugte sich tief über die Schälchen und atmete ein. Und aus. Und noch mal ein. Doch aus keinem Schälchen schien auch nur das geringste Aroma zu entströmen. Diese getrockneten Pilze rochen einfach nach nichts! Vorsichtig nahm Mageli den Inhalt des ersten Schälchens heraus. Der Pilz fühlte sich schlapp und ledrig an. Sie zerrieb ihn mit dem Zeigefinger in ihrem Handteller, bis er bröselte, schnüffelte wieder daran, betrachtete ihn ganz genau – und ließ die Brösel wieder in die Schale fallen.

Schulterzuckend wandte sie sich an Rikjana. »Ich habe keine Ahnung!«

»Das sehe ich.« Rikjanas vorherige Begeisterung war einer leicht genervten Miene gewichen. Aber sie schien nicht gewillt zu sein, so schnell aufzugeben. »Na gut, wir machen erst mal etwas ganz Leichtes.«

Rikjana rückte die vier Schälchen zur Seite und stellte stattdessen einen leeren Topf vor Mageli hin. Dann folgten mehrere Fläschchen, weitere Schälchen und eine schmale Phiole mit einer hellen Flüssigkeit.

»Dies sind die Zutaten für einen Trank, der einen erholsamen Schlaf bringt. Es ist deshalb so einfach, weil du von allem exakt einen Löffel voll benötigst. Selbst die Reihenfolge, in der du es zusammenmischst, ist unwichtig.«

Auffordernd streckte sie Mageli einen kleinen Holzlöffel hin.

Mageli seufzte erneut. Das war ja wie Kochen! Und wenn es ums Zubereiten genießbarer Speisen ging, war sie schon immer eine absolute Niete gewesen. Sie hätte vermutlich noch das Nudelwasser anbrennen lassen, wenn das möglich gewesen wäre.

Rikjana sah allerdings nicht aus, als würde sie irgendwelche Ausreden gelten lassen.

»Na los, versuch es einfach«, forderte sie Mageli mit hörbarer Ungeduld auf.

Mageli griff nach dem ersten Fläschchen, zog den korkenähnlichen Verschluss heraus, maß genau einen Löffel der sirupartigen Flüssigkeit ab, die sich darin befand, und gab sie in den Topf. Unsicher schaute sie zu Rikjana, doch die nickte bestätigend. Schnell nahm Mageli auch die übrigen Fläschchen und verfuhr, wie Rikjana es gesagt hat.

Als sie genau einen Löffel der hellen Flüssigkeit aus der Phiole abmaß und zu den übrigen Zutaten gab, passierte etwas Unerwartetes: Kaum hatte sich die Flüssigkeit mit den anderen vermischt, entstieg dem Topf ein graugrüner Dampf, der einen unangenehmen, schwefligen Geruch verbreitete.

Wieder schaute Mageli beunruhigt zu Rikjana, deren Gesichtsausdruck nun von ein wenig genervt zu ziemlich genervt gewechselt hatte.

»Du musst rühren«, wies sie Mageli ungeduldig an.

Mageli rührte wie wild. Der Dampf wurde dichter. Eben noch hatte sie sich großartig gefühlt, weil es ihr gelungen war, eine Flamme zu entzünden. Und jetzt … hatte sie das Gefühl, gar nichts auf die Reihe zu kriegen.

Als die Farbe des Dampfes zu einem giftigen Grün wechselte, stöhnte Rikjana auf.

»Konzentriere dich«, forderte sie und hustete demonstrativ. Mittlerweile wirkte sie wirklich äußerst ungeduldig.

Auch Mageli war genervt. Stellte sie sich tatsächlich so blöd an? Aber woher sollte sie das denn können?

»Ich habe keine Lust mehr«, erwiderte sie und verschränkte die Arme vor der Brust.

»Jetzt benimm dich nicht so trotzig«, fuhr Rikjana sie an. »Ich versuche, dir etwas Wichtiges beizubringen. Bemüh dich mal ein bisschen!«

Wieder wurde Mageli ganz heiß in der Brust, dieses Mal vor Wut. Was bildete diese blöde Elfe sich eigentlich ein? Sie bemühte sich doch, sehr sogar! Rikjana klang ja schon genauso wie Linda an ihren schlechtesten Tagen: Tu dies, mach das, lass jenes! Mageli hatte das Gemotze noch gut im Ohr. Und sie hatte überhaupt keine Lust, sich auch von Rikjana herumkommandieren zu lassen. Was sollte dieser ganze Quatsch ihr nützen? Erin konnte sie damit jedenfalls nicht helfen!

»Misch dir deinen blöden Trank selbst!« Mit einer heftigen Bewegung fegte sie die Flaschen und Schalen zu Rikjana hinüber, sodass einige umfielen und ihren Inhalt über den Tisch ergossen. Böse blitzte Mageli die Elfe an. Das Brennen in ihrer Brust war jetzt so heiß, dass sie fürchtete, ihr würden gleich Flammen aus dem Mund schießen.

Rikjana starrte Mageli ebenfalls an, ihre Hände um die Tischplatte gekrallt, als wollte sie sich selbst daran hindern, auf die andere loszugehen. Plötzlich fing sie an zu lachen. Es klang so fröhlich, dass Mageli sich fragte, ob sie den ganzen Zwischenfall nur geträumt hatte.

»Das glaube ich einfach nicht!« Rikjana prustete wieder los. »Das habe ich bei einem Anfänger noch nie erlebt. Und dann gleich mit einer solchen Kraft! Ich muss sagen, ich bin beeindruckt!«

Ratlos schaute Mageli sie an. Ihre Wut war von einem Moment

auf den anderen verpufft. Was hatte das zu bedeuten? Hatte sie irgendetwas Lächerliches gemacht, ohne es selbst zu bemerken? Sie wollte Rikjana um eine Erklärung bitten, doch die war bereits aufgesprungen und zog Mageli an der Hand aus dem Haus.

»Das muss ich Ondulas erzählen. Er wird begeistert sein!«

Mageli taumelte wie betäubt hinter Rikjana her. Was ging hier vor?

Ruhelos schritt Fürst Ferocius vor dem breiten Holztisch auf und ab. Ein ums andere Mal blieb er stehen und betrachtete das Pergament darauf. Am liebsten hätte er es zerknüllt und in die Ecke geworfen. Oder es angezündet. Aber das war keine gute Idee. Auch wenn es sich nur um eine Abschrift handelte. Man wusste nie, was eine so unüberlegte Handlung anrichten konnte.

Es war nicht leicht gewesen, diese genaue Abschrift zu bekommen. Zwei Palastwachen hatte er damals bestechen, zwei weitere töten müssen. Aber es war ihm gerade noch rechtzeitig gelungen, bevor sich die Alte mitsamt ihrem Buch auf und davon gemacht hatte. Die Abschrift war also wertvoll, zumindest für Ferocius. Denn nur wenn er wusste, womit er es zu tun hatte, konnte er eine Strategie ersinnen, die ihn letztlich zum Ziel führen würde.

»Verfluchtes Orakel«, stieß er zwischen zusammengebissenen Zähnen hervor und beugte sich wieder über das Pergament.

Er durfte sie nicht töten, so viel war gewiss. Sonst konnte er sich auch gleich selbst das Messer in den Leib stoßen. Aber er musste sie aus dem Weg schaffen. Denn andernfalls konnte er sicher sein, dass sie seine Pläne früher oder später durchkreuzen würde.

Sie hatte schon zu viele seiner Sicherheitsvorkehrungen umgangen. Und jetzt war es ihr auch noch gelungen, in dieser Stadt unterzutauchen. Dabei hatte Ferocius geglaubt, Enigmala mittler-

weile voll und ganz unter seiner Kontrolle zu haben. Das war ein Trugschluss!

Plötzlich kam ihm ein Gedanke, ein brillanter Einfall!

Wie hatte er es Damorian gegenüber formuliert: Es gab genügend Mittel und Wege, um ein junges Mädchen zum Schweigen zu bringen, ohne sie gleich zu töten. Und ihm, Ferocius, war gerade ein besonders geeignetes Mittel eingefallen. Eines, das ihm ihr Schweigen in alle Ewigkeit garantieren würde. Ferocius gestattete sich ein selbstzufriedenes Grinsen, nahm das Pergament vom Tisch, rollte es auf und verstaute es in seinem Geheimfach.

Kapitel 16

»Ondulas!« Noch bevor sie den Eingang zu seinem Haus erreichten, hatte Rikjana schon dreimal nach ihrem Freund gerufen. »Ondulas, das glaubst du nicht!«

»Was schreist du hier so herum?« Ondulas schob den feinen Vorhang vor seiner Tür zur Seite. Rikjana drängte sich ohne Erklärung an ihm vorbei und zog Mageli hinter sich her.

Der Raum erschien Mageli riesig, mindestens so groß wie Rikjanas gesamtes Haus. Und tatsächlich bestand Ondulas' Behausung aus diesem einzigen Zimmer. Auch wenn es kärglich möbliert war – Mageli konnte nur einen ausladenden Tisch mit Bänken, einige Schränke und Truhen sowie eine Kochecke entdecken –, gab es darin alles, was man zum Leben brauchte. Eine breite Galerie führte einige Meter über ihren Köpfen einmal um den runden Raum, hinauf gelangte man über eine gedrehte Wendeltreppe. Dort oben schlief Ondulas vermutlich. Die Höhe des Raumes überwältigte Mageli, besonders beeindruckt war sie von einzelnen gelben Steinen, die in die Holzstreben der Decke eingelassen waren und den Raum in ein warmes Licht tauchten.

Entlang der Wände hatte Ondulas seine Waffen aufgehängt: Schwerter mit leuchtenden Klingen in unterschiedlichen Grünschattierungen, deren Hefte silbrig glänzten und deren Knäufe mit kleinen Edelsteinen besetzt waren. Messer und Dolche unterschiedlicher Größe, gerade und gebogen, alle mit Klingen aus dem gleichen grünen Stein wie die Schwerter und mit ähnlich geschmückten Griffen. Auch einige Bögen hingen dort, beinahe mannsgroß, aus hellem Holz gefertigt und mit einer Vielzahl schöner Schnitzereien verziert. Daneben gab es Waffen, wie Mageli sie noch nie gesehen hatte: messerartige Gebilde, an deren Griffen drei oder sogar noch mehr Klingen befestigt waren, lange Holzstäbe, die in scharf geschliffenen Kristallen ausliefen, und Schwerter, die nur über einen kurzen Griff in der Mitte, dafür aber über glatte Klingen auf beiden Seiten verfügten. Mageli war überrascht, wie schön solche Waffen aussehen konnten.

»Warum sind sie alle grün?«, fragte sie staunend.

Ondulas war zum Tisch geschlendert, auf dem weitere seiner Schätze ausgebreitet lagen. Er ließ sich auf einen Stuhl fallen, griff betont gelangweilt nach einem ledrigen Tuch und fing an, die Klinge eines Messers damit zu polieren.

»Das sind Elfenwaffen«, erklärte er gelassen, aber Mageli konnte den Stolz in seiner Stimme genau hören. »Wir fertigen sie aus Edelstein, den wir mit Magie härten. Jeder Elf und jede Elfe besitzen einen eigenen Kraftstein, meistens harmoniert dieser mit der Farbe der Augen. Eine Waffe aus diesem Stein verstärkt die natürliche Kraft eines jeden Kämpfers.«

Grün, jadegrün wie Ondulas' Augen. Jetzt begriff Mageli.

»Genug davon!« Rikjana wippte ungeduldig auf ihren Fußballen auf und ab, bis auch Mageli ganz kribbelig davon wurde. »Dieses Geschwätz über Waffen will niemand hören.«

»Mageli schon«, antwortete Ondulas belustigt, schenkte dann aber endlich Rikjana seine Aufmerksamkeit. »Also, was ist los? Spuck es schon aus. Was ist Unglaubliches passiert, dass du halb Enigmala deshalb zusammenschreien musst?«

»Ihre Magie!«, platzte Rikjana heraus. »Sie ist hochbegabt.« Sie zeigte mit ausladender Geste auf Mageli wie auf eine Jahrmarktsattraktion.

Mageli verstand gar nichts mehr. Gerade eben noch hatte Rikjana mit ihr geschimpft, weil sie ihre komischen Pilze nicht auseinanderhalten, ja, nicht einmal die Zutaten für einen simplen Trank mischen konnte. Und jetzt führte sie sie hier vor wie ein Wunderkind. Was hatte sie verpasst?

Auch Ondulas zog fragend die Brauen in die Höhe. Immerhin legte er sein Messer und das Leder wieder auf den Tisch und heftete seine ganze Aufmerksamkeit auf Rikjana.

»Ein Feuer zu entfachen, war ihre leichteste Übung«, erzählte sie begeistert weiter. »Andere brauchen dafür Tage, Wochen oder sogar Monate, bis sie es schaffen. Du weißt, wie das ist. Aber sie! Wusch, schon flackerte die Flamme. Das hättest du sehen sollen!«

Ein Lächeln schlich sich in Ondulas' Augen, aber er unterbrach sie nicht und Rikjana fuhr unbeirrt fort.

»Also dachte ich, ich versuche es mal mit ein bisschen Heilkunde. Was soll ich sagen? Großer Fehler! Dafür hat sie rein gar keine Begabung. Ein Fehlgriff nach dem nächsten.« Ondulas verdrehte die Augen nach oben, was Mageli nicht entging. Doch Rikjana ignorierte ihn.

»Ich beginne also zu zweifeln. Habe ich sie überschätzt? Aber dann spüre ich, wie sie versucht, meinen Geist zu erreichen. Sie will mich zwingen, den Trank selbst zuzubereiten. Und ihre Kraft ist beinahe überwältigend. Ich sage dir, ich musste mich mit allen meinen Sinnen dagegenstemmen, sonst hätte sie mich glatt niedergerungen!«

Was? Mageli hatte keinen Schimmer, wovon Rikjana sprach. Was sollte sie getan haben? Und was sollte daran so toll sein? Sie schaute zu Ondulas, rechnete damit, dass ein spöttisches Lächeln in seinen Augen blitzte oder er wenigstens so verwirrt aussah, wie sie sich fühlte. Aber nichts dergleichen! Ondulas starrte Rikjana mit leicht geöffnetem Mund fassungslos an.

»Unmöglich«, war das Einzige, was er herausbrachte.

»Wenn ich es dir sage.« Rikjanas Gesichtsausdruck war sehr zufrieden.

Mageli hätte schreien mögen. Oder mit dem Fuß aufstampfen. Die beiden redeten über sie, als stünde sie nicht direkt daneben. Sie wollte endlich wissen, was vor sich ging.

»Hallo, ich bin auch noch da«, wandte sie genervt ein. Die anderen schauten sie an, als hätten sie ihre Anwesenheit tatsächlich erst in diesem Moment bemerkt. Und plötzlich sprachen Rikjana und Ondulas wild durcheinander.

»Du hast riesiges Glück.«

»So etwas gibt es nur ganz selten.«

»Das ist eine fantastische Begabung.«

»Wirklich kaum zu glauben.«

»Damit hast du vielleicht eine Chance.«

»Aber du musst daran arbeiten.«

»Am besten so schnell wie möglich.«

Aus diesem Gefasel wurde Mageli auch nicht schlau.

»Ruhe!«, herrschte sie die zwei an. »Was. Ist. Hier. Los?«

Endlich klappten beide den Mund zu. Mageli staunte selbst über ihr entschiedenes Auftreten. Aber ihr reichte es inzwischen ganz gehörig. Hier ging es schließlich um sie. Also hatte sie auch ein Recht zu erfahren, was eigentlich Sache war.

»Bitte, ich verstehe einfach nicht, was passiert ist«, fügte sie etwas versöhnlicher hinzu.

Endlich wandte Rikjana sich ihr zu und erklärte: »Mageli, du hast eine große magische Gabe. Dein Talent besitzen nur die allerwenigsten unter uns. Es geht weit über meine Fähigkeiten hinaus. Und über Ondulas' sowieso«, ergänzte sie mit einem ironischen Blick zu ihrem Freund. »Wenn du lernst, diese Gabe zu nutzen, könntest du mehr bewirken als wir alle zusammen. Aber es wird nicht leicht sein, das sage ich dir jetzt schon.«

Ondulas nickte bekräftigend. Und schon wieder spürte Mageli das Ziehen im Magen. Dieses Mal war es keine Angst, sondern pure Aufregung. Sie konnte etwas, das andere nicht konnten! Etwas Besonderes! Etwas, das ihr helfen konnte, Erin zu retten! Aber was?

»Und was ist das für eine Gabe, die ich besitze?«, drängte Mageli.

»Um diese Frage zu beantworten, müsste ich dir zunächst die Grundlagen unserer Magie erklären. Doch dafür fehlt uns jetzt die Zeit«, antwortete Rikjana ausweichend. »Ich denke, wir sollten sie so schnell wie möglich zu Alawin bringen. Wenn eine von uns in der Lage ist, Magelis Fähigkeiten zu überprüfen und vor allem zu schulen, dann ist sie es«, fuhr Rikjana an Ondulas gewandt fort.

»Aber glaubst du, Alawin wird uns und ihr helfen?« Ondulas wirkte sehr skeptisch.

Und schon wieder diskutierten die beiden alles über Magelis Kopf hinweg. Sie seufzte vernehmlich. Keine Reaktion.

»Wir müssen es versuchen. Ich denke, du solltest Mageli sofort zu ihr bringen.«

»Gut. Dann machen wir uns am besten gleich auf den Weg.« Ondulas drehte sich zu Mageli. »Gibt es irgendetwas, das du gerne mitnehmen möchtest? Dann hol es. Ich werde hier solange einige Sachen zusammenpacken.«

Oh, sie wurde wahrgenommen! Wenn auch nur, um sie herumzukommandieren wie ein kleines Kind.

»Meinen Rucksack«, gab Mageli gereizt zurück und stapfte aus der Tür.

Als sie kurze Zeit später mit ihrem Gepäckstück in der Hand zurückkehrte, hatte Ondulas einen dunkelgrünen Umhang über seine Sachen angezogen und bereits ein dickes Bündel geschnürt, das neben seinem Schwert und einem langen Bogen auf dem Tisch lag.

»Kannst du überhaupt mit *irgendeiner* Waffe umgehen?«, fragte er Mageli, als sie neben in trat.

»Nicht wirklich …« Mageli hatte noch nie etwas Gefährlicheres als einen Badmintonschläger in der Hand gehabt. Rikjana stöhnte. Nervös tigerte sie hinter Magelis und Ondulas' Rücken im Zimmer auf und ab.

»Es ist nur so, dass unser Weg nicht ganz ungefährlich sein

wird«, fuhr Ondulas fort. »Ich habe dir ja bereits erzählt, dass wir uns kaum noch aus der Stadt bewegen dürfen. Ich fürchte, wir könnten das eine oder andere unangenehme Zusammentreffen mit Ferocius' Schatten haben. Nimm bitte wenigstens den hier.«

Er hielt Mageli den langen Dolch hin, den er vorhin poliert hatte. Erschrocken zuckte sie zurück. Das Ding sah verdammt spitz und scharf aus.

»Er hat nicht ganz deine Farbe, aber es ist besser als nichts. Und wirklich nur für den Notfall. Ich fühle mich dann beruhigter. Bitte.« Ondulas zwinkerte ihr zu und schob den Dolch in eine schmale Scheide aus grünlichem, schuppigem Leder. Zögerlich griff Mageli danach, doch dann wusste sie nicht, wohin damit. Ihre Hose hatte keine Schlaufen und auch keinen Gürtel, an dem sie die Scheide hätte befestigen können. Schließlich steckte sie die Waffe in ihren Rucksack. Etwas umständlich, sollte tatsächlich ein Notfall eintreten, aber sie hatte ohnehin nicht vor, den Dolch zu benutzen. Wahrscheinlich würde sie sich nur selbst damit verletzen.

»Seid ihr so weit?«, drängte Rikjana aus dem Hintergrund und Ondulas schaute Mageli fragend an. Die nickte unsicher.

»Dann los.«

Rikjana begleitete sie vor die Tür. Dort fasste Ondulas die Freundin an beiden Schultern und zog sie an sich, zwar nur kurz, aber mit einer solchen Heftigkeit, als wäre es das letzte Mal. Rikjana trat vor Mageli und drückte ihr ohne ein Wort einen flüchtigen Kuss auf die Stirn. Dann drehte sie sich um und eilte über eine Hängebrücke davon.

»Hier entlang.« Ondulas zeigte auf eine an dieser Brücke befestigte Strickleiter. Mageli warf einen Blick nach unten. Die Leiter hing bis zum Grund der Höhle hinab. Verwundert schaute sie Ondulas wieder an.

»Gehen wir nicht durch die Stadt?«

»Ganz sicher nicht! Wir wollen wenigstens eine gewisse Chance haben, heil anzukommen, oder? Und wenn wir einfach so durch eines der Tore von Enigmala hinausmarschieren, senken wir diese Chance gen null.« Noch einmal deutete er mit Nachdruck auf die Strickleiter, und Mageli beeilte sich hinunterzuklettern.

Der Boden war erdig weich, genau wie Mageli ihn von ihrem ersten Ausflug in die Elfenstadt in Erinnerung hatte, als sie aus Versehen hier unten gelandet war. Und die herabhängenden Wurzeln erinnerten sie sofort wieder an einen Urwald, in dem sie keinerlei Orientierung hatte. Ondulas schien sich auszukennen und eilte mit einer solchen Geschwindigkeit durch das wild wuchernde Labyrinth, dass Mageli Mühe hatte, ihm zu folgen.

»Wohin gehen wir?«, rief Mageli ihm hinterher, erntete aber nur eine unwirsche Aufforderung, leise zu sein. Richtig, sie wollten ja nicht auffallen. Und auch wenn weit und breit niemand in diesem Gewirr zu sehen war, war es sicher besser, vorsichtig zu sein.

Bereits nach kurzer Zeit blieb Ondulas unvermittelt stehen. Mageli schaute sich neugierig um, doch nichts unterschied diese Stelle vom Rest des Wurzelurwalds. Ondulas ging in die Hocke und tastete mit seinen flachen Händen den Erdboden ab. Auch auf dem Boden konnte Mageli keine Besonderheiten entdecken. Ondulas nickte jedoch zufrieden, schloss die Augen und fing an, ganz leise zu summen. Mageli erkannte die Melodie: Es war das gleiche Lied, das er gesungen hatte, als er die Rose aus dem Holz heraus geformt hatte. Jetzt wusste sie, was hier passierte. Magie! Dieses Mal beobachtete sie gespannt, was geschehen würde.

Und tatsächlich: Das Lied war gerade von Ondulas' Lippen verklungen, als der Erdboden begann, seine Struktur zu verändern. Im ersten Moment dachte Mageli, der Boden würde durchsichtig werden, erkannte dann aber, dass die Erdbröckchen sich bewegten und zur Seite rutschten, bis ein kreisrundes Loch sichtbar wurde. Es war nicht groß, gerade breit genug, dass jemand von Magelis Statur hineinrutschen konnte – und genau das schien Ondulas von ihr zu erwarten. Ungeduldig winkte der Elf sie heran und zeigte auf das schwarze Loch im Boden.

»Los!«

Mageli zögerte. Sie war inzwischen einiges gewöhnt, aber dieser winzige, dunkle Einstieg, von dem sie keine Ahnung hatte, was sie dahinter erwartete, verursachte ihr dennoch ein ungutes Gefühl. Andererseits war sie bei Ondulas, und der Elf wollte, dass sie in dieses Loch kletterte. Ihm konnte sie wohl vertrauen. Mageli atmete tief ein, setzte sich an den Rand des Einstiegs und ließ sich hineingleiten, die Arme eng an den Körper gepresst.

Kaum hatte ihr Po den Boden verlassen, fiel sie. Mageli wollte schreien, unterdrückte den Impuls aber im letzten Augenblick. Gerade erst hatte ihr Sturz begonnen, da war er auch schon wieder zu Ende. Magelis Füße landeten auf steinernem Grund, und sie ging reflexartig in die Knie, um den Sprung abzufedern. Alles gut gegangen.

»Geh zur Seite«, zischte Ondulas von oben.

Ja, klar, aber wohin? Hektisch drehte Mageli sich herum,

konnte aber kaum etwas erkennen, denn keine Leuchtsteinchen erhellten die Wände. Nur durch das kleine Loch über ihr fiel ein dünner Lichtstrahl. Direkt vor ihr schien ein schmaler Gang zu beginnen. Sie machte einen unsicheren Schritt in diese Richtung – gerade noch rechtzeitig, bevor Ondulas mit einem leisen Plumps hinter ihr auf dem Boden landete. Wieder ertönte das melodische Summen, die Erde schloss sich über dem Einstieg, und um Mageli herrschte pechschwarze Nacht.

»Warte.«

Mageli hörte, wie Ondulas etwas hervorkramte. Wieder das Summen. Als Mageli sich zu ihm umdrehte, glomm eine kleine bläuliche Flamme in der Hand des Elfen.

»Hier.«

Ondulas streckte ihr die Hand entgegen, und Mageli stellte erstaunt fest, dass darin ein flacher Stein lag, von dem das Leuchten ausging – keine Flamme, wie sie zunächst angenommen hatte, sondern eher ein Glimmen, das sich aber überraschend weit ausbreitete und den Gang um Mageli herum ausreichend erhellte.

»Nimm.«

Mageli griff nach dem Stein, er fühlte sich glatt und kühl an. Auch in ihrer Hand leuchtete er unvermindert weiter. Ondulas zog einen zweiten Stein aus seinem Bündel hervor und brachte auch diesen zum Leuchten. Nun hatten sie so viel Licht, dass sie ihren Weg ungehindert fortsetzen konnten. Nur, wohin führte dieser Gang?

»Darf ich etwas sagen?«, flüsterte Mageli.

Ondulas lachte leise. »Ja, hier können wir wieder sprechen«, erklärte er dann in normaler Lautstärke.

»Wo sind wir, wohin gehen wir und was soll daran so gefährlich sein?«, sprudelte Mageli hervor, ohne sich von der Stelle zu rühren.

Ondulas lachte wieder. Auch wenn Mageli dieses Lachen mochte, wartete sie ungeduldig auf die Antworten.

»Wir befinden uns hier in einem geheimen Gang direkt unter Enigmala«, erklärte Ondulas. »Wir haben diesen Gang schon vor geraumer Zeit selbst angelegt. Für den Notfall sozusagen. Er führt uns aus Enigmala hinaus, ohne dass wir die Stadttore passieren müssen.«

»Aber warum benutzt ihr diesen Gang nicht häufiger?«, fiel Mageli ihm ins Wort. »Zum Beispiel um euch etwas zu essen zu besorgen?« Sie erinnerte sich gut daran, wie Ondulas über die schlechte Versorgung in der Elfenstadt geklagt hatte.

»Damit kommen wir zu Punkt drei deiner Frage: Auch wenn wir durch diesen Gang aus der Stadt gelangen, ohne gesehen zu werden, heißt das ja noch lange nicht, dass wir nicht erwischt werden, wenn wir den Gang wieder verlassen. Soweit wir das wissen, patrouillieren die Dunkelelfen in allen Tunneln und Höhlen in großem Radius um Enigmala herum.«

»Wohin gehen wir denn überhaupt? Wer ist diese Alawin? Und wo lebt sie?« Zu jeder Antwort fiel Mageli eine neue Frage ein.

Doch Ondulas drängte jetzt wieder vorwärts. »Wir sollten uns wirklich beeilen. Ich möchte diesen Weg so schnell wie möglich hinter mich bringen. Ich erkläre dir alles im Gehen, versprochen.« Damit drehte er Mageli sanft an den Schultern herum und schob sie vor sich her in den Gang hinein.

Der Tunnel war schmal, kaum breiter als Magelis Schultern, führte immer geradeaus und war so gleichmäßig in den felsigen

Grund gebrochen, dass Mageli sich kaum auf ihre Schritte konzentrieren musste. Da sie mittlerweile wenigstens ein bisschen über elfische Magie Bescheid wusste, ging sie davon aus, dass Ondulas und seine Freunde den Gang nicht mühsam gegraben, sondern dem Fels mitgeteilt hatten, wie er sich formen sollte. Diese Formulierung hatte Ondulas zumindest in Bezug auf die Wurzeln verwendet, aus denen die Elfenstadt erbaut war. Während Mageli voranlief, lauschte sie gespannt Ondulas' Erklärungen.

»Alawin ist eine der größten Magierinnen, die das Elfenvolk jemals hervorgebracht hat. Sie ist schon uralt, niemand weiß genau, wann sie eigentlich geboren wurde. Und sie war viele Jahre lang die engste Beraterin unseres Königs. Du kannst dir sicher denken, wem das gar nicht gepasst hat.«

Fürst Ferocius, schoss es Mageli durch den Kopf. Und als hätte er ihre Gedanken erraten, fuhr Ondulas fort: »Ferocius, genau. Der Schattenfürst intrigierte gegen die weise Alawin so bösartig und effektiv, dass der König sie schließlich verstieß. Alawin zog sich daraufhin vom gesamten Elfenvolk zurück. Sie floh aus Enigmala und suchte sich eine geheime Bleibe, in der sie niemand finden sollte, dem sie den Zugang nicht gestattete.«

»Aber ihr wisst, wo Alawin lebt«, mischte Mageli sich gespannt ein.

»So ist es.« Ondulas klang ein bisschen stolz. »Bevor sie verschwand, nahm Alawin Kontakt zu Rikjana auf. Du musst wissen, dass Rikjana einst Alawins Schülerin war, eine gute, glaube ich. Und Alawin vertraute Rikjana an, wohin sie gehen wollte.«

Der Gang machte eine sanfte Biegung, und Mageli wäre beinahe gegen die Wand gestolpert, so aufmerksam lauschte sie

Ondulas' Erzählung. Sie fluchte leise, und Ondulas lachte, wurde aber sofort wieder ernst.

»Alawin und Rikjana trafen eine Vereinbarung: Wir sollten sie informieren, wenn in Enigmala etwas Entscheidendes passierte, und sie würde uns Zuflucht gewähren, falls wir eines Tages fliehen müssten. Bisher ist allerdings keiner der beiden Fälle eingetreten.«

»Und woher kennst du dann den Weg?«, wandte Mageli skeptisch ein.

»Ich bin ihn noch nie gegangen«, gestand Ondulas. »Aber Rikjana hat ihn mir beschrieben. Wir müssen uns einfach auf unser Glück verlassen.«

Na großartig, dachte Mageli. In diesem Moment begann der Tunnel sacht anzusteigen, und das lenkte ihre Aufmerksamkeit ab. »Sind wir schon da?«, fragte sie überrascht.

»Hm«, brummte Ondulas unbestimmt. Vermutlich wusste er es selbst nicht genau.

Nach einer weiteren Kurve war der Tunnel tatsächlich zu Ende und sie standen vor einer Wand. Hier gab es keine Tür und auch sonst keinen erkennbaren Durchgang, aber Mageli war sich sicher, dass es irgendeine Möglichkeit geben musste, durch diese Wand zu gelangen.

»Darf ich?« Ondulas drückte sich an ihr vorbei und legte seine linke Hand gegen die massiv wirkende Mauer, nicht ohne vorher seinen Leuchtstein in die Tasche seines Umhangs zu stecken und mit der rechten sein Schwert zu ziehen. Mageli fühlte sich unwohl. Ihr Begleiter rechnete wirklich jederzeit mit einem Angriff.

Wie sie es bereits im Verlies bei den Dunkelelfen beobachtet hatte, begann Ondulas eine leise Melodie zu summen, allerdings sang er eindeutig melodischer als der Dunkelelf. Der Effekt war jedoch derselbe: Die Wand schob sich zur Seite und öffnete einen Durchgang, gerade breit genug, dass zunächst Ondulas und direkt hinter ihm Mageli hindurchschlüpfen konnten, dann schloss sie sich geräuschlos wieder.

Sie standen in einer unbeleuchteten Nische – zum Glück verbreitete der Stein in Magelis Hand noch einen schwachen Lichtschein –, in der gerade genug Platz für sie beide war. Mageli konnte nicht erkennen, was sich vor der Nische befand, denn Ondulas hatte sich ihr in den Weg gestellt und drängte sie mit der Hand hinter seinen Rücken. Mageli fragte sich, ob er sie beschützen oder daran hindern wollte vorauszulaufen. Vermutlich beides.

»Was …?«, flüsterte sie, aber Ondulas legte den Zeigefinger an die Lippen und lauschte angespannt. Auch Mageli spitzte die Ohren, nahm aber keine ungewöhnlichen Geräusche wahr. Langsam fragte sie sich, ob Ondulas das Ganze nicht ein bisschen übertrieb.

»Hier entlang«, zischte er schließlich und huschte aus der Nische heraus, wobei er nach Magelis Arm griff und sie hinterherzog.

Der Tunnel war breiter und höher als der Geheimgang und schwach beleuchtet. Den Leuchtstein behielt Mageli trotzdem in der Hand. Sicherheitshalber. Ondulas hatte ihren Arm losgelassen und eilte mit schnellen Schritten voran, sodass Mageli ihm wieder nur mühsam folgen konnte. Ihr Herz pochte vor Anstrengung und Aufregung gleichermaßen. Bei jedem Knirschen oder Knacken zuckte sie zusammen. Doch es waren nur Stöckchen und Kiesel, die unter ihren Füßen nachgaben.

Plötzlich blieb Ondulas so abrupt stehen, dass Mageli beinahe in ihn hineingelaufen wäre.

»Verflucht! Sie kommen uns direkt entgegen!«, schimpfte der Elf leise.

Da hörte Mageli es auch: Mindestens zwei verschiedene Stimmen, Männer, die sich miteinander unterhielten, weit entfernt noch, aber sie kamen eindeutig auf sie zu.

Und soweit sie sehen konnte, gab es von diesem Gang keine einzige Abzweigung.

»Mist!«, stimmte sie Ondulas zu und spürte ihr Herz erneut heftig klopfen. Sie wollte auf dem Absatz kehrtmachen und in die Gegenrichtung flüchten, doch Ondulas hielt sie am Ärmel fest und zog sie hinter sich her. War er verrückt geworden? So würden sie ihren Gegnern genau in die Arme laufen …

Ondulas rannte jetzt, und dabei bewegte er sich so leise, dass Mageli nur staunen konnte. Sie selbst stolperte mehrmals bei dem Versuch, ihm zu folgen, und er schaute sich irritiert um. Peinlich! Normalerweise war sie viel geschickter, aber jetzt war sie aufgeregt, mehr als das: Sie hatte Angst! Was oder besser gesagt wer kam da auf sie zu? Und was plante Ondulas? Warum rannte er geradewegs in ihr Verderben?

Der Elf eilte um die nächste Kurve. Die fremden Männer waren noch nicht zu sehen. Ihre Stimmen waren jetzt so laut, dass Mageli sie auch im Laufen hören konnte. Zwei Stimmen, die abwechselnd sprachen. *Zwei Männer,* schloss Mageli. Verstehen konnte sie sie allerdings nichts. Dann, als sie gerade mit Ondulas auf die nächste Kurve zuhetzte, lachte einer der Männer laut auf, und es klang so nah, als würden die Gegner sie direkt hinter dieser Kurve erwarten. Magelis einziger Impuls war: Flucht! Sie wollte umdrehen und laufen, auch wenn es sicher längst zu spät war. Ondulas schien das zu bemerken und griff wieder nach ihrem Arm, bekam sie am Handgelenk zu fassen, zerrte sie hinter sich her und schubste sie plötzlich zur Seite.

Mageli stolperte durch einen schmalen Durchgang und konnte sich gerade noch mit den flachen Händen an der rauen Felswand abstützen. Überrascht stellte sie fest, dass sie sich wieder in einer Nische befand, die von dem Hauptgang abging und die sie in ihrer Eile und Panik gar nicht bemerkt hatte. Schon schob Ondulas sich vor sie und verdeckte ihren Körper mit dem seinen. Allerdings war diese Nische winzig – auch wenn Mageli sich so flach wie möglich an die Wand drückte, war Ondulas sicher als Schatten von außen zu sehen. Die Gegner mussten schon blind oder blöd sein, um dieses Versteck nicht zu bemerken.

Ondulas wandte den Kopf zu ihr und legte seine Hand auf Magelis. Wollte er sie beruhigen? Im selben Moment zog er seine Hand schon wieder fort, und Mageli bemerkte, dass das verräterische Glimmen des Leuchtsteins, den sie noch immer umklammert hielt, erloschen war. Keine Sekunde zu früh. In diesem Moment waren die fremden Stimmen direkt vor dem Eingang zu ihrer Nische angelangt.

Mageli stand ganz steif und versuchte, nicht zu atmen. Auch Ondulas wirkte wie erstarrt. Sie lauschten. Zwei Stimmen, die abwechselnd sprachen. Zwei Paar Füße, die lautstark voranschritten. Mageli war froh, dass sie hier in diese Nische gequetscht standen und die beiden Fremden mit ihren dreckigen Witzen so beschäftigt waren, dass sie es nicht bemerkten. Denn die Schritte gingen vorbei, die Stimmen wurden wieder leiser. Da sprang Ondulas mit einem Mal aus seinem Versteck hervor.

Der Schreckensschrei blieb Mageli im Hals stecken. Der Elf war bereits in der Dunkelheit verschwunden, bevor sie überhaupt realisiert hatte, was er da tat. Ondulas war definitiv verrückt geworden!

Vom Gang erklang das Klirren von Klinge auf Klinge. Die beiden Fremden stießen wütende Beschimpfungen aus, von Ondulas hörte Mageli dagegen keinen Ton. Sollte sie in ihrem Versteck bleiben? Oder Ondulas zu Hilfe kommen? Aber welche Hilfe konnte sie schon anbieten? Mageli machte einen Schritt nach vorn und versuchte, einen Blick auf das Geschehen im Gang zu erhaschen, ohne dass die fremden Männer sie bemerkten. Als sie ihren Kopf vorsichtig aus der Nische streckte, war der Kampf allerdings schon so gut wie vorüber. Mageli sah gerade noch, dass Ondulas mit einer einzigen eleganten Bewegung den beiden Dunkelelfen nacheinander ihre schwarzen gezackten Klingen aus den Händen schlug, dann hörte sie die Fremden aufstöhnen, worauf sie nacheinander wie gefällte Bäume zu Boden fielen und liegen blieben.

Ondulas streifte das dunkle Blut, das an seinem Schwert klebte, am Hosenbein des einen Gegners ab, betrachtete die grün funkelnde Klinge einen Augenblick versonnen, schob die Waffe wieder in die Scheide und ließ seinen langen Umhang darüberfallen. Mit drei schnellen Schritten war Mageli bei ihm und stieß ihn unsanft gegen die Schulter.

»Was hast du dir nur dabei gedacht? Sie waren doch schon an uns vorbeigegangen. Sie hätten uns sicher nicht bemerkt. Aber du stürmst einfach hinterher und bringst dich in Gefahr«, platzte sie heraus. Erst jetzt wurde ihr bewusst, welche Angst sie in den wenigen Augenblicken, die der Kampf währte, um Ondulas ausgestanden hatte.

»Gefahr, pah!«, erwiderte Ondulas und zwinkerte ihr verschmitzt zu, als wäre nichts passiert. »Zwei gegen einen. So miserabel wie die meisten Dunkelelfen mit dem Schwert hantieren, war es höchstens unfair, dass ich ihnen nicht die Chance gegeben habe, nach Verstärkung zu rufen.«

Mageli schüttelte bloß den Kopf über so viel Selbstgefälligkeit. Als ob er sich oder ihr etwas beweisen müsste …

»Können wir jetzt weiter?« Ondulas' Augen blitzten noch immer vor Kampfeslust.

»Meinetwegen«, entgegnete Mageli kurz angebunden und marschierte los, ohne sich nach Ondulas umzublicken. Er musste ja nicht gleich merken, dass sie ihm bereits verziehen hatte.

Sie bog um die nächste Kurve – und wusste augenblicklich, dass sie und Ondulas soeben einen riesigen Fehler begangen hatten. Sie waren laut gewesen. Sie waren unaufmerksam gewesen. Und unvorsichtig!

Nur etwa zehn Meter vor ihnen stand ein Monster im Gang, ein Wesen, wie es Mageli noch nie gesehen hatte. Auf den ersten Blick sah es aus wie eine Eidechse. Aber es war bestimmt zwei Meter hoch, mit einem gewaltigen Kopf, der unruhig hin- und herpendelte, und einem massigen grünen Leib, aus dem die Beine wie Baumstämme herauswuchsen. Was das für die Größe seines Schwanzes bedeutete, mochte Mageli sich gar nicht ausmalen. Seine glänzenden Schuppen bildeten einen natürlichen Panzer, und im breiten Maul trug es die effektivsten Waffen, die man sich vorstellen konnte: spitze Zähne, so lang wie Magelis Unterarme.

»Verflucht, ein Drachenwaran!«, raunte Ondulas hinter ihr. »Bleib ganz ruhig stehen!« Mageli bemerkte, dass aus seiner Stimme alle übermütige Begeisterung verschwunden war. Dieses Tier hielt er für einen ernst zu nehmenden Gegner.

Die Riesenechse fauchte, wobei eine lange, dünne Zunge aus ihrem Maul herauszischelte und die Nasenlöcher sich weit blähten. Hätte sie angefangen, Feuer zu speien, Mageli hätte sich nicht gewundert. Ihre Knie wurden schon wieder unangenehm zittrig, und sie spürte, wie die Magensäure in ihrer Speiseröhre aufstieg. Jetzt bloß nicht schlappmachen! Wenn sie angesichts dieser Monsterechse zusammenklappte, würde das Vieh sie garantiert als kleinen Snack verspeisen.

»Ha, zwei Ausreißer«, ertönte in diesem Moment eine zufriedene Stimme hinter dem Drachenwaran, und Mageli wurde auf einen Schlag bewusst, dass das Monster vielleicht gar nicht ihr größtes Problem darstellte.

»Ruhig, die wollen wir uns erst einmal ansehen«, fügte die Stimme an das Monster gewandt hinzu. Sieben Männer drängten sich an der Echse vorbei, die brav stehen blieb und dem Geschehen aus ihren kleinen, roten Augen folgte.

Die Männer waren Dunkelelfen, das erkannte Mageli auf den ersten Blick. Sie trugen alle dunkle Kleider und darüber eine Art Uniform mit Brust- und Beinpanzern, die aus dem gleichen Material zu bestehen schienen wie die Haut der Echse. In ihren Händen hielten sie die gleichen schwarzen, gezackten Schwerter, wie sie die Männer benutzt hatten, mit denen Ondulas eben noch gekämpft hatte. An ihren breiten Gürteln steckten außerdem allerlei weitere Waffen: kürzere, krumme Schwerter, gezackte Dolche, und zwei von ihnen trugen sogar schwarze Äxte.

Außerdem waren ihre langen Haare aschgrau und ihre Gesichter unproportioniert. In ihren gelblichen Augen lag ein Ausdruck niederträchtiger Vorfreude.

Die Magensäure erreichte Magelis Rachen und sie würgte sie mit aller Kraft wieder hinunter. Ondulas trat nach vorne und baute sich beschützend vor Mageli auf. Aber wie wollte er es mit sieben Männern und einer Monsterechse aufnehmen?

Die Dunkelelfen kamen bis auf wenige Schritte heran und stellten sich in einer Reihe vor Mageli und Ondulas auf, dann trat einer von ihnen vor und musterte sie abfällig.

»Ihr kennt die Gesetze«, zischte er zwischen den Zähnen hindurch und zog die Mundwinkel nach unten, wobei seine Oberlippe herabhing wie die Lefzen eines Hundes. Es hätte komisch aussehen können, tat es aber nicht.

»Eure Gesetze«, erwiderte Ondulas und seine Stimme klang widerwillig. »Gesetze, die wir sicherlich nicht akzeptieren würden, wenn ihr sie nicht mit brutaler Gewalt durchzusetzen wüsstet.«

»Halt den Mund«, fuhr ihn der Anführer der Truppe grob an. »Diese Gesetze hat unser aller König Livian erlassen und ihr habt euch ihnen unterzuordnen.« Die Gehässigkeit in seiner Stimme war unverkennbar. »Und nun wollen wir euch zeigen, was passiert, wenn ihr das nicht tut.« Er schnipste mit den Fingern, und augenblicklich setzten sich seine sechs Männer in Bewegung und stürmten mit erhobenen Schwertern auf Ondulas und Mageli zu.

Mageli wollte zurückweichen, doch ihre Beine versagten den Dienst und blieben wie am Boden festgewachsen stehen. Sie konnte sich einfach nicht mehr bewegen. Ondulas hingegen holte mit einer blitzschnellen Bewegung nicht nur sein grünes Schwert aus der Scheide, sondern zog außerdem mit der anderen Hand eine zweite, identisch aussehende Waffe hervor, die hinter seinem Rücken unter dem Umhang verborgen gewesen war.

Mageli staunte noch über seine Schnelligkeit, da stürzten sich bereits alle sieben Dunkelelfen auf ihn. Zwei von ihnen kamen sich in ihrem Kampfeifer so in die Quere, dass der eine seinen Kumpanen mit seinem gezogenen Schwert am Arm verletzte. Doch die anderen hieben bereits auf Ondulas ein. Nach wenigen Sekunden hatten sie ihn komplett umstellt und bedrängten ihn mit ihren schaurigen schwarzen Klingen.

Ondulas schlug um sich wie ein Wilder. Er drehte sich in einem fort um die eigene Achse, sodass es aussah, als seien ihm acht Arme gewachsen. Niemals schien er einem Gegner den Rücken zuzuwenden. Stets parierte er die Angriffe der gezackten Schwerter, noch bevor die Waffen ihm zu nahe kamen.

Zwar mischte sich derjenige, dessen Arm versehentlich verletzt worden war, nicht in den Kampf ein – mit grauweißem Gesicht stand er an die Tunnelwand gelehnt und hielt sich den Arm, während zwischen seinen Fingern ein steter Fluss dunklen Blutes hervorquoll –, und einen weiteren Dunkelelfen konnte Ondulas mit einem Stich in den Bauch niederstrecken, sodass dieser taumelte und stöhnend zu Boden sank. Aber die Angreifer waren immer noch zu fünft. Mageli beobachtete die Kampfhandlungen mit wachsendem Entsetzen. Gegen diese Übermacht konnte Ondulas unmöglich lange bestehen!

Zum Glück hatten sich die Dunkelelfen noch nicht gegen sie gewandt. Offenbar wirkte sie zu verschüchtert, um als ernsthafte Gegnerin wahrgenommen zu werden. Und dass sie nicht imstande war wegzulaufen, sah man ihr vermutlich auch an. Fieberhaft überlegte Mageli, wie sie Ondulas helfen könnte. Ihr fiel der Dolch in ihrem Rucksack ein. Aber erstens würde es ewig dauern, bis sie ihn herausgekramt hatte, und außerdem hatte sie keinen Schimmer, was sie damit anfangen sollte. Ansonsten hielt sie nur noch den Leuchtstein in der Hand. Auch nicht gerade eine besonders wirksame Waffe gegen fünf Männer mit Schwertern.

Und dann lauerte im Hintergrund ja auch diese Furcht einflößende Riesenechse. Die stand zwar immer noch wie ein überdimensioniertes Hündchen brav an derselben Stelle wie zuvor, Mageli konnte sich jedoch gut vorstellen, was passieren würde, wenn es Ondulas entgegen aller Logik gelingen sollte, seine Angreifer unschädlich zu machen. Tatsächlich ging gerade ein weiterer Dunkelelf zu Boden. Zeitgleich zog einer der Männer seine schwere Axt aus dem Gürtel und ließ sie auf Ondulas' Kopf niedersausen. Mageli stieß einen spitzen Schrei aus und Ondulas duckte sich im letzten Moment zur Seite weg. Der Axthieb ging ins Leere, das Schwert eines anderen Angreifers fuhr hingegen tief in Ondulas' Bein. Ein kurzes Zucken in seinem Gesicht verriet Mageli, wie groß der Schmerz sein musste, ansonsten ließ der Elf sich nichts anmerken.

Nun war er allerdings verletzt. Und noch immer kämpfte er gegen vier starke Gegner. Es hätte schon gereicht, wenn sie sich nur mit dem Monsterwaran herumschlagen hätten müssen. Auch wenn das breite Maul, die gefährlichen Zähne und die baumdicken Beine kaum zu überwinden waren. Das waren die Waffen, die sie jetzt gegen diese Übermacht von Dunkelelfen gut gebrauchen könnten!

Vor ihrem inneren Auge sah sie, wie die große Echse sich auf ihre Gegner stürzte und einen nach dem anderen unschädlich machte, indem sie ihre spitzen Zähne in den Körper stieß oder sie einfach unter ihren riesigen Füßen zerquetschte. Eine herrliche Vorstellung! Mageli wurde ganz warm in der Brust dabei.

Und plötzlich wurde ihre Fantasie Wirklichkeit: Über das Kampfgetümmel hinweg bemerkte Mageli, wie sich die Echse in Bewegung setzte und mit schweren Schritten auf die Kämpfenden zubewegte. Sie schnaufte und zischelte, und Mageli überfiel die Sorge, die Echse könnte es nun auch noch auf Ondulas und sie selbst abgesehen haben, zugleich aber wusste sie mit unerklärlicher Gewissheit, dass das nicht der Fall war. Die Echse würde ihnen helfen.

Ohne zu zögern, stürzte sich das Riesentier auf den ersten der Dunkelelfen, schnappte nach seinem Kopf, der gänzlich in dem breiten Maul verschwand, schleuderte den Mann einige Male hin und her und warf ihn schließlich gegen die Wand. Der schlaffe Körper rutschte daran herunter und blieb auf dem Boden liegen, den Kopf in einem unnatürlichen Winkel verdreht. Schon fiel die Echse über den nächsten Kämpfer her, riss ihn von den Beinen und stieß ihm ihre langen Zähne in den Leib. Auch die anderen beiden Männer hatten nun von Ondulas abgelassen und beobachteten fassungslos, wie die Echse sich gegen ihre Herren wandte. Der Anführer der Truppe fing sich als Erster.

»Lass das!«, brüllte er die Echse an. »Los, verschwinde!« Wütendes Fauchen war die Antwort. Der Dunkelelf richtete sein Schwert auf die Echse und trat einige Schritte näher. Das Tier ließ sich davon nicht beirren. Schneller, als Mageli es bei seiner Körperfülle für möglich gehalten hätte, rannte es auf den Mann zu, der sich ihm entgegenstellte. Der zweite verbliebene Dunkelelf konnte sich nicht mehr in Sicherheit bringen und wurde unter einem der Echsenfüße zermalmt. Die gespaltene Zunge schoss aus dem Echsenmaul, wickelte sich um das schwarze Schwert und zerbrach es wie ein Streichholz. Zwei Schritte wich der Anführer noch zurück, dann stieß er gegen die Wand. Schon zuckte die Zunge der Echse wieder hervor und schlang sich um den entwaffneten Mann, hob ihn hoch und ließ ihn wieder fallen. Der Dunkelelf stieß wüste Drohungen aus und schrie, dann bohrte die Riesenechse ihm ihre Vorderzähne in den Körper, und augenblicklich verstummte er.

Mageli stand stocksteif, die Augen vor Schreck weit aufgerissen, und wagte kaum zu atmen. Auch Ondulas bewegte sich nicht. Würde die Echse nun über sie beide herfallen? Nein. Da war Mageli sich immer noch sicher.

Das Tier schnaufte noch einmal vernehmlich und wandte sich um, wobei es mit seinem langen Schwanz den letzten der verbliebenen Dunkelelfen, der bereits verletzt an der Wand gelehnt hatte, einfach umwarf. Mit geschlossenen Augen blieb der Mann liegen. Dann trottete die Echse in gemächlichem Tempo zurück in die Richtung, aus der die Wachmannschaft gekommen war.

»Diese Unfähigkeit! Ich bin umgeben von Unfähigkeit.«

Ferocius' Atem drang pfeifend durch seine viel zu schmale Nase. »Wie konnte das passieren?«

Der Wächter, dessen Name Golmir war, kniete vor Ferocius auf dem Boden, die Stirn auf den glatten, glänzenden Stein gepresst, in dem sich die Angst spiegelte, die sein ohnehin hässliches Gesicht noch weiter verzerrte. Sein verletzter Arm schmerzte, doch die Blutung hatte der Fürst mit einer brennenden Paste gestillt. Dennoch fürchtete Golmir um sein Leben, das der Waran ihm wider Erwarten gelassen hatte. Ihm als einzigem aus seiner Truppe. War das Glück gewesen oder ein grausamer Streich des Schicksals? Denn nun musste er vor seinen Meister treten und ihm berichten, was ihnen auf ihrem Patrouillengang widerfahren war.

»Waren sie in der Überzahl? Trugen sie besondere Waffen bei sich? Oder waren etwa fähige Magier unter ihnen?«, hakte der Schattenfürst mit kalter Ruhe nach.

»Sie waren zu zweit.« Golmirs raue Stimme zitterte. »Ein Mann, der es gut verstand, mit seinen Schwertern umzugehen, doch der über keine außergewöhnlichen Fähigkeiten zu verfügen schien. Und eine unscheinbare junge Frau, ein Mädchen noch.«

»Hm. Ein mittelmäßiger Schwertkämpfer und ein unscheinbares Mädchen, sagst du. Und wie erklärst du dir dann euer Versagen?«

»Ich kann es mir nicht erklären, Meister. Plötzlich ging der Waran auf unsere Männer los, als wäre das Tier verrückt geworden, und metzelte einen nach dem anderen nieder. Ich konnte froh sein, dass ich schon zuvor verletzt worden war und abseits an der Wand lehnte, sonst hätte er mich sicher auch getötet.«

»Nun, dann solltest du wirklich froh sein«, entgegnete Ferocius eisig. »Und jetzt sieh mich an.«

»Nein, Meister, bitte«. Golmirs Stimme überschlug sich vor Angst. »Ich war noch nicht fertig. Es gibt noch etwas zu berichten …«

»Dann berichte es mir schnell.«

»Als ich wieder zu mir kam, waren die beiden Lichten gerade im Aufbruch. Und da bin ich ihnen gefolgt. Mit einem gewissen Abstand natürlich; ich denke, sie haben mich nicht bemerkt.«

»Soso. Und wohin bist du ihnen gefolgt?« Der Meister klang nicht mehr ganz so erbost. Eher interessiert. Beinahe ungeduldig. Golmir schöpfte neue Hoffnung. Vielleicht würde er am Leben bleiben.

»Zu einer Höhle. Einer Höhle voller Wasser. Ein riesiger See mit einem enormen Wasserfall. Sie stiegen in ein kleines Boot, das aus dem Wasser auftauchte, und fuhren damit über den See auf den Wasserfall zu – und plötzlich waren sie verschwunden. Ich weiß nicht, wohin sie verschwunden sind, aber ich weiß, wo diese Höhle liegt. Ich könnte Euch hinführen, wenn Ihr es wünscht«, bot Golmir eifrig an.

»Eine Höhle voller Wasser, ein Wasserfall, interessant, interessant.« Der Fürst schien zu sich selbst zu sprechen, richtete dann aber wieder das Wort an seinen Wachmann. »Vielleicht bist du nicht so nutzlos, wie ich dachte. Los, steh auf und führe mich zu diesem Ort.«

Kapitel 17

Mageli hatte geglaubt, dass es nicht mehr vieles im Elfenreich gab, das sie in Erstaunen versetzen konnte. Doch als der tosende Wasserfall sich vor ihren Augen teilte und wie der Vorhang einer Bühne auseinanderglitt, konnte sie es kaum fassen. Seit sie in dieser Höhle mit dem riesigen See angelangt waren, passierten wunderliche Dinge.

Dabei war es ihr schon wie ein kleines Wunder erschienen, dass sie es überhaupt bis hierher geschafft hatten. Nachdem die Riesenechse verschwunden war, hatte Mageli einige Augenblicke gebraucht, um sich wieder zu fangen. Sie spürte ihr Herz noch wild bis in den Hals klopfen und musste ein Schluchzen unterdrücken, das ihr in die Kehle steigen wollte. Alles, was gerade geschehen war, erschien ihr mit einem Mal völlig unreal. Ein Albtraum.

Aber da lagen die Leichen der Dunkelelfen zerfetzt und zermalmt vor ihren Füßen. Kein schöner, aber ein sehr realer Anblick!

Und auch Ondulas trug unübersehbare Spuren des Kampfes. Er hatte mehr abbekommen, als Mageli während des schnellen Gefechts bemerkt hatte. Seine Kleidung war an mehreren Stellen eingerissen, und quer über seine linke Wange führte ein Schnitt, aus dem einzelne Blutstropfen quollen und zu seinem Kinn hinunterliefen. Besonders sein rechtes Bein, das Bekanntschaft mit dem Dunkelelfenschwert gemacht hatte, bereitete Mageli Sorgen.

Die Hose war zerfetzt, und soweit Mageli erkennen konnte, als sie neben Ondulas kniete, um ihn zu untersuchen, klaffte darunter eine tiefe Fleischwunde. Am liebsten hätte sie ihn an Ort und Stelle verbunden, ihm noch lieber eine von Rikjanas Heilpasten aufgetragen. Doch sie hatten nichts Entsprechendes dabei – wie leichtsinnig! –, und außerdem wehrte Ondulas genervt ab, als sie ihn bat, die Hose auszuziehen, damit sie die Wunde besser sehen konnte.

»Das ist nichts«, erklärte er betont fröhlich. »Diese Dunkelelfenklingen können mir nichts anhaben. Los jetzt, wir müssen sehen, dass wir weiterkommen.«

Als wäre nichts passiert. Als hätte er nicht gerade gegen sieben Männer gekämpft. Und als wäre ihnen nicht eine Monsterechse zu Hilfe gekommen, die sie nach allen Gesetzen der Logik eigentlich hätte angreifen müssen. Na gut, auch Mageli konnte so tun, als wäre nichts geschehen. Sollte Ondulas doch selbst sehen, wie er mit seinem verletzten Bein vorankam. Schweigend machten sie sich auf den Weg.

Nach kurzer Zeit erreichten sie eine Abzweigung und verließen den breiteren Gang, um wiederum in einen schmalen, schlecht beleuchteten Tunnel abzubiegen. Dieser führte um zahlreiche Kurven, einige Stufen hinauf und wieder hinab, es folgte eine weitere Abzweigung, ein weiterer Tunnel und noch einer, bis Mageli schließlich sicher war, dass sie trotz ihres guten Orientierungsgefühls nie mehr allein den Weg in die Elfenstadt finden würde.

Ondulas machte gar keinen guten Eindruck. Schon nach kurzer Zeit wurde der Elf langsamer, dann begann er leicht zu humpeln. Sein Hosenbein war inzwischen blutgetränkt und sein blasses Gesicht hatte eine ungesunde gräuliche Farbe angenommen. Immer wieder warf Mageli einen besorgten Blick in seine Richtung. Mit verschlossener Miene schleppte Ondulas sich neben ihr her. Sie hätte ihm gern angeboten, dass er sich auf sie stützen könne, aber vermutlich hätte er auch das abgelehnt. Warum war er bloß so stur!

Sie waren bereits eine ganze Weile stumm nebeneinander hergegangen, als Ondulas stehen blieb. Mageli rechnete schon damit, dass er nun aufgeben oder sie zumindest um eine Pause bitten würde, aber Ondulas schien nur angespannt zu lauschen.

»Hörst du?«, fragte er sie schließlich.

Mageli spürte Panik aufsteigen. Noch mehr Dunkelelfen? Doch sosehr sie auch horchte, sie konnte keine Stimmen und keine Schritte erkennen. Nur ein leises, gleichmäßiges Rauschen.

»Wasser?«, fragte sie erstaunt.

»Ja. Wir müssen gleich da sein.«

Tatsächlich. Das Rauschen wurde mit jedem Schritt lauter, und als sie schließlich um die nächste Biegung kamen, öffnete sich vor ihnen eine große Höhle, die von einem See ausgefüllt wurde.

Mageli und Ondulas standen an einem schmalen Strand, an den träge die Wellen schwappten. Auf der gegenüberliegenden Seite stürzte ein gewaltiger Wasserfall mit lautem Tosen aus der Höhlendecke. Die Wasserfront erstreckte sich über die gesamte Breite der Höhle. Und irgendwie kam Mageli der Anblick vertraut vor … Richtig! Diese Höhle mit dem See und dem Wasserfall hatte sie bereits durch die Augen der kleinen Eidechse gesehen, die ihr den Weg nach Enigmala gewiesen hatte.

Und diese Höhle voller Wasser sollte ihr Ziel sein? Hier sollte die weise Alawin leben? Es gab kein Haus und keine Hütte, nicht einmal weitere Tunnel oder Nischen in den felsigen Wänden, in denen sich jemand eine Behausung hätte einrichten können.

Ondulas hatte sich auf den sandigen Untergrund sinken lassen und Mageli beobachtete ihn mit einer Mischung aus Besorgnis und Verärgerung. Wohin hatte der Elf sie bloß geführt? Und warum hatte sie ihm so blind vertraut? Er hatte ihr selbst gestanden, dass er den Weg nicht genau kannte und noch niemals bei Alawin gewesen war. Aber sie wollte jetzt nicht mit ihm streiten, Ondulas sah wirklich schlecht aus. Sie setzte sich direkt neben ihm auf den Boden, und es störte sie auch nicht, als er seinen Kopf an ihre Schulter lehnte. Sollte er sich ruhig einen Moment ausruhen.

Mageli wollte auch gerade die Augen schließen, als mit einem Mal die Wellen kräftiger an den Strand zu schlagen begannen. Dann tauchte etwas aus dem See auf. Holzplanken, ein Bug, ein Boot! Von der Kraft des Wassers an Land geschoben, blieb es vor ihnen liegen. Schwungvoller, als Mageli es ihm in seinem Zustand zugetraut hätte, sprang Ondulas auf, schnappte sich sein Bündel und ging zu dem kleinen Kahn.

»Komm schon.« In seinen müden Augen glomm ein Lächeln. Mit einer auffordernden Geste bedeutete er Mageli einzusteigen, schob das Boot vom Strand zurück ins Wasser und schwang sich ebenfalls hinein. Augenblicklich setzte das Boot sich in Bewegung auf den Wasserfall zu, ganz von allein, ohne dass es von einem Motor oder von Rudern vorangetrieben wurde.

Je näher sie dem Wasserfall kamen, desto lauter wurde sein Tosen. Mageli musste unwillkürlich an eine Reportage denken, die sie mal über die Niagara-Fälle gesehen hatte. Da waren die verrückten Touristen in Booten bis fast unter die tobenden Wassermassen gefahren und dabei ziemlich nass geworden. Auch ihnen spritzte bereits die Gischt entgegen, und dieser Wasserfall wirkte auf Mageli nicht viel kleiner als sein Pendant in Amerika. Sie duckte sich, befürchtete schon, gleich würde ihr Boot direkt in die Wand aus Wasser hineinfahren und die nassen Massen würden sie unter sich begraben – doch dann teilten sie sich und das Boot fuhr einfach mitten hindurch.

»Willkommen in meinem bescheidenen Reich.«

Auch auf dieser Seite der Höhle lag hinter dem Wasserfall ein Strand, breiter jedoch und eher erdig als sandig. Dort stand eine hochgewachsene Frau in einem langen weißen Kleid. Ihr ebenfalls weißes Haar fiel ihr offen bis zu den Hüften, um ihre Stirn lag ein schmaler silberner Reifen, verziert mit kleinen milchig blauen Steinen. Ein silberner Gürtel hielt das gerade geschnittene Kleid um die Taille zusammen, die Schnalle schmückte ebenfalls ein blauer Stein, allerdings war dieser groß wie ein Taubenei. An den Händen, die die Frau ihnen grüßend entgegenstreckte, trug sie mehrere Ringe mit verschlungenen Mustern in den Einfassungen und verschiedenen farbigen Steinen: Einer war blutrot, einer grasgrün, einer himmelblau, einer sonnengelb und einer schwarz wie die Nacht. Das also war die weise Alawin.

»Wie ich sehe, hast du einen Gast mitgebracht«, sagte sie an Ondulas gewandt, wobei sie Mageli aus Augen musterte, die exakt die gleiche Farbe hatten wie die Steine in ihrem Stirnreif.

Mageli kletterte aus dem Boot, aber Ondulas blieb kraftlos sitzen, und in diesem Moment musste auch Alawin aufgefallen sein, dass es ihrem Besucher nicht gut ging. Mit wenigen schnellen Schritten war sie am Boot und beugte sich über Ondulas' Bein.

»Eine Dunkelelfenklinge«, hörte Mageli ihre Gastgeberin murmeln. »War sie vergiftet?«

Vergiftet? Das Wort jagte Mageli einen Schauer den Rücken hinunter. Über diese Möglichkeit hatte sie gar nicht nachgedacht. Ondulas schüttelte nur müde den Kopf.

»Ich glaube nicht. Es fühlt sich nicht danach an.«

»Gut, gut, immerhin. Dann komm.« Alawin griff unter Ondulas' Arm hindurch, legte die Hand auf seinen Rücken und zog ihn mit erstaunlicher Kraft aus dem Boot. Schnell eilte Mageli an seine andere Seite und stützte seinen Ellenbogen.

»Wir bringen ihn am besten hinein, dort kann ich ihn besser versorgen«, erklärte Alawin mit sanfter Stimme, aber in befehlsgewohntem Tonfall.

Hinein? Mageli konnte kein Haus oder etwas in der Art entdecken. Zwar hingen auch in dieser Höhle wie in der Elfenstadt Wurzeln von der Decke herab, doch sie waren nicht zu den ihr bekannten tropfenförmigen Behausungen geformt. Vielmehr erweckten sie den Eindruck eines kunstvoll angelegten, verdrehten

Gartens, bei dem die Bäume von der Decke hingen und leuchtende Pilze die Blüten formten. Aber wo wohnte Alawin?

Die Elfe dirigierte ihre Besucher durch den hängenden Garten, bis sie auf der anderen Seite an die nackte Höhlenwand gelangten. Dort befand sich ein breiter Durchgang im Fels, der mit farbigen Tüchern verhängt war. Mit ihrer freien Hand hob Alawin die Tuchbahnen zur Seite und geleitete Mageli und Ondulas hinein.

Wieder einmal konnte Mageli über die Schönheit elfischer Baukunst nur staunen. Der Höhlenraum war kreisrund und nicht übermäßig groß, aber sehr hoch und oben wie eine Kuppel geformt. In dieser Kuppel befanden sich zahllose glitzernde Kristalle, sodass die Decke wirkte wie ein den Raum überspannendes Himmelszelt mit funkelnden Sternen. Genau in der Mitte des Raumes stand ein ebenfalls runder, ausladender Tisch, dessen steinerne Platte so blank poliert war, dass sich die glitzernden Sternbilder darin spiegelten. Rund um den ganzen Raum verlief eine in den rauen Stein der Wände gehauene breite Bank, auf der zahllose farbige Kissen für Bequemlichkeit sorgten.

Auf diese Bank steuerte Alawin nun zu und bedeutete Mageli, Ondulas darauf zu betten. Obgleich Mageli sich alle Mühe gab, den Freund sanft hinzulegen, stöhnte er auf. Sein Gesicht hatte mittlerweile eine aschgraue Farbe angenommen, die Augen hielt er geschlossen. Suchend tastete seine Hand durch die Luft und Mageli ergriff sie und drückte sie fest. Seine Haut fühlte sich klamm an.

Alawin war in der Zwischenzeit durch eine der drei bogenförmigen Türen in der Wand in einen anderen Raum verschwunden, nun kehrte sie mit einem Tiegel in der einen und einer

Schale mit klarem Wasser und einem Tuch in der anderen Hand zurück.

»Lass mich das sehen.« Nicht grob, aber bestimmt schob sie Mageli zur Seite, zog ein Messer aus ihrem weiten Ärmel und schnitt mit einer einzigen schnellen Bewegung Ondulas' Hosenbein der Länge nach auf.

»Zu dunkel hier«, murmelte sie – im selben Moment leuchteten die Kristalle in der Decke hell auf und verwandelten das Sternenzelt in ein strahlendes Lichtermeer.

Wow! Elfenbeleuchtung mit Dimmerfunktion, dachte Mageli. Doch als ihr Blick auf Ondulas' Bein fiel, zog sie scharf die Luft ein. Das sah böse aus! Kein gerader, sauberer Schnitt, sondern eine klaffende, ausgefranste Wunde quer über den Oberschenkel. Sie blutete noch immer, sah tief aus und irgendwie schmutzig, obwohl Mageli nicht hätte erklären können, wie Dreck hineingekommen sein sollte. Vielleicht war das eine der Tücken von Dunkelelfenwaffen.

Falls Alawin überrascht oder entsetzt war, so ließ sie sich nichts davon anmerken. Mit flinken Fingern wusch sie die Wunde aus, nahm den Tiegel zur Hand und verteilte eine Paste auf den Wundrändern, die ekelhaft aussah, aber wunderbar roch. Das zerfetzte, blutdurchtränkte Hosenbein schnitt sie kurzerhand komplett ab und legte es zu ihren Utensilien an die Seite. Zufrieden rieb sie ihre Hände aneinander.

Mageli wollte protestieren. Das sollte alles gewesen sein? Musste eine solche tiefe Wunde nicht genäht werden? Alawin ließ sie gar nicht erst zu Wort kommen.

»Ondulas sollte nun schlafen. Schlaf ist bisweilen die beste Medizin. Und wir zwei können uns solange ein wenig unterhalten.« Sie legte Mageli sanft die Hand auf den Rücken und führte sie zum Ausgang der Höhle. Ohne eine Erklärung durchquerte sie den hängenden Garten und blieb erst stehen, als sie wieder am Wasserfall angelangt waren. Im Inneren von Alawins Haus hatte man das Rauschen gar nicht gehört, jetzt war es ohrenbetäubend laut.

»Lass uns hier eine Weile sitzen.« Alawin deutete auf eine Steinbank im Felsen. Als sie sich setzten, ließ das Tosen des Wassers nach und verklang zu einem leisen Rauschen.

»Du bist also Mageli«, wandte sich Alawin an ihre Besucherin.

Mageli staunte. Woher wusste die weise Elfe das? Ondulas hatte keinen Ton über die Lippen gebracht, seit sie hinter dem Wasserfall angekommen waren. Und sie selbst hatte auch noch keine Gelegenheit gehabt, sich vorzustellen. Konnte Alawin hellsehen? Oder Gedanken lesen?

Alawin schien Magelis Verwunderung zu spüren. »Du fragst dich wahrscheinlich, woher ich deinen Namen kenne. Und nicht nur das. Ich weiß bereits eine Menge über dich und deine Fähigkeiten.« Sie betrachtete Mageli mit einem warmen Ausdruck in ihren milchig blauen Augen, und zum ersten Mal, seit sie hier gelandet waren, fiel Mageli auf, dass sie ein altes Gesicht vor sich hatte. Winzige Fältchen breiteten sich wie ein Fächer um die Augenwinkel aus, und auch um den Mund lag ein feines Geflecht von Falten. Die Augen wirkten klar und wach, doch gleichzeitig spiegelten sich darin die Erfahrungen, Freuden und Schmerzen eines sehr langen Lebens. Mageli hatte das Gefühl, diese Augen könnten direkt durch sie hindurch und bis in ihr Herz schauen.

»Ich habe Nachricht von Rikjana erhalten. Sie hat dich mir angekündigt und berichtet, was sie bereits über deine Begabung in Erfahrung bringen konnte. Auch deine wundersame Geschichte hat sie zumindest in Teilen geschildert.«

»Aber wie kann das sein?« Mageli konnte sich nicht vorstellen, wie ein Brief aus der Elfenstadt zu der Einsiedlerin unter dem Wasserfall hätte gelangen sollen. Und das auch noch schneller, als sie und Ondulas gewesen waren.

Alawin deutete neben sich auf den Felsen, und an der Stelle, auf die ihr Zeigefinger wies, entdeckte Mageli eine handtellergroße Eidechse mit einer rautenförmigen Maserung auf dem Rücken. Fragend hob sie die Augenbrauen.

»Das ist Silva«, stellte Alawin das kleine Tier vor. »Sie ist uns gelegentlich dabei behilflich, Botschaften auszutauschen.«

Mageli schüttelte leicht den Kopf. Sie verstand noch immer nicht.

»Es ist ganz einfach«, erklärte Alawin geduldig. »Wenn man ihr mitteilt, was sie übermitteln soll, dann behält sie diese Nachricht in ihrem Gedächtnis und überbringt sie an den gewünschten Empfänger. Natürlich muss man darauf achten, alles in Bildern auszudrücken, die auch für eine kleine Eidechse verständlich sind. Aber Rikjana und ich haben diese Bildersprache über die Jahre annähernd perfektioniert.«

»Ach so.« Mageli wusste wirklich nicht, was sie darauf erwidern sollte. Sie war erst so kurze Zeit hier und hatte schon eine solche Fülle beeindruckender Vorführungen von Alawins magischen Gaben erhalten, dass ihr der Kopf schwirrte. Und noch immer verstand sie nicht einen Bruchteil davon.

»Rikjana hat mir mitgeteilt, dass du eine starke magische Gabe in dir trägst. Unsere Gaben werden in der Regel von den Eltern an ihre Kinder vererbt. Da frage ich mich natürlich, wer deine Eltern sind. Sag, weißt du irgendetwas über deine Herkunft?«

Mageli schüttelte wieder nur stumm den Kopf. Nein, sie hatte keine Idee, wer ihre wahren Eltern waren. Und bisher hatte sie sich auch noch nicht viele Gedanken darüber gemacht, obwohl die Frage eigentlich naheliegend war.

Alawin schien bemerkt zu haben, dass Mageli das Thema unangenehm war. Statt nachzuhaken, fuhr sie fort: »Und nun bist du zu mir gekommen, um zu lernen.«

»Ja«, entgegnete Mageli mit Enthusiasmus. »Ich möchte so schnell wie möglich lernen, meine magische Gabe zu nutzen.«

»Soso.« Ein Lächeln huschte über Alawins Gesicht, ruhig und verständnisvoll, und sie legte Mageli eine ihrer beringten Hände leicht auf den Arm. »Magie lässt sich nicht schnell lernen, mein Kind. Magie ist eine Lebensaufgabe.«

Enttäuscht stieß Mageli die Luft aus. Warum hatten die anderen Elfen sie zur Eile getrieben, wenn Alawin davon überzeugt war, dass magische Fähigkeiten lange Zeit brauchten, um sich zu entfalten? Und wie sollte sie Erin helfen, wenn sie nicht bald in der Lage sein würde, sich dem Schattenfürsten entgegenzustellen?

»Aber ich muss es für Erin lernen«, platzte sie heraus. »Er braucht mich.«

»Der Prinz, soso. Ja, Rikjana deutete das an. Er ist krank, nicht wahr, oder besser gesagt, wird das behauptet. Ich habe da einen Verdacht, mein Kind. Aber du wirst mir zunächst einiges erklären müssen, bevor ich entscheiden kann, ob dieser der Wahrheit entspricht.«

Ein Verdacht? Das klang gut. Alawin war die Erste, die eine

Idee zu haben schien, was mit Erin los war. Mit neuer Hoffnung nickte Mageli. »Ich habe zwar keine Ahnung, auf welche deiner Fragen ausgerechnet ich die Antwort kennen sollte. Aber bitte, wenn es hilft, Erin zu helfen, werde ich natürlich alles sagen, was ich weiß.«

»Was ich wissen muss, ist für dich vermutlich gar nicht schwer zu beantworten«, fuhr Alawin fort. »Es geht nur darum, wie du Erin getroffen hast, unter welchen Umständen, und was dabei passiert ist. Besonders interessiert mich, woher du so genau zu wissen glaubtest, dass dem Prinzen etwas zugestoßen war. Würdest du mir das erzählen?«

»Natürlich.« Auch wenn sie sich ein wenig über diese Fragen wunderte, berichtete Mageli Alawin möglichst genau von den wenigen Treffen, die sie mit Erin gehabt hatte. Anfangs kamen die Worte nur zögerlich, dann flossen sie ihr immer schneller über die Lippen. Es tat so gut, noch einmal alles erzählen zu können, was sie mit Erin erlebt hatte. Auch wenn sie wegließ, wie er sie geküsst hatte, denn das musste Alawin nun wirklich nicht wissen. Und auch die Szene, die sie ihm im Garten gemacht hatte, kürzte sie ein wenig zusammen, weil ihr ihre Vorwürfe mittlerweile leidtaten. Warum bloß hatte sie Erin damals nicht vertraut? Vielleicht wäre dann alles anders gekommen.

Nur mühsam konnte Mageli die Tränen unterdrücken, als sie berichtete, wie erschöpft und krank Erins Stimme ihr am Ende erschienen war und dass sie ihn gar nicht mehr hatte sehen können.

»Und du meinst, dass du all das in deinen Träumen erlebt hast?«, fragte Alawin und drückte mitfühlend Magelis Arm. Während der ganzen langen Erzählung hatte sie ihre Hand nicht weggezogen. Als Mageli wiederum nur nickte, erläuterte sie: »Es ist eine sehr seltene Gabe. Nur die allerwenigsten von uns können im Traumreich wandeln. Meine eigene Fähigkeit darin ist erst im Alter gewachsen, vor ein- oder zweihundert Jahren etwa. Dass der Prinz oder du über diese Gabe bereits jetzt verfügen, grenzt an ein Wunder. Und es untermauert meine Theorie.« Mit diesen Worten erhob sie sich und klopfte Mageli sanft auf die Schulter.

»Ich muss nachdenken, mein Kind. Und in meinen klugen Büchern blättern. Und du solltest dich ein wenig ausruhen.«

Was? Ausruhen? Bevor sie wusste, welche Theorie Alawin entwickelt hatte? Unmöglich! Stur blieb Mageli auf der Steinbank sitzen und sah Alawin herausfordernd an. »Ich möchte aber lieber jetzt wissen, was du denkst.«

Wieder lächelte die alte Elfe ein wissendes Lächeln. »Komm, ich werde dir etwas zu essen bereiten. Und einen Tee. Zumindest stärken solltest du dich, danach sehen wir weiter.«

Magelis Magen grummelte verräterisch. Essen! Sie hatte schon wieder seit einer halben Ewigkeit nichts zu sich genommen.

»Na gut.« Sollte Alawin ruhig für sie kochen. Aber danach wollte sie ein paar Antworten.

Ondulas schlief, als sie in die Höhle mit der Sternenkuppel zurückkamen. Mit entspannten Zügen lag er auf den weichen Kissen, seine Brust hob und senkte sich gleichmäßig. Leise, um ihn nicht zu wecken, schlich Mageli heran und betrachtete die Wunde am Bein. Auch wenn sie schon erwartet hatte, dass Alawin ein kleines Wunder vollbringen würde, zuckte sie erstaunt zurück: Von dem klaffenden, blutigen Schnitt war nichts mehr zu sehen, die Wundränder waren vollständig geschlossen und es bildete sich bereits eine feine, rötliche Narbe. Nur um sicherzugehen, legte Mageli auch noch ihre Hand auf Ondulas' Stirn. Die Haut war nun nicht mehr klamm, sondern trocken und warm, jedoch nicht fiebrig heiß. Ondulas war eindeutig auf dem Wege der Genesung.

Einen kleinen Moment länger als notwendig ließ Mageli ihre Handfläche auf Ondulas' Stirn ruhen. Sie war so froh, dass es ihm besser ging. Obwohl sie sich erst seit so kurzer Zeit kannten, hatte sie das Gefühl, in Ondulas einen echten Freund gefunden zu haben.

»Eine kleine Stärkung.« Alawin hielt ein Tablett in der Hand mit einem Becher und einer Schale, aus der es verführerisch duftete. Mageli hatte gar nicht bemerkt, dass sie hinausgegangen war. Und zum Kochen schien ihr die Zeit, die seither vergangen sein konnte, auch viel zu kurz. Vielleicht gab es ja Fünf-Minuten-Terrine à la Alawin.

Magelis Gastgeberin stellte das Tablett auf dem spiegelnden Tisch in der Mitte des Raumes ab und deutete auf einen der ihn umringenden Stühle, auf denen ebenso wie auf der Steinbank dicke Kissen lagen. Erneut knurrte Magelis Magen, und sie beeilte sich, an den Tisch zu kommen.

Als sie in den tiefen Teller blickte, machte sich Enttäuschung breit. Schon wieder eine trübe Suppe, in der einzelne Pilzbröckchen schwammen! Gab es denn hier niemals etwas Vernünftiges zwischen die Zähne? Auch der erste Löffel war wenig erfreulich. Genießbar, ja. Aber fad. Warum rochen eigentlich alle Speisen hier so köstlich und schmeckten dann kaum besser als eingeschlafene Füße?

»Es ist nichts Besonderes …« Alawin hatte Magelis unzufriedenen Ausdruck wohl bemerkt.

»Schmeckt lecker«, unterbrach Mageli die alte Elfe betont begeistert.

»… aber es wird dir Kraft geben«, fuhr diese unbeeindruckt fort. »Und nun muss ich mich meinen Büchern widmen. Iss dich satt und ruh dich ein wenig aus. Wir sprechen uns später.«

Mageli nahm den Hauch eines süßlichen Dufts war, als Alawin sich umdrehte und ihr weiter Rock Magelis Arm streifte. Dann war die weise Frau verschwunden und Mageli saß allein über ihrer Suppe. Löffel für Löffel leerte sie brav den Teller. Tatsächlich hatte sie das Gefühl, dass die Brühe viel stärkender war, als man ihrem Aussehen nach vermuten würde. Schließlich war der Teller leer. Auch den Becher, der würzigen Tee enthielt, trank Mageli mit wenigen großen Schlucken aus.

Unschlüssig blickte sie sich in dem runden Raum um. Ondulas schlief und sie wollte ihn auf keinen Fall wecken. Alawin war auf unbestimmte Zeit verschwunden. Mageli kam sich auf einmal schrecklich unnütz vor. Schon wieder verschwendete sie wertvolle Zeit. Dabei sollte sie doch Magie lernen!

Sie erhob sich und ging mit möglichst leisen Schritten zu dem ersten der drei offenen Torbögen, die aus dem Hauptraum hinausführten. Neugierig linste sie hindurch. Dahinter lag ein Raum, der aussah wie eine Mischung aus Küche und Labor. In hohen Regalen türmten sich Fläschchen, Tiegel, Schüsseln und Schalen. Kelche, geformt wie Hörner, waren in speziellen Halterungen an der Wand befestigt, daneben hingen Bündel schmaler Zweige und getrockneter Pilze. Auf einem langen Holztisch in der Mitte stapelten sich weitere Schüsseln und Teller, Flaschen und Karaffen, dazwischen lagen aufgeschlagene Bücher und zahlreiche Zutaten, für die Mageli die Namen fehlten. Was für ein Chaos! Das hätte sie der so edel wirkenden Elfe gar nicht zugetraut. Auf einem Regal am anderen Ende des Raumes standen mehrere große Terrarien. Soweit Mageli erkennen konnte, wohnten in einem davon zwei kleine Eidechsen, in einem weiteren eine schmale, rot gemusterte Schlange, die träge über einem Ast hing und zu schlafen schien, und in einem dritten sprangen mehrere graue Mäuse herum. Ob Alawin die Tiere für irgendwelche Versuche benötigte? Hoffentlich nicht!

Der nächste Raum war Alawins Schlaf- und Studierzimmer. Mageli sah ein breites Lager am Boden, auf dem sich die Kissen türmten, sowie einen schweren Schreibtisch und einen breiten, gemütlichen Sessel davor – ebenfalls voll mit den unvermeidlichen Kissen. Eine fußballgroße Kugel auf dem Schreibtisch zog Magelis Blick auf sich. Sie schimmerte in den verschiedensten Farben und strahlte dabei ein reines weißes Licht ab. Noch bevor Mageli näher treten und die wundersame Kugel untersuchen konnte, sah sie aus dem Augenwinkel Alawin, die den Raum durch eine zweite Tür betrat, einen Stapel in Leder gebundener Bücher in den Händen. Schnell duckte Mageli sich hinter den Torbogen.

Blieb noch ein dritter Raum zu erkunden. Es war der größte von allen, fast ebenso groß wie der Hauptraum und fast ebenso hoch. Bis hinauf zur Decke erhoben sich an allen Seiten Schränke aus dunklem Holz, angefüllt mit Büchern. Diese waren in dunkelbraunes Leder eingebunden, an manchen Stellen war das Material bereits brüchig geworden, über viele Buchrücken kroch Staub und längst nicht überall standen die Bücher in Reih und Glied. Oft waren die dicken Bände kreuz und quer in die Borde geschoben worden, einige stapelten sich sogar auf dem steinernen Boden, und ein paar lagen aufgeschlagen auf einem massiven Holztisch, der zwischen all den riesigen Regalen etwas verloren wirkte.

Mageli atmete tief ein. Das war mit Abstand die schönste Bibliothek, die sie jemals gesehen hatte. Gar nicht vergleichbar mit der Stadtbücherei in Neuenburg, in der sich fast ausschließlich zerfledderte Taschenbücher herumdrückten und die wenigen Hardcover in Plastikfolie eingeschweißt waren. Und natürlich auch nicht zu vergleichen mit dem Lager von Herrn Finger, wo alle Bücher völlig ungeordnet in dreckigen Metallregalen zusammengequetscht wurden. Nein, das hier war etwas ganz Besonderes.

Mageli konnte kaum noch stillstehen. Diese Bücher schienen sie zu rufen: Komm her, schau uns an, lies uns, entdecke unsere Geheimnisse! Aber durfte sie das? Durfte sie einfach so in Alawins privater Bibliothek herumstöbern? Andererseits hatte die weise Elfe ihr nicht ausdrücklich verboten, sich umzusehen. Sie hatte ihr nur geraten, sich ein wenig auszuruhen. Und ausruhen konnte Mageli sich seit jeher am besten beim Lesen …

Ehrfürchtig ging sie an den hohen Regalen entlang, betrachtete die Rücken, ließ ihren Zeigefinger darüberfahren und entdeckte, dass längst nicht alle Bücher in dunkles Leder eingebunden waren. Einige Bände hatten Umschläge aus dem schuppigeren grauen und grünlichen Leder, aus dem die Stiefel, Schuhe und Gürtel der Elfen hergestellt waren. Einige wenige stachen aus der Masse durch dunkelrote oder schwarze Einbände hervor. Doch kein einziges Buch trug auf seinem Rücken einen Schriftzug oder wenigstens eine Markierung. Wie fand Alawin sich hier bloß zurecht?

Wahllos zog Mageli einen der Bände aus dem Bord, musste aber schnell feststellen, dass sie nicht einfach im Stehen darin blättern konnte, dafür war das Buch zu groß und zu schwer. Sie schob es zurück und schlenderte zu dem Tisch hinüber. Die Bücher darauf waren bereits aufgeschlagen und Mageli konnte einen Blick hineinwerfen. Schnell wurde ihr klar, dass diese Werke sich nicht nur äußerlich von denen unterschieden, die Mageli normalerweise las.

Alle Bücher waren von Hand geschrieben, in geschwungener, teils gar verschnörkelter Schrift, und viele Seiten waren mit farbigen Zeichnungen versehen: Pflanzen, Tieren und anderen Wesen, die Mageli wenn überhaupt nur aus Märchen kannte. Manche schienen zur Illustration des Geschriebenen zu dienen, andere zum reinen Schmuck. Die Schrift war schwierig zu entziffern, aber nach einer Weile erkannte Mageli, dass sie mehrere Bücher mit Rezepten vor sich hatte sowie eine Art Lexikon der Tierwelt, in dem auch die Fabelwesen eine Rolle spielten.

Das war ja alles ganz interessant, aber Mageli stand der Sinn mehr nach einem Band mit Erzählungen, elfischen Epen, Gedichten oder Geschichten. Sie wollte etwas über die Traditionen und Überlieferungen in dieser für sie neuen Welt erfahren. Suchend ließ sie ihren Blick über die Borde schweifen. Doch durch die fehlenden Titel war das ein aussichtsloses Unterfangen. Sie konnte ja schlecht jedes Buch herausnehmen.

Plötzlich blieben ihre Augen wie magnetisch angezogen an einem einzelnen Band hängen. Es war ein schmales Buch, das trotzdem mit seinem ungewöhnlichen Einband aus golden schimmerndem Material zwischen seinen Nachbarn herausstach. Komisch, dass ihr das Werk nicht schon früher aufgefallen war! Sie machte einige zögerliche Schritte darauf zu. Dieses Buch strahlte etwas Seltsames aus. Mageli fühlte sich gleichzeitig davon angezogen und zurückgestoßen, als berge es ein Geheimnis, das besser nicht gelüftet werden sollte. Vorsichtig streckte sie die Hand danach aus, umschloss es dann fest und zog es mit mehr Entschlossenheit, als sie tatsächlich fühlte, aus dem Regal. Was erwartete sie zwischen diesen beiden Buchdeckeln?

Mageli trug das Buch hinüber an den Tisch und legte es behutsam ab. Sie atmete tief ein. Und aus. Dann schlug sie es an einer beliebigen Stelle auf. Die Schrift war dieselbe wie bei den anderen Büchern, aber es fehlten die Abbildungen. Und noch etwas war anders: Die Texte waren nicht mit schwarzer Tinte geschrieben, sondern mit goldener. Mageli begann zu lesen, konnte sich aber keinen Reim auf die Wörter und Sätze machen, die sie nach und nach entzifferte. »… wird am Tag, da der Himmel den Mond verschlingt, ein Sohn gezeugt werden, und dieser wird die Geschicke des Volkes mehr als dreihundert Jahre lenken …«

Mageli blätterte weiter.

»… wird ein Feuer das Leben des Königs auslöschen, und nur ein Mann vom Blute des Königs kann den König retten …«

Noch zwei Seiten weiter:

»… Verrat wird das Volk in die Finsternis stoßen, und diese Finsternis wird umfassend sein und die Seelen ergreifen …«

Mageli verstand nicht, was da stand. Dennoch blätterte sie weiter und weiter und las und las, bis sie schließlich bei den letzten Zeilen angelangt war.

»In der Nacht der Sonnenwende wird die Königin eine Tochter gebären. Und dieses Kind wird die Elfen ins Licht zurückführen. Und wer diesem Kind ein Leid antut, der wird selbst leiden, und wer es tötet, der wird selbst sterben.«

Ein Räuspern ließ Mageli hochfahren.

Kapitel 18

»Du hast das Buch der Orakel entdeckt.«

Mageli war so gefesselt gewesen, dass sie nicht bemerkt hatte, als Alawin den Raum betrat. Erwischt! Sie spürte, wie ihr das Blut in die Wangen schoss. Alawin lächelte ihr wissendes Lächeln, als verstünde sie genau, welche Anziehungskraft dieses Buch besaß.

»Eine interessante Lektüre, wohl wahr. Und sie hat mir einigen Ärger eingebracht. Wobei es natürlich weniger das Buch war als die Orakel selbst. Aufgeschrieben habe ich sie ohnehin nur, um sie zu erhalten, falls mir etwas zustoßen sollte. Im Grunde ist alles, was da steht, auch hier drin zu finden.« Alawin klopfte leicht mit ihrem Mittelfinger an ihre Schläfe.

»Und was bedeutet es?« Mageli blickte die Elfe gespannt an.

»Nun, das ist die große Frage. Die Orakel sind natürlich längst nicht immer verständlich. Oder wir verstehen sie erst, wenn sie eintreffen. Es sind Blicke in die Zukunft. Sie künden uns ein Ereignis an oder weisen uns den Weg. Ein jeder kann das Orakel befragen, unsere Herrscher tun es natürlich besonders gern. Ich selbst bin nur das Medium, ich übermittle, was mir die Geister mitteilen.«

»Und warum hast du deswegen Ärger bekommen? Wenn du nur die Vermittlerin bist?«

»Dieses letzte Orakel, das da vor dir aufgeschlagen liegt ...« Alawin sah mit einem Mal müde aus. »... es entsprach nicht der Wahrheit. Die Königin hat einen Sohn geboren, wie du ja am besten weißt. Das allein wäre vielleicht nicht so schlimm gewesen, aber nach Erins Geburt hat sich ihr Gemüt immer weiter verfinstert. Ich fürchte, sie hat es sich schwer zu Herzen genommen, dass sich das Orakel nicht erfüllte. Dass *sie* das Orakel nicht erfüllte. Als der Prinz fünf Jahre alt war, starb die Königin. Es hieß, sie sei krank gewesen. Aber ehrlich gesagt glaube ich das nicht.« Alawin atmete tief durch. »Danach hat man mich mit Schimpf und Schande vom Hof gejagt.«

Mageli nickte mitfühlend. Das war wirklich ungerecht! Auch wenn die Geschichte von Erins Mutter furchtbar traurig war. Alawin konnte doch nichts dafür, wenn ein Orakel sich nicht erfüllte.

»Nun, vorbei ist vorbei.« Alawin klatschte in die Hände, als wollte sie damit die trüben Gedanken verscheuchen. »Ich habe etwas herausgefunden, was dich sicher interessieren wird.«

Mit einer einladenden Handbewegung bedeutete sie Mageli, in den Sternenkuppelsaal vorauszugehen.

Noch immer schlief Ondulas auf der Steinbank. Alawin wies zu dem spiegelnden Tisch, auf dem ein aufgeschlagenes Buch lag – ein sonderbares Buch: Die Buchstaben waren in blutroter Tinte geschrieben und die Schrift so verschlungen, dass Mageli sie auch bei genauerem Hinsehen nicht entziffern konnte. Fragend schaute sie Alawin an. Auf einen weiteren Wink der alten Elfe hin setzte sie sich an den Tisch.

»Ich habe wie gesagt einige meiner Bücher konsultiert«, fing Alawin zu erklären an und setzte sich ebenfalls auf einen Stuhl. »Und das, was ich gelesen habe, bringt mich zu der Vermutung, dass Fürst Ferocius Prinz Erin im Traumverlies gefangen hält.«

»Er hält ihn wo gefangen?«

»Im Traumverlies«, wiederholte Alawin.

»Und was bitte soll das sein?«

»Das Traumverlies gehört zu einer sehr alten, sehr dunklen Form von Magie. In diesem Werk«, sie deutete auf den Band vor ihnen auf dem Tisch, »steht es beschrieben. Du findest in diesem Buch viele Ausprägungen schwarzer Magie. Sehr interessant, wenn du mich fragst, aber natürlich nicht sehr nachahmenswert.«

Mageli rutschte nervös auf ihrem Stuhl hin und her. Hoffentlich kam Alawin bald zur Sache.

»Wir haben vorhin darüber gesprochen, dass einige wenige Elfen die Gabe der Traumwandelei besitzen. Du erinnerst dich: So bist du Prinz Erin ja überhaupt begegnet.«

Mageli nickte und Alawin fuhr fort: »Darüber hinaus benötigt ein Magier die Fähigkeit der Beeinflussung auf höchster Stufe. Nur so kann er einen Gegner ins Traumverlies bannen.«

Irritiert zog Mageli die Augenbrauen zusammen.

»Rikjana hat dir bislang nur wenig über die Beschaffenheit der Magie erklärt, oder?«

»So gut wie gar nichts.«

»Hm. Dann ist es schwierig zu verstehen. Hast du etwas dagegen, wenn ich dir zunächst den Aufbau unserer magischen Fähigkeiten erläutere?«

Mageli hatte durchaus etwas dagegen, dass sie nicht sofort erfuhr, wo der Schattenfürst Erin eingesperrt hatte. Andererseits konnte sie nun endlich mehr über elfische Magie lernen. Also schüttelte sie nur stumm den Kopf. Alawin lehnte sich in ihrem Stuhl zurück und faltete die schmalen Hände in ihrem Schoß.

»In unserer Magie geht es darum, sich dem anderen mitzuteilen«, begann sie. »Du hast unsere Elfenstadt gesehen. All diese Bauten, die ganze Struktur von Enigmala haben wir dem Wurzelholz durch unsere bloße magische Konzentration vermittelt.«

Mageli nickte wieder. Ja, das hatte Ondulas ihr bereits erklärt. Und nachdem es ihr selbst gelungen war, aus nichts ein Feuer zu entzünden, verstand sie etwas besser, wie diese magische Konzentration funktionierte.

»Das ist die Ebene der sachlichen Magie«, fuhr Alawin fort. »Wir teilen unsere Wünsche und Vorstellungen den Dingen mit. So bringen wir die Steine dazu zu leuchten und das Wasser, sich zu teilen, wenn wir es wollen.«

Der Wasserfall, richtig! Jetzt wurde Mageli klar, wie es sein konnte, dass er sich in der Mitte geöffnet hatte.

»Auf der nächsten Ebene steht die Kommunikation mit Tieren. Tiere sind lebendige Wesen mit einem eigenen Willen. Ihnen unsere Wünsche mitzuteilen, ist deutlich schwieriger, als es in der dinglichen Welt der Fall ist. Sich mit ihnen zu verständigen, ist eine Sache, ihnen eine Handlung zu befehlen, eine weitere. Diese Ebene der Magie erreichen längst nicht alle aus unserem Volk. Und viele angesehene Magier kommen nicht darüber hinaus.«

Alawin beugte sich wieder vor und fixierte Mageli mit ihren milchig blauen Augen. »Und dann gibt es die dritte Stufe der Magie. Die Gabe, diese Ebene zu erreichen, besitzen die allerwenigsten, und das ist vielleicht auch gut so, denn es ist eine gefährliche Gabe, die zu Missbrauch verleiten kann. Wer die dritte Stufe erklimmt, ist in der Lage, seinesgleichen im Geiste zu berühren und in seinen Handlungen zu beeinflussen.«

Mageli hielt den Atem an. Das bedeutete, auf der dritten Ebene konnte man andere Elfen zwingen, das zu tun, was man von ihnen wollte. Gruselig! *Ging das auch mit Menschen?*, schoss es ihr durch den Kopf.

»Menschen sind leichter zu beeinflussen als andere Elfen, denn sie besitzen keine eigene Magie«, beantwortete Alawin wieder einmal Magelis unausgesprochene Frage. »Elfen hingegen können versuchen, sich dagegen zu schützen. Allerdings hängt es dann vom eigenen magischen Talent ab, wie erfolgreich dieser Schutz ist.«

»Und was hat das alles mit diesem Traumverlies zu tun?« Mageli konnte ihre Ungeduld nicht länger zügeln. Über Alawins Gesicht huschte ein Schatten und sie stieß ein leises Seufzen aus. »Für das Traumverlies benötigt ein Magier wie gesagt sowohl die Gabe der Traumwandelei als auch die dritte Stufe der Magie. Und eine schwarze Seele. Denn dieses Verlies ist meines Erachtens das Grausamste, was man einem Gegner antun kann.«

Mageli spürte ihr Herz fest gegen ihren Brustkorb pochen. Gebannt hing sie an Alawins Lippen.

»Der Magier dringt in den Traum seines Kontrahenten. Dort

fordert er ihn heraus und unterwirft ihn, wenn seine Kraft der des anderen überlegen ist. Hat er ihn bezwungen, so schließt er seinen Geist und seine Seele im Traumreich ein, sodass der Unterlegene sich nicht mehr aus eigener Macht daraus befreien kann.«

»Und wer kann das?«, fragte Mageli atemlos. Sie hatte nun begriffen, worauf Alawin hinauswollte. Erins Geist war in der Traumwelt gefangen, nur sein Körper vegetierte noch in der realen Welt vor sich hin. »Wer kann ihn befreien?«

»Das kann nur ein ebenso starker Magier, der den Wächter des Traumverlieses herausfordert und bezwingt«, entgegnete Alawin und seufzte erneut. »Aber Ferocius ist ein mächtiger Gegner, und dass er eine tiefschwarze Seele besitzt, wenn er überhaupt eine hat, daran besteht kein Zweifel. Ich wüsste nicht, wer ihn herausfordern sollte.«

»Ich werde das tun.« Mageli spürte plötzlich ein so großes Selbstvertrauen, wie sie es noch nie empfunden hatte. Sie würde Erin befreien, koste es, was es wolle. Sie würde den Schattenfürsten bezwingen. Wie sie das anstellen sollte? Keine Ahnung! Aber sie würde es schaffen. Sie musste es schafften!

Alawin lachte sie nicht aus, sondern lächelte nur ihr wissendes Lächeln. »Deine magische Gabe ist groß«, sagte sie nachdenklich. »Nun musst du allerdings noch lernen, die Magie zu beherrschen.«

Die Magie der Elfen zu nutzen, war zugleich leichter und viel komplizierter, als Mageli es sich hätte träumen lassen.

Alawin hatte sie in ihr Labor geführt und erklärt, sie werde mit den grundlegenden Fähigkeiten der Magie beginnen, damit

Mageli einen Eindruck davon bekomme. Tatsächlich legte sie mit den gleichen Übungen los, von denen Mageli auch schon bei Rikjana gehört hatte.

Mageli musste ein Feuer aus dem Nichts entzünden, einen Stein zum Leuchten bringen und eine Wurzel dazu, in Form einer Spirale zu wachsen. Nach und nach verstand sie, dass die Magie in ihr selbst schlummerte und sie diese nur erwecken musste. Das war der einfache Teil. Das Brennen in ihrer Brust wurde ihr immer vertrauter, und je länger sie sich mit den Übungen beschäftigte, desto stärker spürte sie die Flammen der Magie in ihrem Inneren. Als schwierig erwies es sich hingegen, die Magie gezielt einzusetzen. Wasser, das Mageli eigentlich mit magischer Energie zum Kochen hatte bringen wollen, ergoss sich in einem Schwall über den Labortisch.

»Nicht schlimm«, versicherte Alawin ihr und sorgte dafür, dass die riesige Wasserlache augenblicklich verdunstete.

Die Paste, die Alawin vor Mageli stellte, damit sie ihr ein gelbliches Glimmen entlockte, explodierte, noch ehe Mageli sich das gelbliche Glimmen überhaupt vorgestellt hatte.

»Kein Problem«, erklärte Alawin, während sie die schwarze, glibbrige Masse vom Tisch wischte.

Und bei dem Versuch, eine Rose aus einer Wurzel zu formen, so wie sie es bei Ondulas gesehen hatte, ließ Mageli das Wurzelholz in lodernden Flammen aufgehen, die Alawin gerade noch löschen konnte, bevor sie auf den Stuhl darunter übergriffen.

»Das macht nichts«, sagte Alawin mit Überzeugung. Und: »Das passiert am Anfang jedem mal.«

Mageli schämte sich dennoch. Da half es auch nichts, dass sie die meisten Aufgaben, die Alawin ihr stellte, mit Bravour meisterte und dass die weise Elfe sichtlich zufrieden mit ihr zu sein schien. Mageli zweifelte. Würde es ihr je gelingen, die Magie, die in ihr wohnte, zu beherrschen?

Alawin schien diesbezüglich weniger Zweifel zu hegen. Sie lobte und lobte und schließlich klatschte sie in die Hände und erklärte: »Du bist bereit für die nächste Ebene.«

In diesem Moment betrat Ondulas das Labor.

»Ich hoffe, ich störe nicht«, sagte der Elf und gähnte ausgiebig.

»Du könntest kaum unpassender kommen.« Alawin lachte. Es war das erste Mal, dass Mageli sie so übermütig lachen hörte, und auch sie selbst fühlte sich seltsam erleichtert bei Ondulas' Anblick. Er sah so kraftvoll und gesund aus, als hätte es die schwere Verletzung an seinem Bein nie gegeben. Wie zum Beweis sprang Ondulas mit einem großen Satz über einen Stuhl, der ihm im Weg stand, und machte eine elegante Drehung, bevor er sich vor Alawin verneigte.

»Ich fühle mich wie neugeboren. Ich danke dir«, sagte er mit ernster Miene, wandte sich Mageli zu und schenkte ihr ein blitzendes Lächeln aus seinen Augen. »Und du, bist du fleißig?«

»Ich, ich …«, stotterte Mageli, noch ganz überwältigt von ihrer eigenen Erleichterung und Ondulas' unbeschwertem Lächeln.

»Sie macht sich hervorragend«, sprang Alawin für sie ein. »So etwas habe ich noch nie erlebt. Eine so große Gabe gepaart mit so viel Lerneifer. Es ist eine Freude.«

Mageli spürte ihre Wangen warm werden und Ondulas zwinkerte ihr verschmitzt zu.

»Welch Lob aus dem Mund der weisen Alawin, da kannst du stolz sein«, neckte er sie. »Für mich hatte sie stets nur Kritik übrig.«

»Über deine bescheidenen magischen Fähigkeiten, mein Lieber, wollen wir an dieser Stelle lieber Stillschweigen bewahren. Deine Stärken liegen gewiss in anderen Dingen«, gab Alawin amüsiert zurück und fuhr dann ernster fort: »Eigentlich wollte ich Mageli gerade auf die zweite Ebene führen, als du hereingeplatzt bist. Andererseits ist es vielleicht eine gute Idee, eine kleine Pause einzulegen. Ich hatte vorhin nicht den Eindruck, dass du meinen Rat befolgt und dich ausgeruht hast, Mageli. Vielleicht möchtest du das ja nachholen?«

»Ich bin gar nicht müde.« Mageli kam sich vor wie ein Kind, das noch nicht ins Bett geschickt werden wollte. Zu ihrem eigenen Erstaunen entsprach ihre Behauptung jedoch der Wahrheit: Sie war tatsächlich überhaupt nicht müde, dabei hatte sie jetzt schon so viele Stunden keinen Schlaf bekommen, dass sie selbst nicht mehr wusste, wie viele es waren.

»Das kommt von der Aufregung«, erklärte Alawin, als hätte Mageli eine Frage gestellt. »Wenn wir Elfen uns in Gefahr befinden oder in einem Zustand äußerster Anspannung, dann können wir die Müdigkeit viele Stunden oder sogar Tage unterdrücken.«

»Das heißt, wir können einfach weitermachen? Ich muss keine Pause einlegen?«

»Ja, das können wir.« Alawin schmunzelte. »Möchtest du uns Gesellschaft leisten?«, fragte sie Ondulas. »Vielleicht kannst du ja noch das eine oder andere lernen.«

Der Elf stöhnte übertrieben, setzte sich dann aber auf den Stuhl, über den er eben gesprungen war, und kreuzte die Arme vor der Brust.

»Gut, dann weiter.« Alawin ging zu den Terrarien an der hinteren Wand des Labors und holte auf der flachen Hand eine der kleinen Eidechsen heraus, die sie zärtlich betrachtete. Das Tierchen machte keine Anstalten wegzulaufen.

»Würdest du uns bei einigen magischen Übungen behilflich sein, Zwisa?«, fragte Alawin die Eidechse, die daraufhin mehrmals mit ihrem Schwanz zuckte.

»Danke«, erklärte Alawin, als hätte die Eidechse ihr geantwortet. Mageli hielt das für durchaus möglich, auch wenn sie selbst nichts gehört hatte.

Alawin streckte ihr die Hand hin: »Darf ich vorstellen? Das ist Zwisa und das ist Mageli. Viel Spaß ihr beiden.«

»Du bist wirklich unglaublich!«

Ondulas betrachtete Mageli mit einer solchen Bewunderung im Blick, dass Mageli schon wieder errötete. Nervös zupfte sie an ihren Haaren.

Sie saßen auf der steinernen Bank beim Wasserfall, und dieses Mal hatte Mageli dafür gesorgt, dass sie nicht durch das Tosen des Wassers gestört wurden. Alawin hatte ihr erklärt, dass sich die Lautstärke von Dingen magisch regulieren ließ, und Mageli hatte das sogleich erfolgreich ausprobiert. Ondulas schüttelte den Kopf, als könne er es nicht fassen.

»Nun hör schon auf.« Mageli schubste ihn ungeduldig gegen die Schulter. »Ich mache noch so schrecklich viele Fehler. Oh Mann, war das peinlich, als ich Alawins ganzes Labor unter Wasser gesetzt habe – aber das hast du ja zum Glück verpasst. Und dann die arme Eidechse! Nur gut, dass Alawin ein Mittel gegen diesen schrecklichen Schluckauf wusste, den ich ihr verpasst habe, anstatt sie Männchen machen zu lassen. Aber am schlimmsten ist Ebene drei, da bin ich ein Totalversager! Du hast selbst gesehen, wie ich mich abgerackert habe, um dich dazu zu bringen, den Stuhl zu zertrümmern. Ohne dass du ihn auch nur angehoben hast!«

»Ich fand es einfach unpassend, Alawins Mobiliar zu zerstören.« Ondulas knuffte ebenfalls gegen ihre Schulter. »Aber was du zuvor mit der Schlange und den Mäusen angestellt hast … Am besten gefiel es mir, als du sie alle diesen Tanz hast aufführen lassen. Wie hieß das: Hip-Hop? Unfassbar!«

Mageli schnaufte. »Schade nur, dass Fürst Ferocius keine Maus ist.«

»Nein, eher eine Schlange.« Ondulas lachte. Er legte seinen Arm um ihre Schulter und zog sie tröstend an sich. »Du musst ein wenig Geduld mit dir haben, Mageli. Die Kraft der Magie in dir ist riesengroß. Nun musst du lernen, sie zu kontrollieren. Was du in den letzten Stunden geleistet hast, schaffen andere Elfen erst nach Jahren, und den meisten gelingt es überhaupt nicht.«

»Aber ich habe keine Jahre!« Mageli lehnte ihren Kopf an Ondulas' Schulter. Nun fühlte sie sich doch müde. Und erschöpft. Und alle Zuversicht war verschwunden. Wenn sie nicht einmal Ondulas mit seinen schwachen magischen Fähigkeiten beeinflussen konnte, wie sollte sie es dann jemals mit dem Schattenfürsten aufnehmen?

Ondulas fuhr ihr sanft mit seiner Hand über die Haare und Mageli ließ es geschehen. Es tat so gut, einen Freund hier zu haben, der sie unterstützte und tröstete und ihr helfen wollte. Eigentlich hatte sie ja bereits eine ganze Reihe von Freunden unter den Elfen gefunden. Nein, sie war nicht allein! Ondulas strich Magelis Haare hinter ihr Ohr und stupste mit seinem Finger dagegen.

»Du hast so hübsche Ohren, warum versteckst du sie immer unter deinen Haaren?«

Mageli schreckte aus ihren Überlegungen hoch und starrte ihn verblüfft an: »Hübsche Ohren? Die sind so groß und spitz, ich bin froh, dass ich genug Haare habe, um sie darunter zu verbergen!«

Ondulas lachte schallend. Was? Machte er sich über sie lustig? Verletzt rückte Mageli ein Stück von ihm ab.

»Lach nicht!«

»Es ist nur ...« Ondulas atmete tief ein, um sich zu beruhigen, doch um seinen Mund zuckte noch immer das Lachen. »Elfen haben spitze Ohren. Zumindest die meisten. Schau.« Mit einer schnellen Bewegung strich er sich selbst die braunen Locken aus dem Gesicht und entblößte ein sehr großes, sehr spitzes Ohr. »Wir finden es schön.«

Erins Worte fielen ihr wieder ein: *Ich habe selten so hübsche spitze Ohren gesehen ...* Das hatte er wirklich so gemeint. Für ihn waren spitze Ohren nämlich ganz normal. Nun musste Mageli auch lachen. Richtig laut. Ihre blöden Ohren, für die sie sich all die Jahre so schrecklich geschämt hatte, waren einfach – elfisch!

Erleichtert stimmte Ondulas in das Lachen mit ein und zog Mageli an ihrem Ohr. Mageli lehnte sich zu ihm und zog an seinem. Er schnaufte in gespielter Empörung. Und auf einmal lagen seine Hände an ihren Wangen und seine Lippen auf ihrem Mund. Ondulas' Lippen waren weich, und er küsste sie mit solchem Nachdruck, dass Mageli ein wohliger Schauer über den Rücken jagte. Sie schloss die Augen. Sofort hatte sie Erins

Gesicht im Kopf, sein spöttisches Lächeln, seinen funkelnden Zauberblick, das Grübchen in seinem Kinn und diesen Kuss, von dem sie sich gewünscht hätte, dass er nie enden sollte … Sie stieß Ondulas sanft, aber bestimmt von sich und er schaute sie verwirrt an.

»Es tut mir leid«, murmelte sie. »Ich kann das nicht.«

»Du denkst nur an ihn, oder?« In Ondulas' Verwirrung mischte sich eine Spur Eifersucht. Mageli wusste sofort, dass Ondulas von Erin sprach. Sie hatte ja auch keinen Hehl aus ihren Gefühlen für den Elfenprinzen gemacht.

»Seinetwegen bin ich hier«, erklärte sie entschiedener, als ihr zumute war. Es tat ihr wirklich leid, Ondulas zurückweisen zu müssen, aber sie liebte Erin. Obwohl sie ihn kaum kannte, fühlte sie sich ihm tiefer und inniger verbunden, als sie es jemals für möglich gehalten hätte. Daran ließ sich nicht rütteln. Ondulas hatte es ihr mit seinem Kuss nur einmal mehr klar gemacht.

»Ich verstehe.« Ondulas riss sich sichtlich zusammen und schenkte Mageli ein kleines Lächeln aus seinen schönen Augen. »Dann solltest du jetzt dringend weiter üben gehen. Wäre doch gelacht, wenn du den Schattenfürsten nicht bald wie die Mäuse nach deiner Flöte tanzen lässt.«

Die Flöte! Plötzlich hatte Mageli es wahnsinnig eilig, sprang auf und rannte zurück in Alawins Haus, als wäre sie auf der Flucht. Ondulas hatte sie mit seiner abgewandelten Redewendung auf eine Idee gebracht. Hatte er ihr nicht selbst erklärt, dass er die Musik nutze, um seine Magie zu verstärken? Vielleicht konnte sie das auch!

Anstatt zu Alawin ins Labor zurückzukehren, zog Mageli ihren Rucksack unter der steinernen Bank im Sternenkuppelzimmer hervor und kramte ungeduldig darin herum. Das Teil war ganz schön vollgestopft, nachdem sie auch noch ihre Jeans, ihr T-Shirt und die Turnschuhe hatte hineinquetschen müssen. Achtlos warf sie die Sachen auf den Boden und wühlte, bis sie schließlich den glatten, ledernen Flötenkasten unter ihren Fingern spürte. Fast andächtig holte sie ihn heraus und klappte ihn auf. Das Licht der Kristalle an der Decke fing sich in dem silbernen Metall der Flöte und funkelte geheimnisvoll. Seit sie auf der Lichtung im Wald gestanden hatte, hatte Mageli die Flöte nicht mehr in der Hand gehabt. Sie hatte fast vergessen, dass sie sie eingepackt hatte. Nun freute sie sich an dem vertrauten Anblick.

Gerade wollte sie die einzelnen Teile des Instruments herausnehmen und zusammensetzen, als aus ihrem Rucksack ein schwaches Piepen erklang. Zweimal schnell hintereinander. Kurze Pause. Noch zweimal. Pause. Und wieder. Und noch mal. Bestimmt zehnmal ging das so. Mageli steckte ihre Hand hinein, tastete und bekam ihr Handy zu fassen, das hektisch vibrierte und weiterpiepste.

11 neue Nachrichten, zeigte das Display. Mit dem Daumen löste Mageli die Tastensperre und klickte auf die neuen Nachrichten. Sie kamen allesamt von Rosann.

Erste Nachricht: *Warum gehst du nicht dran?*

Zweite Nachricht: *Hallo?*

Dritte Nachricht: *Verdammt meld dich bei mir.*

Vierte Nachricht: *Ich mach mir echt Sorgen!*

Fünfte Nachricht: *Wir können doch über alles reden.*

Sechste Nachricht: *Ich gebe dir noch eine Stunde, dann ruf ich deine Eltern an!*

Siebte Nachricht: *Du bist abgehauen? Sag mal, spinnst du?*

Achte Nachricht: *Es gibt immer eine Lösung. Es ist nicht unbedingt die richtige, aber irgendeinen Einfall hat man immer.*

Neunte Nachricht: *Das ist von Polanski. Dem Regisseur.*

Zehnte Nachricht: *Hallo?*

Elfte Nachricht: *Hallooooooooo?*

Rosann, ihre süße Rosann! Machte sich solche Sorgen um sie. Vielleicht hätte sie vorher mit Rosann alles besprechen und nicht einfach nur diese kryptische SMS schicken sollen, als sie bereits auf dem Weg ins Elfenreich war. Vielleicht hätte Rosann ihr tatsächlich helfen können mit ihrem scharfen Verstand und ihrem Realitätssinn. Wobei das, was hier passierte, natürlich wenig mit Rosanns realer Welt zu tun hatte. Mageli spürte ein heftiges Ziehen im Bauch. Sie hätte die Freundin gern an ihrer Seite gehabt. Sehr gern sogar. Aber es tat auch schon gut zu wissen, wie viel Rosann an ihr lag.

Mageli ließ die Finger über der Tastatur schweben. Was sollte sie Rosann antworten? *Es geht mir gut … noch.* Das war wohl kaum sehr beruhigend. Ihr fiel einfach nichts Vernünftiges ein.

Mageli legte das kleine Telefon neben sich auf die Bank und erinnerte sich daran, dass sie eigentlich gekommen war, um ihre Flöte zu holen. Mit schnellen Bewegungen baute sie das Instrument zusammen und hob es wie zur Probe an ihre Lippen. Es fühlte sich gut und vertraut an. Mageli schloss die Augen, ließ den Atem sanft herausströmen und entlockte der Flöte einige zarte Töne. Ja, das klang richtig. Sie blies mit mehr Kraft und ihre Finger flogen über die Klappen. Sofort war sie eins mit der Musik, die tief aus ihrem Inneren zu strömen schien. Das war herrlich! Viel einfacher als Magie. Die Musik füllte sie aus, wärmte ihren ganzen Körper und machte ihren Kopf so leicht und leer, dass es sich anfühlte, als könnte sie fliegen. Mageli spielte und spielte und vergaß für den Moment alles um sich herum. Wie von selbst strebte die Musik irgendwann dem Finale zu, der Rhythmus wurde ruhiger, die Töne leiser, und schließlich entließ Magelis Atem den letzten von ihnen aus dem Instrument, ließ die Flöte sinken und öffnete die Augen.

Alawin stand in der Tür zum Labor, Ondulas am Eingang und beide betrachteten sie mit einem versunkenen Ausdruck auf ihren Gesichtern. Alawin fing sich als Erste.

»Eine beinah ebenso große Begabung für die Musik wie für die Magie«, stellte sie fest. Mageli senkte beschämt den Blick.

»Ich wollte nur … ich dachte … ich hatte gehofft, es könnte meine magischen Fähigkeiten verstärken. So hat Ondulas es mir erklärt«, stotterte sie.

Ondulas lachte und Alawin schmunzelte. »Ich fürchte, Ondulas ist in Fragen der Magie kein guter Lehrmeister. Deine Magie geht weit über das hinaus, was du durch Musik beeinflussen kannst.« Alawin bemerkte Magelis Enttäuschung. »Aber Musik ist in jedem Fall ein gutes Mittel, um unseren Körper für die Kraft der Magie zu weiten. Du solltest für deine weiteren magischen Übungen jetzt also bestens gerüstet sein.«

Tatsächlich fühlte Mageli sich gestärkt wie nach einem von Rikjanas Mittelchen, als sie hinter Alawin ins Labor ging. Ondulas folgte ihnen – er musste ja als Versuchskaninchen für Magelis Magieübungen herhalten. Doch Mageli spürte sofort, dass etwas anders war als vor ihrer Pause. Während sie sich innerlich ausgeglichen fühlte, schien Ondulas angespannt und kribbelig zu sein. Fast hatte Mageli den Eindruck, er habe eine Habachtstellung eingenommen, fest entschlossen, sie nicht mehr an sich heranzulassen. Ob das mit dem Kuss und ihrer Zurückweisung zu tun hatte? Hoffentlich nicht. Als Freund wollte sie ihn auf keinen Fall verlieren.

Alawin schien von alldem nichts zu bemerken. Voller Elan forderte sie: »Wir machen da weiter, wo wir aufgehört haben. Ondulas, bitte setz dich auf diesen Stuhl. Und Mageli, vielleicht solltest du ihn nicht gleich dazu zwingen, den Stuhl zu zerschlagen. Mir würde es schon vollkommen genügen, wenn er aufsteht und einmal herum geht oder darauf steigt. Weißt du, ich hänge ein wenig an meinen Möbeln.«

Mageli sammelte und konzentrierte sich. Augenblicklich spürte sie die Wärme in ihrer Brust aufsteigen. Sie schloss die Augen kurz und entzündete ihre innere Flamme. Als sie das vertraute Brennen spürte, öffnete sie die Augen wieder und schaute Ondulas an, der mit verschlossenem Gesichtsausdruck ihr gegenüber auf dem Stuhl saß. Sie versuchte, das Lodern aus ihrem Inneren auf den Elfen zu übertragen und die Flammen zusammen mit ihren Gedanken in seinen Geist zu schicken.

Steh auf!

Vorhin hatte sie es einfach nicht geschafft, ihre Magie genug zu bündeln und mit ausreichend Kraft auszusenden, um Ondulas' Geist damit zu berühren. Jetzt aber wusste sie mit überraschender Klarheit, dass ihr genau das gelungen war.

Steh auf! Jetzt!

Ihr Befehl hatte den Elfen erreicht, aber Ondulas sperrte sich dagegen, das merkte sie genau. Sein Geist fühlte sich plötzlich für Mageli an wie eine undurchdringbare Mauer, wie eine Festung, die sie nicht einnehmen konnte. Sie warf sich mit all ihrer magischen Kraft dagegen. Doch Ondulas hielt ihr stand. Dieser störrische Mistkerl! Nur weil sie nicht mit ihm rumgeknutscht hatte, machte er es ihr jetzt schwer. Wütend atmete Mageli tief ein, und wie befeuert durch den frischen Sauerstoff schwoll die Flamme in ihrer Brust zu immenser Größe an.

Steh auf, verdammt!

Und Ondulas erhob sich. Mageli spürte, wie er mit sich rang, spürte den Widerstand und den inneren Kampf, aber Ondulas war nicht stark genug, um ihre geballte Magie abzuwehren. Mit gequälter Miene stieg er auf die Sitzfläche des Stuhls, drehte sich einmal um sich selbst und kletterte wieder hinunter. Seine Bewegungen wirkten hölzern und mechanisch wie die einer Marionette.

Und jetzt Hip-Hop!, dachte Mageli. Doch dann musste sie über ihren eigenen Einfall lachen und der Spannungsbogen der Magie sackte in sich zusammen. Ondulas' Arme und Hände fielen an seinen Seiten herab, sein ganzer Körper schien aus Gummi zu bestehen und er plumpste auf den Stuhl zurück. Dabei betrachtete er Mageli mit einem komischen Ausdruck, beeindruckt, aber irgendwie auch erschrocken.

»Gut, wirklich gut.« Alawin klopfte Mageli sanft auf die Schulter. »Nun musst du aber sehr erschöpft sein.«

Tatsächlich fühlte sich Magelis Körper schwer an, ihre Augen brannten und ihr Kopf war wie leer gefegt. Müde ließ sie sich auf einen der verbliebenen Stühle fallen.

»Bin ich jetzt gut genug, um Erin zu befreien?« Mageli sah Alawin hoffnungsvoll an.

Die weise Elfe setzte sich ebenfalls und musterte Mageli schweigend. Dann schüttelte sie langsam den Kopf.

»Wie ich dir erklärt habe, müsstest du Fürst Ferocius herausfordern, denn nur derjenige, der ein Traumverlies errichtet hat, kann es auch wieder zerstören. Jedoch glaube ich nicht, dass das eine gute Idee ist. Deine Magie ist sehr kraftvoll. Du hast nicht nur starke Erbanlagen, du lernst auch viel schneller als die meisten anderen Elfen. Doch du wirst noch viele, wirklich viele Jahre benötigen, um deine magischen Fähigkeiten zu schärfen und zu kontrollieren. Du bist ein Nichts gegen den Schattenfürsten, verzeih meine drastischen Worte.«

Mageli schluckte. Ein Nichts! Sie hatte es ja die ganze Zeit gewusst. Da konnten Rikjana, Ondulas und Alawin noch so sehr jubeln über ihre magische Gabe, gegen Fürst Ferocius hatte sie keine Chance! Ondulas lehnte sich vor und wollte nach ihrer Hand greifen, aber Mageli zog sie weg. Sie wollte jetzt keinen Trost. Unglücklich schaute sie Alawin an.

»Ich habe allerdings noch einmal nachgedacht und mir ist eine weitere Möglichkeit eingefallen«, fuhr Alawin unerwartet fort. »Sie ist auch nicht ungefährlich, aber sie birgt vielleicht die größere Aussicht auf Erfolg.«

»Dann sag mir, was ich machen muss!« Ungeduldig rutschte Mageli bis an die Stuhlkante und krallte sich mit beiden Händen daran fest. Dass Elfen oft so umständlich reden mussten und nie auf den Punkt kamen!

»Du könntest versuchen, Erin aus dem Traumverlies hinauszuführen. Ohne dass der Schattenfürst es bemerkt«, setzte Alawin ihre Erklärung bedächtig fort. »Es ist ungewöhnlich – und ich habe noch nie davon gehört, dass es gelungen ist. Aber es könnte funktionieren, wenn eure Verbindung so stark ist, wie du selbst glaubst.«

Mageli hörte Ondulas leise stöhnen. Sie selbst zupfte nervös an ihren Haaren und konnte ihren Blick nicht von Alawin lösen. *Los, los, erklär mir, was ich tun muss!*

»Es ist aber ebenfalls sehr riskant. Nicht so riskant wie eine offene Konfrontation, aber wer weiß ...«

JETZT SAG SCHON!

»Wenn es dir gelingt, dich dem Prinzen im Traum zu nähern und seinen gefangenen Geist zu berühren, dann könntest du ihn dazu bringen, dir aus dem Traumverlies zu folgen. Dazu musst du es allerdings schaffen, nicht nur deinen Traum zu beherrschen, sondern außerdem deine Kraft auf Erin zu übertragen, denn aus eigener Anstrengung wird er den Weg nicht schaffen können.«

»Und wie soll das gehen?« Mageli fand Alawins Erläuterungen wenig konkret.

»Das kann ich dir leider nicht genauer erklären. Du besitzt die Stärke, das hast du uns hinlänglich bewiesen. Und du besitzt den Willen, das hast du mir versichert. Aber nur du allein kannst eine Lösung für diese Aufgabe finden, denn in der Welt der Träume wirst du ganz auf dich selbst gestellt sein.«

»Aber, ich dachte, Erin sei derjenige, der in meinen Träumen gewandelt ist – nicht umgekehrt. Ich beherrsche doch nicht die Gabe der Traumwandelei!«, wandte Mageli ein.

»Da wäre ich mir nicht so sicher«, erwiderte Alawin nur.

Ondulas stöhnte wieder, dieses Mal vernehmlicher, sagte aber noch immer kein Wort.

»Okay, ich werde es probieren.« Mageli versuchte, entschieden zu klingen. Überzeugt. Selbstbewusst. Nur ihre Finger zwirbelten immer hektischer an ihren Haarsträhnen herum.

»Ich habe mir schon gedacht, dass du dich dafür entscheiden würdest.« Alawin lächelte ihr wissendes Lächeln. »Doch wenn wir diesen Weg gehen wollen, dann müssen wir sofort handeln. Noch ahnt Fürst Ferocius nichts von unseren Plänen, aber seine Späher sind überall und er ist gerissen. Je eher du in das Traumverlies eindringst, desto größer sind unsere Chancen, nicht entdeckt zu werden.«

Mageli atmete tief durch. Natürlich war sie ungeduldig gewesen, Erin zu helfen, aber dass es jetzt plötzlich so schnell gehen sollte, verunsicherte sie doch.

»Okay, ich bin bereit«, sagte sie und schluckte.

»Ich habe hier etwas für dich vorbereitet.« Alawin nahm eine kleine Phiole aus Kristallglas vom Tisch und hielt sie Mageli hin. Eine bläuliche, phosphoreszierende Flüssigkeit schwappte in dem Glasgefäß hin und her.

»Was ist das?«, fragte Mageli ehrfürchtig.

»Ein Schlaftrunk«, erklärte Alawin. »Kein gewöhnlicher allerdings. Er führt dich in den Schlaf, macht dich jedoch nicht matt und träge und beeinträchtigt auch nicht deinen Geist und Verstand, sondern schärft vielmehr deine Sinne. Das alles gilt natürlich nur für dein inneres Ich. Deine äußere Hülle, dein Körper, wird hier bei uns in tiefstem Schlaf liegen.«

»Das ist Irrsinn!« Ondulas sprang so heftig auf, dass sein Stuhl polternd nach hinten fiel. Mit zwei schnellen Schritten trat er zu Mageli und wollte ihr die Phiole aus der Hand reißen, doch sie war schneller und versteckte das Fläschchen hinter ihrem Rücken. Ondulas baute sich so dominant vor ihr auf, die Hände in die Hüften gestemmt, dass Mageli sich unwillkürlich nach hinten lehnte.

»Gib mir das Gebräu. Du darfst das nicht tun. Es ist viel zu gefährlich!«

»Aber du wusstest, was ich vorhabe«, entgegnete Mageli verwundert. »Du hast mich die ganze Zeit unterstützt. Du hast mich hierhergebracht …« Die Argumente gingen ihr aus. Was wollte Ondulas von ihr?

»Was, wenn du den Weg aus dem Traumverlies nicht mehr zurückfindest? Was, wenn der Schattenfürst dich angreift? Was, wenn … ach, keine Ahnung! Es ist zu gefährlich!« Ondulas hatte sich in Rage geredet. Und das Schlimmste war: Mageli teilte seine Befürchtungen. Aber das konnte sie unmöglich zugeben.

»Ich schaffe das schon«, erklärte sie deshalb betont selbstsicher. »Und Ferocius hat keine Ahnung, dass ich in sein Traumverlies eindringe.«

Ondulas schnaufte unwillig, trat aber zwei Schritte zurück, sodass Mageli sich wieder normal hinsetzen konnte.

»Ich stimme Mageli zu«, mischte Alawin sich ein. »Ich glaube, dass sie dieser Aufgabe gewachsen ist. Sonst hätte ich ihr die Möglichkeit gar nicht erst eröffnet.«

Mageli fühlte sich von Alawins Vertrauen gestärkt. Wenn sogar die weise Elfe an sie glaubte, hatte sie vielleicht wirklich eine Chance.

»Dann lasst uns bitte keine Zeit mehr vergeuden.« Mageli stand auf und wollte aus dem Labor laufen. Endlich konnte sie etwas unternehmen! Doch Ondulas trat ihr in den Weg. Seine jadegrünen Augen leuchteten und sein Blick bohrte sich in ihren.

»Pass auf dich auf«, sagte er eindringlich, beugte sich zu Mageli und küsste sie auf die Stirn. Dann machte er einen Schritt zur Seite.

Alawin legte von hinten sanft ihre Hand auf Magelis Schulter und führte sie durch den Raum mit der Sternenkuppel in ihr eigenes Schlaf- und Studierzimmer.

»Leg dich hier hin.« Alawin deutete auf die breite Matte mit den vielen Kissen am Boden. »Es wird vermutlich eine lange, anstrengende Traumreise werden. Da solltest du es bequem haben.«

Sie nahm Mageli die Phiole ab, und diese setzte sich auf die Matte, dann reichte ihr Alawin das Fläschchen wieder.

»Trink.«

Mageli hob die Phiole an die Lippen und trank den Inhalt mit einem einzigen großen Schluck. Die Flüssigkeit schmeckte nach nichts. *Komisch*, dachte sie noch. Dann verschwamm der Raum mitsamt Alawins Gestalt vor ihren Augen, sie ließ sich in die Kissen zurückfallen und der Schlaf übermannte sie.

Das Lachen des Meisters hallte von den steinernen Wänden des großen Saales wider, aus allen Winkeln schlug es zurück, laut und seltsam verzerrt. So heftig hatte Damorian seinen Herrn noch niemals lachen gehört. Es klang nicht belustigt, sondern böse und vor allem siegesgewiss.

»Dieses dumme Kind!« Das Lachen verstummte so plötzlich, wie es begonnen hatte, und seine lidlosen schwarzen Augen, die Damorian unter der Kapuze nur schwer erkennen konnte, schienen davon unberührt und hart wie der Obsidian seiner Schwertklinge zu sein.

Mit drei langen Schritten ging Ferocius zum Tisch hinüber, wobei sein langer Mantel seine hagere Gestalt umwehte. Er legte seine knochigen Finger auf die gläserne Kugel, die zwei Fingerbreit über der schweren Platte schwebte. Damorian kannte diese Kugel bereits. Sie gehörte zu den größten Schätzen seines Meisters, denn in ihr konnte er die Gedanken vieler anderer lesen, ihre Träume und gelegentlich sogar ihr Schicksal. Normalerweise war die Kugel, die der Meister in einem geheimen Versteck aufbewahrte, schwarz, wenn Damorian sie zu Gesicht bekam, doch im Augenblick schimmerte sie in trübem Weiß, als hätte der Meister in ihrem Inneren ein Licht entzündet, und unter ihrer Oberfläche zogen weiße Gebilde wie undurchdringliche Nebelschwaden dahin. Reflexartig wich Damorian einen Schritt zurück. Diese Kugel gehörte zu den magischen Gegen-

ständen hier im Haus seines Meisters, mit denen er lieber nicht in Berührung kommen wollte.

Ferocius lachte wieder, heiser dieses Mal und nur kurz, als mache er sich über Damorians Ängstlichkeit lustig.

»Was betrachtest du meine Sphära mit solcher Skepsis? Das ist ein sehr, sehr nützliches Instrument.« Er strich mit dem langen Nagel seines Zeigefingers fast liebevoll über das Glas, wodurch ein kreischendes Kratzen ertönte. »Gerade eben zum Beispiel hat mir die Kugel verraten, dass das Mädchen weit dümmer ist, als ich vermutet hätte. Und dass es mir die Umsetzung meines Planes so leicht gemacht hat, dass es schon beinahe an eine Beleidigung grenzt. Als ob ich solchen Leichtsinn nötig hätte, um meine Ziele zu erreichen, pah!«

Damorian verstand nicht, wovon der Meister sprach, aber er wagte auch nicht nachzufragen. Die Hand am Knauf seines Schwertes, wartete er auf eine Erklärung oder zumindest darauf, dass der Meister ihm eine Aufgabe geben würde. Er musste nicht lange warten.

»Nun, da sie in die Traumwelt gestiegen ist, ist ihr Körper ungeschützt. Das ist gut. Aber ich brauche ihren Körper, ansonsten könnten meine Pläne doch noch scheitern. Deshalb müsst ihr mir diesen Leib bringen, aus dem der Geist entwichen ist. Und zwar schnell. Stell eine Truppe deiner besten Kämpfer zusammen, eine kleine Armee, um genau zu sein. Führe sie zu der Höhle mit dem Wasserfall. Dort müsst ihr sie suchen.«

»Aber«, wandte Damorian ein, »Golmir hat gesagt, dort gebe es nur den See und den Wasserfall …«

»Unsinn«, unterbrach Ferocius seinen Diener ungeduldig. »In dieser Höhle hat sie sich versteckt. Und ich habe auch schon eine

Vorstellung davon, wo und vor allem bei wem sie untergeschlüpft ist. Keine Angst, ich werde dafür Sorge tragen, dass ihr ungehindert an das Mädchen herankommt. Und jetzt geh. Beeil dich!«

Mit schnellen Schritten verließ Damorian den Raum, um seine Truppe zusammenzurufen. Noch bevor die Tür ins Schloss gefallen war, hatte der Meister sich bereits wieder der schwebenden Kugel auf dem Tisch zugewandt und strich beinahe zärtlich mit seinen knochigen Fingern darüber.

Kapitel 19

Gleißendes, weißes Licht bohrte sich in Magelis Pupillen, als sie die Augen öffnete. Sie hatte schon damit gerechnet und zwang sich, die Lider nicht sofort wieder zu schließen. Das Licht brannte wie Feuer, und Tränen liefen Mageli die Wangen hinunter, während sie sich umblickte, um einen Eindruck davon zu gewinnen, wo sie sich eigentlich befand. Es war genau wie in ihren vorangegangenen Träumen: Um sie herum erstreckte sich eine endlose, weiße Fläche ohne Anfang und Ende, ohne Berge und Täler und ohne Horizont. Auch der Himmel – oder was auch immer es war, das sich über ihr wölbte – war grellweiß. Nichts und niemand war in dieser farblosen Ödnis zu sehen.

Mageli seufzte, während sie sich für einen kurzen Augenblick gestattete, die Augen zu schließen. Wie sollte sie Erin hier finden? War er überhaupt hier? Oder befand sie sich schlicht im falschen Traum?

»Erin?« Mageli bemühte sich, laut und deutlich zu rufen, doch sie kam sich komisch dabei vor, seinen Namen in diese vollkommene Leere hinauszubrüllen. Ihre Stimme verklang auf der weiten Ebene.

»Erin?«

Keine Antwort. Nein, so kam sie nicht weiter. Aber wie dann? Mageli blickte sich noch einmal um, obwohl sie wusste, dass sie nichts anderes als grelles Weiß sehen würde. Sie musste losgehen, um Erin zu suchen. Aber wohin? Alle Richtungen waren gleich, alle Wege identisch … Unentschlossen drehte sie sich mehrmals im Kreis.

Und plötzlich wusste sie genau, wohin sie gehen musste. Es war kein klarer Gedanke, nur ein Gefühl, und es gab keine logische Erklärung, aber Mageli war einfach sicher, dass Erin dort auf sie wartete.

Diese Landschaft, wenn man es überhaupt so nennen sollte, war wirklich seltsam. Während Mageli vorwärtsstapfte, fiel ihr nach und nach auf, dass im Grunde alles fehlte, woran sie sich hätte orientieren können. Es gab keine Gerüche, keine Geräusche, keinen Wind und es schien noch nicht einmal Wärme oder Kälte zu geben. Nur dieses grelle Weiß. Mageli fragte sich bald, ob sie nicht im Kreis lief, ohne es zu bemerken, und niemals dort ankommen würde, wo Erin war. Wenn er überhaupt hier war.

Als sich schließlich vor ihr etwas weißlich Schimmerndes erhob, dachte Mageli zunächst, es müsse sich um eine Sinnestäuschung handeln. Aus der Ferne sah es aus wie weiche Watte, aber es bewegte sich, und als Mageli näher kam, erkannte sie, dass es sich um Nebel handelte.

»Wie haben sie uns gefunden?«

Mageli erkannte Ondulas' Stimme sofort. Auch wenn sie klang, als spräche der Elf in weiter Entfernung, konnte Mageli jedes Wort verstehen. Und sie spürte auch, dass Ondulas beunruhigt war.

»Vermutlich sind sie euch gefolgt.«

Das war Alawin, die da antwortete. Ebenso weit entfernt, aber ebenso gut zu hören, stellte Mageli verwundert fest. Wo waren die beiden? Sie war sich ganz sicher, dass Ondulas und Alawin in der Höhle zurückgeblieben waren. Bestimmt waren sie ihr nicht in ihren Traum gefolgt. Aber warum konnte sie dann ihre Stimmen hören?

»Ich habe sie alle getötet«, entgegnete Ondulas beinahe beleidigt. »Niemand kann uns gefolgt sein.«

Anstelle einer Antwort hörte Mageli Alawin nur mit der Zunge schnalzen.

»Gut, wer weiß, vielleicht ist uns jemand gefolgt«, schränkte Ondulas ein. »Aber woher sollen sie wissen, dass wir uns hinter dem Wasserfall verbergen?«

»Unterschätze Ferocius nicht«, gab Alawin zu bedenken.

Was passierte dort in der Höhle?, fragte Mageli sich. Sie versuchte, etwas zu erkennen. Doch vor ihr sah sie nur diese komischen Nebelschwaden. Es fühlte sich an, als wären ihre Augen fest geschlossen, dabei wusste sie genau, dass sie sie weit geöffnet hatte.

»Und was tun wir jetzt?«, hörte sie Ondulas besorgt fragen.

»Ich habe Rikjana eine Nachricht geschickt«, erwiderte Alawin beruhigend. »Sie wird mit den anderen Mitgliedern des Kreises so schnell wie möglich hierherkommen.«

»Dann wollen wir hoffen, dass das schnell genug ist.«

Was war das denn? Mageli schüttelte den Kopf, als die Stimmen so plötzlich verstummten, wie sie gekommen waren. Konnte sie etwa hören, was in Alawins Höhle vor sich ging? Hören, aber nicht sehen? Ja, so war es, auch wenn sie keine Erklärung dafür hatte.

Ein kalter Schauer lief Mageli über den Rücken. Waren ihre Freunde in Gefahr? Ondulas hatte geklungen, als ob er sich Sorgen machte. Ausgerechnet Ondulas, der Draufgänger und Superkämpfer! Das passte so wenig zusammen, dass Mageli einen Moment brauchte, um zu begreifen, warum Ondulas so beunruhigt war: Es ging um sie selbst!

Ondulas sorgte sich um sie – und vermutlich zu Recht. Denn ihr Körper lag ungeschützt zwischen all den Kissen auf Alawins Matte und ihr Geist steckte in diesem Traum fest. So konnte sie nicht einmal die wenige Magie anwenden, die sie mittlerweile beherrschte. Mist! Nicht auszudenken, was passierte, wenn Ferocius' Wachen sie so fanden. Was würden sie mit ihr anstellen? Was würde der Schattenfürst mit ihr anstellen?

Sollte sie besser versuchen, aus ihrem Traum aufzuwachen, um sich mit den anderen gegen die Angreifer zu stellen? Nein! Es gab einen guten Grund, weshalb sie hier war. Sie musste Erin helfen, sonst war er verloren! Entschlossen wandte sie sich wieder dem Nebel zu.

Die Schwaden hatten sich verändert. Sie schienen dichter zu werden, je näher Mageli kam, fast wie eine solide Wand, die sich so weit nach oben und in die Breite erstreckte, dass Mageli kein Ende erkennen konnte. Unmöglich, einen Weg daran vorbei zu finden. Nein, sie würde mitten hindurchgehen müssen.

Als Mageli den Nebel schließlich erreichte, musste sie enttäuscht feststellen, dass er keineswegs durchlässig war, wie sie es erwartet hatte, sondern so massiv wie eine weiße, undurchdringliche Wand. Oder auch nicht … Eigentlich handelte es sich nicht um eine einzige Wand, sondern vielmehr um viele Teile, die ständig in Bewegung waren und sich gegeneinander verschoben, sodass mal hier und mal dort ein schmaler Durchgang entstand. Das war ihre einzige Chance: durch einen solchen Eingang zwischen die Nebelwände zu gelangen!

Konzentriert beobachtete Mageli die sich verschiebenden Massen, konnte aber kein Muster in den völlig willkürlichen Abläufen entdecken. Mehrmals rannte sie zu einer Stelle, an der sich gerade ein Spalt öffnete, doch jedes Mal kam sie erst an, wenn sich die Öffnung bereits wieder geschlossen hatte. Entnervt stöhnte Mageli auf. Was für ein blödes Spiel! Wenn sie die Nebelwände nur dazu bringen könnte, sich einmal genau vor ihrer Nase zu teilen ... Aber … vielleicht konnte sie das ja tatsächlich!

Nebel war ein Ding, definitiv, auch wenn dieser Nebel hier sich ausgesprochen komisch benahm. Und die Magie der Dinge beherrschte sie bereits recht gut. Mageli konzentrierte sich erneut. Dieses Mal richtete sie ihre Aufmerksamkeit nicht nach außen, sondern nach innen, bis sie das mittlerweile vertraute Brennen in ihrer Brust spürte. Sie lenkte die magische Kraft auf den Nebel und formte einen einfachen Befehl in ihrem Kopf: *Öffne dich!*

Direkt vor ihr glitten die weißen Wände auseinander. Ha! Eilig schob Mageli sich durch den engen Durchgang, und augenblicklich schloss sich die Öffnung wieder.

»Ondulas, du musst nicht die ganze Zeit neben ihr hocken und ihren Schlaf bewachen«, tadelte Alawin.

Von Ondulas war nur ein undeutliches Knurren zu hören.

Mageli schüttelte erneut den Kopf. Sie wollte die Stimmen jetzt nicht hören, sondern sich voll auf ihre Aufgabe hier im Traum konzentrieren. Ohne Ablenkung von außen. Aber die Stimmen ließen sich nicht abschalten.

»Ondulas, mach dich nützlich. Wir müssen uns vorbereiten.«

Wieder ein Knurren.

»Du kannst ihr jetzt nicht helfen. Sie wird aufwachen, wenn ihre Aufgabe vollbracht ist – oder endgültig fehlgeschlagen. Wenn sie dich braucht, dann draußen im Kampf gegen Ferocius' Schergen.«

»Aber wenn es zum Kampf kommt, dann sollte ich hier an ihrer Seite sein und sie beschützen. Das habe ich versprochen.«

»Ondulas, bitte, wenn du hinausgehst, stehen deine Chancen viel besser, etwas auszurichten. Rikjana und die anderen müssten jeden Augenblick hier sein. Du musst dich bereit machen.«

Mageli meinte zu hören, dass sich direkt neben ihr jemand umständlich erhob. Aber da war natürlich niemand. Es musste also Ondulas sein, der Alawins Anweisung Folge leistete.

»Wie sieht es denn aus?«, fragte der Elf.

Alawin seufzte erleichtert.

»Sie haben am gegenüberliegenden Ufer Aufstellung bezogen. Es sind weniger Krieger, als ich befürchtet hatte. Aber wenn ich es richtig gesehen habe, dann ist der Schattenfürst selbst unter ihnen.«

»Das gefällt mir nicht. Dann sollten wir uns tatsächlich vorbereiten.« Ondulas' anfänglicher Unwille schien seiner üblichen

Kampfbereitschaft gewichen zu sein. Schon hörte Mageli seine Schritte, die sich schnell entfernten, und seine Stimme drang nur noch leise und undeutlich zu ihr. »Ich bleibe in deiner Nähe, kleine Elfe.«

Während Mageli dem Gespräch gelauscht hatte, hatte sie begonnen, sich einen Weg durch die hohen Nebelwände zu suchen. Das war allerdings ebenso schwierig, wie überhaupt hineinzugelangen. Denn auch jetzt noch verschoben sich die Wände ständig gegeneinander, und hatte Mageli einmal einen passierbaren Weg entdeckt, so endete dieser meist nach kürzester Zeit in einer Sackgasse. Dann wieder öffneten sich vor ihr drei Abzweigungen zur gleichen Zeit, und sie hatte nicht den blassesten Schimmer, welche sie wählen sollte. Es war wie in einem gewaltigen Labyrinth, nur dass Mageli keine Chance hatte, den Weg, den sie bereits zurückgelegt hatte, zu markieren, um irgendwann wieder herauszufinden, weil er sich ohnehin ständig verschob.

Wenn Mageli versuchte, den Nebelwänden magische Befehle zu erteilen, reagierten diese einfach nicht mehr auf ihre magischen Kräfte. Entweder machte sie selbst einen Fehler, der ihr nicht bewusst war, oder derjenige, der dieses Labyrinth erschaffen hatte, hatte dafür gesorgt, dass das Labyrinth mit Magie nicht zu beherrschen war.

Mageli fühlte sich mehr und mehr erschöpft. Erst die Wanderung über die endlose weiße Wüste und nun das Herumirren in diesem Labyrinth, wobei sie das Gefühl nicht loswurde, dass sie bislang noch kein Stück vorangekommen war.

Momo fiel ihr ein – ein Buch, das sie als Kind verschlungen hatte. Genauso kam sie sich vor: wie Momo, die im Zeitkanal einfach nicht vorwärtskommt. Und je mehr sie sich bemühte, desto schwerer fiel es ihr. Was hatte Momo noch mal gemacht? Sie war rückwärts gegangen. So einfach und doch so genial! Ob das in diesem Labyrinth auch funktionierte?

Mageli drehte sich um und machte einige Schritte nach hinten, schaute über ihre Schulter und seufzte: Es sah alles noch genauso aus wie zuvor. Weiße Wände aus undurchdringlichem Nebel, die sich ohne einen erkennbaren Plan hin und her verschoben. Nur dass ihr aus dieser Perspektive auch noch schwindelig bei dem Anblick wurde. Zum ersten Mal, seit sie das Labyrinth betreten hatte, blieb Mageli stehen. Und die Nebelwände taten das Gleiche. Erstaunt machte Mageli zwei Schritte nach vorn. Sofort verschoben sich auch die Wände wieder. Mageli hielt erneut an. Und auch die Wände kamen zur Ruhe.

Na toll! Endlich hatte sie herausgefunden, wie sie dieses Labyrinth stoppen konnte – und es brachte ihr gar nichts! Wenn sie weiterging, würden die Wände sich nur verschieben und sie würde den Weg nicht finden. Stehen bleiben konnte sie aber auch nicht, denn dann würde sie niemals an ihr Ziel gelangen.

»Ach, Erin.« Mageli seufzte. »Jetzt bin ich bis hierhin gekommen und jetzt schaff ich das letzte Stückchen nicht.«

Insgeheim hoffte Mageli, dass Erin sie hören konnte, dass er ihr antworten würde, wie in ihren Träumen zuvor, und dass sie seiner Stimme folgen könnte, bis sie ihn gefunden hatte. Sie schärfte ihr Gehör, konzentrierte sich auf den kleinsten Laut, doch da war einfach nichts. Wenn sie bloß nicht zu spät kam! Erins bleiches Gesicht stand ihr noch klar vor Augen, und sie versuchte sich auszumalen, wie er aussehen würde, wenn sie ihn jetzt fände, hier im Traumverlies.

Sie sah einen weißen Raum vor sich, dessen Wände sich nach oben ins Unendliche streckten. Auf dem Boden hockte Erin. Er sah sie an und streckte ihr die Hände entgegen. Fast hatte sie das Gefühl, dass sie nur danach greifen musste und dass sie ihn dann aus dem Traumverlies führen konnte, so wie Alawin es ihr geraten hatte.

»Ich komme zu dir«, flüsterte sie dem Erin in ihrer Vision zuversichtlich zu.

Als hätte sie nur durch ihre Gedanken einen verborgenen Mechanismus betätigt, begannen die Nebelschwaden sich um Mageli zu drehen.

Die soliden Wände lösten sich auf und rotierten als immer schneller werdende Spirale um Mageli, die wie im Zentrum eines Tornados stand. Sie riss die Arme auseinander auf der Suche nach irgendetwas Greifbarem, an dem sie sich festhalten konnte – doch da gab es nichts. Nur die Nebel in rasendem Strudel. Sie sank auf die Knie, um nicht das Gleichgewicht zu verlieren, legte schützend die Hände um den Kopf und wartete darauf, dass die Windhose sie packen und mit sich reißen würde. Aber die wild gewordenen Nebelmassen bewegten sich nicht von der Stelle, sie drehten sich nur immer schneller und schneller um Mageli herum, bis ihr schwindelig wurde und sie die Augen schließen musste. Mit einem Mal schien die Welt um sie herum stillzustehen. Dann hörte sie wieder Stimmen.

»Wie geht es ihr?« Rikjana war in Alawins Höhle eingetroffen.

»Unverändert.« Ondulas klang besorgt. Was machte der denn schon wieder an ihrem Bett? Sollte er nicht vor der Höhle sein? Bereit zum Kampf?

»Sie liegt hier nun schon seit Stunden. Unbewegt. Entweder ist Alawins Trank stärker als alle Schlaftränke, die ich kenne, oder er hat sie schlicht umgebracht.«

Mageli hörte Schritte näher kommen. Dann spürte sie, wie ihr eine kühle Hand leicht auf die Stirn gelegt wurde. Aber … das war unmöglich. Wie konnte sie spüren, was mit ihrem Körper passierte, während ihr Geist gar nicht darin steckte?

»Nein, sie lebt. Und soweit ich es beurteilen kann, geht es ihr gut«, erklärte Rikjana beruhigend. »Trotzdem. Wir sollten sie hier wegbringen. Bevor der Schattenfürst sie in diesem Zustand in die Hände bekommt.«

Von Ondulas war nur ein unverständliches Grummeln zu vernehmen.

»Bitte, Ondulas, sei vernünftig. Wir könnten sie durch den zweiten Geheimgang direkt in die Stadt bringen und dort verstecken.«

»Oh ja, der geheime Geheimgang, durch den ihr gekommen seid«, erwiderte Ondulas gereizt. »Vielleicht hättest du mir davon erzählen sollen, bevor wir hierher aufgebrochen sind. Dann hätte uns niemand folgen können und wir hätten diesen ganzen Ärger mit Ferocius jetzt nicht am Hals.«

»Ondulas, Alawin hat mir erst in ihrer Nachricht diesen Gang beschrieben, ich kannte ihn vorher auch nicht«, versuchte Rikjana zu beschwichtigen. »Aber das ist jetzt gleichgültig. Wichtig ist, dass wir Mageli in Sicherheit bringen.«

»Wenn sie weggebracht wird, gehe ich mit«, gab Ondulas störrisch zurück.

»Aber wir brauchen dich hier.« Rikjana schien langsam die Geduld zu verlieren. »Alawins Kräfte lassen nach. Lange wird sie den Schattenfürsten nicht mehr aufhalten können. Und ist ihre geistige Abwehr erst durchbrochen, wird Ferocius seine Leute in Windeseile über das Wasser schicken.«

Eilige Schritte näherten sich.

»Ondulas, Rikjana, kommt schnell.« Belenas Stimme, erkannte Mageli. Sie hörte sich atemlos an, beinah gehetzt. »Es ist geschehen. Fürst Ferocius hat Alawins magische Mauer überwunden. Nun ist sie zu kraftlos, um weiterzukämpfen. Die Dunkelelfen überqueren auf ihren Flößen das Wasser.«

»Verflucht!«

»Wir kommen.«

Jemand schnaufte aufgebracht, ein Rascheln und dann die schnellen Schritte mehrerer Füße.

Leiser, vermutlich waren sie schon auf dem Weg nach draußen, hörte Mageli noch einmal Belenas Stimme: »Seltsam ist nur, dass der Schattenfürst jetzt, wo der Weg für seinen Angriff frei ist, ganz plötzlich verschwunden ist …«

Mageli öffnete die Augen. Die Stimmen waren nicht mehr zu hören. Auch das wilde Wirbeln der Nebelmassen hatte aufgehört. Mageli brauchte einen Moment, bis sich ihre Augen wieder an das gleißend helle Weiß gewöhnt hatten. Dann sah sie ihn.

»Erin!«

Nur wenige Meter von ihr entfernt hockte der Elfenprinz auf dem Boden, die Knie angezogen, Arme und Kopf daraufgelegt.

Magelis Herz setzte kurz aus, um dann mit doppelter Geschwindigkeit weiterzuschlagen. Auf diesen Moment hatte sie so lange gewartet. Am Ende hatte sie kaum noch zu hoffen gewagt, dass sie Erin finden würde. Und jetzt hatte sie es geschafft. Aber was war bloß mit ihm los?

Mit wenigen Schritten war Mageli bei ihm, wollte ihn am liebsten in die Arme nehmen, kam sich dann aber komisch dabei vor. Warum hatte er nicht aufgeblickt, als sie laut seinen Namen gerufen hatte? Sanft fasste sie Erin an der Schulter und rüttelte ihn. Keine Reaktion.

»Erin?«, fragte Mageli leise, fast zärtlich. »Kannst du mich verstehen?«

Sie ging neben ihm in die Hocke und betrachtete die zusammengekauerte Gestalt. Warum reagierte Erin nicht auf sie? Dass er bewegungslos auf seinem Bett gelegen hatte, unfähig, sich zu rühren, hatte sie zwar furchtbar erschreckt, aber sie hatte es verstanden, nachdem Alawin ihr erklärt hatte, was ein Traumverlies war. Aber dass Erin auch hier im Traum so apathisch wirkte, damit hatte sie nicht gerechnet. Was hatte der Schattenfürst ihm bloß angetan?

Noch einmal legte Mageli ihre Hand auf Erins Schulter. Seine fransigen, dunklen Haare kitzelten ihren Handrücken und sie hätte liebend gern hineingefasst. Aber auch das wagte sie nicht. Erin wirkte so unnahbar. So unendlich weit von ihr entfernt.

»Erin«, flüsterte Mageli zaghaft und spürte einen dicken Kloß in ihrem Hals, der keinen Zweifel daran ließ, dass sie den Tränen nahe war. *Mist! Nicht heulen, helfen!,* ermahnte sie sich. Nur wie?

Mageli versuchte, sich an Alawins Ratschlag zu erinnern. Sie musste Erin dazu bewegen, ihr aus dem Traumverlies zu folgen. Leichter gesagt, als getan. Denn mal ganz davon abgesehen, dass Erin nicht sehr gewillt zu sein schien, sich von ihr irgendwohin führen zu lassen, hatte Mageli auch keine Ahnung, wie sie aus diesem Traumlabyrinth herausfinden sollte. Egal. Eins nach dem anderen! Erst mal musste sie Erin davon überzeugen, überhaupt mit ihr zu kommen.

Magelis Hand lag noch immer auf Erins Schulter. Jetzt ließ sie diese ganz langsam seinen Arm entlanggleiten, bis sie Erins Hand erreichte, die regungslos auf seinem Knie lag. Vorsichtig versuchte sie, die Hand unter Erins Kopf herauszuziehen.

»Na komm schon.« Mageli redete wie mit einem Kind. »Du solltest jetzt besser nach Hause gehen. Und ich werde dich begleiten«, wiederholte sie unbewusst die Worte, die Erin auf der Lichtung im Wald zu ihr gesagt hatte. Wie lange war das jetzt her? Hundert Jahre, so kam es ihr vor.

War es Absicht oder Zufall? Plötzlich lockerte sich Erins starre Haltung ein wenig, und endlich bekam Mageli seine Hand richtig zu fassen, zog sie hervor und hielt sie mit ihren beiden Händen fest.

»Schon besser«, murmelte sie und begann, mit ihrem Zeigefinger die dünnen Linien in Erins rauer Handfläche entlangzufahren, so wie sie es bereits an seinem Bett gemacht hatte. Dabei sprach sie leise immer wieder seinen Namen vor sich hin in der Hoffnung, dass Erin sie hören konnte, auch wenn es nicht den Anschein hatte.

Magelis Zweifel, dass es ihr jemals gelingen würde, zu Erin durchzudringen und ihn dazu zu bewegen, mit ihr aus dem Traumverlies zu fliehen, drohten allmählich überhandzunehmen. Fest umschloss sie Erins Hand und führte sie vorsichtig an ihre Lippen.

»Nun komm schon«, flüsterte sie und drückte einen sanften Kuss auf jede seiner Fingerspitzen.

So hatte Jost sie früher getröstet, wenn sie als Kind schlecht geträumt hatte: einen Kuss auf jeden Finger und ein Lied dazu, das er sich eigens für sie ausgedacht hatte. Wie ging das noch? Mageli schloss die Augen und begann leise zu summen. Sofort wurde sie von der beruhigenden Melodie erfasst und eine angenehme Wärme breitete sich in ihrer Brust aus. Mageli summte das Lied bis zum Ende und fühlte sich selbst ein wenig getröstet davon.

Als sie ihre Lider wieder aufschlug, schaute sie direkt in Erins wunderschöne Zauberaugen, die sie verwundert musterten.

»Was machst du denn hier?«

Vor Überraschung und Erleichterung begann Mageli hysterisch zu lachen und konnte zunächst gar nichts mehr sagen. »Ich habe dir versprochen, dass ich komme und dich hier raushole. Weißt du nicht mehr?«, brachte sie schließlich atemlos heraus.

»Du bist meinetwegen hier?« Erin klang noch immer erstaunt.

»Nein, ich wollte bloß mal den Freizeitwert dieses netten Nebellabyrinths testen.«

Erin runzelte irritiert die Stirn und Mageli musste schon wieder lachen.

»Blödsinn. Natürlich bin ich deinetwegen hier. Und jetzt sollten wir zusehen, dass wir möglichst schnell hier rauskommen. Der Freizeitwert ist nämlich nicht besonders hoch, musst du wissen.«

Jetzt lächelte auch Erin, ein bisschen unsicher noch, aber Magelis Herz machte trotzdem einen Sprung, und als sie ihn an der Hand zog, stand er bereitwillig mit ihr auf.

»Also, wo geht es lang?«, fragte Erin unternehmungslustig, und Mageli spürte erneut den heftigen Drang, ihn zu umarmen. Weil sie sich nicht traute, drückte sie aber nur fest seine Hand und erwiderte fröhlich: »Keine Ahnung. Aber zusammen finden wir schon einen Weg.«

In diesem Moment wurde es um sie herum stockdunkel.

»He, nicht so grob. Du tust ihr weh.« Ondulas klang wütend.

Mageli spürte Hände, die fest unter ihre Arme griffen, zwei weitere packten sie an den Knien. Gleichzeitig fühlte sie noch immer Erins Hand in ihrer. Das war ausgesprochen irritierend. Sie konnte sowohl wahrnehmen, was ihrem Körper in der realen Welt widerfuhr, als auch das, was sie in der Traumwelt erlebte.

»Eine Bahre, wir bräuchten eine Bahre.« Das war Belena.

»Dafür ist jetzt keine Zeit. Hier, nehmt diese Decke.« Das war Rikjanas Stimme.

»Ich werde sie tragen«, sagte Ondulas.

»Ganz bestimmt nicht. Du bist verletzt.«

Oh nein, nicht schon wieder, dachte Mageli.

»Jetzt beeilt euch«, mischte sich Florim nervös ein.

»Ich habe keine Lust, Ferocius' ganzer Armee in die Hände zu fallen«, ergänzte Zita ebenso ungeduldig.

»Konnte ja keiner ahnen, dass der Schattenfürst erst mal nur eine Vorhut schicken würde«, fluchte Ondulas.

»Inzwischen sind mir jedenfalls deutlich zu viele Dunkelelfen da draußen unterwegs.« Wieder Florim.

»Also, gehen wir.« Rikjana schien als Einzige Ruhe zu bewahren. »Florim, Zita, ihr nehmt Mageli. Bilian, bitte steh nicht mit diesem Ich-hab-es-euch-ja-gesagt-Gesicht herum, sondern hilf mir mit Alawin. Und Ondulas, kümmere dich einfach um dich selbst, ja? Und jetzt Tempo.«

Magelis Körper wurde angehoben. Ihr Kopf schwirrte. Ihre

Freunde hatten gegen die Dunkelelfen gekämpft und waren unterlegen. Ondulas war verletzt. Und Alawin – was war mit der weisen Elfe? Wohin brachten sie Mageli? Und wie sollte sie es schaffen, ihren Geist wieder mit ihrem Körper zu vereinen, wenn sie nicht wusste, wo ihr Körper sich befand?

»Mageli, was ist passiert?« Der Traum-Erin neben ihr drückte ihre Hand. Mageli schob sich dichter an ihn, bis sich ihre Schultern berührten.

»Ich weiß es nicht.« Mageli versuchte, in der alles umfassenden Dunkelheit etwas zu erkennen. Vergeblich.

»Die ganze Zeit war es gleißend hell in diesem verfluchten Verlies«, beschwerte sie sich. »Und gerade wenn man sich auf den Weg nach draußen macht, knipst jemand das Licht aus.«

Sie hörte Erin leise lachen, aber es klang nicht fröhlich. Auch Mageli fand die Situation alles andere als lustig. Ihre Chancen, den Weg aus dem Nebellabyrinth zu finden, waren gerade von sehr schlecht auf nicht existent gesunken. Wenn es das Nebellabyrinth überhaupt noch gab. Denn im Grunde hatten sie keine Ahnung, was genau sich um sie herum abspielte.

Ein eiskalter Luftzug streifte ihre Wange, und Mageli zuckte zurück, als habe sie jemand ins Gesicht geschlagen.

»Was …?«, setzte Erin an zu fragen, verstummte aber sofort wieder, denn aus der Dunkelheit drang ein leises Zischeln an ihre Ohren.

»Hörst du das auch?«, fragte Mageli unsicher.

»Hm«, machte Erin bestätigend.

»Was ist das?«

Bevor Erin antworten konnte, wurde aus dem Zischen ein heiseres Lachen. Es klang so gruselig, dass Mageli eine Gänsehaut auf den Armen bekam.

»Nun, ihr zwei, ich muss sagen, ich bin enttäuscht. Wollt ihr meine Gastfreundschaft denn nicht länger in Anspruch nehmen?«

Der Sprecher schien direkt vor ihnen zu stehen, aber sehen konnte Mageli ihn in der Dunkelheit nicht.

»Wer sind Sie?«, fragte sie.

Im selben Moment gab Erin die Antwort: »Ferocius!«

In seiner Stimme schwang tiefste Abneigung mit. Auch der Schattenfürst hatte das gehört und quittierte die Bemerkung erneut mit seinem röchelnden Lachen.

»Der bin ich, richtig. Für dich allerdings immer noch Fürst Ferocius, mein Junge.« Der belehrende Ton war unverkennbar bösartig.

»Ich bin nicht dein Junge«, brauste Erin prompt auf, und Mageli spürte, wie sich sein ganzer Körper anspannte.

»Was willst du von uns?«, mischte sie sich ein und hoffte, dass sie weniger ängstlich klang, als sie sich fühlte.

»Eine gute Frage. Eine berechtigte Frage.« Ferocius legte eine Pause ein, als würde er ernsthaft darüber nachdenken. »Eine Frage, auf die es eine sehr einfache Antwort gibt«, erklärte er schließlich. »Ich will verhindern, dass ihr meine Pläne durchkreuzt.«

Das hörte sich weniger nach einer einfachen Antwort als nach einer Drohung an. Mageli spürte ein unangenehmes Kribbeln im Bauch, Erin ließ sich von Ferocius' Worten jedoch nicht einschüchtern.

»Und was sollen das für Pläne sein?«, gab er zurück und klang dabei so selbstsicher, wie man es vermutlich von einem Elfenprinzen erwartete.

»Oh, nichts weiter, als dass ich den König stürzen und seinen Platz einnehmen werde«, entgegnete Ferocius lapidar.

»Was hast du meinem Vater angetan?«

Erins Körper schnellte nach vorn, als wolle er sich auf den Schattenfürsten stürzen, und Mageli umklammerte seine Hand noch fester, um ihn von einer unbedachten Tat abzuhalten. Vielleicht war Ferocius bewaffnet. Vermutlich sogar. Diese verfluchte Dunkelheit!

Ferocius schnalzte missbilligend mit der Zunge. »Aber, aber, nicht so stürmisch. Du wirst mich doch nicht angreifen wollen, mein Junge.«

Erin schnaufte entnervt und in Mageli stieg ein furchtbarer Verdacht auf: Ihr Gegner konnte sie sehen! Wie auch immer Ferocius das anstellte, er hatte jede ihrer Bewegungen im Blick, während sie und Erin bloß ins schwarze Nichts starrten. Daran musste sich unbedingt etwas ändern. Mageli besann sich auf die Lektionen, die sie bei Alawin gelernt hatte, atmete tief durch und versuchte, die Angst in ihrem Inneren zurückzudrängen. Dann konzentrierte sie sich ganz fest auf ihr Ziel: Licht! In ihrer Brust erwachte das vertraute Brennen, und sie lenkte ihre magische Kraft auf die Nebel, von denen sie hoffte, dass sie noch immer um sie herumwaberten: Licht!

Ein schwaches Glimmen erschien auf allen Seiten, das sich rasch zu einem stetigen Schein verstärkte, nicht zu vergleichen mit dem zuvor grellen weißen Licht, aber hell genug, um die ganze Szene erfassen zu können. Direkt neben ihr stand Erin, angespannt bis in die Haarwurzeln und mit einem mörderischen

Blick in seinen schönen Augen. Diese waren auf eine Gestalt in einem langen schwarzen Umhang gerichtet, die bestimmt zehn Meter von ihnen entfernt stand, wie Mageli überrascht feststellte. Die Stimme des Schattenfürsten hatte viel näher geklungen. Seine schwarze Kapuze hatte er tief ins Gesicht gezogen, der Mantel verhüllte seine große Gestalt, und Mageli fühlte sich bei seinem Anblick an eine Darstellung des Todes erinnert, die sie einmal als Zeichnung in einem alten Buch gesehen hatte. Gruselig!

Wieder ließ Ferocius sein heiseres Lachen hören.

»Beeindruckend«, bemerkte er voller Ironie. »Welch eine herausragende Vorführung deiner magischen Gaben. Aber wenn du deine Niederlage lieber sehenden Auges erleben möchtest, hättest du es mir bloß sagen müssen«, fuhr er fort.

Mageli fragte sich, ob Ferocius mit ihr oder mit Erin sprach. Im selben Moment erstrahlte die Umgebung wieder in gleißendem Weiß, und sie musste die Augen zukneifen, die augenblicklich zu brennen begannen.

»Was willst du von uns?«, wiederholte Erin Magelis Frage mit unverhohlener Wut.

»Von dir, mein Junge, will ich gar nichts mehr«, entgegnete Ferocius mit bedrohlicher Ruhe. »Du hast deine Rolle gespielt. Ich werde dich in den Palast zurückschicken, damit du sehen kannst, wie der König stirbt. Und dann töte ich dich.«

»Nein!«, hörte Mageli sich selbst schreien, während Erin bereits losrannte, um sich auf ihren Gegner zu stürzen. Aber er kam nicht einmal in dessen Nähe. Ohne dass Ferocius auch nur eine Bewegung gemacht hätte, sackte Erin plötzlich zu Boden, begann zu stöhnen und warf sich hin und her, als hätte er schreckliche Schmerzen. Mageli stürzte zu ihm, versuchte ihn festzuhalten und zu beruhigen, aber sein Körper wurde von Krämpfen geschüttelt.

»Hör auf, hör sofort auf!«, brüllte sie Ferocius an, aber der Schattenfürst stand immer noch unbewegt an derselben Stelle.

Was sollte das? Warum tat er Erin weh? Was wollte Ferocius bloß von ihnen?

Wie eine Welle schwappten ihre Gefühle über Mageli hinweg – ihre Angst, ihre Hilflosigkeit, ihre Verzweiflung, ihre Wut auf Ferocius, aber auch ihre Liebe zu Erin. Zugleich spürte Mageli eine gewaltige Energie in sich aufsteigen. All ihre Emotionen konzentrierten sich in ihrer Brust, bis sie das Gefühl hatte, ihr Körper stünde in Flammen. Mit voller Wucht schleuderte sie dem Schattenfürsten ihren Gedanken entgegen: *Hör auf!*

Es war die größte magische Anstrengung, die Mageli bisher je vollbracht hatte, und augenblicklich kam Erins Körper zur Ruhe. Er öffnete die Lider und blickte Mageli an, und in seinen Zauberaugen erkannte sie Schmerz, Zorn, aber auch die gleiche Liebe, die sie für ihn empfand.

»Keine Angst«, raunte Erin ihr zu. »Gemeinsam schaffen wir es hier raus.«

Kaum hatte er die Worte ausgesprochen, schien sein Körper sich plötzlich aufzulösen, wurde konturlos und durchsichtig und verschwand dann vollständig.

»Erin«, flüsterte Mageli. Entsetzt schaute sie zu Ferocius. Was hatte der Schattenfürst getan? Ferocius kam ihrer Frage zuvor.

»Du kannst deinem Freund nicht helfen«, erklärte er mit beißendem Spott. »Du kannst ja nicht einmal dir selbst helfen.« Nun kam er auf sie zu – unter dem langen Mantel sah es aus, als würde er nicht gehen, sondern schweben – und blieb direkt vor Mageli stehen, die noch immer am Boden kniete. Aus dieser Perspektive wirkte die Gestalt in dem schwarzen Umhang noch größer, beinahe übermächtig, und Mageli wich unwillkürlich ein wenig zurück.

Dann riss sie sich zusammen. Wenn sie hier verängstigt am Boden herumkroch, hatte sie keine Chance, das war schon mal klar. Auch wenn es aussichtslos erschien – sie musste Ferocius etwas entgegensetzen. Trotzig hob sie das Kinn.

»Immerhin habe ich dich dazu gebracht, Erin nicht weiter wehzutun.«

Als Antwort erhielt sie ein belustigtes Schnauben.

»Als ob du mich zu irgendetwas zwingen könntest. Ich fürchte, du überschätzt deine Magie bei Weitem.«

Wieder flackerte in Mageli Wut auf. Doch plötzlich kam ihr ein genialer Gedanke: Vielleicht war sie nicht stark genug, um Ferocius im magischen Zweikampf zu besiegen. Aber sie war definitiv in der Lage, ein geschicktes Ablenkungsmanöver zu versuchen. Mageli konzentrierte sich auf das Brennen in ihrer Brust, schickte es aus ihrem Inneren heraus – und schon stand Ferocius' Umhang in Flammen.

Ein wütendes Zischen drang unter der Kapuze hervor, doch noch bevor Ferocius das Feuer gelöscht hatte, schickte Mageli den Befehl an seinen Geist aus, den sie im Stillen schon die ganze Zeit formuliert hatte: *Verschwinde!*

Hatte sie gehofft, Ferocius würde nun den Rückzug antreten, sich vielleicht ebenso vor ihren Augen auflösen wie Erin zuvor? Nichts dergleichen geschah. Stattdessen spürte Mageli in ihrem Kopf ein Ziehen und Drücken, ein dumpfes Pochen und gleichzeitig stechende Schmerzen, als würde jemand ihren Schädel mit einem Schraubstock immer weiter zusammendrücken. Ihre Gedanken und ihr unausgesprochener Befehl an Ferocius schienen vor eine innere Blockade zu prallen. Mageli presste die Hände gegen ihre Schläfen und sackte in sich zusammen ... So fühlte es sich also an, wenn ein anderer, ein vielfach stärkerer Magier in den eigenen Geist eindrang!

»Genug gespielt.« Ferocius klang beinah gelangweilt. »Ich werde jetzt gehen. Und du ... wirst hierbleiben.«

Obwohl sie bereits gefürchtet hatte, dass ihr Gegner genau das plante, wurde Mageli übel. Sie würde gegen Ferocius nichts ausrichten können, das war ihr nach dieser kleinen Machtdemonstration endgültig klar. Ihr ganzer Plan hatte darauf beruht, Erin aus dem Traumverlies zu befreien, ohne dass der Schattenfürst es bemerkte. Doch dieser Plan war fehlgeschlagen. Und zwar so richtig!

»Du weißt es vielleicht nicht«, fuhr Ferocius unbeirrt fort, »aber du hast mir einen großen Gefallen getan. Ich hatte schon überlegt, wie ich dich in dieses Labyrinth locken sollte, da bist du ganz von selbst auf den Gedanken gekommen. Leichter hättest du es mir nicht machen können.«

»Aber warum?« Mageli verstand nicht, was der Schattenfürst ausgerechnet von ihr wollte.

»Weil ich es verdient habe, König zu werden. Niemand sonst hat darauf das gleiche Anrecht wie ich«, erklärte Ferocius voll unterdrücktem Zorn.

Mit einer heftigen Handbewegung schlug er die Kapuze seines Umhangs zurück und Mageli erstarrte. Noch nie zuvor hatte sie ein derart grausam entstelltes Gesicht gesehen. Die

Haut war über und über vernarbt und wirkte, als habe jemand alte Lederfetzen wahllos aneinandergenäht. Die Lippen waren schmal und so fest über die Zähne gespannt, dass es dem Gesicht einen raubkatzenhaften Ausdruck verlieh. Die Nase wirkte viel zu flach und die kalten schwarzen Augen zu groß, denn ihnen fehlten die Lider. Das Schlimmste aber war, dass Mageli hinter der Fratze erkennen konnte, wie wunderschön dieses Gesicht einmal gewesen sein musste. Scharf zog sie die Luft ein.

»Ja, so endet man, wenn man seiner Königin das Leben rettet«, fuhr Ferocius höhnisch fort. »Und seinem kleinen König versehentlich auch.«

Mageli fiel sofort die Geschichte ein, die Ondulas ihr erzählt hatte. Das Feuer musste Ferocius so entstellt haben. Es war also wahr. Trotzdem verstand sie eine Sache immer noch nicht: »Was habe ich mit alldem zu tun?«, hakte sie nach.

»Ebenfalls eine interessante Frage«, entgegnete Ferocius. »Leider habe ich keine Gelegenheit mehr, dir darauf eine Antwort zu geben. Aber du wirst jetzt alle Zeit der Welt haben, um dir selbst eine zu überlegen.« Noch einmal ließ Ferocius sein heiseres Lachen hören, dann wurde seine Gestalt durchscheinend und er verschwand.

Mageli starrte einen Moment auf die Stelle, an der eben noch der Schattenfürst gestanden hatte. Ihre Augen brannten und sie wurde unendlich müde. Warum fühlte sie sich plötzlich so schlapp? Jede Bewegung kostete sie furchtbar viel Mühe.

Sie musste den Weg aus dem Traumlabyrinth suchen! Immerhin hatte sie hineingefunden, also schaffte sie es vielleicht auch wieder hinaus …

Aber sie war so müde. So schrecklich müde!

Niemand kann sich aus eigener Kraft aus dem Traumverlies befreien. Alawins Erklärung fiel Mageli wieder ein. Aber was bedeutete das? Dass sie für immer in diesem grell erleuchteten Labyrinth gefangen war? Ja, vermutlich hieß es genau das.

Sie hätte schreien können! Aber sie fühlte sich zu erschöpft. Und außerdem hörte sie ja ohnehin niemand.

Die Tore standen weit offen, als Fürst Ferocius sich dem Palast näherte. Gut. Seine kleine Armee hatte ihm also bereits den Weg bereitet. Bester Laune schritt Ferocius durch die schweren hölzernen Torflügel. Zwar fand er es nicht gerade erfreulich, dass Damorian und seine Truppe versagt hatten und sich der Körper des Mädchens noch immer in den Händen der Widerständler befand. Doch auch für dieses Problem würde er eine Lösung finden. Später. Wenn er erst einmal König im Elfenreich war.

Zehn Wachen in dunkler Ledermontur standen hinter dem Tor in Position. Ferocius nickte ihnen knapp zu und sie grüßten ehrerbietig. Auf einen Wink seiner Hand lösten sich vier der Bewaffneten von der Gruppe und folgten dem Fürsten in den Palast. Auch in der langen Eingangshalle patrouillierten bereits die Dunkelelfenkrieger, stellte Ferocius zufrieden fest. Die Palastwachen waren seiner Anweisung gemäß entfernt worden. Vier Männer standen mit gezogenen Krummschwertern vor den geschlossenen Holztüren, hinter denen der große Saal lag.

»Ist er dort drinnen?«, fragte Ferocius einen von ihnen.

Der Angesprochene nickte.

»Und der Junge?«

Nun schüttelte der Dunkelelf den Kopf und schaute betreten zu Boden.

»Wir konnten ihn nirgends finden, mein Fürst.«

Ferocius schnaubte ungeduldig. Seine gute Laune drohte zu schwinden. Noch ein Problem, dessen er sich annehmen musste. Aber jetzt wollte er erst einmal Rache nehmen. Und er wollte sie genießen. Schwungvoll stieß er die reich verzierten Saaltüren auf.

»Ferocius!« Der König saß auf seinem prunkvollen Thronsessel und blickte düster durch den riesigen leeren Saal. Als sein Berater eintrat, glättete sich seine sorgengefurchte Stirn.

»Mein König.« Ferocius verbeugte sich leicht und schlug seine Kapuze zurück. Ihm entging nicht, dass der König für einen kurzen Moment die Luft anhielt. Dabei sollte Livian sich eigentlich inzwischen an den Anblick gewöhnt haben, dachte er grimmig.

»Ferocius, was geht hier vor?« Der König klang ein wenig empört, aber vor allem erstaunt. Warum eigentlich?, fragte der Fürst sich. Hatte Livian wirklich keine Ahnung, was in seinem Reich vor sich ging? Hatte er ihm, Ferocius, wirklich blind geglaubt?

»Ein Aufstand der Dunkelelfen, mein König«, entgegnete Ferocius während er mit langen ruhigen Schritten durch den Saal zum Thronsessel schritt.

»Ein Aufstand? Ihr habt die Lage doch unter Kontrolle, oder?« Der König schaute sein Gegenüber vertrauensvoll an. Wie ein Kind, schoss es dem Fürsten durch den Kopf. Wie der kleine Junge, den die Elfen vor nunmehr dreihundert Jahren auf den Thron gehoben hatten, der eigentlich ihm selbst gebührt hätte.

»Oh ja, ich habe die Lage vollständig unter Kontrolle.« Ferocius gestattete sich ein schmales Grinsen, das seine Züge noch fratzenhafter wirken ließ. »Und jetzt, mein König, wird es Zeit für Euch zu gehen. Denn nun ist der Moment gekommen, da ich erhalte, was mir von Anfang an zugestanden hat. Von heute an werde ich

auf diesem Thron sitzen und die Geschicke des Elfenvolks lenken. Und du, mein König, wirst sterben. Denn du hättest bereits sterben sollen, bevor du das Licht der Welt erblickt hast.«

Ferocius hatte seine Stimme nur leicht erhoben, doch die Wirkung, die seine Worte auf den König hatten, war überwältigend. Der Ausdruck auf Livians Gesicht wechselte von Unverständnis zu Begreifen und von Begreifen zu Fassungslosigkeit.

»Aber, Ferocius«, stammelte er. Dann sammelte er sich, richtete sich gerade auf und funkelte den Schattenfürsten wütend an. »Du willst mich töten? Gut, dann soll es wohl so sein. Deine magischen Kräfte sind den meinen weit überlegen. Und ich werde mich nicht demütigen und mit dir kämpfen.«

König Livian erhob sich vom Thronsessel und baute sich vor seinem Widersacher auf. Seine Haltung wirkte majestätisch und noch immer lag ein zorniges Funkeln in seinen Augen. Seine Stimme war fest und kalt. »Dumm war ich, dir zu vertrauen. So dumm, dass es vielleicht nur gerecht ist, wenn ich mit meinem Leben dafür bezahlen muss. Doch dein hinterhältiger Plan wird nicht aufgehen. Mein Sohn hat Anspruch auf diesen Thron. Wenn du mich tötest, wird Erin die Geschicke unseres Volkes lenken. Erin wird ein guter Elfenkönig sein. Und nicht du. Niemals du.«

Mit seinem langen, schmalen Finger stieß Livian Ferocius so fest gegen die Brust, dass dieser einen Schritt zurücktaumelte. Der Schattenfürst lachte nur heiser.

»Erin, ein Elfenkönig«, sagte er spöttisch. »Daraus wird nichts werden, mein König. Denn Erin ist nicht einmal ein Elf.«

»Was …?« Wieder spiegelte sich Unverständnis auf Livians Gesicht.

»Du hattest eine Tochter, mein König«, fuhr Ferocius unbarmher-

zig fort. »Ganz wie es das Orakel vorausgesagt hat. Doch dass es sich erfüllt, konnte ich natürlich nicht riskieren. Deshalb ließ ich das Kind austauschen. Gegen einen Menschensohn. Ein Junge und dazu noch von menschlicher Abstammung. Damit konnte ich sicher sein, dass er mir nie gefährlich werden würde.«

»Aber die Menschen sind tot, ihre Welt vernichtet«, wandte der Elfenkönig matt ein.

»Nicht doch. Das war eine Lüge«, erwiderte Ferocius leichthin. »Indem ich dich und das Volk der Lichtelfen ins Dunkle Reich gelockt habe, konnte ich sichergehen, dass deine Untertanen zu schwach sein würden, um sich zu widersetzen, wenn ich die Macht im Reich übernehme. Eine geniale Idee, das musst du zugeben! Außerdem hatte ich hier eine ganze Armee williger Helfer. Die Dunkelelfen können es gar nicht abwarten, endlich die privilegierte Schicht im Elfenreich zu werden.«

Ferocius lachte erneut, als Livian vor seinen Worten zurückwich wie vor einer Waffe, das Gesicht schmerzverzerrt und die Schultern gebeugt.

»Ich habe eine Tochter«, flüsterte der Elfenkönig. »Wo ist sie?«

»Sie befindet sich inzwischen in sicherem Gewahrsam und wird mir garantiert nicht in die Quere kommen. Töten konnte ich sie ja leider nicht. Das Orakel, du weißt. Ein Problem, das ich mit dir zum Glück nicht habe.«

Er trat neben den König, der wieder auf dem Thronsessel saß, gänzlich in sich zusammengesunken, und legte ihm mit einer fast väterlichen Geste die Hand auf die Schulter.

»Sie mich an, mein König«, forderte Ferocius mit unverhülltem Hass, »und sag: Auf Nimmerwiedersehen.«

Trotzig erhob Livian den Blick zu seinem einstmals engsten Bera-

ter und griff sich augenblicklich an die Kehle. Panik verzerrte seine Züge, als er hilflos nach Luft rang. Sein Mund öffnete sich zu einem stummen Schrei, seine Augen quollen hervor und seine Haut wurde aschfahl. Noch einmal bäumte sein Körper sich auf, dann sank er kraftlos in den Sessel zurück.

Zufrieden betrachtete Ferocius sein Opfer. Ein Knirschen ließ ihn herumfahren. In der Saalwand zu seiner Linken schloss sich eine Tür, die so perfekt in die Musterung der Wand passte, dass sie mit bloßem Auge kaum zu erkennen war.

»Wachen!«, brüllte Ferocius.

Kapitel 20

Manchmal hörte Mageli Stimmen. Aber sie waren jetzt so weit entfernt, dass es klang, als wäre ihr Kopf in Watte gepackt, die alle Worte bis zur Unkenntlichkeit dämpfte.

Meistens schlief sie. Und wenn der Schlaf sie aus seinen starken Armen entließ, dann dämmerte sie vor sich hin, unfähig, sich zu bewegen oder gar aufzustehen, um einen Weg aus dem Traumverlies zu suchen.

Ohnehin war es angenehmer, die Augen geschlossen zu halten, damit das gleißende Licht nicht darin brannte. Und sie war ja auch so müde.

Mageli wusste nicht, wie lange sie schon in diesem Zustand schwebte. Stunden, Tage, Monate? Aber es war egal. Zeit hatte jede Bedeutung verloren.

Sie würde nie wieder aufwachen. Niemals.

Lähmende Hoffnungslosigkeit überkam sie. Sie konnte sich

kaum noch bewegen. Den Arm zu heben fiel ihr schwer, aufzustehen erschien ihr unmöglich. Aber warum auch?

Sie würde Erin niemals wiedersehen. Vermutlich war er tot. Ferocius wollte ihn töten und hatte es wahrscheinlich längst getan. Dieser Gedanke machte sie unendlich traurig.

Sie hatte Erin aus dem Traumlabyrinth gerettet. Aber nur, damit der Schattenfürst ihn töten konnte. Was für eine schreckliche, grausame Ironie!

Ihr fiel ein, wie Erin in seinem Bett im Palast gelegen hatte. Bleich und kraftlos. Ob ihr eigener Körper auch schon so aussah? Wie lange dauerte es wohl noch, bis sie verdurstete oder verhungerte?

Besser nicht darüber nachdenken!

Lieber noch schlafen …

Eine Hand schloss sich um ihre Finger. Drückte zu. Hielt sie fest. Nein, unmöglich. Hier war niemand. Sie träumte bloß.

Träumte von Erin, der ihre Hand hielt, als er sie damals von der Lichtung geführt hatte.

Oh, das war ein schöner Traum. Weiterschlafen, bitte. Nicht aufwachen.

Schlafen.

Dann hatte er sie geküsst. Später. In ihrem Zimmer. Fast hatte sie das Gefühl, dass sie seine Lippen noch auf ihren spüren konnte.

Sie wollte seinen Kuss erwidern. Wollte seine Hand festhalten. Aber sie war so müde. So schrecklich müde.

Sie wollte schlafen.

Schlafen.

S … c … h … l … a … f … e … n

Ihr Wecker piepste.

Piep, piep … piep, piep …

Blödes Teil.

Mit geschlossenen Augen tastete Mageli neben ihrer Matratze nach dem Störenfried. Mist, sie konnte das Ding nicht finden. Zum Glück hatte es schon von allein aufgehört. Mageli rollte sich auf die andere Seite, um noch ein bisschen zu schlafen, bevor Linda herumbrüllen und sie unsanft aus dem Bett schmeißen konnte.

»Mageli!«

Puh, da kam sie schon.

»He, aufwachen.«

Nein, das war definitiv nicht Linda. Dafür war die Stimme viel zu sanft. Und sie gehörte auch nicht Linda … sie gehörte …

Erin?

Das konnte nicht sein. Mühsam öffnete Mageli ihre Lider. Und blickte direkt in Erins blaubraune Zauberaugen. Ein vorsichtiges Lächeln zuckte über Erins Gesicht, das seine Augen leuchten ließ.

»Na, ausgeschlafen?«

»Du?«, flüsterte Mageli.

Das Lächeln wurde breiter.

»Träume ich?« Mageli hatte wirklich das Gefühl, dass sie sich noch immer in einem ihrer verrückten Träume befand. Schöner zwar als die vorherigen, aber auch viel unwahrscheinlicher.

»Nein, du träumst nicht.« Erins Blick hielt sie fest, sodass sie ihre Augen nicht abwenden konnte.

»Sicher?«

»Soll ich dich kneifen?« Sein Lächeln wurde ein kleines bisschen spöttisch. Genau so, wie sie es die ganze Zeit in Erinnerung gehabt hatte. Das alles wirkte so real. War es tatsächlich möglich, dass sie aufgewacht war? Eine Träne lief aus ihrem Augenwinkel und suchte sich einen feuchten Weg über ihre Wange. Das hier war zu gut, um wahr zu sein!

»He, nicht weinen.« Erin wischte die Träne vorsichtig mit seinem Daumen fort, aber auch seine Augen schimmerten verdächtig.

»Wie ist das möglich?« Mageli war verwirrt. »Wieso bist du hier? Wieso bin ich hier? Und wo sind wir überhaupt?«

Sie setzte sich auf und blickte sich um. Das Zimmer ähnelte dem Raum, in dem Mageli bei Rikjana untergekommen war: die gleiche hohe Holzdecke, eine hölzerne Maserung an den Wänden, eine Truhe, ein kleiner Tisch und eine Schlafmatte, auf der Mageli saß. Aber es war nicht der gleiche Raum.

»Wir sind bei Bilian«, erklärte Erin.

Bilian? Ausgerechnet bei dem feindseligen Elfen waren sie untergekommen?

»Es erschien sicherer«, beantwortete Erin Magelis unausgesprochene Frage. Allerdings verstand sie nicht, was er damit meinte. Den anderen war die Flucht aus Alawins Höhle also geglückt. Zumindest hatten sie Mageli hierhergebracht. Aber wo waren ihre Freunde jetzt?

»Ondulas, Rikjana, Alawin …?« Mageli wusste nicht, wie sie die Frage formulieren sollte. Zu groß war die Angst, einem von ihnen könnte etwas zugestoßen sein.

»Sie sind nebenan«, erklärte Erin. »Es geht ihnen gut«, fügte er schnell hinzu, als er Magelis besorgte Miene bemerkte. »Ondulas beschwert sich die ganze Zeit, weil Rikjana ihm stinkende

Tinkturen auf seine verschiedenen Blessuren streicht. Und auch Alawin muss sich erholen. Der Kampf mit Ferocius hat sie erschöpft, aber das wird schon wieder …«

Seine Worte hingen in der Luft wie das lose Ende eines Fadens. Mageli hatte das Gefühl, dass irgendetwas nicht in Ordnung war. Aber sie konnte sich einfach nicht vorstellen, was. Erin war hier. Sie selbst war hier. Auf wundersame Weise aus dem Traumverlies entkommen. Und trotzdem wirkte Erin schrecklich traurig.

»Was ist passiert?«, fragte sie. »Warum bist du so traurig? Irgendetwas ist doch geschehen!«

»Das ist eine lange Geschichte«, erwiderte Erin ausweichend und hielt ihr einen Becher mit einem würzig duftenden Getränk hin. »Trink erst mal etwas, wir versuchen schon die ganze Zeit, ein bisschen Flüssigkeit in dich hineinzubekommen.«

Auch wenn es sie ganz kribbelig machte, dass Erin etwas vor ihr verbarg, trank Mageli mit gierigen Schlucken. Sie war wirklich durstig. Als sie den Becher geleert hatte, stellte sie ihn ab und schaute Erin auffordernd an.

»Was ist passiert?«, wiederholte sie mit Nachdruck.

Erins Gesichtsausdruck veränderte sich so plötzlich, als hätte jemand einen Schalter umgelegt. Seine Augen waren Mageli schon immer traurig erschienen, aber nun trat ein Schmerz hinein, der sie erschreckte, denn er wirkte frisch und unverheilt. Und sie ahnte, dass das, was Erin zu erzählen hatte, auch sie traurig machen würde. Er rang noch einen kurzen Augenblick mit sich.

»Der König ist tot«, stieß er dann hervor.

»Oh, Erin, dein Vater, wie schrecklich!« Dann hatte Ferocius seine Drohung also wahr gemacht! Einem Impuls folgend, griff

Mageli nach Erins Hand und drückte sie. Doch seine Finger lagen nur schlaff in ihren. Schnell zog sie ihren Arm zurück.

»Er war nicht mein Vater«, erwiderte er mit tonloser Stimme und blickte an Mageli vorbei.

»Was?« Sie verstand nicht. »Was soll das heißen?«

»Er war nicht mein Vater«, wiederholte Erin und hob die Stimme, als ob seine Worte dadurch verständlicher würden. »Du bist seine Tochter. Du bist die Elfenprinzessin, auf die alle gewartet haben. Von der das Orakel gesprochen hat. Das bist du! Und ich bin nur ein unbedeutender Menschensohn!«

»Ich …«, stotterte Mageli. »Aber das ist …«

Quatsch, Blödsinn, völlig unmöglich, wollte sie sagen. Erin ließ sie nicht aussprechen.

»Er hat uns vertauscht, dich und mich«, fuhr er hitzig fort. »Damit sich das Orakel nicht erfüllen konnte und ihm der Weg auf den Thron freistand. Und jetzt hat er meinen, nein, deinen Vater getötet und sich selbst zum König ernannt.«

Mit jedem von Erins Worten schwirrte Magelis Kopf stärker. Ihr Vater war der Elfenkönig. Jetzt war er tot. Sie selbst war nicht einfach nur eine Elfe, sie war eine Elfenprinzessin. Und Erin ein Mensch. Das war absolut verrückt!

Gleichzeitig ergab vieles endlich einen Sinn: Dass sie eine so große magische Veranlagung besaß. Dass sie die Fähigkeit zur Traumwandelei hatte. Und dass Ferocius es ausgerechnet auf sie abgesehen hatte und sie ins Traumverlies sperren wollte, damit sie ihm nicht in die Quere kommen konnte, wenn er den Elfenthron bestieg.

»Woher weißt du das alles?«

Erin verzog unglücklich den Mund.

»Ich habe sie belauscht, Ferocius und meinen … den König. Bevor er ihn tötete, hat der Schattenfürst ihm die Wahrheit gesagt. Es hat ihn tief getroffen, das konnte man sehen.« Erin seufzte. »Dann bin ich mithilfe meines Waffenmeisters durch einen Geheimgang hierher geflohen. Er hat mir von dem Geheimbund erzählt. Der gute Meriant. Als Ferocius seine Wachen auf uns hetzte, hat er sie abgelenkt, sodass ich entkommen konnte. Jetzt sitzt er vermutlich in Ferocius' Felsenverlies.«

Schuldgefühle zeichneten sich auf Erins Gesicht ab. Mageli hätte ihn gerne getröstet, aber sie wusste nicht, wie. Außerdem hatte sie selbst gerade das Gefühl, dass sie Trost gebrauchen konnte.

Endlich wusste sie, wer ihre Eltern waren! Aber sie würde ihren Vater und ihre Mutter niemals kennenlernen. Sie waren tot. Beide! Das war ungerecht, schrecklich ungerecht!

Und Erin? Warum starrte er die ganze Zeit an ihr vorbei ins Leere? Warum hatte er ihre Hand nicht festgehalten? Warum sagte er jetzt nichts mehr? War es bloß seine Trauer, die ihn ihr gegenüber so reserviert machte? Oder nahm er es ihr etwa übel, dass sie die Tochter des Elfenkönigs war? Vielleicht wollte er jetzt nichts mehr von ihr wissen. Oh nein, das durfte nicht sein! Sie war doch nur seinetwegen ins Elfenreich gekommen! Um mit ihm zusammen zu sein … Um ihn zu retten … Aus dem Traumverlies zu retten …

»Eine Frage.«

»Hm.« Erin schien von weither zurückzukommen.

»Warum bin ich aufgewacht?«

Die Frage hatte sie sich vorhin schon gestellt. Aber dann hatten sich die Informationen überschlagen und sie davon abgebracht. Jetzt wurde ihr wieder bewusst, dass sie eigentlich nicht hätte hier sein dürfen. Nicht wach zumindest. Niemand konnte aus eigener Kraft aus dem Traumverlies entkommen. So hatte Alawin es ihr erklärt. Niemand. Das galt sicher auch für Elfenprinzessinnen.

Erin zuckte mit den Schultern.

»Das verstehe ich selbst nicht. Als ich hier ankam, hatten die anderen die Hoffnung schon aufgegeben, dass du wieder aufwachen würdest. Aber dann habe ich deine Hand genommen.« Erin grinste verlegen. »Und dann hast du gelächelt.«

»Wirklich?« Mageli erinnerte sich an das Gefühl in ihren Träumen, dass ihre Hand in Erins lag. Und dass sie sich daran festhalten wollte. Er hatte also tatsächlich ihre Hand gehalten. Das war gut. Dann war sie ihm vielleicht nicht egal!

»Alawin hat mir geraten, bei dir zu bleiben, mit dir zu reden … na ja, du weißt schon.« Seine Erklärung war Erin sichtlich peinlich.

Eine angenehme Wärme breitete sich in Magelis Bauch aus.

»Wie lange hast du hier gesessen?«

»Seit ich hergekommen bin. Drei Tage und drei Nächte lang.«

»Du hast drei Tage und drei Nächte meine Hand gehalten?«

»Hm.«

Die Wärme breitete sich in Magelis ganzem Körper aus. All ihre verwirrenden Gedanken kamen für einen Moment zum Stillstand. Sie war Erin nicht egal. Ganz sicher nicht.

»Danke.« Vorsichtig griff sie wieder nach Erins Hand. Und dieses Mal umschloss er ihre Finger mit seinen.

»Ich habe es gespürt. Dass du meine Hand gehalten hast. Dass du da warst. Und ich wollte unbedingt zu dir.«

Mageli spürte, wie sie rot wurde. Sie traute sich nicht, Erin anzuschauen, und hielt den Blick starr auf ihre ineinander verschränkten Hände gerichtet. »Alleine hätte ich es sicher nicht geschafft, aus diesem schrecklichen Nebellabyrinth zu entkommen. Aus eigener Kraft kann das niemand.«

»Ich weiß.« Mit dem Daumen fuhr Erin über ihren Handrücken. Mageli atmete tief durch.

»Aber du hast mich festgehalten. Du hast mich aus dem Labyrinth geführt. Durch die Kraft deiner …« Abrupt brach sie den Satz ab. Nein, das konnte sie unmöglich sagen! Was, wenn sie sich das alles nur einbildete? Was, wenn Erin nur nett sein wollte? Immerhin hatte sie für ihn ihr Leben riskiert.

Erin legte seinen Zeigefinger unter Magelis Kinn und hob behutsam ihren Kopf an, bis sie ihm in die Augen sehen musste. In seine Zauberaugen, in denen sie hätte versinken mögen. Die so weich wirkten und so warm, dass Mageli gar nicht anders konnte als zu lächeln. Auch um Erins Mund zuckte sein typisch spöttisches Lächeln.

»Liebe«, ergänzte er. »Das wolltest du sagen, oder?«

Mageli nickte stumm. Ihre Wangen brannten. Am liebsten hätte sie den Blick wieder gesenkt. Was mochte er bloß von ihr denken? Aber seine Zauberaugen ließen sie nicht los.

»Du hast recht«, flüsterte Erin. »Ich liebe dich. Schon immer.«

Er lehnte sich zu ihr und küsste sie. Ganz sanft zuerst, dann zog er sie an sich und küsste sie heftiger, als hätte er eine Ewigkeit darauf gewartet. Es war wie in ihrem Traum. Nur schöner, viel schöner! Mageli schloss die Augen und vergaß für einen Moment alles.

Piep, piep … piep, piep …

Schon wieder der blöde Wecker.

Widerwillig löste Mageli sich aus Erins Armen.

»Moment …«

Das Piepsen kam natürlich nicht von ihrem Wecker, sondern aus ihrem Rucksack, der staubig und verdreckt an dem Tischchen neben der Matratze lehnte. Ihr Handy!

Mageli zog das Telefon aus den Tiefen der Tasche hervor.

Zwei neue Nachrichten.

Richtig, das Handy hatte vorhin auch schon gepiepst – und sie geweckt. Mageli drückte die Tastensperre weg.

Die Nachrichten waren von Rosann.

Bitte komm nach Hause!, lautete die erste SMS.

Und die zweite: *Das ist kein Zitat. Das ist mein Ernst!*

»Erin, wir müssen aufbrechen!« Atemlos stürzte Rikjana ins Zimmer. »Ferocius hat nun doch herausgefunden, wo wir uns versteckt halten. Wahrscheinlich hat er Meriant gequält, bis er ihm alles über das Bündnis verraten hat. Seine Wachen sind bereits auf dem Weg hierher …«

Als die Elfe Mageli sah, die mit dem Telefon in der Hand auf der Matratze hockte, wechselte der alarmierte Ausdruck auf ihrem Gesicht zu grenzenlosem Erstaunen.

»Du … Das …« Offenbar fiel Rikjana kein Wort ein, das diesem Wunder angemessen gewesen wäre. Doch sie fasste sich schnell wieder. »Gut, umso besser, eine Sorge weniger. Los, los, beeilt euch!«

Erin sprang sofort auf, aber Mageli ging das alles zu schnell. Gerade war sie noch in einer Traumwelt gefangen gewesen, dann hatte sie erfahren, dass sie die Tochter des Elfenkönigs war. Und

Erin hatte sie geküsst. Und jetzt sollte sie losrennen und sich vor Ferocius' Wachen in Sicherheit bringen. Das war eindeutig zu viel in zu kurzer Zeit!

»Komm schon.« Erin griff nach ihrer Hand und zog sie ungeduldig hoch. Hinter Rikjana eilte er in den nächsten Raum und nahm Mageli einfach mit. Sie bekam gerade noch ihren Rucksack zu fassen.

Im Nebenzimmer herrschte große Aufregung. Ondulas hatte sich vor Bilian aufgebaut, die Hände zu Fäusten geballt. Bilians Gesicht war vor Zorn gerötet und er funkelte sein Gegenüber wütend an. Die anderen Elfen waren bereits zum Aufbruch gerüstet, trugen dicke Bündel auf den Rücken und hatten ihre Waffen umgegürtet. Fassungslos verfolgten sie den Streit, der zwischen den beiden Männern tobte.

»Natürlich nehmen wir sie mit. Du bist wohl verrückt geworden. Wir können sie nicht hier ihrem Schicksal überlassen.«

»Sie ist ein viel zu großer Ballast. Das können wir auf der Flucht nicht gebrauchen.«

»Erst retten wir sie vor Ferocius, um sie ihm dann kampflos zu überlassen? Wohl kaum!«

»Die Lage ist jetzt eine ganz andere. Es geht um unser aller Überleben.«

»Lauf ruhig davon, Feigling. Aber ich werde nicht zulassen, dass Mageli dem Schattenfürsten in die Hände fällt!«

Mit erhobenen Fäusten sprang Ondulas auf Bilian zu. Augenblicklich waren Florim und Zita zur Stelle und hielten ihn an den Armen fest. Alawin trat zu Bilian, um ihm beruhigend eine Hand auf die Schulter zu legen. Rikjana räusperte sich vernehmlich und alle Gesichter wendeten sich ihr zu. Es war, als hätte man einen Film angehalten und die ganze Szene eingefroren. Als sie Mageli sahen, hielten die Elfen abrupt inne und starrten die Eingetretene an wie eine Erscheinung. Einzig Alawin schien nicht übermäßig erstaunt zu sein.

»Du bist aufgewacht, wie schön«, sagte die weise Elfe nur. Das löste die anderen aus ihrer Starre.

»Mageli!«

Ondulas eilte zu Mageli und umarmte sie. Über seine Schulter hinweg sah sie lächelnde Gesichter. Sie drückte sich fest an Ondulas' breite Brust. Erst jetzt wurde ihr bewusst, dass sie ihre neuen Freunde um ein Haar niemals wiedergesehen hätte.

»Dafür ist jetzt keine Zeit.« Erin betrachtete Ondulas mit einem kühlen Blick, den der Elf mit zusammengekniffenen Augen erwiderte. Schnell befreite Mageli sich aus der Umarmung.

»Erin hat recht.« Rikjana hob eine Tasche vom Boden auf und schwang sie über ihre Schulter. Vom Tisch nahm sie ein weißes Schwert aus schimmerndem Stein, das sie Erin reichte. »Lasst uns aufbrechen. Mageli wird uns führen.«

Die anderen drängten zur Tür, doch Mageli sah Rikjana nur fragend an. Was sollte das bitte heißen?

»Über das Dunkle Reich herrscht nun Fürst Ferocius«, erklärte die Elfe, während sie Mageli ebenfalls Richtung Ausgang schob. »Er wird uns überall finden. Er wird uns einkerkern oder töten. Es gibt nur eine Möglichkeit, uns in Sicherheit zu bringen: Wir müssen an die Oberfläche zurückkehren. Und du bist die Einzige, die den Weg kennt.«

Die Funkelsteinchen im Holz glommen nur schwach und gaben so wenig Licht ab, dass Enigmala wirkte wie in einer unheimlichen Neumondnacht. Mageli schauderte, als sie auf die Plattform vor Bilians Haus trat, und war froh zu sehen, dass die anderen Elfen nicht den Weg über die hölzernen Stege einschlugen, sondern sich an einem langen Seil direkt zum Boden unterhalb der Stadt hinabließen. Erin lächelte ihr aufmunternd zu, bevor er von der Plattform glitt. Dann war Mageli dran und zum Schluss folgte Rikjana.

Am Boden war es noch dunkler. Schweigend folgten die Elfen Ondulas durch den Wurzelwald, darauf konzentriert, kein verräterisches Geräusch zu verursachen. Eine Gruppe dunkler Gestalten. Flüchtlinge, die sich darauf verließen, dass Mageli ihnen den richtigen Weg zeigen würde. Sie schauderte erneut.

»Runter«, zischte Rikjana.

Die anderen ließen sich augenblicklich zu Boden fallen, nur Mageli sah sich verwirrt um.

Da! War das Fackelschein? Zwischen den Wurzeln hindurch glaubte Mageli ein flackerndes Leuchten zu erkennen.

Unwirsch zog Rikjana an ihrem Hosensaum, bis auch Mageli in die Hocke ging. Mist! Sie benahm sich immer noch wie eine Anfängerin.

Das Flackern entfernte sich. Vermutlich eine von Ferocius' Patrouillen. Wie viele davon hier unten wohl unterwegs waren? Mageli raffte sich wieder auf und hastete hinter den anderen her.

Jedes Knacken, jedes Knistern hallte ihr in den Ohren. Machte sie selbst solchen Lärm? Oder waren es die Dunkelelfen, die ihnen auf den Fersen waren? Mageli blieb stehen, um zu lauschen, doch Rikjana scheuchte sie weiter.

Endlich kniete Ondulas nieder und begann leise zu summen. Erleichtert wusste Mageli sofort, was sie erwartete: ein Geheimgang! Es gab also nicht nur einen Notfallweg aus der Stadt heraus. Vor ihren Augen verschwanden die Elfen nacheinander in dem Loch im Boden.

Die Reihe kam an sie, aber Mageli zögerte. Nicht dass sie Angst vor dem Sprung gehabt hätte – beim letzten Mal war es ja auch gut gegangen. Sie hatte Angst vor dem, was sie danach erwartete. Würden sie es schaffen, Ferocius' Wachen zu entkommen, oder würden seine Leute ihnen irgendwo in diesen unterirdischen Gängen auflauern? Würde sie den Weg zurück an die Oberfläche finden? Und was, wenn es ihr gelang? Sie konnte wohl kaum einfach zu Jost und Linda marschieren und ihnen mitteilen, dass sie eine Elfe war …

Ein entferntes Knacken ließ sie herumfahren. Rikjana, die als Letzte neben ihr wartete, schaute alarmiert.

»Sie kommen! Spring!«

»Spring«, rief in diesem Moment auch Erin leise aus dem Schacht hoch.

Und Mageli sprang.

Sie hetzten durch den dunklen Gang. Nur Ondulas hatte die Zeit gefunden, einen Leuchtstein zu entzünden, und Mageli folgte dem schwachen, flackernden Schein. Bemüht, in der Dunkelheit nicht zu stolpern, lauschte sie gleichzeitig angestrengt auf jedes Geräusch, das sie vor möglichen Verfolgern warnen könnte. Zwar hatte Rikjana den Geheimgang sofort verschlossen, nachdem sie hinabgesprungen war, aber was, wenn Ferocius' Wachen den Eingang dennoch entdeckt hatten und ihnen nun auf den Fersen waren? Sie heftete ihre Augen auf Erins große Gestalt, die vor ihr durch den Tunnel eilte, und versuchte gleichmäßig zu atmen, um sich selbst zu beruhigen.

Als hätte er ihren Blick im Rücken gespürt, wandte Erin den Kopf und zwinkerte ihr zu. *Wie konnte er nur so cool bleiben?*, überlegte Mageli neidisch, fühlte sich aber sofort ein bisschen ruhiger.

Stumm eilten die schattenhaften Gestalten durch den engen Tunnel. Nach einer gefühlten Ewigkeit hörte Mageli einen leisen Ruf: »Halt.« Die Gruppe stoppte abrupt und erneut ertönte Ondulas' melodiöses Summen. Vor ihnen öffnete sich die steinerne Wand, und der Gang entließ sie in eine rundum von Funkelsteinen beleuchtete kleine Höhle.

Mageli wusste sofort, wo sie sich befanden. Sieben Gänge zweigten von der Höhle ab. Plus der Geheimgang, von dem sie nichts geahnt hatte, als sie auf ihrem Weg ins Dunkle Reich hier gestanden und alles durch die Augen der Eidechse gesehen hatte.

»Hier entlang.« Sie drängte sich an den anderen vorbei in den Gang, durch den sie damals gekommen war. Fast wäre sie auf den glitschigen Flechten am Boden ausgerutscht. Uh, so schlimm hatte sie es nicht in Erinnerung gehabt.

»Vorsicht«, rief sie, nahm sich aber nicht die Zeit, nach den anderen zu schauen. Die schnellen Schritte hinter ihr und das unterdrückte Fluchen waren Hinweis genug, dass ihre Freunde ihr folgten.

Der Tunnel war genauso scheußlich, wie Mageli ihn in Erinnerung hatte: dunkel, niedrig und rutschig. Immerhin war sie dieses Mal unverletzt. Dafür hatten sie es umso eiliger, und zu rennen war hier so gut wie unmöglich. Mehrmals meinte Mageli, aus der Ferne Stimmen zu hören. Dunkelelfen! Jedes Mal überrollte eine Welle von Panik ihren Körper, und sie strauchelte bei dem Versuch, noch schneller vorwärtszukommen. Endlich erreichten sie das Ende des Ganges und vor ihnen tat sich die Tropfsteinhöhle auf. Oder besser gesagt: das, was davon übrig geblieben war.

»Was hat denn hier gewütet?«, stieß Erin hervor, als er hinter Mageli in die Höhle stolperte.

»Ferocius«, entgegnete sie lapidar. Denn mittlerweile hatte sie begriffen, dass es der Schattenfürst gewesen sein musste, der all die Hindernisse auf dem Weg ins Dunkle Reich eingerichtet hatte. In dieser Höhle hatte er ganze Arbeit geleistet.

Meterhohe Schuttberge lagen da, wo zuvor die imposanten Steinskulpturen aus dem Boden gewachsen waren. Von der Decke der Höhle hingen nur noch die Reste der faszinierenden Stalaktiten wie verfaulte, spitze Zahnstümpfe. Mageli schüttelte sich. Noch immer wurde ihr ganz schlecht bei dem Gedanken, wie sie hier um ihr Leben gerannt war.

»Freeclimbing«, rief sie betont munter. Die anderen rührten sich nicht von der Stelle und musterten sie mit erstaunten Gesichtern. Na gut, der Witz funktionierte bei Elfen wohl nicht. Erklärend setzte Mageli hinzu: »Wir müssen da drüber!«

Die Kletterpartie war ohne Frage der unangenehmste Teil ihrer Flucht. Die Geröllhaufen waren instabil und die Bruchstücke der Tropfsteine waren scharfkantig wie geschliffene Messer. Gleich beim ersten Versuch, einen der Schuttberge zu übersteigen, rutschte Mageli ab und schürfte sich die Hände auf. Obwohl ihnen allen ihre angeborene – in Erins Fall antrainierte – Leichtfüßigkeit zu Hilfe kam, war keiner unter ihnen, der am Ende nicht eine Reihe frischer Schrammen und Wunden aufweisen konnte. Niemand beklagte sich. Sie gönnten sich keine

Pause, sondern eilten sofort weiter hinter Mageli in den nächsten Tunnel.

Noch immer flüsterten sie sich nur das Nötigste zu, aus Furcht, ihre Verfolger könnten auf sie aufmerksam werden. Nachdem sie die Tropfsteinhöhle verlassen hatten, hörte Mageli wenigstens keine Stimmen mehr hinter sich, und sie fing an zu hoffen, dass sie Ferocius' Leute endlich abgehängt hatten.

Auch wenn ihr die Strecke kürzer erschien als auf ihrem Hinweg, so war es trotzdem eine stundenlange, anstrengende Wanderung. Immerhin war sie dieses Mal nicht allein. Erin war an ihrer Seite. Und ihre neuen Freunde. Das war ein gutes Gefühl.

Mageli führte die Gruppe der Flüchtlinge über den Abgrund hinweg, der keiner war, und über das letzte Wegstück, bis sie schließlich vor der hohen Wand aus Steinbrocken standen, hinter der die Lichtung lag.

»Hier ist es«, erklärte sie außer Atem. Ihr Herz pochte wie wild. Ob vor Anstrengung oder Aufregung, konnte sie nicht sagen.

»Wie gelangen wir hinaus?«, fragte Erin und wieder schauten alle sie erwartungsvoll an.

»Beim letzten Mal habe ich Flöte gespielt«, überlegte Mageli laut. »Wartet.« Sie wollte ihren Rucksack vom Rücken nehmen, um ihren Flötenkasten herauszuholen. Da erklang ein einzelner hoher Ton.

Alawin, die als Letzte zu der Gruppe gestoßen war, sichtlich angestrengt von der langen Flucht, hatte sich der hohen Steinwand zugewendet. Ein konzentrierter Ausdruck lag auf ihrem Gesicht und aus ihrem Mund strömte ein fast überirdischer Klang.

Ein zweiter Ton gesellte sich dazu, tiefer, voller und harmonischer als der erste. Ondulas hatte ebenfalls zu singen begonnen.

Als Nächste schloss sich Rikjana an. Ihre Stimme war herb, kräftig gesellte sich ihr Ton zu den anderen beiden. Ein Dreiklang von sehnsüchtiger Schönheit.

Dann fielen die übrigen Elfen ein, ein jeder mit seiner ganz eigenen Stimme, und die Töne vermischten sich zu einer Musik, so vollkommen, dass Mageli die Tränen in die Augen stiegen und sie selbst nicht anders konnte, als ihren Mund zu öffnen und den Ton entweichen zu lassen, der ihren eigenen Körper erfüllte.

Sie spürte, wie Erin nach ihrer Hand griff. In diesem Moment wichen die Steine und gaben den Weg frei, und mit Erin an ihrer Seite trat Mageli hinaus in die Lichtung.

Im ersten Moment war sie so geblendet vom Sonnenlicht, dass sie die Augen zusammenkneifen musste. *Wie im Traumverlies!*, dachte sie mit einem Anflug von Panik. Dann spürte sie die warmen Strahlen auf ihrem Gesicht und sah das rötliche Licht durch ihre geschlossenen Lider. Sie hörte das Wasser des Flüsschens plätschern, die Bienen summen und die Vögel singen. Sie meinte sogar, die Blätter an den Bäumen leise im Wind rauschen zu hören. Tief atmete sie den Duft des Waldes und der Blumen ein, schließlich öffnete sie die Augen und betrachtete das satte Grün des Grases, das warme Braun der Bäume und das funkelnde Blau des Wassers. Sie drückte Erins Hand, und einen Moment lang war sie einfach nur glücklich.

Dann sah sie sich nach den anderen Elfen um.

Die Steine vor der Höhle hatten sich bereits wieder zu einer soliden Wand aufgerichtet. Davor standen Alawin, Rikjana, Ondulas und die anderen und gaben ein herrliches Bild ab. Sie alle hatten die Augen geschlossen und die Gesichter der Sonne zugewandt. Ihre Arme hielten sie vor sich ausgestreckt, die Handflächen nach oben, als wollten sie damit die warmen Strahlen auffangen. Mageli lächelte. So hatte sich das Orakel in gewisser Weise tatsächlich erfüllt. Sie hatte die Elfen ins Licht geführt, zumindest ihre sieben Freunde.

»Mageli!« Ein Schrei riss sie aus ihren Gedanken. Eine kleine Gestalt mit flatterndem schwarzem Rock kam über die Lichtung auf sie zugestürzt.

»Rosann!« Mageli löste sich von Erin und rannte der Freundin entgegen.

Sie prallten gegeneinander, schlossen sich in die Arme, versuchten sich gegenseitig hochzuheben und stürzten zu Boden. Dann rollten sie durchs Gras, noch immer ineinander verschlungen, und lachten und schrien und weinten. Alles zur gleichen Zeit. Schließlich blieben sie atemlos nebeneinander liegen.

»Was machst du denn hier?«, schnaufte Mageli.

»Ich habe hier auf dich gewartet. Jeden verdammten Tag«, stieß Rosann hervor.

»Nun, da bin ich.« Mageli grinste.

»Nach nur einer Woche! Weißt du eigentlich, was für Sorgen ich mir gemacht habe? Bist du eigentlich verrückt geworden? Wo hast du bloß gesteckt?«

Ein Räuspern ersparte Mageli die Antwort. Mit einigen Metern Sicherheitsabstand hatten sich Erin und die Elfen aufgebaut und betrachteten das Geschehen neugierig. Mageli und Rosann setzten sich auf.

»Und das sind?«

»Elfen«, erklärte Mageli überschwänglich. »Na ja, von Erin mal abgesehen.« Sie lächelte ihn verliebt an und er erwiderte ihr Lächeln.

»Elfen. Na klar.« Auf Rosanns Stirn hatte sich eine steile Falte gebildet. Sie stupste Mageli so fest gegen die Schulter, dass sie wieder rückwärts ins Gras fiel.

Die lachte. »Es gibt mehr Dinge zwischen Himmel und Erde, als eure Philosophie sich träumen lässt. Da hat der gute alte Shakespeare nun mal recht gehabt.«

»Jetzt fängst du auch schon an!« Rosann ließ sich ebenfalls zurückplumpsen und stimmte in das Lachen ein.

epilog

»Was wollen wir eigentlich hier?« Den Arm lässig um ihre Schultern gelegt, schlenderte Erin neben Mageli durch die automatischen Türen ins Foyer des Seniorenstifts. Nur ein kurzes Blitzen in seinen Augen verriet seine Unsicherheit. Mageli lächelte geheimnisvoll.

»Ich möchte dir jemanden vorstellen.«

Erin hielt sich gut, fand sie. Gemessen an den Umständen. Vor zwei Tagen waren sie in die Menschenwelt zurückgekehrt und erst mal bei Rosann untergekrochen. Ihrer Mutter hatten sie erzählt, dass Erin Magelis neuer Freund war und der Grund dafür, dass sie von zu Hause abgehauen war. Das war ja noch nicht einmal gelogen. Nur eben nicht die ganze Wahrheit.

Susa hatte jedenfalls genauso reagiert wie erhofft: Ohne mit der Wimper zu zucken, hatte sie das Gästezimmer für Erin hergerichtet und für Mageli eine Matratze in Rosanns Zimmer gelegt. Und außerdem hatte sie versprochen, sie nicht an Linda zu verraten – zumindest nicht innerhalb einer Schonfrist von drei Tagen. Bis morgen. Danach … Na ja, an das, was danach kam, wollte Mageli im Moment lieber nicht denken.

Mageli griff nach Erins Hand, die auf ihrer Schulter lag, drückte sie und zog ihn zu dem gläsernen Aufzug auf der anderen Seite des Foyers. Übermütig zwinkerte sie dem Pickelgesicht in der Portiersloge zu, das sie mit offenem Mund angaffte. Die Aufzugtüren öffneten sich mit einem piepsenden Signal und Erin zuckte leicht zusammen.

»Keine Sorge«, beruhigte Mageli ihn leise. »Das Ganze funktioniert so ähnlich wie in der Elfenstadt, nur ohne Magie.«

»Herein, herein«, ertönte Ingas fröhliche Stimme auf Magelis Klopfen hin. Die alte Dame thronte mit einem seligen Gesichtsausdruck auf ihrem durchgesessenen Sofa und hielt Hof. Die Freunde aus der Elfenwelt hatten sich in dem Zimmer versammelt, und auch Silas hatte sie begleitet, sodass in dem an sich großzügigen Raum kaum Platz genug für alle war. Wer keinen Sessel oder Stuhl gefunden hatte, saß auf dem Boden und nippte an Ingas blumenverzierten Kaffeetassen. Das Getränk darin hatte allerdings Rikjana zubereitet, wie Mageli gleich beim Eintreten an dem vertrauten, würzig herben Duft erkannte. Beim Anblick der bekannten Gesichter entspannte Erin sich merklich und Mageli lächelte zufrieden. Es musste wirklich alles eine enorme Umstellung für ihn sein!

»Schön, dass ihr auch hierhergefunden habt«, begrüßte Inga sie überschwänglich. Resolut schob sie Silas vom Sofa und klopfte neben sich auf das abgewetzte Polster. »Setzt euch, Kinder.«

Dicht nebeneinander drückten Mageli und Erin sich auf das

verbliebene Plätzchen und Mageli stellte Inga ihren Freund offiziell vor. Vermutlich hatte die Isländerin von den anderen Elfen längst alles über Erin und seine wahre Herkunft erfahren, trotzdem wollte Mageli nicht unhöflich wirken.

»Und du bist also der Menschensohn«, wandte Inga sich direkt an Erin, wie um Magelis Vermutung zu bestätigen. Erin nickte mit einem etwas unglücklichen Ausdruck auf dem Gesicht.

»Mach dir nichts daraus, dann muss ich mich hier wenigstens nicht so allein fühlen.« Inga lachte fröhlich und entlockte auch Erin damit ein schiefes Lächeln.

»Hast du denn Magelis beziehungsweise deine Eltern schon kennengelernt?«, fuhr Inga unbekümmert fort. Von höflicher Zurückhaltung hielt sie nicht viel. Erins Lächeln verschwand, auch Mageli fühlte sich unwohl. Das war nicht gerade ihr Lieblingsthema.

»Noch nicht«, antwortete sie für Erin und wandte sich dann schnell an die anderen Elfen, die überzeugend den Eindruck vermittelten, in ein angeregtes Gespräch vertieft zu sein.

»Und wie findet ihr es nun hier oben?«

Sofort drehten sich alle zu ihr um. So angeregt konnte das Gespräch also doch nicht gewesen sein.

»Furchtbar laut.«

»Und schnell.«

»Ja, hektisch.«

»Geradezu grell.«

»Verwirrend, sehr verwirrend.«

Alle redeten durcheinander, nur Alawin schwieg und Silas verdrehte genervt die Augen. Die Elfen waren bei ihm untergekommen – und offensichtlich hörte er ihre Klagen nicht zum ersten Mal. Begütigend strich Rikjana ihm über den Arm und Silas legte seine Hand auf ihre. Die beiden sahen sich überhaupt nicht ähnlich, stellte Mageli erstaunt fest. Einzig ihre außergewöhnliche Augenfarbe ließ keinen Zweifel aufkommen, dass sie Geschwister waren.

»Du musst zugeben, dass es kein feiner Zug von dir war, uns zu zwingen, mit diesem …« Fragend blickte Rikjana Silas an.

»Bus«, antwortete er seufzend.

»… diesem Bus hierherzukommen«, beschwerte sie sich. »Mir ist schlecht geworden.«

»Oh ja, mir auch«, pflichtete Belena ihr bei. Ihre Augen waren gerötet. Sie schien noch nicht verwunden zu haben, dass sie Meriant in der Elfenstadt und in Ferocius' Fängen hatte zurücklassen müssen.

»Genau. Wir hätten einen Helikopter benutzen sollen.« Ondulas betonte begeistert jede Silbe des ungewohnten Wortes. »Das wäre sicher aufregender gewesen.«

Silas stöhnte. »Lern erst mal, Rolltreppe zu fahren, dann können wir uns über einen Hubschrauberflug unterhalten.«

Mageli lächelte in sich hinein. Sie hatte wirklich Sorge gehabt, wie sich ihre neuen Freunde in der Welt von heute zurechtfinden würden. Aber alles in allem schien es ihnen gut zu gehen. Zum Glück hatten sie mit Silas einen erfahrenen, wenn auch mürrischen Führer.

Während die Elfen sich in eine Diskussion über die Vor- und vor allem Nachteile der modernen Technik vertieften, wandte Inga sich wieder an Erin. »Hast du eigentlich schon darüber nachgedacht, was es bedeutet, ein Mensch zu sein?«, fragte sie ihn. »Ich meine, zum Beispiel die Sache mit dem Sterben.«

Erin schüttelte stumm den Kopf und Mageli seufzte unhörbar. Das war nicht gerade ein Thema, das sich für Small Talk eignete!

»Nun, dann lass dir von einer alten Frau sagen, dass das für Menschen ein großes Thema ist. Ein unvermeidbares, um genau zu sein. Es ist nun mal so, dass wir Menschen gegenüber den Elfen bei dieser Sache klar im Nachteil sind. Wir altern viel schneller und wir sterben viel früher als sie.«

Mageli musterte Inga entsetzt. Wohin sollte das führen? Hätte sie Erin bloß nie hierhergebracht!

»Als ich von eurer Geschichte erfahren habe, musste ich gleich daran denken«, fuhr Inga unbeirrt fort. »Und weil ich es traurig, ja geradezu tragisch finde, wenn eure Liebe ein so frühes Ende nehmen sollte, habe ich ein Geschenk für dich.«

Erin hatte Ingas Ausführungen mit versteinerter Miene gelauscht und Mageli bewunderte ihn für seine Selbstbeherrschung. Sie selbst fühlte sich, als hätte Inga ihr mit beiden Händen den Magen umgedreht. Was die alte Frau gesagt hatte, war wahr. Bisher hatte Mageli noch keinen Gedanken daran verloren, doch jetzt traf die Erkenntnis sie mit voller Wucht: Sie selbst würde voraussichtlich steinalt werden – aber ohne Erin! Obwohl … was hatte Inga da von einem Geschenk gesagt?

Die Isländerin nestelte am obersten Knopf ihrer Bluse und zog das Amulett hervor, das Mageli schon bei ihrem ersten Besuch aufgefallen war. Als Inga es Erin auf der flachen Hand hinstreckte, betrachtete auch Mageli das Schmuckstück neugierig und hielt überrascht die Luft an. Das Amulett sah genauso aus wie das, welches der Geheimbund als Erkennungszeichen benutzt hatte: zwei verschlungene Hände, die sich dem Betrachter entgegenstreckten. Aber etwas war anders. Die Hände hielten zugleich einen großen, ungeschliffenen Edelstein. Farblos glitzerte er im Licht.

»Ein Rohdiamant«, erklärte Rikjana, die sich lautlos von hinten dem Sofa genähert hatte und nun ebenfalls den Anhänger betrachtete. »Er schenkt Gesundheit und ein langes Leben.«

Als sie Magelis verwunderten Blick auffing, fuhr sie fort: »Das Amulett hat einst meiner Mutter gehört. Sie gab es als Dank für meine Rettung aus der Falle der Jäger.« Sie schenkte Inga ein liebevolles Lächeln, das die alte Frau erwiderte.

»Das Mädchen im Wald, das warst du?« Mageli staunte über den riesigen Zufall. Andererseits erklärte das vielleicht, warum Silas all die Jahre in Ingas Nähe geblieben war. Rikjana nickte.

»Ein wahrhaft langes und gesundes Leben hat er mir beschert«, mischte Inga sich ein. »Lang genug, würde ich sagen. Ich möchte, dass du den Stein von nun an trägst.« Energisch drückte sie Erin den Anhänger in die Hand und er schloss ehrfürchtig seine Finger darum.

»Ein großzügiges Geschenk«, sagte er ernst. »Ich danke dir.«

»Noch jemand einen Schluck Tee?« Inga klatschte beschwingt in die Hände.

Stunden später verließen Mageli und Erin gut gelaunt die kleine Gesellschaft. Hand in Hand gingen sie durch das Foyer, als ihnen ein Rollator in den Weg geschoben wurde. Mageli erkannte die alte Frau in dem dicken Pelzmantel sofort.

»Frau Matuschek?«

»Ach, Mädchen, schön, dich mal wieder zu sehen«, erwiderte die frühere Nachbarin, nicht im Mindesten verwundert darüber, Mageli im Seniorenstift zu begegnen.

»Was machen Sie denn hier?«

»Mein Billy meinte, es wäre mal Zeit für einen Tapetenwechsel«, erklärte Frau Matuschek erstaunlich klar. »Da hat er mir hier ein schönes Zimmer besorgt. Wirklich schön hier. Und so ruhig.«

Mageli grinste. Als ob es im Waldweg jemals irgendeine Lärmbelästigung gab, von den samstäglichen Rasenmäherkonzerten mal abgesehen. »Das freut mich für Sie«, antwortete sie dennoch freundlich und merkte, dass das wirklich stimmte. Die verrückte Matuschek war doch immer nett zu ihr gewesen.

»Was ist eigentlich aus ihren Besuchern geworden?«, fragte sie, obwohl sie die Antwort schon ahnte.

Frau Matuschek war sichtlich verwirrt. »Mich besucht nur mein Billy ab und zu.«

Mageli grinste wieder. Gut.

»Und was machen wir jetzt?«, fragte Erin, als sie die Treppen vor dem Seniorenstift hinabstiegen.

Mageli betrachtete ihn von der Seite. Seine dunkelbraunen Haare fielen ihm wuschelig in sein hübsches Gesicht, sein Mund war zu ihrem Lieblingslächeln verzogen und seine Zauberaugen blitzten unternehmungslustig. Mageli konnte immer noch nicht fassen, wie gut er aussah, zumal für einen Menschen. Schnell drückte sie ihm einen Kuss auf den Mund und zog ihn weiter, bevor sie es sich anders überlegen konnte. Sie war eine Elfenprinzessin, sie hatte Erin gerettet und war dem Schattenfürsten entkommen. Da würde sie wohl auch das schaffen.

»Jetzt stelle ich dich deinen Eltern vor«, antwortete sie.

danksagung

Dieses Buch hat einen langen Weg hinter sich, von der ersten Idee bis hin zum gedruckten Werk. Auf diesem Weg haben mich einige Menschen begleitet, bei denen ich mich hiermit bedanken möchte.

Zunächst danke ich meinem Sohn Jonah, der sich von mir im Kinderwagen spazieren fahren ließ und dabei schlief, sodass Magelis Geschichte Zeit hatte, in meinem Kopf zu entstehen und sich zu entfalten. Dein süßes Elfenohr hat mich überhaupt erst auf die Idee gebracht. Danke auch an meine kleine Ronja, die mitten in die heiße letzte Phase hineingeboren wurde und sich gelegentlich von anderen im Kinderwagen schieben ließ, sodass mir Zeit zum Schreiben blieb. Danke auch den Kinderwagenschiebern.

Danke, Nicole Giese und Eva Hoffmann, meinen beiden lieben Freundinnen mit dem kritischen Blick, die die Anfänge von

Mageli begeistert gelesen haben und noch mehr von ihr lesen wollten.

Danke den Kolleginnen und Kollegen aus der Schreibwelt, denen der Kater Shakespeare seinen Namen verdankt.

Danke an meine Lektorin Ulrike Hübner, die mit ihren Anmerkungen immer ins Schwarze getroffen und aus diesem Buch ein besseres gemacht hat.

Vielen Dank meiner wunderbaren Agentin Michaela Hanauer-Dietmaier, die an den Elfentraum geglaubt und für ihn diesen großartigen Verlag gefunden hat.

Ein riesiger Dank gilt meiner Mutter, Iris Schürmann-Mock, die mich vom ersten Wort an durch dieses Buch begleitet hat, die mich nach jedem fertigen Kapitel weitergetrieben hat und die es ertragen kann, dass meine besten Ideen dadurch entstehen, dass ich ihre verwerfe.

Der größte Dank gebührt meinem Mann Daniel für seine Liebe und Unterstützung in jeder Hinsicht. Für all seine genialen Vorschläge und auch für die nicht so genialen. Dafür, dass er dieses Buch in allen seinen Fassungen gelesen, gelobt und auch kritisiert hat. Ohne dich hätte ich es nie geschrieben.

Im Elfenland herrscht Unruhe. Seit König Auberon die Ausübung von Magie verboten hat, regt sich im ganzen Reich Widerstand. Das Leben der jungen Elfe Alana verläuft jedoch unbeschwert – bis eines Tages unerwarteter Besuch auf das Gut ihres Vaters kommt. Die Eltern ihres Cousins Ivaylo wurden als Aufrührer verurteilt und verbannt, darum soll der junge Elf nun in Alanas Familie eine neue Heimat finden. Ivaylo ist still und verschlossen; doch bald erkennt nicht nur Alana, dass der geheimnisvolle Junge in den alten magischen Künsten bewandert ist. Was ist das Geheimnis des Sternensteins, den Ivaylo bei sich trägt? Und warum öffnen sich plötzlich überall im Elfenland gefährliche Dämonentore? Tiefer und tiefer gerät Alana in einen Strudel mysteriöser Ereignisse …
Doch wie kann sie ihren Gefühlen trauen, wenn sie dabei ist, sich in einen Verräter zu verlieben?

Die magische Erfolgsreihe

ISBN 978-3-7607-2823-0

Schwarze Magie und Mitgliedschaft bei den *Schwarzen Zauberkutten* werden in der Hexenwelt streng bestraft. Die 13-jährige Elena Bredov kann sich nicht vorstellen, dass ihr Vater Leon tatsächlich schuldig ist. Doch die Zauberrichter fällen ihr Urteil: Leon Bredov soll fortan verflucht sein zu einem Leben als Grüner Leguan! Entehrt und verarmt bleibt den Bredovs nur ein einziger Ausweg: das HEXIL – ein Aufenthalt in der Menschenwelt. Unerkannt leben Elena und ihre Familie unter den Menschen. Aber bald schöpfen Elenas Mitschülerinnen Nele und Jana Verdacht. Wer ist die geheimnisvolle Neue in ihrer Klasse?

Auch zu bestellen unter: www.arsedition.de

Der verhängnisvolle Fluch
978-3-7607-2823-0

Das magische Amulett
978-3-7607-2824-7

Das Rätsel des Dornenbaums
978-3-7607-4055-3

Gefangen in der Unterwelt
978-3-7607-4179-6

Die große Prüfung
978-3-7607-5055-2

Späte Rache
978-3-7607-5230-3

In magischer Mission
978-3-7607-6378-1

Die Macht der Acht
978-3-7607-6680-5

Der dunkle Verräter
978-3-7607-8355-0

Auch zu bestellen unter: www.arsedition.de

TAUCHE EIN IN DIE WELT DER MAGISCHEN BÜCHER:

ISBN 978-3-7607-3628-0

MANCHE BÜCHER SIND ANDERS ALS ANDERE BÜCHER.
MANCHE BÜCHER HABEN MAGISCHE KRÄFTE.
UND MANCHE BÜCHER KÖNNEN DEN LAUF DES
SCHICKSALS BEEINFLUSSEN ...

... von all diesen Geheimnissen ahnt Arthur nichts, als er in den Ferien in einem kleinen Antiquariat aushilft. Doch als plötzlich ein merkwürdiger Fremder auftaucht und den alten Buchhändler bedroht, beginnt für Arthur eine gefährliche Jagd. Gemeinsam mit Larissa, der Enkelin des Buchhändlers, muss er das geheimnisvolle »Buch der Antworten« finden, bevor es in falsche Hände gerät. Ihre Suche führt die beiden über Amsterdam bis nach Bologna – immer tiefer hinein in die rätselhafte Welt der Vergessenen Bücher ...

Das Abenteuer geht weiter:

Band 2: Arthur und der Botschafter der Schatten
ISBN 978-3-7607-5190-0

Band 3: Arthur und die Stadt ohne Namen
ISBN 978-3-7607-6453-5

Auch zu bestellen unter: www.arsedition.de